LA FA

Collection « *Lettres gothiques* »

LETTRES GOTHIQUES
Collection dirigée par Michel Zink

LA FAUSSE GUENIÈVRE

Lancelot du Lac III

Texte présenté, édité et traduit par François Mosès,
avec, pour l'établissement du texte,
la collaboration de Lætitia Le Guay

Ouvrage publié avec le concours du Centre National du Livre

LE LIVRE DE POCHE

Ce tome III de *Lancelot du Lac* offre une version développée de l'épisode de la Fausse Guenièvre, dont le bref résumé qu'en donne le manuscrit BN fr. 768 occupe les dernières pages du tome II. Le manuscrit 768 s'achève sur ce résumé, et nous publions à présent la suite du roman telle que la livrent d'autres manuscrits. On ne s'étonnera pas de voir l'introduction de ce troisième volume traiter pour une part de questions qui touchent à l'ensemble de l'œuvre et qui depuis plus d'un siècle occupent la critique. François Mosès les aborde en effet d'un point de vue qui lui est propre. Ancien élève de l'École Normale Supérieure, agrégé des Lettres, disciple de Mario Roques, il est de plein droit un philologue et un médiéviste. Les longues années qu'il a passées à étudier le roman de *Lancelot* et ses manuscrits lui donnent en la matière une compétence qu'a illustrée sa traduction du début du roman, d'après le manuscrit BN fr. 768 et l'édition d'Elspeth Kennedy, déjà publiée dans la collection « Lettres gothiques ». Mais en même temps, la carrière de haut fonctionnaire qui a été la sienne hors de l'Université lui donne liberté et distance au regard du débat entre les spécialistes. Il y fait entendre sa voix avec indépendance et franchise.

M. Z.

Par souci de clarté, nous avons adopté pour le texte en ancien français le même découpage que pour la traduction, mais nous avons sauté une ligne pour marquer l'emplacement des paragraphes du manuscrit BN fr. 752.

Les crochets signalent les corrections et ajouts apportés à notre texte à partir des manuscrits mentionnés dans les *Notes et variantes*.

© Librairie Générale Française, 1998 pour la traduction, l'introduction et les notes.

ISBN : 978-2-253-06666-8 – 1ʳᵉ publication LGF

INTRODUCTION

I. *Un récit simple et dramatique*

Le lecteur ne trouvera pas dans cet ouvrage les qualités qui font du premier *Lancelot* une œuvre à tous égards exceptionnelle et unique dans la littérature médiévale et française. Sans doute lui trouvera-t-il d'autres mérites. Ce livre traite de la même matière et des mêmes héros, le roi Arthur et la reine Guenièvre, l'amoureux Lancelot et son ami, son «compagnon», le prince Galehaut, «fils de la Belle Géante». Il se présente comme la suite ou, si l'on préfère, un fragment, un nouvel épisode de la vie du même personnage, Lancelot du Lac. Mais là s'arrête la ressemblance. Il s'agit d'un tout autre roman.

L'auteur du premier *Lancelot* exalte, sans aucune réserve, ces vertus mondaines, portées à leur plus haut degré, que sont la chevalerie et l'amour. Il considère que celui qui vit en homme de bien dans le siècle, «à la place que Dieu lui a donnée», est nécessairement homme de bien, «prud'homme» au regard de Dieu. Dieu n'en demande pas davantage. Les devoirs envers lui sont d'ordre essentiellement militaire : protéger les bons et punir les méchants, défendre la sainte Église et combattre les Sarrasins. Telle est la religion de notre auteur, une religion de chevaliers et non de clercs. La chevalerie, avec son dur labeur, est la grande affaire, et l'amour aussi, l'amour courtois, celui qui se prend aux âmes nobles, *ch'al cor gentil ratto s'apprende*, et qui est source de toute *joie*, de toute vertu et de tout bien. La *joie* de Lancelot est son souverain bien, son unique pensée, la source et le but de sa valeur et de ses exploits. On ne saurait mieux faire le panégyrique de l'amour libre. De plus il s'agit, comme chez Chrétien, d'un amour adultère ; et, qui pis est, d'un amour heureux.

Apparemment c'en était trop pour l'Université, et les érudits semblent avoir eu beaucoup de peine à admettre la joyeuse immoralité du premier roman. Certains préfèrent l'ignorer ou jettent prudemment sur elle le manteau de Noé. Ou bien ils ont l'esprit psychanalytique et symbolique si développé qu'ils se sont mis en état de tout lire sans rien croire. Ils trouvent à tout des significations hautement morales et religieuses. D'autres, d'esprit plus terre à terre et plus précis, ont bien lu et bien compris, mais c'est pour s'en scandaliser aussitôt.

« Le côté choquant, scabreux du *Lancelot*, écrit l'historien Ferdinand Lot, c'est l'adultère du héros avec la reine Guenièvre. Loin de glisser sur ces amours peu édifiantes, le roman semble parfois s'y complaire. Il décrit discrètement, mais longuement, la partie carrée de Lancelot et de Galehaut avec Guenièvre et la dame de Malehaut[1]. »

Et Jean Frappier reprend en écho : « Chaque soir, c'est la partie carrée dans un bosquet. On va à la messe le matin, et se divertir le soir sous les arbrisseaux. » Et il conclut : « Ce goût du libertinage, cette religion superficielle et cette atténuation du sens moral jurent par trop avec l'intransigeance de la *Queste* : la conciliation est impossible entre elle et le tome Ier du *Lancelot propre*[2]. »

On s'étonne qu'après de telles remarques ces deux érudits se soient satisfaits de la théorie bien commode du « double esprit ». Un même auteur, d'esprit à la fois religieux et courtois, aurait écrit la partie principale de cet immense ensemble. On verra ci-après que cet auteur unique, s'il avait existé, devrait être doté, non seulement d'un double esprit, mais, comme l'écrit si bien Albert Pauphilet, d'une capacité

---

1. F. Lot, *Étude sur le «Lancelot en prose»*, p. 95.
2. J. Frappier, *Étude sur «La Mort le roi Artu»*, 2e éd., Paris, 1961, p. 73.

de contradiction plus qu'humaine. La volonté d'idéaliser et de moraliser les œuvres médiévales ne date pas d'hier ; elle s'est exercée plus lourdement encore aux dépens du charmant et léger Chrétien de Troyes. Il y a sur ce sujet quelques pages excellentes du grand Gaston Paris, que l'on aurait voulu croire définitives et qui ne l'ont pas été. Mais laissons là ce que Gaston Paris appelle des jeux de l'esprit. Que resterait-il du *Lancelot* sans l'amour adultère de Lancelot et de Guenièvre ? Et si l'auteur a choisi le roman de Chrétien pour matière et pour modèle, c'est qu'apparemment il n'en était pas choqué.

En tout état de cause, ceux qui ont été troublés par le premier *Lancelot* peuvent être rassurés. Le texte que nous publions aujourd'hui en est l'exact antidote. Il baigne dans une atmosphère toute différente, une sorte de tristesse religieuse. La fin d'un monde est proche, la fin du monde arthurien. Elle est annoncée et prédite. Les vertus du monde ne sont pas celles qui plaisent à Dieu. L'amour n'est pas une force, mais une faiblesse, à vrai dire une des maladies de l'âme et la plus difficile à guérir, qui conduit à l'échec, au malheur et à la mort. Lancelot reste provisoirement le meilleur chevalier du monde, mais ce n'est pas à cause de son amour pour la reine, c'est malgré son amour pour la reine, qui l'empêchera d'achever l'aventure du Graal. Les hommes, ceux qui ne sont pas mus par la passion ou la vanité, sont faibles. Ils usent de ménagements, de ruses et de prudence. Le temps des grands caractères, de ces « cœurs sans frein » qu'aimait l'auteur du premier *Lancelot*, est désormais passé. Voici venir le temps des courtisans. Une sombre vision de la société humaine inspire notre moraliste, et son style s'en ressent. Peu d'humour et d'ironie ; la gaieté y est rarement présente ; la phrase est lente, grave, sentencieuse et uniformément oratoire. De l'épopée, il semble que nous soyons passés à la tragédie telle que la définissait Racine : « une action simple, soutenue par la violence des passions, la noblesse des sentiments et l'élégance de l'expression ».

L'action est très simple en effet. À la richesse foisonnante
du premier roman se substitue un drame à quatre personnages. Mais ces personnages sont dotés d'une subtilité
nouvelle. Le roi Arthur, malgré sa conduite affreuse, reste
un grand roi, il est « le plus prud'homme des princes ». Dans
le symbolisme animalier utilisé par l'auteur, il est le grand
dragon d'Orient, face au prince Galehaut, qui est le grand
dragon d'Occident (ses terres, qu'il s'agisse du Sorelois ou
des Iles Lointaines, sont censées être à l'ouest du royaume
de Logres). Si ce grand roi veut supplicier la reine, c'est
qu'il la croit coupable d'un crime abominable, et il n'est pas
le seul. Mais c'est un faible, incapable de résister à son
amour pour la fausse Guenièvre, qui l'égare et le conduit au
déshonneur.

La reine est désormais partagée entre son amour pour
Lancelot et ses devoirs envers le roi Arthur, qu'elle res-
pecte, qu'elle admire malgré ses fautes, et à qui elle se
soumet avec une dignité et une résignation touchantes. Pas
un instant elle n'envisage de renoncer à la couronne de
Logres pour vivre avec son amant. C'est une grande dame,
résolue à accomplir exactement tous ses devoirs de reine,
sauf un seul. Elle se juge elle-même avec sévérité ; elle a
peur de la mort, de la mort du corps et de la mort de l'âme,
à cause de son péché. Mais elle a beau faire : celle que le
premier auteur du *Lancelot* appelait « la reine des dames et
la fontaine de beauté » est maintenant « le serpent à la tête
d'or », responsable de tous les malheurs.

Lancelot est toujours aussi généreux, mais plus impulsif
et plus violent que jamais ; que la reine soit innocente ou
coupable, il s'en moque, et à vrai dire il ne se pose même
pas cette question, car « si sa dame meurt, il mourra ». Mais
il est « faible des reins » et son amour l'abaisse d'un degré.
Il n'est plus le roi des animaux, le lion, il est rétrogradé au
rang du léopard.

Galehaut enfin, « le plus merveilleux des hommes », nous
dit l'auteur, après avoir tout sacrifié à l'amitié de Lancelot,
apprend que cette amitié sera la cause de sa propre mort

sans manifester le moindre trouble et sans imaginer qu'il puisse jamais y renoncer. «Parce que c'était lui, parce que c'était moi.» Il est devenu, sinon le personnage principal, du moins le plus extraordinaire et le plus attachant de ce roman. Heureux et malheureux, il a pour Lancelot une amitié si exclusive que son «amie», la dame de Malehaut, ne joue plus guère que les utilités. La connaissance de sa mort prochaine lui donne seulement une nouvelle grandeur et une sorte de détachement. C'est lui, le fils de la Belle Géante, le grand dragon venu des îles d'Occident, que le léopard fera mourir. Il doute de l'innocence de la reine, et pourtant il est prêt à mettre en jeu sa vie et ses royaumes, pour la sauver, mais surtout pour assurer le bonheur de Lancelot, fût-ce à ses dépens. Il a cette connaissance des usages du monde, qui est le cadet des soucis de Lancelot. Ce grand prince est un sage, habile et rusé s'il le faut, «quand il s'agit de ce qu'il aime».

Aucun de ces quatre personnages ne peut résister à la violence de la passion qui l'entraîne. Le dénouement de cette aventure ne doit pas nous tromper : le triomphe des deux amants, l'humiliation du roi Arthur et le retour au *statu quo ante* ne sont qu'un bref répit dans le tourbillon des malheurs qui les attendent.

Le très grand nombre des personnages et des aventures qui s'entrecroisent dans le premier *Lancelot* en rendait l'analyse bien difficile. Ici, au contraire, la tâche est aisée. Le récit se développe de façon presque linéaire. Le début en est dramatique : pressentiments, songes et prodiges s'accumulent. Galehaut assiste impuissant à l'écroulement d'une partie de ses châteaux. Est-ce la punition de la démesure d'un héros qui a longtemps convoité de conquérir le monde entier ? Au même moment la reine est accusée de haute trahison : elle ne serait pas l'épouse du roi, ni la reine du royaume de Logres, mais une bâtarde, née des amours du roi de Carmélide et de la femme de son sénéchal, substituée pendant la nuit de noces à l'héritière légitime, par la fraude et par la violence. Il n'est pas étonnant que les deux Guenièvre, qui sont des demi-sœurs, se ressemblent. Une demoiselle de Carmélide se présente, qui prétend que sa maîtresse est la vraie reine et demande justice. L'affaire doit être jugée à la Chandeleur, comme il se doit, devant tous les barons du royaume réunis à cet effet.

Cependant Galehaut apprend, de la bouche des mêmes clercs qui avaient expliqué naguère les songes du roi Arthur, que son compagnon ne sera plus longtemps le meilleur chevalier du monde, et que lui, Galehaut, va bientôt mourir, du seul fait de Lancelot. Les deux amis se rendent auprès du roi Arthur et assistent à la cour de la Chandeleur. Craignant d'être démasquée, la demoiselle de Carmélide, sur le conseil d'un vieux chevalier, fait enlever le roi, qui tombe amoureux de sa geôlière. Le roi tient une cour en Carmélide, où la reine est répudiée et la demoiselle portée sur le trône de Logres. Par un combat inégal, d'un chevalier contre trois, Lancelot fait casser le jugement de la reine et la sauve d'un supplice atroce. Mais le roi Arthur, qui tombe chaque jour davantage sous la coupe de la fausse Guenièvre, ne veut pas se séparer d'elle. Il exile la reine, et Galehaut lui donne la plus belle de ses terres, celle de Sorelois. Le pape, indigné de la conduite du roi, jette l'interdit sur le royaume de Logres. Deux ans plus tard, Dieu, qui ne permet pas que le mal reste longtemps impuni, décide de frapper les coupables. Le roi Arthur tombe malade, ainsi que la demoiselle de Carmélide et son perfide conseiller. Les yeux du roi s'ouvrent enfin. Quoique toujours amoureux de la fausse Guenièvre, il rappelle la reine et obtient d'elle le retour de Lancelot, en dépit des regrets et des craintes de Galehaut. On notera, à cette occasion, un geste de mansuétude royale, fort rare à cette époque. Aucune punition n'est infligée aux deux coupables. La maladie qui les accable suffit à leur châtiment, et ils finiront leurs jours « dans un vieil hôpital ».

Tel est le contenu de ce récit, que nous avons intitulé *La Fausse Guenièvre*, mais qui se présente comme la suite du premier *Lancelot du Lac*. Les éditeurs de notre temps et les producteurs de films savent fort bien utiliser le succès d'un

ouvrage pour lui donner des « suites » ou des « remakes ». Il
en allait de même au Moyen Âge et, du XIIIe au XVe siècle,
l'histoire de Lancelot n'a cessé de s'accroître et de se
compliquer. Pour juger de la valeur de ces suites, le public,
qui a si bien accueilli le premier *Lancelot*, n'a pas besoin
d'en savoir davantage. Il sait lire, à défaut de savoir lire
l'ancien français, et il juge des œuvres de l'esprit par la
bonne façon d'en juger, qui est de se laisser prendre aux
choses, comme disait Molière ; car ce roman n'a pas été
écrit pour la satisfaction de quelques initiés ni pour être le
sujet de dissertations ésotériques, et il n'est pas absurde de
le lire comme il a été écrit, c'est-à-dire pour le plaisir. Mais
je conçois bien que ce genre de raisonnement n'est pas pour
convaincre des savants (il serait plutôt pour les mécontenter) et qu'à notre époque, qui a une si grande religion de
la science, vraie ou fausse, on n'a rien fait, si l'on ne répond
pas, point par point, aux commentaires que les érudits ont
accumulés, pour le meilleur ou pour le pire, autour de ce
cycle de romans. La suite de cette étude s'adresse donc plus
spécialement aux philologues, aux étudiants qui seront peut-
être les maîtres de demain et à ceux qu'on décorait jadis du
nom de « curieux ».

II. *Le témoignage des manuscrits : de Perceval à Galaad*

Toute l'étude du *Lancelot* doit ou plutôt aurait dû
commencer par l'établissement d'un texte sûr, mais c'est le
contraire qui s'est produit. On s'est empressé de commenter
le texte d'une très mauvaise édition, parce qu'elle était la
seule. Or, si le texte est fautif, le commentaire l'est aussi. À
quoi bon expliquer ce qui n'est pas ? Il n'est pas moins
critiquable de tirer d'un texte exact, mais interprété à
contresens, des conséquences erronées, parce qu'on le
sépare de son contexte.

Pourtant on ne peut se défendre d'admirer les édifices magnifiques que tant d'historiens et de critiques éminents ont élevés patiemment autour de l'immense *Lancelot en prose*. Ils nous transportent dans des palais enchantés, où tout s'éclaire et prend un sens. Ils ont dépensé tant de labeur et de talent que l'on se sent un peu honteux de venir leur dire que toutes ces belles constructions ne sont bâties que sur le vide. Les hautes spéculations sur le *Lancelot* ont des charmes si puissants qu'elles dispensent de la tâche ingrate et rude de comparer un grand nombre de manuscrits, parfois difficilement accessibles, et de s'assurer que l'on ne commente pas la bévue d'un copiste ou la fantaisie d'un remanieur. Il est vrai que cette méthode raisonnable répugne étrangement à la nature humaine, comme le remarque Montaigne, au chapitre « Des boiteux » (III, 11) : les hommes, écrit-il, « commencent ordinairement ainsi : Comment est-ce que cela se fait ? – Mais se fait-il ? faudrait-il dire. Notre discours est capable d'étoffer cent autres mondes et d'en trouver les principes et la contexture. Il ne lui faut ni matière ni base. Laissez-le courre : il bâtit aussi bien sur le vide que sur le plein, et de l'inanité que de matière ».

Le respect des faits, c'est-à-dire des textes, impose un certain nombre de règles simples : ne pas privilégier ce qu'ils ne disent pas au détriment de ce qu'ils disent ; ne pas les interpréter à la lumière de textes ultérieurs dont il n'est pas prouvé qu'ils aient le même auteur ou la même signification ; enfin ne pas omettre le texte qui nous dérange et choisir celui qui nous arrange, même lorsqu'il est établi que celui-ci n'est qu'un dérivé tardif de celui-là. Ces travers ne sont pas nouveaux dans l'histoire littéraire du Moyen Âge et nul ne les a dénoncés en termes plus sévères que l'historien Ferdinand Lot : « L'application à l'histoire littéraire de l'adage politique "Débarrassons-nous de ce qui nous gêne" me paraît horriblement dangereuse, quand elle n'est pas autorisée par la comparaison très prudente des manuscrits, de la langue, de l'esprit. Autrement on risque de substituer aux textes que nous voulons pénétrer des constructions de notre fantaisie[1]. »

Mais c'est une chose de poser un principe, et c'en est une autre de l'appliquer. Il faut voir comment Ferdinand Lot rabroue son excellent prédécesseur, Paulin Paris :

« Enfin, écrit-il, le ton dont il est parlé des amours de tous ces personnages est, comparé à celui des écrits du temps, sobre et discret. À cet égard, l'analyse de Paulin Paris est trompeuse. L'érudit ajoute la pointe ou le sourire qu'on ne trouve pas dans le texte. Ainsi dans la scène qui suit la réunion des deux parties de l'écu[2], Paulin Paris nous montre Guenièvre courant réveiller la dame de Malehaut pour lui montrer la merveille. "La dame en riant prit Lancelot par le menton, non sans le faire rougir en se faisant reconnaître pour celle qui l'avait si longtemps retenu dans sa geôle. 'Ah ! Lancelot, Lancelot, dit-elle, je vois que le roi n'a plus d'autre avantage sur vous que la couronne de Logres.'" C'est spirituel, remarque Ferdinand Lot, mais il n'y a rien de pareil dans le *Lancelot*. »

La critique de Lot n'était pas justifiée ; le texte de Paulin Paris était le bon, et sa traduction excellente. Lot a été trompé par la mauvaise édition Sommer, dont le manuscrit présente ici une lacune[3]. On voit comment, d'un texte fautif, on tire un commentaire erroné. Il n'en est pas moins étrange que l'historien ait pu lire plus du tiers du *Lancelot en prose*, sans s'apercevoir que ce qu'il appelle « la pointe ou le sourire » y était partout présent. Il n'a pas vu le léger badinage, inspiré de Chrétien de Troyes, dont certains érudits, il est vrai, ont voulu faire aussi « une nature profondément morale ». Pour l'auteur du premier *Lancelot* comme pour Chrétien, « mariage et adultère sont des considérations tout à fait accessoires et même négligeables, la seule chose

---

1. F. Lot, *op. cit.*, p. 120.

2. La réunion des deux parties de l'écu fendu symbolise l'union charnelle des deux amants (*Lancelot du Lac*, II, p. 522).

3. La même erreur se retrouve dans l'édition Micha, mais non dans celle de Mlle Kennedy.

essentielle étant la pleine et entière possession des deux amants l'un par l'autre[1] ». Il semble que Lot n'ait vu dans le *Lancelot* que ce qu'il voulait y voir.

Si l'on veut savoir maintenant comment un texte simple, sorti de son contexte et interprété à contresens, a pu servir de fondement à toute une théorie sur l'unité du *Lancelot*, il suffit de se reporter au mot Galaad, employé à la première page du roman pour désigner Lancelot. Selon certains critiques, la seule mention de ce nom de Galaad suffirait à indiquer que, dans l'esprit de l'auteur, le conquérant du Graal devait être ce Galaad, fils de Lancelot, dont l'histoire nous est contée dans l'*Agravain* et dans la *Quête*, et non Perceval le Gallois (ou plutôt Perlesvaus), le héros traditionnel de la quête du Graal, désigné expressément pour tel un peu plus loin[2].

Au début du roman, il nous est dit que Lancelot avait pour nom de baptême Galaad et pour « surnom » Lancelot, et qu'on nous expliquera plus tard pourquoi il fut appelé Lancelot. Ni plus ni moins. On ne nous dit pas qu'on nous apprendra pourquoi il fut appelé Galaad, et en effet ce n'est pas nécessaire, puisque tout le contexte du premier *Lancelot* l'explique, surabondamment et à plusieurs reprises. On a déjà remarqué que le *Lancelot* s'intéresse surtout aux rois et aux fils de rois. Lancelot descend d'un roi par son père ; mais cela ne suffit pas. Par sa mère, la reine Hélène, il descend (comme Perceval le Gallois par son père, le roi Perlès) du plus haut lignage qui soit, le « haut lignage que Dieu a établi au royaume aventureux [la Grande-Bretagne] pour exalter son nom et la hauteur de sa foi ». Le dernier rejeton de ce lignage est prédestiné pour achever les aventures. De cette longue lignée de rois, qui remonte jusqu'au roi David et à Joseph d'Arimathie, l'auteur nous dit ne pas connaître tous les noms, mais il en connaît au moins deux : « Il y eut, dit la dame du Lac, son fils Galaad

1. Gaston Paris, *Mélanges de littérature française du moyen âge*, t. I, article « *Cligès* », p. 292.

2. Voir *Lancelot du Lac*, p. 123 et note 1.

[le fils de Joseph d'Arimathie], le haut roi de Hosselice, qui
ensuite fut appelée Galles en son honneur, et tous les rois
qui sont issus de lui, dont je ne sais pas les noms. Il y eut le
roi Perlès de Listenois, qui était naguère le plus haut de ce
lignage, quand il vivait, et son frère Alain le Gros[1]. » Ce roi
Perlès, nous le connaissons bien, puisque, dès le début du
roman, on nous parle d'un roi « méhaigné », « le roi Perlès,
qui fut le père de Perlesvaus[2] ». On sait par Chrétien de
Troyes que Perceval est le fils de la Veuve Dame de la
Gaste Forêt, que son père était « méhaigné » et qu'il est mort
de chagrin.

Il n'y a rien de plus normal que de voir Lancelot porter le
nom de ce glorieux ancêtre, par lequel il descend de la plus
haute lignée qui soit, celle du roi David et de Joseph d'Arimathie. Ce grand personnage sert de lien entre l'histoire
sainte et l'histoire de la Grande Bretagne. Plus tard, dans la
Charrette en prose, Lancelot soulèvera la dalle d'une tombe
où il lira : « Ci-gît Galahad, le conquérant de Hosselice, le
premier roi chrétien de Galles. » Il apprendra en même
temps qu'il a pour nom de baptême celui de ce saint
homme, et qu'il est le *cousin*, comme dans le roman de
Perlesvaus, du futur héros du Graal.

Pendant longtemps personne ne pensa trouver à ce texte
d'autre sens que celui que son auteur y avait mis. Jusqu'à ce
jour des années trente où un critique anglais, bien oublié à
présent, W. H. Trethewey, qui avait trop lu *La Quête du
Saint Graal* et sans doute pas assez le premier *Lancelot*,
s'avisa d'une tout autre interprétation : l'auteur, dès la première page de son œuvre, pensait à un fils de Lancelot, qui
s'appellerait Galaad. Le texte ne disait rien de tel et de ce
Galaad, fils de Lancelot, on ne trouvait aucune mention, ni
dans le premier *Lancelot* ni jusqu'à l'*Agravain*, c'est-à-dire
dans les deux tiers du roman. Mais, comme il arrive souvent, la mode aidant, ce contresens passa pour une certitude : « La présence du nom de Galaad, dans tous les

1. *Lancelot du Lac*, p. 409.
2. *Lancelot du Lac*, p. 123.

manuscrits de nous connus, parmi les noms de Lancelot,
indique bien la ferme volonté de donner au fils du roi de
Bénoïc cette postérité illustre et sans pareille[1]. »

Mieux encore : cet argument, d'abord présenté comme
une « simple conjecture », devient, dans le dernier ouvrage
de Frappier, une preuve irréfragable que l'on peut opposer
aux assertions contraires des manuscrits, même s'il semble
bien que lesdits manuscrits remontent « à l'archétype de
tous les manuscrits connus ».

« Cette seule indication du nom mystique de Lancelot
contient en puissance tout le système généalogique et pro-
phétique du *Lancelot en prose* et elle *interdit de croire* que
l'auteur du tome III [le premier *Lancelot* dans l'édition
Sommer] se soit jamais résolu à faire de Perceval l'élu
suprême d'une quête du Graal[2]. »

Plus prudent et plus respectueux des manuscrits, Ferdinand Lot se bornait à relever une « contradiction interne de
l'œuvre ». Mais, comme, selon Montaigne, les hommes
s'intéressent plus aux causes qu'aux choses, il faut sans
doute donner aux exégètes, à qui les faits ne suffiraient pas,
quelques explications supplémentaires. Ils s'étonnent que
Lancelot porte deux noms, un nom de baptême et un
surnom. Mais il n'y a là rien qui lui soit propre et dont il y
ait lieu de s'étonner. Il en va de même de la sœur de Perceval, Amide « en surnom » et « en son droit nom »
Héliabel ; ou encore du roi Aramont, seigneur de la Petite
Bretagne, « que les gens appelaient Hoël en surnom ». Sans
doute, pour notre auteur, certains noms « bretons » ne sont
que des surnoms et les « vrais noms » sont des noms
chrétiens ou prétendus tels. Quoi qu'il en soit, Lancelot n'a

---

1. J. Marx, *Nouvelles Recherches sur la littérature arthurienne*, Paris,
1965, p. 71, note.

2. Jean Frappier, *Le Cycle de la Vulgate*, GRLMA, IV/1, p. 588. Pour
Jean Frappier, le témoignage des manuscrits est sans valeur, puisqu'ils
proviendraient tous d'un même manuscrit primitif, lui-même fautif. Bien
entendu ce manuscrit primitif et le vrai texte primitif ne sont connus que
des seuls critiques, et on peut leur faire dire ce que l'on veut, puisqu'ils ont
l'un et l'autre disparu.

pas perdu son nom de Galaad à cause de sa luxure, comme on le dira plus tard dans l'*Agravain*. Ce nom de Galaad est son vrai nom.

Une autre question, souvent débattue entre les spécialistes, concerne le sens du nom Galaad : selon Lot et Frappier, c'est un « nom mystique », mais ni l'un ni l'autre ne nous expliquent ce qu'ils entendent par là. Il n'est peut-être pas nécessaire de chercher si haut et si loin. Il est beaucoup plus simple de noter que notre auteur partage le goût de la plupart des écrivains du Moyen Âge pour les étymologies en forme de calembour. Le Graal « agrée ». Perlesvaus « perd les Vaux [de Camaalot] », etc. Galles vient de Galaad, comme Issoudun vient de Issou[1]. D'ailleurs quoi de plus normal que des pays et des villes portent le nom de leur seigneur ? Le fondateur de la légende arthurienne, Geoffroy de Monmouth, ne procède pas autrement dans son savant ouvrage[2]. C'est un déluge d'étymologies de ce type. L'Angleterre ou Lœgrie (le royaume de Logres des conteurs) vient de Locrin, fils de Brutus ; le pays de Galles ou Cambrie vient de Camber ; l'Écosse (appelée aussi Scotie ou Northumbrie ou Albanie) vient d'un autre fils de Brutus, Albanact. Les fleuves eux-mêmes ont leur héros éponyme, masculin pour l'Humber, féminin comme il se doit pour la Severn. Quant aux Gallois, ces Bretons dégénérés, ils tirent leur nom, selon Geoffroy de Monmouth, de leur duc Galon ou de leur reine Galaes[3]. On voit que notre auteur n'a pas eu à faire une trop grande dépense d'imagination pour passer de Galaes à Galaad.

Mais, dira-t-on encore, Galaad est un nom biblique. S'il voulait un nom biblique, l'auteur n'avait pas d'autre choix, pour relier l'histoire de la Grande Bretagne à l'histoire sainte, que de s'intéresser à cet obscur personnage de la Bible. Était-ce même un personnage ? À vrai dire, c'était seulement un nom, mentionné à deux reprises dans des énu-

1. *Lancelot du Lac*, p. 121.
2. Geoffroy de Monmouth, *Historia Regum Britanniae*, éd. Faral.
3. Geoffroy de Monmouth, *op. cit.*, ch. 207, p. 303.

mérations par deux livres de l'Ancien Testament. Mais l'origine biblique du nom de Galaad, quoique vraisemblable, n'est rien moins qu'établie. Ce nom est écrit Galahas ou Galaaz ou Galoas ou Galahos, bien plus souvent que Galaad. Il pourrait s'apparenter à Galehaut tout autant qu'au Galaad de la Bible. Quoi qu'il en soit, l'étude de la tradition manuscrite montre que, dans les deux tiers du *Lancelot en prose*, c'est-à-dire jusqu'à l'*Agravain*, il n'y a, en dehors de Lancelot, pas d'autre Galaad que le fils de Joseph d'Arimathie et que l'achèvement des aventures est réservé à Perceval le Gallois (appelé ici Perlesvaus), le héros traditionnel de la quête du Graal.

En effet, Perceval le Gallois est désigné, à plusieurs reprises, en des termes qui ne laissent place à aucune ambiguïté, mais les commentateurs n'ont prêté attention qu'à un seul passage, il est vrai très important, où le héros du Graal est nommé en toutes lettres, au début du roman. Ce passage célèbre concerne « les plus belles femmes » du royaume de Logres, et parmi elles « la fille du roi méhaigné, c'est-à-dire du roi Perlès [ou Pellès], qui fut le père de Perlesvaus, celui qui vit à découvert les grandes merveilles du Graal, accomplit le Siège Périlleux de la Table Ronde, et acheva les aventures du Royaume Périlleux Aventureux, c'est-à-dire du royaume de Logres. Cette demoiselle était sa sœur, et si belle que tous les contes nous disent qu'aucune femme de son temps ne put l'égaler pour la beauté. Amide était son surnom, et son vrai nom Héliabel[1]. »

Il pourrait sembler de peu de profit de refaire une fois de plus la démonstration faite il y a plus de 75 ans par Ferdi-

---

1. *Lancelot du Lac*, p. 123. Ce texte parut si important à F. Lot qu'il lui consacra le chapitre V de son *Étude...*, intitulé « D'une contradiction interne de l'œuvre ». L'analyse de Lot a été confirmée par E. Kennedy, après une comparaison de tous les manuscrits connus (*Lancelot du Lac*, t. II, p. 90). A. Micha, au t. VII de son édition du *Lancelot*, reproduit intégralement le texte de 33 manuscrits en soulignant que « de l'interprétation que l'on en donne [de ce passage] dépend l'idée que l'on peut se faire de la genèse et de l'unité du cycle ». Voir aussi J. Frappier, *Étude sur « La Mort le roi Artu »*, 2e éd., 1961, p. 452, etc.

nand Lot, et complétée, à partir d'une documentation exhaustive, par Mlle Kennedy. Mais ce serait oublier que les prestiges d'une imagination chimérique auront toujours plus d'attraits auprès de la plupart des hommes, que la vérité simple et nue. Les deux tiers des manuscrits (22 sur les 33 cités par A. Micha) contiennent le texte que nous venons de citer. Les onze autres remplacent Perceval et sa sœur par Galaad et sa mère, mais ils ne présentent pas un texte unique et cohérent. Ils laissent subsister des pans entiers de la version antérieure (mots grattés ou rayés, puis réécrits) ou des inconséquences majeures (par exemple, après avoir remplacé Perceval par Galaad, ils laissent subsister l'allusion à sa *sœur*, alors que Galaad n'a pas de sœur). Ils se dénoncent ainsi d'eux-mêmes comme des corrections hâtives et maladroites.

C'est évident pour le manuscrit 110 de la Bibliothèque nationale et les trois manuscrits du même groupe. Il s'agit d'une réfection tardive, sans valeur pour l'édition du *Lancelot*, mais intéressante précisément en ceci qu'elle est la première d'une longue série, qui va se développer jusqu'à la fin du Moyen Âge, c'est-à-dire d'une refonte d'ensemble, consciente et délibérée, pour harmoniser, autant que faire se peut, les divers romans du cycle. Postérieure aux derniers de ces romans, notamment à la suite du *Merlin* appelée *Suite Vulgate*, qu'elle cite à plusieurs reprises, elle ne saurait en aucun cas être considérée comme le reflet d'une version originale. Elle dérive en effet du groupe I (BN 768 et ses semblables) qu'elle modifie non sans maladresse[1].

Tels sont les faits qu'il convenait de rappeler brièvement. Mais les commentateurs en ont tiré des conséquences très différentes. Lot était depuis trop longtemps formé aux

---

1. « Il [ce groupe] abrège en général le texte ; il est le seul à donner deux fils à Claudas, Dorin et Claudin, et à ne pas présenter Merlin, dans sa courte biographie du ch. VI a, comme un être *deschevanz* et *desloiaus* ; mais ces manuscrits ne peuvent en aucun cas être considérés comme les témoins d'une version parallèle : ils dérivent du groupe I (BN 768 et ses semblables) qu'ils modifient non sans quelque maladresse » (A. Micha, *Lancelot*, t. VII, p. X).

solides disciplines des historiens de son temps pour ne pas
penser que le premier devoir d'un critique est d'accepter les
textes, même lorsqu'ils déplaisent. Il se refuse à « enfourcher l'hippogriffe qui les conduit [les critiques] dans les
régions éthérées des "textes primitifs", qui se prêtent
complaisamment à toutes les interprétations[1] ». Il note la
« contradiction interne de l'œuvre » et pense que l'auteur du
t. I (c'est-à-dire du premier *Lancelot*) n'a pas encore arrêté
son plan « dans tous ses détails » : il serait ensuite passé de
Perceval à Galaad.

Il est regrettable que ses successeurs, qui partageaient, à
quelques nuances près, son idée d'une unité de structure du
Lancelot en prose, n'aient pas imité sa prudence. Se rendant
compte que le remplacement de Perceval par Galaad n'était
pas un détail, ils sont revenus à l'hypothèse si commode du
« texte primitif », qui permet de dénier toute valeur au
témoignage des manuscrits. Quelques-uns même, il est vrai
peu nombreux, ont pensé qu'il suffisait de choisir un
manuscrit tardif comme le BN 110, dont les incohérences
leur échappaient, et de le baptiser « version originale ». Pour
Jean Frappier, tous nos manuscrits dérivent d'un « archétype » (avatar du « manuscrit primitif »), qui serait lui-même
fautif : « on comprend, écrit-il, que dans ces conditions,
certains scribes, aussi déconcertés que nous par la leçon de
l'archétype, aient voulu le retoucher et l'adapter, tant bien
que mal, à ce qui leur paraissait, non sans raison, comme
une donnée essentielle du *Lancelot en prose*[2]. »

Pourtant, le texte, qui a donné lieu à tant de commentaires, était d'une grande simplicité ; il combine des données
empruntées à Robert de Boron et d'autres qui viennent du
Perceval de Chrétien. On sait que chez Chrétien, Perceval
est « le fils de la veuve dame de la gaste forêt solitaire ».
Son père était un chevalier blessé (*mehaigné*) et qui est mort
de ses blessures, au moment où l'auteur en parle. Il en est
de même pour l'auteur du *Lancelot en prose*, à cette diffé-

1. F. Lot, *op. cit.*, p. 122.
2. J. Frappier, *Étude sur « La Mort le roi Artu »*, 2ᵉ éd., 1961, p. 454.

rence près que le père de Perceval n'est pas un simple chevalier, mais un roi de Listenois, un certain Perlès, qui était,
quand il vivait, le plus illustre descendant du lignage de
Joseph d'Arimathie et le frère d'Alain le Gros (personnage
qui, chez Robert de Boron, était le père de Perceval). On a
déjà vu que le *Lancelot en prose* s'intéresse avant tout aux
rois et fils de rois. Il est aisé de comprendre que le héros du
Graal ne pouvait pas être d'une naissance moins illustre que
son parent et «cousin» Lancelot. À ceci près, le Perceval de
notre texte est très exactement celui du roman de Chrétien
de Troyes.

Sur ce point, le texte que nous publions apporte une
confirmation décisive. Comme le nom de Perceval n'y est
pas prononcé, il a échappé aux remanieurs, ainsi qu'aux
critiques, qui n'en ont pas mesuré la portée. Il s'agit donc
d'un texte qui se trouve dans tous les manuscrits connus,
sans exception.

Interrogé par Galehaut, maître Hélie lui fait part des prophéties de Merlin qui concernent trois personnages, le futur
conquérant du Graal, Lancelot et Galehaut lui-même.
Chacun de ces trois personnages est désigné par son père ou
sa mère. Le héros du Graal est issu «*de la chambre du roi
méhaigné de la gaste forêt*»; Lancelot descend «*de la
couche du roi mort de deuil et de la reine douloureuse*» (le
roi Ban et la reine Hélène); enfin Galehaut est né «*du sein
de la Belle Géante*». La prophétie reprend exactement ce
qui était dit dans le passage précédent, à savoir que le héros
du Graal est le fils du roi méhaigné (le roi Perlès), en y
ajoutant l'allusion à «*la gaste forêt*», qui est, depuis Chrétien, le domaine des parents de Perceval le Gallois. S'il était
besoin d'une confirmation supplémentaire, la même prophétie nous apprend que le héros «qui achèvera les
aventures» aura la «parole d'une dame pensive»; et maître
Hélie commente lui-même: «il sera peu bavard (*emparlé*),
puisqu'il ressemble pour la parole à une dame pensive.» On
sait que le silence de Perceval au château du Graal est un
ressort essentiel du conte de Chrétien et la cause de toutes

sortes de catastrophes[1]. Rien de tel ne peut s'appliquer à Galaad, et aucun texte ne fait état de son silence ou de sa timidité.

Plus loin encore on relève une allusion au conquérant du Graal, qui ne peut en aucun cas concerner Galaad. Il s'agit d'un passage de la *Charrette* en prose, dont le manuscrit de Cambridge et l'édition Micha donnent une version édulcorée. Siméon annonce à Lancelot qu'il descend de Galaad, fils de Joseph d'Arimathie, et il ajoute : « *Tu es cousin* de celui qui me libérera de cette tombe, accomplira le Siège Périlleux de la Table Ronde et achèvera les aventures de Bretagne. » Et quelques lignes plus loin : « sans cela [votre amour pour la reine Guenièvre] vous auriez accompli les merveilles que *votre cousin* accomplira. » L'authenticité de cette leçon est confirmée par le fait qu'elle se trouve dans l'excellent manuscrit du British Museum Royal 20 D IV, dans Harley 4419, dans BN 96 et BN 111, et indirectement par la leçon de BN 752, notre manuscrit de base, où le texte original a été gratté et maladroitement remplacé par un autre (*père* et *fils*) d'une autre encre et d'une autre main. Dans le *Lancelot en prose* comme dans le *Perlesvaus*, Lancelot et Perceval appartiennent au même lignage : ils sont cousins.

Bien entendu tout change avec l'*Agravain*, qui invente un « système généalogique » tout différent. Ce roman nous raconte la naissance d'un nouveau héros du Graal, Galaad, né d'une union hors mariage entre Lancelot et la demoiselle porteuse du Graal, fille du riche Roi Pêcheur. Ce Roi Pêcheur s'appelle Pellès, mais il n'est jamais nommé Pellès de Listenois. Il n'est pas, comme celui-ci, mort ni méhaigné. Il est le roi, bien vivant et valide, de la Terre Foraine et non du Listenois. Galaad se rattache aux rois du Graal par sa mère, la demoiselle au Graal, et non par son père Lancelot. Nous voyons aussi reparaître brièvement un « Roi

---

1. *Perlesvaus*, éd. Potvin, p. 2 : « Il n'était pas hardi en paroles et il ne semblait pas à son visage qu'il fût si courageux. Mais par un peu de paroles qu'il tarda à prononcer, il arriva dans la Grande Bretagne de si grandes merveilles que toutes les îles et toutes les terres tombèrent dans une grande douleur. »

Méhaigné », qui jouera un grand rôle dans la *Quête*, mais n'en a pratiquement aucun dans l'*Agravain*[1]. Ce « Roi Méhaigné » serait le père du Roi Pêcheur selon l'*Agravain* et l'*Histoire du Saint Graal*, un de ses frères selon les suites du *Merlin*, la *Quête* évitant sagement de se prononcer. Comme on le voit, les contradictions vont se perpétuer tout au long du cycle, chaque auteur d'un roman ultérieur inventant son propre « système généalogique ». Ainsi la suite du *Merlin* que l'on appelle d'un mot barbare *Suite Vulgate*, invente trois rois frères : un roi Hélein de la Terre Foraine, un roi Pellès de Listenois (grand-père de Galaad) et un roi Pellinor (avatar de Pellès) de la Gaste Forêt (père de Perceval). Ces auteurs résolvent à leur manière les contradictions antérieures en dédoublant d'abord, puis en multipliant les personnages. Mais cela n'a plus rien à voir avec les romans primitifs. Dans les deux tiers de ce qu'on appelle le *Lancelot en prose*, il n'y a aucune place pour un fils de Lancelot qui s'appellerait Galaad. À partir de l'*Agravain*, il en va tout autrement ; mais c'est un autre roman, très différent des premiers, dont il corrige librement les données (suivant un usage très répandu à cette époque) en même temps qu'il en prend la suite[2].

III. *La composition du* Lancelot[3] *d'après les critiques modernes et d'après les anciens manuscrits*

« Même rapide, une étude du *Lancelot propre* ne saurait être globale et envisager indistinctement toutes ses parties :

---

1. Dans la *Quête*, l'unique fonction du « roi méhaigné » est d'être guéri par Galaad. Le motif de la guérison du roi pêcheur remonte à Chrétien de Troyes ; mais dès lors que le roi pêcheur (Pellès de la Terre Foraine) se porte comme un charme, il fallait bien lui trouver un substitut.

2. Je me réserve d'exposer ailleurs ce qu'il faut penser des autres versions de la *Charette en prose*.

3. La terminologie adoptée par les critiques est la suivante : le *Lancelot*

la seule méthode judicieuse est d'examiner dans leur suc-
cession chacune des divisions que les scribes des manuscrits
ou les critiques modernes ont établies, pour des raisons de
clarté et de commodité, dans la masse des aventures[1]. » Ces
quelques lignes de Jean Frappier sont très remarquables à
plus d'un titre. Leur auteur propose une méthode d'analyse
qui lui paraît être la seule méthode judicieuse ; mais, dans la
même phrase, il en diminue singulièrement l'intérêt et
même l'utilité, en énonçant deux « évidences » : ces
divisions ne sont dues qu'à des raisons de clarté et de
commodité et il importe peu qu'elles émanent des critiques
modernes ou des anciens manuscrits.

Peut-être pourrait-on faire remarquer qu'il n'est pas
nécessaire de préjuger les conclusions d'une étude avant de
l'entreprendre et qu'il faut une solide confiance dans le
progrès de la science pour placer sur le même plan et pour
ainsi dire à égalité les constructions d'un critique du
XXe siècle et les indications d'un manuscrit du XIIIe.

Mais sans nous arrêter à ces détails et faire à leur auteur
un procès d'intention, il convient d'adopter la méthode qu'il
nous propose et qui s'impose à quiconque veut tenter une
analyse de textes aussi longs et aussi touffus. À la seule
condition de ne pas mélanger ce qui ne doit pas l'être. Un
critique du XXe siècle a bien le droit de préférer des divisions
de son cru à celles qu'il trouve dans les manuscrits. Mais,
ne serait-ce que « pour des raisons de clarté », il faut rendre
à chacun son dû : à la critique, ce qui est le fait de la
critique ; aux manuscrits, ce qui résulte des seules données
des manuscrits. Voyons donc ce que nous disent les cri-

_____

en prose comprend le *Lancelot proprement dit* (*Galehaut, Charrette, Agravain*), suivi de *La Quête du Saint Graal* et de *La Mort du roi Arthur*. Le
Lancelot-Graal ou *Lancelot cyclique* comprend en outre l'*Histoire du Saint
Graal* et le *Roman de Merlin*, avec sa suite (ou *Suite Vulgate*), qui le relie
au *Lancelot*. La seule édition complète de cet ensemble de romans a été
publiée par Oskar Sommer sous le titre : *The Vulgate Version of Arthurian
Romances*, 7 vol. et un *Index*, Washington, The Carnegie Institution 1909-
1916.

1. Jean Frappier, *Le Cycle de la Vulgate*, GRLMA, IV/1, p. 541.

tiques modernes dans leurs commentaires. Voyons ensuite
ce que disent les manuscrits. Et si nous nous apercevons que
ce n'est pas la même chose, demandons-nous qui a tort et
qui a raison.

On ne peut pas dire que le *Lancelot* soit le lieu privilégié
d'un accord entre les critiques. On a déjà observé que les
uns y voient une architecture simple et grandiose, les autres
une combinaison désordonnée d'éléments incohérents.
Chacun peut donc le découper à sa guise et certains ne s'en
sont pas privés. Il n'en est que plus remarquable que tous
les critiques, à un moment ou à un autre, se réfèrent à la
même division tripartite : le *Galehaut*, la *Charrette*, l'*Agravain*, désignant sous ces trois noms les trois parties qui
composent ce qu'ils appellent le *Lancelot proprement dit*.
Une telle unanimité, du XIXᵉ siècle à nos jours[1], est assez
rare pour être soulignée. Le plus récent et non le moindre
des ouvrages consacrés au *Lancelot* l'évoque excellemment
en ces termes : « Il *est de tradition* de distribuer la matière
du *Lancelot* en trois sections qui s'autorisent d'un certain
nombre de manuscrits, division déjà proposée par Paulin
Paris : le *Galehaut*, la *Charrette* ou *Méléagant et Suites*
(XXXVI-LXIX), l'*Agravain* (LXX-CVIII), qui tire son nom
d'une aventure dont ce personnage est le héros, mais qui ne
correspond pas à une articulation logique[2]... »

Ici une première surprise nous attend : personne ne prend

---

1. De Gaston Paris à M. Micha et Mlle Kennedy. Ceux-là même qui
préfèrent une autre division ne s'en écartent guère et ce qu'ils appellent « la
préparation à la Quête » (Lot, Frappier) n'est, à quelques dizaines de pages
près, pas autre chose que l'*Agravain* sous un autre nom.

2. A. Micha, *Essais sur le cycle du Lancelot-Graal*, 1987, p. 86. Les
chiffres romains renvoient aux chapitres de l'édition Micha du *Lancelot* en
9 volumes, 1978-1983. De même, Lot, *op. cit.*, p. 13 : « une division
tripartite, *dont la tradition s'est poursuivie jusqu'à nos jours*... cette tradition s'autorisait évidemment d'un certain nombre de manuscrits... » De
même Gaston Paris : « Nous suivons, pour ce court exposé, la division
ordinairement adoptée du *Lancelot* en *Lancelot proprement dit* (compre-
nant *Galehaut, Charrette, Agravain*), *Queste du Saint Graal* et *Mort
Arthur* » (*Merlin, roman en prose du XIIIᵉ siècle*, publié par G. Paris et
J. Ulrich, 1886, Introduction, p. XXXVII, note 2).

cette division à son compte et chacun nous renvoie à ses
prédécesseurs en nous disant qu'elle est « de tradition ». Il
faut bien qu'une tradition ait une origine ; et celle-ci,
comme beaucoup d'autres, remonte à Paulin Paris, si abon-
damment utilisé et copié, mais si rarement cité par ses successeurs, qui ne le jugeaient pas assez « scientifique ».
Cependant en 1877, quand il termine son grand ouvrage, ce
que nous dit Paulin Paris est assez différent et présenté
comme une simple hypothèse sur « la disposition primitive
du roman », avec beaucoup de précautions et de réserves.
Trois romanciers auraient écrit sur Lancelot trois histoires
distinctes, un livre de la *Reine des Grandes Douleurs*, un
livre de *Galehaut* et un livre de la *Charrette*, qu'un remanieur aurait tant bien que mal réunis et cousus ensemble.
L'histoire aurait été ensuite continuée par trois autres
romanciers qui auraient écrit, l'un l'*Agravain*, l'autre la
Quête du Graal et le troisième la *Mort d'Arthur*. On voit
comment on a pu passer des indications de Paulin Paris à la
division tripartite du *Lancelot proprement dit*. Il suffit
d'oublier le « *conte de la reine des Grandes Douleurs* ». Il
reste le *Galehaut*, la *Charrette* et l'*Agravain*. Ce point
d'histoire n'est pas sans intérêt, de même qu'il n'est pas
indifférent de savoir que, quelques années plus tard, Gaston
Paris nous assure que cette division est « ordinairement
adoptée » et que, à la suite de Gaston Paris et depuis plus
d'un siècle, tous les critiques ont repris, dans les mêmes
termes, la même explication, qui n'en est pas une.

   Cette continuité est d'autant plus méritoire que cette division soulève beaucoup de difficultés, chacun en convient.
Ces trois parties sont disproportionnées : la première est
démesurée ; la seconde, très courte, est écrasée entre les
deux autres. Surtout elles ne paraissent pas « rationnelles » ;
et les titres qui leur sont donnés correspondent bien mal à
leur contenu. Elles ne seront pas abandonnées pour autant,
mais seulement amendées. Munis d'une logique sans faille
et persuadés que, quand nous disposons des moyens de la
critique, respecter le copiste, c'est mépriser l'auteur, les cri-

tiques vont reconstituer ces divisions telles qu'elles devraient être et non pas telles qu'elles sont. Ils vont les remettre à leur juste place, « à l'endroit souhaité », et non pas à l'endroit où des scribes ignorants les avaient « grossièrement déplacées ». Comme les explications qu'ils nous donnent ne sont pas les mêmes pour chacune de ces trois parties, il faut les examiner successivement.

Il est étonnant qu'aucun critique, à l'exception de Paulin Paris, n'ait attaché la moindre importance au « conte de la reine des Grandes Douleurs ». C'est faire bon marché du témoignage de l'auteur ; car c'est l'auteur lui-même, personne n'en doute, qui nous dit avoir usé de ce titre au commencement de ce roman. Une abbesse rencontre la reine, en proie à la plus vive et à la plus légitime des douleurs, puisqu'elle vient de perdre au même moment son royaume, son époux et son fils. L'abbesse lui demande à deux reprises : « Pour l'amour de Dieu, êtes-vous madame la reine ? » Et la reine lui répond : « Mon Dieu, dame, en vérité je suis la reine des Grandes Douleurs. » Et l'auteur de préciser : « À cause de ce nom qu'elle s'est donné, notre conte (*cist contes*) s'appelle, en son commencement, "Le conte de la reine des Grandes Douleurs" » (*Lancelot du Lac*, p. 79).

Cependant la plupart des commentateurs passent ce texte sous silence et ceux qui le citent l'interprètent comme une sorte de sous-titre particulier au début du roman. Mais cette interprétation, qui joue sur le sens du mot « commencement », n'a rien d'évident. L'auteur nous parle en plusieurs endroits de « ce conte » (*cist contes*), et à chaque fois ce qu'il désigne ainsi, c'est son œuvre, le roman de Lancelot tout entier et non une partie du roman. Sans doute les commentateurs ont-ils pensé que ce titre ne convenait pas au roman de Lancelot, tel qu'il nous est parvenu. Mais il est constant qu'un roman, à cette époque, peut tirer son nom d'un épisode, même mineur en apparence, mais auquel l'auteur attachait un intérêt particulier. Le lion dans *Le Chevalier au Lion*, la charrette dans *Le Chevalier de la Charrette*, le Graal dans *Le Conte du Graal* ne concernent qu'un

court épisode de chacun de ces romans, mais ils désignent
ces romans tout entiers, d'Yvain, de Lancelot, de Perceval,
dont ils nous donnent le vrai nom, le seul nom utilisé par
leur auteur. Et il n'est pas sûr que l'épisode de la reine des
Grandes Douleurs soit aussi mineur qu'on le croit : il
annonce et surtout il explique les malheurs qui vont
atteindre le roi Arthur et son royaume, et la destinée glo-
rieuse de Lancelot.

Quoi qu'il en soit du *conte de la reine des Grandes
Douleurs*, que l'on fasse commencer le *Galehaut* avant ou
après les «enfances», tous les critiques s'accordent pour
désigner cette partie du roman par un même titre (*Galehaut*)
et pour en placer la fin au même endroit (la mort de Galehaut). Il semble qu'une telle division ait un double mérite,
en apparence tout au moins : elle s'achève à un endroit qui
marque une pause dans le récit, et elle s'appuie sur un certain nombre de manuscrits, qui paraissent se référer à ce
titre de *Galehaut* en utilisant des formules de ce genre :
incipit (ou *explicit*) *Galehaut*. C'est une très longue section,
qui s'étend sur près de la moitié du *Lancelot proprement dit*,
«tout un roman dans un plus long roman», suivant la formule de J. Frappier[1]. Comme nous l'avons déjà vu, l'origine
de cette division remonte à Paulin Paris. Nous montrerons
ci-après qu'elle repose sur un contresens dans la lecture de
notre texte ; mais ce contresens a été favorisé et pour ainsi
dire conforté par un autre contresens, étranger à notre texte,
puisqu'il concerne l'interprétation d'un vers de Dante. On
s'est imaginé en effet que dans le vers fameux : *« Galeotto
fu il libro e chi lo scrisse »* (*Enfer*, V, 137), Dante faisait
allusion à un livre intitulé Galehaut. Il fallait comprendre :
«ce que fut Galehaut pour Lancelot et pour Guenièvre, le
livre et son auteur le furent pour nous, c'est-à-dire l'inter-
cesseur qui permit à notre amour de se révéler et de
s'exprimer.» Idée bien conforme au génie de Dante,
sublime et subtile à la fois, trop subtile même pour les
commentateurs,   puisque   certains   vont   l'interpréter   à

---

1. J. Frappier, *op. cit.*, *GRLMA*, IV/1, p. 545.

contresens, de Paulin Paris à nos jours ; car les contresens
ont la vie dure.

Paulin Paris, quand il arrête le second volume de sa traduction à la mort de Galehaut, nous donne l'explication
suivante : « Dans plusieurs anciens manuscrits cette partie
du roman de *Lancelot* est appelée le *Livre de Galehaut* ou
Le Prince Galehaut. À ce titre faisait allusion Dante Ali-
ghieri dans les vers si souvent cités[1]... » Mais il ajoute aussitôt : « Galehaut semble pourtant un hors-d'œuvre dans
l'ensemble de notre roman. » Il est dommage que ses successeurs n'aient pas fait la même remarque, qui aurait pu les
éclairer. Constatant que le « titre » mentionné dans les
manuscrits ne correspondait guère au contenu, ils se sont
contentés d'incriminer la sottise bien connue des copistes,
qui en auraient « grossièrement déplacé[2] » le commencement et la fin. Ils ont donc reconstitué un *Galehaut*, non tel
qu'il était dans les manuscrits, mais tel qu'il devait être, à
leur avis, pour obéir à une logique élémentaire. Examinant
les manuscrits qui « autorisent » ce titre et cette division,
A. Micha relève que « cette section *Galehaut* » commence à
un endroit « surprenant, car Galehaut est entré en scène bien
avant » et se termine « bizarrement » peu avant la fin de
l'épisode de la *Charrette* : « or il n'est plus question alors
de Galehaut depuis une centaine de pages au cours des-
quelles au contraire Méléagant a eu son rôle à jouer[3]. »

En effet la seconde des trois divisions, intitulée la *Charrette*, est encore beaucoup plus étrange que la première. La
première, comme on vient de le voir, pouvait s'autoriser de
mentions figurant dans certains manuscrits, et d'autre part le
personnage de Galehaut y apparaissait à plusieurs reprises.
Rien de tel pour la *Charrette*. Ce titre ne figure dans aucun
manuscrit. On ne va pas abandonner pour autant cette division traditionnelle. Dans plusieurs manuscrits on trouve,

---

1. P. Paris, *Les Romans de la Table ronde mis en nouveau langage...*,
1877, t. IV, p. 373, note.

2. F. Lot, *op. cit.*, p. 14, note 1.

3. A. Micha, *Essais...*, p. 87.

après le *Galehaut* et avant l'*Agravain*, un *incipit* ou *explicit*
Méléagant. On appellera donc la partie médiane du Lancelot : la *Charrette ou Méléagant*. Mais la difficulté n'est
pas résolue : car Méléagant a la mauvaise idée de mourir au
tout début de la partie qui porte son nom et qui n'est plus
qu'une suite d'aventures décousues et foisonnantes, impos-
sibles à résumer en quelques lignes, et plus encore à rassembler sous un même titre. Peu importe. Il suffira d'appeler
cette partie : la *Charrette ou Méléagant et Suites*, et d'en
avancer, comme pour la partie précédente, le commencement, le milieu et la fin, qui, dans les manuscrits, sont
placés « beaucoup trop loin[1] ».

Après s'être engagés dans cette voie, il n'est pas étonnant
que les critiques aient qualifié la troisième partie du *Lancelot propre*, appelée l'*Agravain*, de « division fautive »,
dotée « d'un titre erroné[2] », parce que Agravain n'y est
qu'un comparse et que son rôle se réduit à très peu de chose.
Il est normal que la même méthode ait conduit à la même
analyse et que, de cette analyse, ait été tirée la même
conclusion.

Comme on le voit, la critique moderne a son idée, qu'elle
suit avec persévérance et logique. Il faut examiner à présent
ce qu'il en est des manuscrits et s'ils sont aussi « flottants »
qu'on veut bien nous le dire.

Il va de soi qu'une telle étude doit, pour être complète,
s'étendre à l'ensemble de la tradition manuscrite, y compris
aux manuscrits du XVe siècle ; mais, dans un souci de prudence, nous ne tiendrons pour déterminant que ce qui se
trouve attesté par un ou plusieurs manuscrits du XIIIe ou du
XIVe siècle. En outre, pour ne pas alourdir cette étude par
une érudition excessive, il a paru préférable de renvoyer en
annexe[3] les mentions des manuscrits auxquels nous nous

---

1. F. Lot, *op. cit.*, p. 14, note 5.

2. A. Micha, *Essais...*, p. 88 : « Cette division fautive qui ouvre ledit
Agravain, en le dotant d'un titre erroné, attesté par la presque totalité des
manuscrits, s'explique facilement. » Même remarque et même explication,
en termes identiques, chez Lot, Frappier, Micha. Voir ci-après.

3. Annexes 2, 3 et 4, pp. 53-56.

sommes référés, et sur lesquels se fondent les constatations que nous exposons ici :

1. Dans aucun manuscrit le *Galehaut* ne commence ni au début du roman ni à l'endroit où Galehaut apparaît. Le début du *Galehaut* prend place beaucoup plus loin, à la fin du premier tiers du roman, qui correspond au tome III de l'édition d'Oskar Sommer et qui est parfois appelé la « *Marche de Gaule* », mais jamais *Galehaut*. C'est ici qu'intervient la première « coupure », dont font état un certain nombre de manuscrits. Arrivés à ce point du récit, ou bien ils poursuivent leur copie sans aucune séparation, ou bien ils marquent un temps d'arrêt, mais toujours au même endroit. Ils ne « flottent » pas, ils sont concordants. On ne compte pas moins de seize manuscrits où l'on décèle cette pause, entre la *Marche de Gaule* et le *Galehaut* : soit qu'ils l'indiquent expressément par un *explicit* ou un *incipit* ; soit qu'ils commencent ou se terminent à ce même endroit, soit qu'ils laissent entre les deux textes un espace blanc de plusieurs lignes.

2. La seconde section, appelée la *Charrette*, commence « beaucoup trop loin » selon tous les critiques, et toujours au même endroit, c'est-à-dire peu avant la fin du conte de la Charrette, ce qui est absurde en effet. Mais nos manuscrits ne sont pas responsables de cette absurdité, qui n'est imputable qu'à Paulin Paris et à tous ceux qui ont fidèlement reproduit ses affirmations. Ce sont eux qui ont intitulé cette partie la *Charrette* [1]. Les manuscrits l'appellent d'un tout autre nom : *Méléagant*. Sept manuscrits marquent une pause à cet endroit ; et six d'entre eux précisent que c'est à cet endroit que finit le *Galehaut* : *explicit Galehaut*. Un seul manuscrit place cette coupure « à l'endroit souhaité » (souhaité par qui ?). Mais c'est une compilation du XVe siècle, qui mélange le *Lancelot*, le *Tristan*, le *Palamède* et d'autres

---

1. Sans doute cette erreur est-elle en partie imputable au fait qu'à deux reprises l'auteur fait une allusion au « vrai conte de la Charrette », en le désignant comme la source et la justification de ce qu'il écrit. Mais c'est à l'œuvre de Chrétien qu'il renvoie. Trois manuscrits intercalent d'ailleurs dans le roman un texte dérivé du *Conte de la Charrette*.

œuvres en prose, bien plus tardives (BN 112). Et il est daté de 1470 ; à cette époque il y a plus de 250 ans que l'on copie et recopie le *Lancelot*...

3. La dernière coupure du *Lancelot*, et la plus importante, sépare le *Méléagant* de l'*Agravain* ; et comme ils l'ont déjà fait pour les coupures précédentes, nos manuscrits s'obstinent à la placer toujours au même endroit, « beaucoup trop loin » et sans raison apparente. Neuf manuscrits marquent ici une pause très importante, et parfois même ils laissent vide tout le reste de la page. Mais ce qui est le plus remarquable, c'est que douze autres manuscrits commencent précisément à ce même endroit. Le fait est là, regrettable, mais impossible à nier : l'*Agravain*, avec sa « division fautive » a été très souvent copié à part, presque toujours suivi par *La Quête du Saint Graal*, souvent aussi par la *Mort d'Arthur*.

Telles sont les indications fournies par les manuscrits : on voit qu'elles ne sont pas « flottantes », mais remarquables au contraire par leur constance et leur précision. Avant de se demander qui a tort et qui a raison, il faut ouvrir ici une parenthèse et noter que la dernière coupure, celle qui annonce l'*Agravain*, a tout spécialement occupé les critiques. Elle est en effet si visible, elle paraît si générale et si ancienne, qu'on pouvait aisément la croire originelle. De là à penser qu'elle marquait le début d'une de ces continuations dont le Moyen Âge nous a donné tant d'exemples, il n'y avait qu'un pas, vite franchi par Paulin Paris.

« Il est aisé de voir, écrivait-il, que l'auteur de la *Charrette* n'a pas composé l'*Agravain*, le plus souvent copié isolément ou bien complètement séparé des autres parties, bien qu'il continue le récit interrompu dans la laisse précédente. C'est ainsi que les continuateurs de Chrétien avaient repris, au milieu d'un récit, les poèmes de la *Charrette* et de *Perceval*[1]. »

La remarque de Paulin Paris était inspirée par le bon sens, mais elle mettait à mal l'idée de l'unité du *Lancelot*, même

---

1. Paulin Paris, *op. cit.*, t. V, p. 296.

réduit aux dimensions du *Lancelot propre*. Il ne suffisait plus d'invoquer, comme pour les divisions précédentes, la sottise bien connue des copistes ; car on avait peine à concevoir qu'ils eussent été si nombreux à commettre spontanément la même bévue au même endroit. Il fallait trouver une autre explication, ou du moins une variante de l'explication habituelle. On imagina donc que tous nos manuscrits dérivaient d'une même copie, exécutée vers 1250 (?), et qui se trouvait partagée en deux volumes : « la coupure était fortuite ; on donna le nom d'*Agravain* au second, sans motif sérieux, parce qu'il fallait un titre[1]. » La stupidité des copistes reprend alors sa place : ils auraient conservé la coupure par habitude, en la prenant pour une division logique, au beau milieu de leur copie.

Le moindre défaut de cette belle conjecture – car c'en est une, et nullement une évidence – est d'être absolument gratuite. « Un codex de cette dimension serait monstrueux », pensait Ferdinand Lot ; mais il se trouve que les plus anciens de nos manuscrits complets du *Lancelot en prose* sont de cette dimension « monstrueuse » et qu'ils sont en un seul volume. L'idée d'avoir des manuscrits maniables est judicieuse, mais ce n'est pas une idée du XIIIe siècle, on n'avait pas encore inventé le livre de poche. Quoi qu'il en soit, les ressources de la critique moderne sont inépuisables, même si elles manquent un peu de variété. Il y avait déjà un « Lancelot primitif », connu des seuls critiques, et à qui l'on pouvait faire dire ce qu'on voulait, par définition, puisqu'il avait disparu. Nous avons désormais, en supplément, un « manuscrit fautif primitif », connu des mêmes critiques, et que l'on peut aisément charger de tous les péchés, sans crainte d'être contredit, puisqu'il a lui aussi disparu[2].

---

1. F. Lot, *op. cit.*, p. 13. Selon F. Lot, c'est Gaston Paris qui aurait trouvé la bonne explication. Mais elle fut aussitôt adoptée. Elle est présentée comme une évidence par Lot, Frappier et Micha : coupure « purement matérielle » (Lot), « traditionnelle, mais purement accidentelle » (Frappier), « question d'équilibre matériel » (Micha).

2. On retrouve ici l'explication par un « manuscrit fautif primitif », déjà utilisée en ce qui concerne la mention de Perceval, au début du *Lancelot*.

Cette explication fut jugée si heureuse qu'on s'en servit pour expliquer d'autres coupures, par exemple celle qui sépare le *Galehaut* du *Méléagant* et qui correspondait approximativement au milieu du *Lancelot propre*. Il est sûr qu'en retirant du *Lancelot* telle ou telle partie du roman, on peut en placer « le milieu » à peu près où on le souhaite. Mais outre que ces explications sont contradictoires, elles conduisent à faire du *Lancelot* une œuvre à géométrie variable, dont le milieu est partout et les extrémités nulle part. Et le plus curieux est que Ferdinand Lot lui-même a dit en un autre endroit déjà cité ce qu'il fallait penser de ce procédé « à la portée du premier critique venu[1] ». Lui-même n'a pas su résister à la tentation « d'enfourcher l'hippogriffe qui conduit dans les régions éthérées des "textes primitifs" qui se prêtent complaisamment à toutes les interprétations ».

Il faut reconnaître que les indications des manuscrits pouvaient, pour d'excellentes raisons, paraître absurdes à des critiques. Il semble que les copistes, bien loin d'être hésitants ou flottants, s'obstinent à marquer des pauses aux mêmes endroits dépourvus de toute logique. Passe encore pour la première, qui intervient à la fin d'un très long épisode. Mais les autres n'ont vraiment aucun sens. Le mieux ne serait-il pas de reconnaître que les manuscrits ne sont d'aucune utilité et d'accepter les propositions en fin de compte assez raisonnables des critiques ? A. Micha ne fait qu'exprimer l'opinion générale, quand il conclut : « Les indications fournies par les manuscrits sont flottantes, on vient de le voir, et ne sont en définitive d'aucune utilité pour tenter une anatomie du *Lancelot*[2]. »

Eh bien non ! Les remarques des critiques sont logiques, il est vrai, mais elles le sont trop ; et cette logique porte sa date, c'est une logique de notre temps. Les auteurs et les copistes du XIIIᵉ siècle pensaient autrement que nous, mais

Cette explication à répétition autorise toutes les fantaisies (cf. pp. 13, 16, n. 2, 20 et suiv.)

1. F. Lot, *Étude*..., p. 120.
2. A. Micha, *Essais*..., p. 88.

ils n'étaient pas moins intelligents que nous. Ils avaient seulement de ce roman et des romans en général une idée différente de celle que nous nous en faisons aujourd'hui. Jugeons-en.

Il est très raisonnable d'imaginer qu'un auteur devrait arrêter son travail à un point qui corresponde, sinon à une conclusion, du moins à une pause logique dans son récit. Il serait tout aussi souhaitable que ce récit ne soit pas truffé d'épisodes indépendants et gratuits. Mais ce n'est pas nécessaire. Cette sorte d'ouvrages bien agencés ne se rencontre guère chez nous avant le XVIIe siècle et moins encore au XIIIe. La raison en est toute simple. Le roman, même aristocratique, était fait d'abord pour être conté, non pour être lu, parce qu'il s'adressait à un public de laïcs, et que beaucoup de dames et de chevaliers, même parmi les plus illustres, ne savaient pas lire. Un roman, dont on fait la lecture à haute voix, ne sera pas récité d'un seul trait, du commencement à la fin. On le prend, on le reprend, on le laisse. Il faut que les épisodes n'en soient pas trop longs, mais qu'ils intéressent, qu'ils émeuvent, qu'ils amusent suffisamment pour qu'on souhaite en entendre la suite ; et s'ils s'interrompent brusquement, s'ils laissent l'esprit du lecteur en suspens, avide de connaître une fin qui se fait attendre ou qui même ne viendra jamais, c'est peut-être tant mieux : « la suite au prochain numéro », comme écrivaient jadis les auteurs de romans-feuilletons.

Il faut insister sur ce point, parce que certains critiques nous répètent à l'envi : « Il faut qu'une histoire ait un sens, qu'une composition ait une fin. » Cela n'est rien moins qu'évident. On peut conter de Lancelot, sans avoir l'intention de nous conter toute son histoire, de la naissance à la mort ; on peut évoquer le conte du Graal, sans avoir l'intention de nous conter à nouveau une histoire déjà bien connue. Si le récit nous laisse sur notre faim, s'il s'interrompt entre deux répliques, après une question restée sans réponse[1], il

---

1. On aura reconnu le *Conte du Graal* de Chrétien, qui s'arrête de cette façon.

n'est pas nécessaire d'imaginer que l'auteur ait été, à ce moment précis, frappé de « mort subite ». Il a pu penser qu'il en avait assez dit ou vouloir laisser à d'autres le soin de continuer le roman et peu importe que ce soit avec ou sans son accord. Si Godefroy de Lagny n'avait pas pris soin de nous le dire, personne ne saurait que la fin du *Chevalier de la Charrette* n'est pas de Chrétien de Troyes[1].

C'est pourquoi il faut y regarder à deux fois avant de parler du « sens » d'un roman. Car il ne faut jamais oublier que le Moyen Âge n'a pas la même idée que nous de la propriété littéraire. L'auteur est libre et son continuateur aussi. On ne lui fera pas un procès en contrefaçon. Il n'est pas tenu à un minimum de cohérence avec l'œuvre qu'il continue. Il peut en bouleverser la matière, l'esprit et le sens par des inventions de son cru, et il ne s'en privera pas. Il changera le cortège du Graal ; il ajoutera au Graal et à la lance une épée sur un cercueil ; ou bien il imaginera que le Graal se déplace tout seul, volant de ses propres ailes. Il fera du jeune et naïf Gallois qui est le héros, selon sa fantaisie, un galant à bonnes fortunes ou bien un parangon de chasteté. Il pourra même prendre un malin plaisir à contredire son prédécesseur, comme Jean de Meung le fait avec Guillaume de Lorris. Ce n'en sera que plus amusant, plus « délectable », sans compter que cela permettra plus tard à des critiques de poser gravement des questions vaines. Pour quelle raison l'immense *Lancelot* et lui seul devrait-il échapper à une règle aussi générale ?

Il peut même arriver que l'illogisme de la coupure soit une garantie de son authenticité. Il faut s'appesantir un peu sur cette question, car elle explique en grande partie les erreurs commises à propos du *Lancelot*. Il n'est pas du tout nécessaire qu'une coupure se retrouve dans *tous* les manuscrits. C'est même généralement le contraire. Celui qui donne une suite à une œuvre plus ou moins célèbre, achevée ou inachevée, ne marque pas nécessairement par une séparation nette sa rupture avec l'œuvre de son prédé-

---

1. Gaston Paris avait déjà fait cette remarque.

cesseur; et s'il le fait, la majorité des copistes n'en tiendra aucun compte pour une raison bien simple : *aussitôt après le temps des auteurs vient le temps des compilateurs.* Ce qui les intéresse, c'est de rattacher la continuation à ce qui la précède et non de l'en démarquer. Prenons un seul exemple. Onze manuscrits nous ont transmis le célèbre *Conte du Graal* avec une ou plusieurs de ses suites; et il n'y en a qu'un seul où l'œuvre de Chrétien soit matériellement séparée de celle de ses successeurs. Il arrive même qu'il ne subsiste aucun manuscrit où l'on trouve la marque de cette séparation et que l'œuvre primitive ne se laisse reconnaître que par le fait qu'elle a été quelquefois copiée isolément, sans ce qui la précède ou ce qui la suit. Par bonheur, il y a des copistes qui suivent fidèlement leur modèle. Mais il y en a d'autres qui sont choqués par toutes ces discordances et les corrigent, comme ils peuvent. On comprend l'erreur des critiques et des éditeurs qui, «pour des raisons de clarté et de commodité», pour ne pas changer trop souvent de «manuscrit de base», ont choisi des manuscrits qu'on appelle «cycliques». Ce sont en effet les plus commodes, puisqu'ils sont les plus complets. Mais ce sont souvent des manuscrits remaniés.

Il aurait fallu au contraire choisir des manuscrits dits fragmentaires; car *chacune des divisions du* Lancelot *obéit à une tradition manuscrite qui lui est propre*, et tout se passe comme si chacune d'elles constituait une section à part, une œuvre indépendante du reste[1]. Ce simple fait aurait dû y faire regarder à deux fois, avant de décider que ces divisions étaient fautives.

Les manuscrits «cycliques» sont des compilations sans valeur pour l'édition du *Lancelot*. Mais ils ne sont pas sans intérêt, parce qu'ils nous renseignent sur l'état d'esprit des hommes de leur temps et sur ce qui va se passer ensuite,

---

1. Alexandre Micha était bien près de faire la même remarque quand il écrivait : «Et même tout se passe comme si telle partie de l'œuvre, l'*Agravain*, par exemple, constituait une section à part, une œuvre indépendante du reste, pour la tradition manuscrite s'entend» (*Romania*, LXXXV, p. 293). Mais il n'en tire aucune conséquence.

jusqu'à la fin du XVe siècle. Les compilations vont se multi-
plier et s'efforcer de rassembler et d'accorder, tant bien que
mal, un nombre sans cesse plus grand de romans. On inté-
grera donc au cycle, d'abord l'*Histoire du Graal*, puis le
Merlin de Robert de Boron, puis la suite du *Merlin*, d'autres
continuations encore, puis le *Tristan*, le *Palamède*, etc.
Cette façon de procéder commence dès la fin du XIIIe siècle
et peut-être avant. Nous avons deux manuscrits de cette
époque (l'un est daté de 1286) qui se proposent d'unir au
Lancelot le *Merlin* et même la suite du *Merlin*, le plus tardif
des romans du cycle de *Lancelot*, et pour ce faire ils ajou-
tent, suppriment, corrigent. Et même s'ils le font avec beaucoup de maladresse[1], ils nous donnent un premier exemple
d'un comportement qui va se généraliser jusqu'à la fin du
Moyen Âge.

Il est temps d'en venir à l'explication d'un si long et si
constant aveuglement, partagé par tant d'historiens et de critiques éminents. Car tout ce qui vient d'être dit, ils le
savaient, ils l'admettaient même de façon générale ; mais ils
ne l'admettaient pas pour le *Lancelot*. Et la raison en est
simple et même dérisoire. À la base de leurs excellents rai-
sonnements, fondés sur des données qu'ils croyaient justes et
qu'ils avaient héritées de leurs prédécesseurs, il y avait un
tout petit contresens, tout bête, tout simple, si simple même
que l'on pourrait s'étonner que personne n'y ait pensé, si l'on
ne se rappelait cette maxime de Pascal, que la dernière chose
que l'on trouve dans les ouvrages de l'esprit est celle qu'il
faudrait y mettre la première. *Semblables à celui qui avait
pris Le Pirée pour un homme, ils ont pris pour des titres ce
qui n'était que des incipit.* Les diverses parties du *Lancelot*
n'ont pas de titre et n'avaient aucune raison d'en avoir. La
Quête du Graal, la *Mort d'Arthur*, l'*Histoire du Saint Graal*
et le *Merlin* ont des titres, parce qu'ils se présentent comme
des romans distincts. Mais les suites du *Merlin* n'ont pas de

---

1. Ce sont les manuscrits Bonn 526 et BN 110. Mlle Kennedy les a fort
bien analysés dans son excellente étude « The Scribe as Editor » (*Mélanges
Frappier*, vol. 1, pp. 523-531).

titre, par définition, puisque ce sont des suites, ni les diverses continuations du *Conte du Graal*, et les diverses parties du *Lancelot* non plus.

Le *Lancelot* commence en ces termes : « Dans la marche de Gaule... » et la première partie s'appelle la *Marche de Gaule*. Le *Galehaut* commence par : « Galehaut s'en va avec son compagnon... » et c'est pourquoi il s'appelle le *Galehaut*. Il en va de même pour le *Méléagant* qui commence par : « Méléagant avait une sœur... », et pour l'*Agravain* qui commence par : « Quand Agravain... »

Il est navrant de devoir verser une douche froide sur le bel enthousiasme de tant de commentateurs. Emportés par de hautes spéculations sur le sens et la composition du *Lancelot*, ils n'ont pas vu le petit détail qui les réduisait à rien. Les historiens ont parfois cette faiblesse de vouloir tout comprendre et tout expliquer. Mais ici il n'y avait rien à comprendre et partant rien à expliquer.

« Tandis qu'à peine à tes pieds tu peux voir,
    Penses-tu lire au-dessus de ta tête ? »

Cette mésaventure ne sera peut-être pas inutile, si l'on peut en tirer quelques leçons. Nous aimons voler de système en système, de conjecture en conjecture, l'esprit humain est ainsi fait. Mais nulle part ce travers n'est plus présent que dans la littérature ou chez les historiens du Moyen Âge, et nulle part il n'est plus gênant. Nous nous moquons volontiers de ces artistes qui représentaient les personnages de la Bible et de l'Antiquité dans des vêtements du XVe siècle. Mais nous nous conduisons comme eux, quand nous costumons le Moyen Âge avec les oripeaux de notre temps. Et c'est ce que nous faisons quand nous reconstruisons le *Lancelot* autour d'une idée « simple et grandiose », quand nous voulons qu'il ne comprenne aucun épisode indépendant et gratuit, quand nous imaginons une grande fresque, un roman comme on concevait les romans entre 1900 et 1950. Le *Lancelot* n'a pas été composé comme *Les Thibault* ou *Les Hommes de bonne volonté*. Il n'y a peut-être pas lieu de le regretter.

Les savants aiment aussi entretenir un dialogue avec les autres savants, ne serait-ce que pour les corriger, les compléter et au besoin les contredire. On écrit des commentaires de commentaires. Et ainsi se forme un petit pécule d'idées reçues qu'on prend pour des acquis de la science. On finit par ne plus voir les textes qu'à travers les lunettes de ses prédécesseurs, même quand on étudie les manuscrits. On a vertement reproché à Paulin Paris de manquer d'esprit scientifique ; et c'est très vrai. Il ne fondait ses opinions (ses impressions, pourrait-on dire) que sur une connaissance directe et sans égale des manuscrits qu'il aimait. Ce n'était pas la plus mauvaise méthode.

Il n'est pas étonnant que des critiques du XXe siècle obéissent à une logique du XXe siècle et que des copistes du XIIIe siècle obéissent à une logique du XIIIe siècle. Ce qui est plus étonnant et surtout plus dangereux, c'est le mépris affiché pour les copistes. Il ne date pas d'hier ; et c'est à la fin du XIXe siècle que l'on a pris l'habitude de reconstituer les anciens textes, à partir des données d'une science bien incertaine et d'une grammaire trop parfaite pour avoir jamais existé. On pouvait croire qu'après Joseph Bédier, après Mario Roques, cette présomption avait été abandonnée. Il n'en est rien et elle renaît perpétuellement de ses cendres. Qu'ils s'avisent, ces malheureux copistes, de contredire les hypothèses de nos historiens, et les voici tout aussitôt coiffés du bonnet d'âne. Ce qu'ils écrivent est « illogique », « fautif », « erroné », « bizarre », « grossièrement déplacé ». Ils ne comprennent rien ; ils « ont tout brouillé » et pour finir ils « ne sont d'aucune utilité »[1].

Il y a de très mauvais copistes, comme il y a des hommes négligents et distraits. Il y en a qui sont infidèles et certains volontairement. Il y en a aussi d'excellents, comme celui qui a copié le manuscrit BN 768. Et les plus dangereux sont ceux qui se conduisent comme des critiques modernes, et qui corrigent ce qu'ils n'ont pas compris. Je voudrais bien

---

1. Ces expressions sont empruntées aux travaux de Lot, de Frappier et de Micha. La référence exacte de ces citations a été mentionnée ci-dessus.

savoir lequel d'entre nous serait capable de copier sans faute des milliers de pages, surtout s'il devait ne recopier que des copies de copies. Ce qui est étonnant, ce n'est pas qu'il y ait des fautes, c'est qu'il n'y en ait pas eu davantage, et que nous puissions établir, en usant, avec beaucoup de prudence et de précautions, des « moyens de la critique » dont nous disposons, des éditions aussi claires et aussi admirables que celle de Mlle Kennedy. Il faut, écrivait Bédier, « conserver le plus possible, réparer le moins possible, ne restaurer jamais ». Cette règle, qui doit s'appliquer aux anciens textes comme aux monuments historiques, ne signifie pas que nous ne devons pas corriger les bévues d'un ou de plusieurs copistes. Nous devons les corriger au contraire ; car, si nous ne le faisions pas, respecter le copiste ce serait en effet mépriser l'auteur. Mais il ne faut le faire qu'en se fondant sur l'analyse de la tradition manuscrite et ne jamais substituer aux textes des manuscrits des constructions de notre esprit.

IV. *L'établissement du texte*

Il n'existe qu'une seule édition, depuis longtemps épuisée, où l'on puisse trouver toute l'histoire de Lancelot, de sa naissance à sa mort. Réalisée par un Suédois qui vivait en Angleterre, entre 1906 et 1916, H. Oskar Sommer, et composée de sept gros volumes in-folio et d'un *Index*, elle se fonde principalement sur des manuscrits du British Museum. Une autre édition, publiée entre 1978 et 1983 par Alexandre Micha en 9 volumes in-8°, est moins complète, puisqu'elle ne comprend ni *La Quête du Saint Graal* ni *La Mort du roi Arthur*, c'est-à-dire les deux romans qui apportaient une conclusion à l'histoire de Lancelot. En revanche elle prétend à la qualité d'édition critique. Fruit d'un labeur immense, c'est aussi la seule qui soit disponible, à l'excep-

tion des éditions partielles, comme celles de Mlle Kennedy
(*Lancelot du Lac*, *The non-cyclic old french prose
romance*), d'Albert Pauphilet (*La Quête du Saint Graal*) et
de Jean Frappier (*La Mort du roi Arthur*). Cependant ni
l'une ni l'autre de ces deux grandes éditions n'est satisfai-
sante. L'édition Sommer reproduit servilement un manuscrit
arbitrairement choisi par l'éditeur, sans en corriger les
erreurs les plus grossières. Et, ce qui est assez paradoxal
pour une édition qui se veut critique, le texte publié par
Alexandre Micha souffre du même défaut.

Tous les typographes savent qu'une des fautes les plus
communes est ce qu'on appelle le bourdon, c'est-à-dire,
selon la définition de Littré, « la faute d'un compositeur qui
a passé un ou plusieurs mots de sa copie ». Ce bourdon
(cette bourde) menace à tout moment toute personne qui
imprime ou seulement écrit un texte dont il n'est pas
l'auteur. C'est pourquoi on paie des « correcteurs », dont
l'une des tâches consiste précisément à relever et signaler
les bourdons. L'erreur est bien plus fréquente dans les textes
en prose que dans les textes en vers, où le rythme et la rime
assurent une certaine protection contre ces accidents. Elle
est rendue plus facile encore, lorsque le même mot se
retrouve à quelques lignes de distance, ce qui permet de
sauter d'une ligne à l'autre et d'omettre tout l'entre-deux.
Les bourdons non corrigés défigurent les textes et en particulier celui de l'édition Micha[1].

En voici quelques exemples. Pour faire court, nous les
avons empruntés à un seul chapitre de notre texte, celui qui
contient les révélations de maître Hélie, le plus savant des
clercs[2]. Il est vrai que ce chapitre est un des plus
importants ; car, pour la première fois, toute la suite de
l'histoire, la mort de Galehaut, les échecs de Lancelot, la
venue d'un chevalier qui mettra fin aux aventures du

---

1. Il suffit généralement de comparer quelques manuscrits pour déceler
la plupart des erreurs. C'est une raison de plus pour regretter que les
« variantes » citées dans l'édition Micha soient aussi indigentes et peu
sûres. Voir ci-après, notamment p. 47, n. 1.

2. *La Fausse Guenièvre*, p. 109.

royaume de Logres y sont clairement annoncés. Mais comment connaître ce chevalier ? À cette question de Galehaut, maître Hélie répond en citant une prophétie de Merlin : « De la chambre du roi mutilé (a. f. : *méhaigné*), dans la forêt déserte (a. f. : *la Gaste Forêt*), à l'extrémité du royaume de Lice, viendra la merveilleuse bête, qui sera regardée avec étonnement dans les plaines de la Grande Bretagne (Cambr. : *Grande Montagne*). Cette bête sera différente de toutes les autres : elle aura figure et tête de lion, corps et membres d'éléphant, reins et nombril de jeune fille entière et vierge [...]. Par cette *bête* [vous pouvez connaître le chevalier qui achèvera les aventures. Par sa *tête*][1], vous pouvez savoir que nul ne l'égalera en fierté, car aucune bête n'a le regard aussi fier que le lion... » S'ensuit l'explication détaillée de ce que signifient la tête, le corps et les membres, les reins et le nombril et les autres particularités de cette bête fantastique. Le passage omis par le manuscrit de Cambridge est évidemment nécessaire et le bourdon s'explique par la quasi-homonymie entre *beste* et *teste*.

Dès que l'auteur quitte le récit des événements pour se livrer à des considérations morales, les bourdons foisonnent. Citons encore maître Hélie. Voici Galehaut, qui jouit d'une santé excellente, gravement atteint par une mystérieuse maladie morale, sur laquelle il interroge maître Hélie. Celui-ci lui répond en ces termes : il n'y a que trois maladies de l'âme. La première naît de l'absence ou de la perte d'un être cher ; la seconde vient de l'offense et de la violence qui vous ont été faites ; la troisième, la plus douloureuse aux âmes délicates, est l'effet de l'amour. Aucune médecine humaine ne peut atténuer la première ; la seconde se soigne par la vengeance, en rendant le mal pour le mal ; mais la troisième est la plus dangereuse, car il arrive que le patient ne veuille pas guérir : il préfère son mal à la santé. Maître Hélie n'en dit pas davantage, mais nous comprenons

---

1. Les bourdons du manuscrit de Cambridge, non corrigés par l'éditeur, sont indiqués entre crochets.

bien que cette troisième maladie est celle qui afflige Galehaut et le conduit à sa perte.

Il n'est pas étonnant que ce texte assez subtil et non
dénué de préciosité, ait été défiguré par les bourdons. De
toute évidence, les copistes ont plus de mal à suivre le fil du
raisonnement que celui de la narration. Le scribe, qui a sous
les yeux un modèle déjà corrompu et dépourvu de sens, a le
choix entre deux attitudes : soit reproduire son modèle, sans
sourciller (c'est le cas pour BN 752), soit essayer de
« l'améliorer » par des inventions de son cru (comme le fait
si souvent le manuscrit de Cambridge).

Pour éviter ce double piège, c'est un bien grand avantage
de disposer d'une tradition manuscrite aussi riche que celle
du *Lancelot*. Il suffit de bien vouloir s'y reporter. Il est sûr
que l'abondance des antithèses et des comparaisons (par
exemple la distinction entre l'offense faite au cœur et la
violence faite au corps, ou encore l'affirmation du rôle tout
à fait accessoire du corps, qui n'est « que la maison du
cœur ») suscitait autant d'embûches pour des copistes
pressés et qu'ici encore la quasi-homonymie entre le *cœur*
(a. f. : *cor*) et le *corps* (a. f. : *cors*) incitait aux bourdons. Il
faut donc se féliciter que plusieurs manuscrits (notamment
Ars. 3481, fol. 186 vb, BN 341, fol. 110 ra, et BN 96,
fol. 260 rb) nous aient transmis un texte sans faute.

Les bourdons les plus fréquemment observés sont les
suivants. Maître Hélie considère l'offense comme une dette
que le cœur a contractée envers celui qui l'a offensé. Quand
il s'acquitte de cette dette, c'est-à-dire en rendant honte
pour honte, le cœur se débarrasse « du poison qui l'infectait,
comme un homme qui ne doit plus avoir de souci ni
d'inquiétude [, quand toutes ses dettes sont payées. Le cœur
est la partie de l'homme la plus noble et la plus délicate]. Il
prend sur lui toutes les hontes et tous les malheurs du corps.
Si l'on bat le *corps* [, les coups ne pénètrent pas jusqu'au
cœur ; et pourtant le *cœur*] en prend sur lui la honte, parce
que le corps n'est rien d'autre que la maison du *cœur*.
[Jamais le corps ne sera honoré ou déshonoré que par le

cœur], de même que la maison est honorée par l'homme de bien ou déshonorée par le méchant. »

Ces omissions en série entraînent de graves conséquences : elles ont pour premier effet de rendre le texte inintelligible, et dans un second temps, elles incitent les scribes « intelligents », comme celui du manuscrit de Cambridge, à le corriger tant bien que mal, en s'écartant encore davantage du texte original.

Il en va de même pour la description de la troisième maladie, le mal d'aimer. Le cœur aimant, nous dit maître Hélie, « s'élance à la poursuite de sa proie. Mais, soit qu'il l'atteigne, [soit qu'il échoue du tout au tout,] il aura bien du mal à rebrousser chemin ». Et maître Hélie nous explique, dans les lignes qui suivent, pourquoi un cœur aimant aura du mal à rebrousser chemin : il arrive qu'il ne veuille pas guérir et préfère demeurer dans sa prison. La correction du manuscrit de Cambridge est un pur non-sens : « s'il l'atteint, il guérira du tout au tout ou mourra ». Est-il besoin d'observer qu'il n'y a rien de « scientifique » à conserver les bévues d'un copiste, au point de changer un texte clair en un galimatias incohérent ?

Les bourdons ne sont pas la seule source d'erreurs ; beaucoup de fautes grossières peuvent défigurer un texte. La plus simple est de confondre un mot avec un autre. Ainsi on écrit « Grande-Montagne » au lieu de « Grande-Bretagne » ; ou « Bretagne » là où le contexte exige « Bédingran ». On a vu précédemment que le « lion » désigne le chevalier qui achèvera les aventures, et que le « léopard » n'est autre que Lancelot. Les deux grands princes, Arthur et Galehaut, sont deux « dragons », dragon d'Orient (Arthur) et dragon d'Occident (Galehaut). Presque tous les manuscrits respectent ce symbolisme animalier. Seuls le manuscrit de Cambridge et deux manuscrits qui lui sont étroitement apparentés (Br. Mus. Royal 19 B VII et BN 1430) appellent « lions » les deux « dragons » ; mais quelques pages plus loin, ils désignent bien, non sans incohérence, Galehaut comme un « merveilleux dragon », ce qui signe leur erreur[1].

Nous avons déjà évoqué les prophéties de Merlin, et celle qui concerne Galehaut, comme celles qui désignent Perceval et Lancelot, ne soulève aucune difficulté. Quand on sait, par le premier *Lancelot*, que Galehaut est le fils de la Belle Géante et le seigneur des Iles Lointaines, la phrase : « Du côté des dernières îles, du sein de la Belle Géante, s'échappera un dragon merveilleux... » ne laisse place à aucune ambiguïté. Et, pour ceux qui n'auraient pas compris, la suite de la prophétie énumère les exploits bien connus de Galehaut, tels qu'ils sont racontés dans le premier *Lancelot*. Il faut croire cependant que ce symbolisme élémentaire était encore trop compliqué pour certains copistes et leurs éditeurs ; car ici les bévues abondent. En voici quelques-unes.

« *Devers les isles de Jedares, de la poesté a la Bele, eschapera*[2] » (Cambr., fol 77 d).

« *Devers les isles Jedares, de la poosté a la Bele Jaiande eschapera* » (BN 1430, fol. 161 ra : ce manuscrit est très proche de Cambridge, mais souvent meilleur que lui. Il n'a pas omis le mot « Géante »).

BN 110 et les trois manuscrits qui le suivent fidèlement, ainsi que Br. Mus. Add. 10293-4, base de l'édition Sommer, ont une leçon particulièrement absurde :

« *Merlins dist que des darraines illes de Soing a la Bele Sente* » (BN 110, fol. 259 vc).

Mais d'autres copistes donnent un texte plus satisfaisant :

« *Merlins nos dist que devers les derraenes illes del sain a la Bele Jaiante eschaperoit un merveilleux dragon* » (Harley 4419, fol. 13 ra).

---

1. *Cf. Lancelot*, éd. Micha, t. I, pp. 44 et suiv., 54, 57 et 153. Les mêmes manuscrits sont les seuls à interpoler une prophétie d'un certain maître Marabon, qui désigne Galaad comme le futur héros du Graal. « En ceste maniere, fet Merlins, vendra li grans dragons et je sai de voir que c'estes vos » (*Lancelot*, éd. Micha, t. I, p. 57).

2. « Du côté des Iles de Jédarès, du pouvoir de la Belle, s'échappera (un merveilleux dragon)... »

« *Devers les derraines [isles] du sain a la Belle Jaiande
eschaperoit* » (BN 96, fol 161 va).

« *Merlins nos dist que devers les derraines illes del sain
a la Bele [Jaiande] eschapera un merveillous dragons* »
(BN 752, fol 19 vb)[1].

Si comiques soient-elles, ces bévues sont pourtant de peu
de conséquence, car leur absurdité même les dénonce pour
ce qu'elles sont, et il est facile de les corriger.

Il en est d'autres qui sont beaucoup plus redoutables et
plus insidieuses, car elles peuvent introduire un contresens
irrémédiable dans l'interprétation du texte. Nous avons vu
que le roi Arthur, malgré ses fautes, reste un grand roi, le
meilleur (« le plus prud'homme ») des princes. Ce n'est pas
un fantoche sinistre, désireux de faire condamner la reine,
tout en la sachant innocente. Il aime la Fausse Guenièvre
parce qu'il croit qu'elle est la vraie, ou bien il croit qu'elle
est la vraie reine parce qu'il l'aime. Mais il n'est pas seul à
le croire. Elle a en sa faveur le témoignage des barons de
Carmélide, c'est-à-dire de ceux qui ont connu Guenièvre
avant son mariage avec le roi Arthur et qui sont par consé-
quent les mieux placés pour savoir la vérité. Les barons de
Bretagne et Galehaut lui-même ne sont pas exempts de
doute. Il n'y a que Lancelot qui, tout à son amour, ne se
pose aucune question. Le souci constant de l'auteur est
d'atténuer, autant que faire se peut, la faute du roi. Ce n'est
pas le souci du scribe de Cambridge. On peut le voir par cet
exemple. Voici que le roi Arthur, prisonnier de la demoiselle et amoureux d'elle, s'offre à faire tout ce qui peut lui
être agréable. Elle lui demande alors de l'épouser. Il s'y
résout dans les termes suivants :

« Mais, dit-il, pour que je ne sois blâmé ni de mon clergé,
ni de mes barons, il vous faudra faire ce que je vous dirai.
Vous rassemblerez en ma présence les plus hauts seigneurs
de votre terre. Comme ils savent la vérité, ils témoigneront

---

1. De toutes ces variantes, l'édition Micha ne cite qu'une seule, celle de
l'édition Sommer, et c'est malheureusement la plus dépourvue de sens : *les
illes de Soing a la Bele Sente*.

que vous êtes bien la fille du roi Léodagan de Carmélide,
celle qui fut unie à moi par un loyal mariage[1]. »

« Comme ils savent la vérité » (*si com il sevent la verité
de ceste chose*) devient, dans le manuscrit de Cambridge et
l'édition Micha, « comme s'ils savaient que c'était vrai »
(*ausi com s'il seüssent la verité de ceste chose*). Ainsi le roi
Arthur solliciterait de son plein gré un faux témoignage de
ses barons. Le contresens est patent et la suite du récit le
démontre clairement.

Parfois une erreur minime suffit à fausser un long déve-
loppement. Pour satisfaire Galehaut, qui veut savoir le
temps qu'il lui reste à vivre, maître Hélie recourt à une
« conjuration ». Il inscrit sur la porte d'une chapelle
quarante-cinq roues « de la grandeur d'un denier » et dit à
Galehaut : « Si les roues restent entières comme elles le sont
maintenant, vous aurez quarante-cinq ans à vivre. Si certaines sont effacées, il vous manquera autant d'années de
votre vie qu'il en disparaîtra, et vous les verrez s'effacer
devant vos yeux. » Bientôt surgit une épée flamboyante qui
« efface quarante et une roues et le quart de l'une de celles
qui subsistent ». Il reste donc trois roues entières et les trois
quarts de la quatrième. On ne peut nous montrer plus clairement que Galehaut vivra encore trois ans et les trois quarts
de la quatrième année. Il le comprend aussitôt et dit à maître
Hélie : « Je sais clairement que j'ai trois ans et plus à
vivre[2]. » Moins intelligents que Galehaut, plusieurs copistes
(dont celui de Cambridge) n'ont rien compris à ce petit
exposé d'une arithmétique plus que simple...

Ils ont confondu XLI et IIII, confusion qui est en effet
possible, dès lors qu'on écrit en chiffres romains. A. Micha,
se rendant compte que le texte de Cambridge (« efface trois
paires de roues ») n'a aucun sens, adopte celui de BN 344,
qui n'est pas meilleur, puisqu'il écrit : « efface quatre
roues » (au lieu de « quarante et une »). Le manuscrit
BN 752 commet la même erreur. La bonne leçon, qu'impo-

_____

1. *La Fausse Guenièvre*, p. 219.
2. *La Fausse Guenièvre*, p. 161.

sent le contexte et le simple bon sens, est en outre confirmée
par plusieurs manuscrits qui appartiennent à différentes
familles (Ars. 3481, BN 341, BN 96). La correction est
minime (elle ne porte que sur un seul mot), mais elle est
nécessaire.

Nous ferons grâce au lecteur d'une plus longue énuméra-
tion d'erreurs. S'il le juge utile, il pourra comparer, ligne
après ligne, le texte de cette édition et celui des éditions
précédentes. Mais nous voudrions tirer de cette analyse une
conclusion sur la manière d'éditer les anciens textes.

On ne doit pas traiter de la même manière les textes pour
lesquels nous avons une riche tradition manuscrite et ceux
pour lesquels nous ne disposons que d'un petit nombre de
manuscrits, voire même d'un seul. Il arrive trop souvent que
des œuvres capitales (la *Chanson de Roland* d'Oxford,
Aucassin et Nicolette, l'*Histoire du Graal* de Robert de
Boron) ne nous sont transmises que par un manuscrit
unique. Trop souvent aussi, nous n'avons qu'un petit groupe
de manuscrits qui ne permet pas de remonter à l'original,
mais seulement à une même copie, déjà semée de fautes et
de diverses corrections qui avaient pour but d'y remédier
mais qui n'ont fait que les aggraver. Encore devons-nous
nous estimer heureux que ces œuvres n'aient pas totalement
disparu. Il faut conserver ces vénérables monuments de
notre langue tels qu'ils nous sont parvenus, avec leurs
lacunes, voire leurs incohérences et leurs contradictions.
C'est ce que pensaient Joseph Bédier et Mario Roques et je
crois qu'ils avaient raison. En littérature comme en art, il
faut éviter les restaurations abusives ; et la modestie doit ici
s'imposer. Ce qui est perdu est perdu et nous ne devons pas
apporter des corrections de notre cru, même quand elles
nous semblent plausibles.

Mais il est d'autres textes pour lesquels nous disposons
d'un grand nombre de manuscrits ; c'est le cas du *Lancelot*,
en raison même de sa célébrité. Il serait absurde de nous en
priver. On peut, on doit même, corriger les fautes grossières
auxquelles aucun copiste, si soigneux soit-il, ne peut entiè-

rement échapper, surtout s'il doit recopier des textes qui ne
sont déjà que des copies de copies. Cela demande sans
doute un travail long et aride, et le respect de règles rigou-
reuses. Il faut que l'erreur soit certaine, évidente (texte incohérent ou dépourvu de sens). Il faut ensuite que l'on puisse
trouver l'origine et l'explication de la faute. Il faut enfin que
la correction ne soit jamais de notre fait et qu'elle soit
attestée par le témoignage de plusieurs anciens manuscrits.
Tout ce qui a pour effet de limiter le nombre des manuscrits
utilisés doit être proscrit. Il n'y a aucune raison d'éliminer
les manuscrits les plus tardifs. Un manuscrit du XVe siècle
peut être la copie fidèle d'un très bon manuscrit du
XIIIe siècle. C'est aussi une grave erreur que de se limiter à
comparer les manuscrits d'une seule famille ; c'est oublier
qu'une famille de manuscrits se définit précisément par des
fautes communes, et qu'un tel choix interdit de les corriger.
On ne doit enfin utiliser qu'avec beaucoup de précautions
des manuscrits dits « cycliques » qui, regroupant tous les
romans du cycle de *Lancelot*, s'efforcent trop souvent d'y
introduire un ordre factice ou d'en atténuer les contradictions.

Les auteurs du *Lancelot* avaient plus ou moins de talent,
du moins n'étaient-ils pas stupides. Ce n'est pas leur faire
honneur que de donner de leur œuvre une image déformée
par des fautes grossières. Nous avons pris pour base le
manuscrit de la Bibliothèque nationale BN 752. Ce manuscrit du XIIIe siècle est loin d'être exempt de fautes, mais il
présente une qualité rare et très appréciée par les philologues qui ont l'habitude de ce genre de travail. Le scribe
suit fidèlement (mécaniquement, pourrait-on dire) son
modèle. Il ne se fait pas scrupule de nous livrer éventuelle-
ment une leçon dénuée de sens, si son modèle l'y engage,
tandis que d'autres (les plus nombreux) se permettent
d'arranger le texte à leur guise et de le refaire arbitrairement, quand il leur semble obscur ou ne leur plaît pas. Non
seulement il nous transmet souvent une version excellente,
qui sans lui aurait disparu ; mais ses erreurs mêmes sont

faciles à déceler et à corriger, tant elles apparaissent évidentes et énormes. Il reste qu'il faut constamment le confronter aux autres manuscrits, tâche difficile, qui excède ce qu'on attend habituellement d'une « édition de poche ».

L'auteur de *La Fausse Guenièvre* a écrit une œuvre médiévale et française, avec les idées et les goûts, bons ou mauvais, de son temps et de son pays. Il admire le premier *Lancelot* et s'en inspire à tout moment, sans pouvoir imiter ce qu'il a de proprement inimitable, le style, son éclat, sa vigueur, et ce ton si particulier qui balance entre le sourire et les larmes, le sublime et l'ironie. Mais il conduit son récit avec une clarté, une cohérence et une intelligence que les bévues des copistes et les altérations des remanieurs ont trop souvent dissimulées. Nous souhaitons que la présente édition permette au lecteur d'en juger.

F. MOSÈS

Annexes

1. L'évolution des études sur le *Lancelot en prose*

Les études sur le Lancelot en prose ont été influencées par la célébrité du roman de Chrétien de Troyes, *Le Chevalier de la Charrette*. C'est en 1849 que l'érudit hollandais Jonckbloet publie à la fois le roman en vers de Chrétien (d'après le ms. BN 794) et le roman de la *Charrette* en prose (d'après le ms. BN 339). Il tient la *Charrette* en prose pour le texte original que Chrétien aurait mis en vers.

D'autre part, en 1877, Paulin Paris achève la composition de son grand ouvrage, *Les Romans de la Table ronde mis en nouveau langage et accompagnés de recherches sur l'origine et le caractère de ces grandes compositions*, 5 vol., Paris, 1868-1877.

De 1877 à 1913, les érudits disposeront uniquement, pour

étudier le *Lancelot*, des anciennes éditions du XVe siècle et
des traductions (très partielles) de Paulin Paris.

Deux séries de travaux se détachent néanmoins de cette
période. C'est Gaston Paris qui, en 1883, dans un article de
la *Romania* (*Romania*, XII, année 1883, p. 518), démontre
l'antériorité du roman de Chrétien. D'autre part on trouve
des remarques fort intéressantes sur la composition de
l'ensemble du roman dans l'étude d'un érudit austro-
hongrois, oublié bien à tort, au point de ne plus figurer dans
les bibliographies : Henzel, *Über die französischen Graal-
romane*, Vienne, 1910.

Tout change entre 1906 et 1917. D'une part, un érudit
suédois vivant à Londres, Oskar Sommer, réalise la première édition de l'ensemble des romans du cycle :
O. Sommer, *The Vulgate Version of Arthurian Romances*,
7 vol. in-folio et un *Index*, Washington, 1906-1916.

D'autre part, entre 1911 et 1917, les élèves du professeur
Wechssler, de l'université de Marbourg, entreprennent une
édition critique « d'après tous les manuscrits connus » de ce
qu'ils appellent les quatre premières « branches » du *Lancelot*, suivant une division inspirée de celle de Paulin Paris :
la Reine des Grandes Douleurs, les Enfances de Lancelot, la
Douloureuse Garde, Galehaut.

En 1938, Mlle G. Huchings publie deux versions différentes de la *Charrette* en prose sous le titre : *Le Roman en
prose de Lancelot du Lac, le Conte de la Charrette*, Paris,
1938.

Entre 1978 et 1983 paraissent deux éditions très impor-
tantes : celle d'A. Micha, *Lancelot, roman en prose du
XIIIe siècle*, Genève, 1978-1983, 9 vol. in-8°; et celle
d'E. Kennedy, *Lancelot du Lac, the non-cyclic old french
prose romance*, 2 vol. in-8°, Oxford, 1980.

L'édition Micha couvre tout ce qu'on appelle étrangement le *Lancelot propre* (c'est-à-dire jusqu'à *La Quête du
Saint Graal* exclusivement). L'édition Kennedy ne concerne
que le premier tiers, appelé « le Lancelot non cyclique », de
ce vaste ensemble. Elle est donc moins étendue que l'édi-

tion Micha, mais apporte une information beaucoup plus complète et même exhaustive sur la tradition manuscrite, alors que l'édition Micha ne signale qu'un petit nombre de variantes empruntées à quelques manuscrits.

De plus, l'édition Micha se fonde en partie sur des manuscrits qu'on appelle « cycliques » parce qu'ils réunissent plusieurs romans du cycle de Lancelot, et, très fidèle au manuscrit choisi, omet trop souvent d'en corriger les erreurs et les contresens. Bien supérieure à l'édition Sommer, elle présente néanmoins les mêmes inconvénients.

La plupart des travaux des érudits contemporains sont antérieurs à ces deux dernières éditions et se fondent sur le texte très imparfait d'Oskar Sommer, qui demeure encore aujourd'hui la seule édition complète de l'ensemble du cycle. C'est elle qui est à l'origine des travaux de Ferdinand Lot, Jean Frappier, Jean Marx, Albert Pauphilet, Alexandre Micha et leurs élèves. C'est sur elle que ces savants, à l'exception d'A. Pauphilet, ont fondé leur idée commune, celle d'une unité de structure du *Lancelot*, œuvre d'un artiste de génie, que J. Frappier appelle « l'architecte ». Cette idée a été combattue jadis par Pauphilet dans un article de la *Romania* (*Romania*, XLV, 1918-1919, pp. 514-534). Elle l'a été plus récemment dans l'ouvrage de Mlle Kennedy, *Lancelot and the Grail. A Study of the Prose Lancelot*, Oxford, 1986.

2. Tableau des manuscrits qui marquent une pause entre la *Marche de Gaule* et le *Galehaut*, soit par un *explicit* ou un *incipit*, soit parce qu'ils se terminent ou commencent à ce même endroit, soit parce qu'ils laissent entre ces deux textes un espace blanc de plusieurs lignes :

BN 96 : *explicit la Marche de Gaule*.

BN 111 : *cy fine le conte*.

BN 121 : *et ce est la fin de la marche de Gaule et recommence Galehoux*.

BN 752 : espace blanc.

Mazarine 3886 : fin du manuscrit.

Bonn 526 (rubrique) : *ici fine de la Marche de Gaulle et commence de Galahot.*

Chicago, Newberry Library R 34 : *si se repose li contes d'aus toz ici endroit et commence Galehout apres. Ici fenist la Marche de Gaule.*

Escorial, Bibl. monastique IPII22 : *et li roiz et sa Compangnie s'en vont en Bertangne. Sis se teist atant li contes de Lancelloth ici endroit.* Fin du manuscrit.

Madrid, BN 485 : *si se repose l¦ contes d'eus tous en si endroit. Explicit la (Marche de Gaule).* Rayé. Le manuscrit continue d'une autre main.

Londres, BL 20 D III : *... en Bretaine. Si se repose aitant li contes ici endroit.* Fin du manuscrit.

Grenoble, Bibl. Mun. 378 : commencement du manuscrit : *En ceste partie dist li contes que quant Galehaus s'en part...*

Londres, BL 757 : *mais si endroit se toist li contes de roi et de la raine et de lor compaignie que plus n'en parole, ancois retorne a Galeot et a son compaignon que s'en revont en lor pais a granz jornées com il poent chevacher.* Fin du manuscrit.

Rouen, Bibl. Mun. 1054 : *si se repose li contes de Lancelot ici endroit.*

Rome, Vatican Reg. lat. 1489 : *ci faut la Marche de Gaule et commence Galehaut.* Le reste de la colonne est blanc et le manuscrit reprend au recto du folio suivant : *Or dit li contes que or s'en vet Galehot entre lui et son compaignon.*

Londres, BL Harley 4419 : *or s'en vet Galehot entre lui et son compaignon...* Début du manuscrit.

Londres, BL Harley 6341 : *or s'en va Galehoz...* Début du manuscrit.

Au total, seize manuscrits marquent une pause à cet endroit. On est loin du « très petit nombre de manuscrits et de faible valeur » dont parle Ferdinand Lot.

3. Tableau des manuscrits qui marquent une pause entre le *Galehaut* et le *Méléagant*, avant «Méléagant avait une sœur...» :

BN 123 : commencement du manuscrit *Meleagaunt avait une sorour...*

BN 1466 : *ici fenist Galehaut. Meleagran avait une seror.* Le manuscrit s'arrête là et le folio 104 v est vide.

Aberystwyth, Nat. Libr. of Wales 445 D : *cy fine Gallehoz.* Fin du manuscrit. La page suivante est blanche.

Bonn 526 : *Ici fenist de Galahot et comence la première partie de la queste Lancelot. Meleagant avait une seror.*

Londres, BL Harley 6341 : *cy fine Gallehoz.* Le bas de la page est blanc. En haut du folio suivant : *Meleagant avoit une seur...*

Oxford, Bodl., Rawlinson Q b 6 : ce très beau manuscrit est privé de plusieurs feuillets, un au début du *Galehaut*, un autre au début du *Méléagant* et un au début de l'*Agravain*, c'est-à-dire au début de chaque grande division et l'on peut supposer que ces feuillets ont été arrachés à cause des miniatures qu'ils contenaient. Sur la page qui termine le *Galehaut*, on peut lire : *ci faut la branche de Galeholt le roy des Ylles Lointaingnes. Et commence la branche de Meleagant le fiex au roi Baudemagu de Gorre. Lesquelles branches Ernouls d'Amiens escrit.*

Rome, Vatican Reg. lat. 1489 : ce manuscrit divise le *Lancelot* en quatre parties, la *Marche de Gaule*, le *Galehaut*, le *Méléagant* et l'*Agravain*, séparées par des espaces blancs aux mêmes endroits.

4. Tableau des manuscrits qui marquent une pause entre le *Méléagant* et l'*Agravain*, avant «Quand Agravain eut quitté ses compagnons...» :

BN 96 : fin du manuscrit. Le reste de la page est blanc.
BN 110 : le reste de la page est blanc.
BN 111 : le reste de la page est blanc.

BN 339 : le reste de la page est blanc.

BN 751 : *explicit la premerainne partie de ce roman*.

Rouen, Bibl. Mun. 1054 : *explicit Méléagant*. Fin du manuscrit.

Bonn 526 : *ici fenist la première partie de la Queste Lancelot*. Le reste de la page est blanc. En haut de la page suivante : *ici commence la seconde partie de la queste Lancelot*.

Chicago, Newberry Library R 34 : fin du manuscrit. Le reste de la page est blanc.

Rome, Vatican Reg. lat. 1489 : *ci faut la branche de Méléagant et commence d'Agravain*. Mais le manuscrit se termine là.

Douze manuscrits ne commencent qu'avec l'*Agravain* : BN 333, 771, 1422, 12573, 12580, n.a. 1111, Arsenal 3347, Aberystwyth 5018, Londres BL Egerton 2515, Royal 20 B VIII, New Haven Yale University, Venise Bibl. Saint-Marc XII. Seuls trois d'entre eux (BN 333, Aberystwyth 5018 et Venise Bibl. Saint Marc XII) s'arrêtent à la fin de l'*Agravain*. Mais ils annoncent tous les trois *La Quête du Saint Graal* par la formule habituelle : *Si finist ici maistres Gautier Map son livre et commence le Graal* (Venise, Bibl. Saint-Marc XII).

LA FAUSSE GUENIÈVRE

(4v°a) Or s'en vet Galehot entre lui et son compaignon, liez et dolens : liez de ce que si compainz s'en vait avec lui, dolens de ce qu'il est remez de la mesnee le roi Artu, kar par ce le quide avoir perdu a toz jorz ; et il avoit mis son cuer en lui oltre ice que cor d'ome porroit [amer] altre home estrange de loial compaignie. Ne a ceste chose ne covient pas tesmoing avoir, kar bien parut a la fin que la dolor qu'il en ot li toli tote joie tant que mors en fu, si com cist contes meimes devisera. Mais de sa mort ne fait plus a parler [ci] endroit, kar mors de si proudome com Galehoz fu ne fait pas [a] amentevoir devant le point. Et tuit li conte qui parollent de lui s'acordent a ce qu'il estoit de totes choses li plus vaillanz de toz les hauz princes apré[s] le roi Artu a cui l'en ne doit nului apareillier qui vesquist en cel termine. Et si tesmoigne li livres Tandairade de Verzianz, qui plus parolle des ovres Galehot que nus des altres escriveins le roi Artu que s'il poist vivre son droit aage ou *(4v°b)* point et al corage qu'il avoit quant il comença a guerroier le roi Artu, il passast toz ceaus qui les altres avoient passés. Et il meisme descovri a Lanceloth que, a l'ore qu'il comença la guerre, beoit il a tot le monde conquerre et bien i parut, kar

CHAPITRE PREMIER

Lancelot et Galehaut en Sorelois.
Sombres pressentiments et présages sinistres

Galehaut s'en va avec son compagnon, heureux et malheureux, heureux que Lancelot soit auprès de lui, malheureux qu'il ait accepté de faire partie de la maison du roi
Arthur, parce qu'il craint de l'avoir ainsi perdu pour
toujours. Il lui avait donné son cœur et l'aimait comme on
n'a jamais pu aimer de loyale amitié un homme qui ne soit
pas de son sang. De son attachement à Lancelot, aucun
témoignage n'est nécessaire ; il parut bien à sa mort, quand
la douleur qu'il en eut lui ôta toute joie, au point d'en
mourir, comme ce conte l'exposera. Mais il ne convient pas
de parler davantage de cette mort : la mort d'un tel
prud'homme ne doit pas être rapportée, avant que le
moment en soit venu. Toutes les histoires qui nous parlent
de lui s'accordent à dire qu'il fut en toutes choses le meilleur des princes après le roi Arthur, à qui ne se peut
comparer aucun de ceux qui vécurent en ce temps-là. Le
livre de Tandairade de Verziant, qui traite de la vie et des
œuvres de Galehaut mieux que tous les autres historiens du
roi Arthur, nous témoigne que, s'il avait pu vivre tout son
âge, au point où il en était et avec la valeur qu'il avait quand
il entreprit de faire la guerre au roi Arthur, il eût surpassé
tous ceux qui ont surpassé tous les autres. Il avait avoué à
Lancelot qu'au commencement de sa guerre il voulait
conquérir le monde entier ; et il le fit bien voir, car il fut à

il fu a [xv]¹ anz chevaliers et puis conquist xxix reaumes et
al xxx me an fu la fins de son eage. Mais de totes iceles
choses qu'il avoit enprises le traist Lanceloth arieres et il li
mostra bien, la ou il li fist de sa grant honor sa honte, quant
il estoit a[u] desus del roi Artu et il li ala merci crier ; et
aprés ice grant tans, la ou dui home de son lingnage, que il
meisme avoit fait rois coronez, li reprocherent la honteuse
pes a conseil qu'il avoit [fete] por un seul home. Et lors
respondi il qu'il n'avoit onques tant gaaigné a nul jor ne tant
d'onor conquise, « kar il n'est pas, dist il, richesce de terres
mais de proudomes, kar les terres ne font mie les
proudomes, mais li proudome font les terres et riches hom
doit toz jorz baer a avoir ce que il n'a ». En ceste maniere
torna Galehot a savoir et a gaignie ce que li altre li tornoient
a domage et a folie, ne nus n'osast avoir coer d'amer altretant boen chevalier com il fasoit.

Mais or lerrons ci a parlier de ses bontez. Ja retorne li
contes a dire *(5a)* coment il s'en vont entre lui et Lanceloth
et lor quatre esquiers sans plus de compaignie et chevalchent en ceste maniere dolant et pensis ambedui, kar il sont
ambedui corecié, Galehot de ce qu'il crient perdre son
compaignon par le roi de qui [meisnie] il est remes, et
Lanceloth rest a malaise de sa dame qu'il esloinge et mult li
poise des maus qu'il voit que Galehot soefre por lui : si sunt
si a malaise li uns por l'autre qu'il en perdent aques le
boivre et le mangier ; et tant entendent a penser qu'il empi-
rent mult de lor bealté et de lor force et tant s'entredotent
por l'amistié qu'entre eus est que li uns n'ose metre l'autre
en parolle de riens dont il soit a malaise, autresint com s'il
s'entresentissent mesfait d'acune chose li uns vers l'autre.
Mais nule dolor ne se prent a celui que Galehot a, kar il
avoit mis en l'amor Lanceloth quanque nus poist metre, ce
est le cors et le coer, et tote anor, que melz valt que nuille
altre chose. Bien li avoit doné son cors la ou il amoit melz

quinze ans chevalier, conquit ensuite vingt-neuf royaumes et mourut dans la trentième année de son âge. Mais il fut détourné par Lancelot de tout ce qu'il avait entrepris. Il le montra le jour où il choisit sa honte, de préférence à ses grands honneurs, quand il était vainqueur du roi Arthur et qu'il alla se mettre à sa merci. Plus tard, quand deux hommes de son lignage, qu'il avait faits rois couronnés, lui reprochèrent en confidence la paix honteuse qu'il avait acceptée pour l'amitié d'un homme, il répondit que rien ne lui avait jamais donné autant d'avantage et d'honneur : « La richesse, leur dit-il, n'est pas de conquérir des terres, mais des prud'hommes. Ce ne sont pas les terres qui font les prud'hommes, mais les prud'hommes qui font les terres. Celui qui a déjà la richesse et la puissance doit avant tout s'efforcer d'obtenir ce qu'il n'a pas. » Ainsi Galehaut montra qu'il avait trouvé sagesse et profit dans ce que les autres lui reprochaient comme un malheur et comme une sottise ; et nul homme ne sut jamais aimer à ce point un bon chevalier.

Mais nous ne devons plus parler de ses mérites. Le conte revient à Galehaut et Lancelot qui s'en vont, en compagnie de quatre écuyers seulement, et chevauchent ainsi, tristes et pensifs tous les deux, parce qu'ils sont tous les deux mécontents. Galehaut craint de perdre son compagnon, qui a accepté d'être de la maison du roi Arthur. Lancelot a le cœur gros de s'éloigner de sa dame et de voir que Galehaut est malheureux à cause de lui. Ils sont dans une telle inquiétude l'un pour l'autre qu'ils en oublient pour ainsi dire le boire et le manger. Le souci qui les ronge leur fait perdre beaucoup de leur beauté et de leur force. Leur amitié est si grande que chacun d'eux a peur pour son ami et n'ose rien lui dire qui puisse lui faire de la peine, comme s'ils se sentaient coupables l'un envers l'autre. Mais aucune douleur ne s'égale à celle de Galehaut. Il avait donné à Lancelot tout ce qu'un homme peut donner, c'est-à-dire son corps, son cœur et son honneur, qui vaut plus que tout le reste. Il lui avait donné son corps, puisqu'il préférait sa propre mort

sa mort que la Lanceloth, et son cuer la ou il ne poist avoir
joie sanz lui. Et por lui guerpi si grant anor qu'il cria m[e]rci
al roi Artu, et si l'avoit mené a desconfiture et aprochié
d'estre deseritiez.

Tant ont chevalchié en ceste maniere qu'il aprochent dou
reaume de Soreleiz ; si est ja Galehot *(5b)* tel conreez qu'il
ni aten si la mort non. Et la nuit devant ce qu'il venissent en
Soreleiz, si vien[en]t a un chastel qui estoit le roi des Frans,
si avoit non li chasteaus la Garde lo roi, kar li reaume des
Frans marchisoit [a] Soreleis par devers Galerne et de cele
part cor[t] li Hombres. Cele nuit fu Galeoz mult malades,
mais il monstra plus bel samblant que li coers ne li aportoit.
E Lanceloz qui mult avoit gran dolor de son malage le
conforte mult, mais nul confort n'i a mestier, ne Lancelez
ne li ose demandier l'ochoison de sa dolor, kar il li
remenbre de ce que Galehot l'avoit si deboneurement soffert en sa dolor, sanz rien en querre, la ou il remaint sos
compainz. Mais il se pense que ce ne porroit il pas soffrir
longement, ainçois li enquerra la verité, kar de chose qui a
lui apartenist ne sofferoit il pas qu'il fust a malaise : et il
sospiece bien qu'il n'est a malaise se par lui non.

Et quant Galehot fu cochiez et il quida que Lanceloth fust
endormiz, si comença son doel come de plaindre et de
plorer et disoit sovent : « Ha, Dex, com m'a trahi qui si
proudome me tolt ! » Tote nuit mena Galehot ceste dolor
desci al jor ; et s'il ot assez dolor, Lancelez ne fu pas ese.
Al matin monterent e[n] lor chevals et issirent del chastel et
chavalcherent le droit chemin vers Soreloiz. Si chevalchoit
(5v°a) Galehot tot derrieres et ot son chaperon avalé sor ses
eulz et aloit le chief enclin si grant ambleure com il plus
poot trere de so[n] palefroi, tant qu'il passe Lancelot et les
esquiers. Et lors intrent en une forest qui a non Glinde, si est
entre la terre des Frans et le roi des Marches devers cele
partie ou li Ombres cort. Ensint chevalche Galehot muz et
pensis qu'il ne dist mot ne a Lancelot ne a autrui, tant que

à celle de Lancelot ; son cœur, puisqu'il ne pouvait avoir aucune joie sans lui ; et il lui sacrifia un si grand honneur qu'il alla crier merci au roi Arthur, alors même qu'il l'avait mis en déroute et bien près d'être chassé de son royaume.

Ils ont tant chevauché qu'ils approchent du royaume de Sorelois et Galehaut est déjà dans un tel état qu'il n'attend plus que la mort. La nuit qui précédait leur entrée en Sorelois, ils arrivèrent à un château qui appartenait au roi des Francs. Ce château était appelé la Garde du Roi, parce que le royaume des Francs touche à celui de Sorelois par le nord-ouest ; et dans cette région coule l'Hombre. Cette nuit-là Galehaut était dans la peine, mais il faisait meilleure contenance que son cœur ne l'y portait. Lancelot, qui souffrait de le voir si mal en point, s'efforçait de le consoler, mais les consolations étaient inutiles. Il n'osait lui demander la raison de son chagrin. Il se rappelait la patience avec laquelle Galehaut avait supporté ses larmes, sans lui poser aucune question, le jour où il était devenu son compagnon. Mais il fit réflexion qu'il ne pourrait longtemps en rester là et lui demanderait de lui dire la vérité, car il ne souffrirait pas de le savoir malheureux s'il dépendait de lui d'y remédier. Il se doutait bien qu'il ne se tourmentait qu'à cause de lui.

Quand Galehaut fut couché et qu'il crut Lancelot endormi, il s'abandonna à son chagrin, se plaignant et pleurant ; et il disait souvent : « Mon Dieu, comme il m'a trahi, celui qui m'a ravi un tel prud'homme ! » Cette détresse dura toute la nuit jusqu'au jour ; et si Galehaut était malheureux, Lancelot ne l'était pas moins. Au matin, ils montèrent sur leurs chevaux, sortirent du château et prirent le droit chemin vers le Sorelois. Galehaut chevauchait en arrière. Son chaperon rabattu sur les yeux, il allait, tête basse, aussi vite que son palefroi pouvait le porter. Il dépassa Lancelot et les écuyers. Ils entrèrent dans une forêt appelée Glinde, qui s'étend entre la terre des Francs et celle du roi des Marches, dans le pays où coule l'Hombre. Ainsi chevauche Galehaut, silencieux et pensif, sans dire un seul mot, ni à Lancelot ni

ses palefroi est ja toz tressuez. Et lors est entrez en un
chemin perreus et li palefroiz fut durement chargiet del chavalier qui desor lui fu granz et pesanz et pleins de dolorous
pensers, et si refu encombrez de la malvaise aleure qu'il
aloit ; si çopa a une des pierres dont li chemins estoit espessement semes, si [qu'il] vint d'anbedeus les genolz a terre
et que les resnes vole[nt] a Galehot hors de la main et
tressaut de son penser : si li ennuie li çopers dou palefroi, et
il le fiert si durement des esperons que li sans vermelz li
saut hors par andous les costez et li palefroiz se lance de tote
sa vertu. Et Galehot ot failli a prendre les resnes qui jeurent
sor le col del palefroi et al lancier qu'il fist s'encombre
d'ambedeus les piez et vole oltre, la teste entre les jambes,
[si durement qu'il se brisa le col en travers. Et Galehoz si
grans com il estoit vola hors des arçons et chai dessuz les
pierres][1] si durement que a bien petit qu'il ne se crieve le
[c]oer el ventre.

   Quant Lanceloz le voit [c]heir en ceste maniere, si *(5v°b)*
a trop grant paor qu'il ne soit morz, si saut a terre de son
palefroi et vient corant toz esbaiz la ou il gist ; quant il voit
qu'il ne remue menbre qu'il ait, si crie si haut com il puet
plus : « Ha, Sainte Marie ! » Lors si l'embrace, et la grant
dolor qu'il sent al coer por la grant poor de sa mort le fet
fredir, si s'estent delez lui et chiet pasmet a terre ; et al cheir
que fist si li ateint li trenchanz d'une pierre au front desus
el senestre sorcil, si li trenche le cuir et la char deci au test.
Lors son[t] tuit esbai li quatre esquier, kar il quiderent por
mort l'un et l'autre ; si detordent lor poinz et arachent lor
cheveus et si demainent si grant duel qu'il ne puent greignor
demener. Mais il ne demora pas granment que Galehot
revint de pamisons, si se plaint mult durement et ovre les
oilz et se mervoille de ceaus qu'il voit entor soi.

   Mais quant il vit Lancelot et le sanc que li chaoit de la
plaie, si fu plus dolanz que de toz les maus qu'il [sentoit].
Et quant il le vit revenir de pamisons, si li demande que ce
a este, et Lancelot li conte en sospirant la grant paor [qu'il]
avoit eue de sa mort. Et il s'en merveille molt, et lors li
atorne il meismes sa plaie, et puis li ameine uns de ses

à personne. Son palefroi, qui était tout couvert de sueur,
entre dans un chemin pierreux. Il était très chargé ; il portait
un cavalier qui était grand, lourd et plein de douloureuses
pensées, et l'allure excessive qui lui était infligée le gênait.
Il heurte une des pierres dont le chemin était jonché, mets les
deux genoux à terre et les rênes échappent de la main de
Galehaut qui sort de sa rêverie. Furieux du faux pas de sa
monture, Galehaut l'éperonne si violemment que le sang
vermeil lui jaillit par les deux flancs, et l'animal s'élance de
toutes ses forces. Galehaut n'avait pas pu ressaisir les rênes
qui pendaient sur l'encolure du palefroi. Le cheval, dans sa
lancée, s'emmêle les pieds et s'abat sur le sol si durement
qu'il se brise le cou. Galehaut, en dépit de sa haute taille,
vole hors des arçons et tombe sur les pierres avec tant de
violence que peu s'en faut que son cœur n'éclate dans sa
poitrine.

Quand il le voit tomber, Lancelot a grand-peur qu'il ne
soit mort. Il saute à bas de son cheval et arrive en courant,
tout effrayé, à l'endroit où gît Galehaut, étendu de tout son
long. Il voit qu'il ne remue aucun membre, crie aussi fort
qu'il le peut « Sainte Marie ! » et le prend dans ses bras. La
peur qu'il a de la mort de son compagnon l'emplit d'une
douleur si grande que son sang se fige, il s'étend à ses côtés
et tombe évanoui. Dans sa chute, le tranchant d'une pierre
l'atteint sur le front, au sourcil gauche ; il lui tranche la peau
et la chair jusqu'à l'os. Alors les quatre écuyers sont saisis
d'effroi, parce qu'ils les croient morts l'un et l'autre. Ils se
tordent les mains, s'arrachent les cheveux et mènent le plus
grand deuil du monde. Mais bientôt Galehaut revient de
pâmoison ; il gémit profondément, ouvre les yeux et
s'étonne à la vue des gens qui l'entourent.

Quand il aperçoit Lancelot et le sang qui dégoutte de sa
blessure, il en est plus ému que de ses propres douleurs. Il
le voit qui revient de pâmoison et lui demande ce qui lui est
arrivé. Lancelot lui dit en soupirant la grande peur qui l'a
saisi, quand il a cru qu'il était mort. Galehaut en est stupéfait et lui bande sa plaie lui-même. Ensuite un de ses

esquiers un palefroi por le suen qui morz estoit. Et il monte, et ausint sont tuit li autre monté, si se reprennent *(6a)* au chevauchier.

Mais la plaie Lanceloth a mis Galehot en tel effroi qu'il en a tot son pensé leschié, et met Lancelot en parolle plus qu'il ne selt. Et Lancelot li dist :

« Sire, il est mult grant vilenie a si haut home com vos estes quant il li meschiet par ses corpes, si com il fist ores a vos ; kar par un po que vos n'iestes morz, par ce que vos ne teniez pas bien vostre frain ; et si vos fuissiez mort ne maheignez en tel maniere, ce fust trop viloine meschaance. »

E Galehot respont :

« Certes, mescheances ne me comence[n]t pas ore mie, si sui ge li chevaliers al monde qui de greignor chaance a esté, et il est des or mes bien resons qu'il me meschie, qu'il me puet plus bien chaoir qu'il a fet : kar Dex fist ja tant por moi qu'il me dona en un jor quanque je voloie ; et qui a quanque il velt, il ne puet plus gaignier, mes il puet perdre : et ge sui en la perte entrez. »

De ceste parolle a Lancelot grant ire et grant annuiance, kar il s[o]spiece bien a quel chose elle puet torner. Si li requiert et prie et le conjure de la riens el mont qu'i[l] plus aime qu'il li die verité por coi ceste mescheance li est comencié a venir et coment il a si longement pensé, quar il nel vit onques mais si esbai com il a esté a ceste voie.

« Et jo vos pri, sire, fist il, si je fis onques servise qui vos pleust, que vos m'en diez le voir sanz rien celer *(6b)* ne vos ne devés mie estre vers moi covers, quar vos savez bien que je vos aim sor toz les homes que onques fuissent, et de ce je ai droit : quar je n'[ai] eu onques nul gran bien si par vos non.

— Bialz dolz compainz, fist Galehot, je vos ai plus amé et aim que tot le monde ne mes coers ne se porroit vers vos celer et je vos diré ce que je n'osé onques a nullui dire. En cest duel et en ceste angoisse que je ai si longement menet

écuyers lui amène un palefroi pour remplacer le sien qui était mort. Il se remet en selle ; tous les autres font de même, et ils reprennent leur chemin.

Cependant la blessure de Lancelot a tant effrayé Galehaut qu'il en a oublié ses propres pressentiments et est plus enclin à parler avec son compagnon. Lancelot lui dit :

« Seigneur, il est indigne du grand prince que vous êtes qu'il lui arrive malheur par sa propre faute, comme il vient de vous arriver. Vous avez manqué mourir parce que vous ne teniez pas bien votre frein ; et si vous aviez été tué ou mutilé à cause de cette négligence, c'eût été un affreux malheur ! »

Galehaut lui répond :

« En vérité mon malheur n'a pas commencé aujourd'hui. Je suis l'homme du monde qui a été le plus heureux. Il est juste qu'il m'arrive malheur, car je ne peux avoir plus de bonheur que je n'en ai eu. Dieu a tant fait pour moi qu'il m'a donné en un seul jour tout ce que je voulais. Celui qui a tout ce qu'il veut, il ne peut plus gagner ; mais il peut perdre. Et voici que je vais à ma perte. »

Ces paroles tourmentent Lancelot et l'affligent, car il pressent à quoi elles peuvent mener. Il prie, il supplie, il conjure son compagnon, par ce qu'il a de plus cher au monde, de lui dire ce qui a été le commencement de ses malheurs et pourquoi il s'est si longuement absorbé dans ses pensées, car il ne l'a jamais trouvé aussi soucieux que pendant ce voyage.

« Et je vous en prie, seigneur, dit-il, si je vous ai jamais rendu quelque service qui vous ait plu, dites-moi la vérité sans me rien cacher. Vous ne devez pas vous méfier de moi. Vous savez que je vous aime plus que tout homme au monde et à bon droit ; car je n'ai jamais eu de grand bonheur qui ne me soit venu par vous.

— Beau doux compagnon, répondit Galehaut, je vous ai aimé et je vous aime plus que le monde entier et mon cœur ne saurait avoir de secret pour vous. Je vous dirai ce que je n'ai encore osé dire à personne. La douleur et l'angoisse qui

me mistrent dui mult felon songe qui me vindrent avant ier
en [avision] : qu'il m'estoit avis en mon dormant que
j'estoie en la maison mon seignor le roi Artu et gran[t]
compaine de chevaliers ; si venoit hors de la chambre la
roine une serpent, la greignor dont je onques oisse parlier,
si venoit droitement a moi et espandoit sor moi feu et
flambe si que je perdoie la moitié de tos mes menbres.
Einsint m'avint a la premiere nuit, e l'autre aprés me fu avis
que je avoie dedens mon ventre dous coers et estoient si
pareil que a paine poist l'en conoistre[1] l'un de l'autre. Et
quant je m'en regardoie, si en perdoie l'un, et quant il ert
departis de moi si devenoit un lepart et se feroit en une grant
compaine de bestes salvages. Et maintenant me s[e]choit li
coers et [t]os li autre cors et m'ert avis en cel songe que je
moroie.

« Itel sont li dui songe com ge vos ai dit ne jamés n'ere a
aise devant que je sache *(6v°a)* certainament que il senefient, et si en sai je une grant partie.

– Sire, fait Lanceloz, vos estes si sage hom que vos ne
devés pas metre en songe vostre creance, car songes ne poet
a nule verité montier : quar a[l]tressint com il est faus en
songant est il faus e[n] aventure, ne vos ne devés pas de ce
avoir paor, kar il n'a el siecle nul home si poissant qui vos
poisse metre au desouz, quar vos estes li plus poissanz qui
orendroit vive.

– De tote[s] ces choses, fet Galehot, ne me poet nuire que
uns seus hom ; et se cil m'en velt nuire, nus ne me poet
aidier. Et se nule force de clergie i poait avoir mestier, je
savrai que mi dui songe senefient, quar je n'oi onques si
grant desirrier de nule riens savoir : ne devant ce que vos
vainquissiez l'asemblee de moi et dou roi Artu aus arme[s]
vermeilles, [ne] puis que je soi vostre non par la boche ma
dame la roine.

m'ont si longuement accablé ont eu pour cause deux mauvais songes qui me sont venus avant-hier. Pendant que je dormais, il m'a semblé que j'étais dans la maison de monseigneur le roi Arthur avec une grande compagnie de chevaliers. De la chambre de la reine sortait un serpent, le plus grand qui se puisse imaginer. Il venait droit vers moi, jetait sur moi feu et flamme, et je perdais la moitié de tous mes membres. Voilà ce que j'ai rêvé la première nuit. La nuit suivante il me parut que j'avais deux cœurs dans ma poitrine et qu'ils étaient si semblables que l'on pouvait à peine distinguer l'un de l'autre. À bien y regarder, je vis que je perdais l'un d'eux qui, après s'être séparé de moi, se changeait en léopard et se jetait au milieu d'une grande compagnie de bêtes sauvages. Aussitôt mon cœur et tout mon corps se desséchaient, et dans ce songe il me semblait que je mourais.

« Telles sont les visions de ces deux songes, et je ne serai jamais tranquille avant de savoir ce qu'ils signifient, bien que j'en sache déjà une grande partie.

— Seigneur, dit Lancelot, vous êtes si sage que vous ne devez pas accorder de crédit à un songe. Un songe ne peut prétendre à aucune vérité. De même qu'il est faux pendant le songe, il est faux à l'événement. Et vous ne devez en concevoir aucune crainte. Il n'y a personne au monde qui ait le pouvoir de vous vaincre et vous êtes le prince le plus puissant de tous ceux qui vivent de notre temps.

— En toutes choses, dit Galehaut, un seul homme peut me nuire ; et si celui-là veut me nuire, nul autre ne peut m'aider. Si les lumières de la science peuvent être en cela de quelque utilité, je saurai ce que mes deux songes signifient. Je n'ai jamais eu un aussi grand désir de connaître la vérité, si ce n'est une seule fois : quand vous avez gagné la bataille qui m'opposait au roi Arthur, où vous portiez des armes vermeilles, et jusqu'à ce que j'apprenne votre nom de la bouche de madame la reine[1].

---

1. Littéralement : « ni avant que vous fussiez vainqueur de la bataille qui m'opposait au roi Arthur, où vous portiez des armes vermeilles, ni après

– Sire, fait Lancelot, je ne quid mie que nus clergiez vos poisse dire chose qui soit a avenir.

– Si feroit, fist Galeoz, que li rois Artus sot par les boens clercs de trois songes que sonja par trois nuiz que il senefioient. Et il li distrent bien que il li covendroit a perdre tote enor terriene. »

Einsint parolent longement entre Galehot et son compainon *(6v°b)* tant que il venent a l'eve d'Assurne et passent le pont Yroix qui marchisoit a dous roiaumes et a une duchee : ce estoit au roiaume des Frans et a celui des marches de Gailloingne et a la duché d'Ervel. Et quant il furent oltre, si torna Galehot une voie sor destre qui le menoit a un suen chastel qu'il avoit novelement fermé ; si seoit en la plus fort piece de terre qu'il eust en son pooir, et il meisme li avoit mis non l'Orgoillouse Garde par la bialté et por la force que il avoit, et s'estoit vantez que la metroit il le roi Artu en prison quant il l'auroit pris ; li chasteaus seoit sor une roche naive, en haut, et par desoz corroit une eve roide et bruianz que cheoit en Assurne a meins de iiii liues prés d'iluec : si est appelee Crence.

A cel chastel torna Galehot son chemin, quar la nuit voloit gisir en mult beles maisons et en mult riches qu'il avoit, et quant il en fu pres a une liue galesche si le virent tot apertement et la tor fort et haute de sus la roche et le b[a]ille environ, fort et espés, et crenelé menuement. Si encommença Lanceloth premierement a parler et dist a Galehot :

« Sire, certes il samble bien que par grant envoiseure et par grant hautesce de coer fu cist chasteaus fermez, que onques ne vi si cointe ne si bel. »

– Seigneur, fait Lancelot, je ne crois pas qu'aucun clerc puisse vous dire les choses à venir.

– Si fait, dit Galehaut ; car le roi Arthur apprit de ses bons clercs la vérité des trois songes qui lui étaient venus pendant trois nuits[1]. Ils lui ont bien dit qu'il devait perdre tout honneur terrestre. »

Galehaut et Lancelot s'entretiennent ainsi longuement. Ils arrivent au fleuve Assurne et passent le pont Iroix[2], qui était situé à la frontière de deux royaumes et d'un duché : le royaume des Francs, le royaume des Marches de Galone et le duché d'Ervel. Après avoir franchi le pont, Galehaut prit sur sa droite un chemin qui le conduisit à un château qu'il avait fortifié depuis peu. Ce château occupait la position la plus inexpugnable du royaume. Lui-même l'avait appelé l'Orgueilleuse Garde pour sa beauté et pour sa force et il s'était flatté d'y mettre le roi Arthur, quand il l'aurait fait prisonnier. La forteresse était bâtie en haut d'une roche naturelle. Au-dessous courait un torrent rapide et tumultueux, qui se jetait dans l'Assurne à quatre lieues de là. Le torrent s'appelait Crence.

Galehaut se dirige vers le château. Il veut passer la nuit dans les riches et belles demeures qu'il y possède. Quand ils n'en furent plus éloignés que d'une lieue galloise, ils l'aperçurent distinctement. Ils virent la tour forte et haute au sommet de la roche, et l'enceinte qui l'entourait, forte, épaisse et bien garnie de créneaux. Lancelot prit la parole le premier et dit à Galehaut :

« Seigneur, il semble qu'il fallait avoir beaucoup de joie et d'ambition dans le cœur pour bâtir un tel château. Je n'en ai jamais vu qui fît paraître autant d'élégance et de beauté. »

---

que j'eus appris votre nom de la bouche de madame la reine ». C'est une allusion à deux scènes célèbres du premier *Lancelot* : dans la première, Galehaut a promis de ne pas demander qui est son ami, jusqu'à ce qu'il le lui dise lui-même ou qu'un autre le dise pour lui ; dans la seconde, la reine révèle à Galehaut que son compagnon est Lancelot du Lac, le fils du roi Ban de Bénoïc (*Lancelot du Lac*, pp. 897-899).

1. *Lancelot du Lac*, pp. 691 et suiv.
2. *Iroix* : Irlandais.

Et Galehot encomen(*7a*)ce a sospirer et si li a dist :

« Biaus dous amis, se vos saviez de con grant cor il fu comenciez a fermer, voirement le d[i]rrie[z] vos.

« Certes en celui point que je le començai baai ge a conquerre la segnorie de tot le monde : si vos i montre[rai] sempres une grant merveille dont je faz mult que folx del dire, kar nuls granz bobanz n'est si tost montez c'autresi tost ne soit chaoiz : et je avoie en pensé a fere trop demesuré orgoil dont il est remés une grant partie. Car il a el baille et en la tor cent et cinquante creneaus par conte, et je avoie enpensé [tant] a conquerre que je meisse cent et cinquante rois en ma seignorie ; et quant je le[s] eusse comquis, s[i] les amenasse toz en cest chastel, et lors me feisse coroner et por anor de moi portassent tot corone, et je tenisse cort si riche come a ma hautesce apartenist, et por ce que toz li monz parlast de moi aprés ma mort. Et feisse encore une altre chose : que il eust seur chascun crenel de cel chastel la sus un chandelier d'argent de la longor a un chevalier et fust espessement branchuz en haut ; et le jor de mon coronement, dés le diner en avant, fuissent mises les corones as rois que je eusse conquis, chascune sor son chandelier, et la moie corone fust assi(*7b*)se sor le pomel de la tor que vos poez de ci veoir. Issi fussent tote jor les corones des[i] a la nuit ; et lors fust en chascun chandelier assis uns cirges si gros et alumez que nus [vent] nel poist [esteindre][1] et ardissent einsint jusqu'al jor. Si bele et riche fust ma corz que toz les jorz fuissent les corones seur les chandeliers, et la nuit li cirge. Et bien sachiez que puis que li chasteaus fu fez, n'entrai si dolanz que je ne m'en partisse liez. Et por ce i vois je ore, car il me seroit greindre mestiers c'onques mes ne me fu que Dex m'i avoit a joie a ceste foiz. »

Einsint se vont parlant entre les douz compaignons ; si se mervoille mult Lancelot de la grant emprese que Galehot li ot contee.

« Ha Dex, fist il a soi meismes, come [me] devroit cist huem haïr que totes ces choses li é gié detornees a fere ! Si

Galehaut lui répondit en soupirant :

« Beau doux ami, si vous saviez dans quelle grande pensée je l'avais élevé, vous auriez bien raison de le dire. Quand je l'ai commencé, j'avais l'ambition de conquérir la seigneurie du monde entier. Je vais vous montrer une grande merveille ; mais je sais que c'est une folie d'en parler, car aucune vaine gloire ne s'élève qui ne retombe aussi vite, et mon entreprise était d'un orgueil si démesuré que je l'ai en grande partie abandonnée. Il y a, dans l'enceinte et dans la tour, cent cinquante créneaux exactement. Je me proposais de faire tant de conquêtes que j'aurais eu cent cinquante rois dans ma seigneurie. Après les avoir vaincus, je les aurais amenés tous dans ce château. Alors je me serais fait couronner. En mon honneur, chacun des rois aurait porté sa couronne et j'aurais tenu ma cour avec tout le faste qui convenait à mon état, pour que le monde entier parlât de moi après ma mort. Je voulais faire plus encore. Sur chaque créneau de cette forteresse, il y aurait eu un chandelier, grand comme un chevalier, avec de larges et nombreuses branches à son sommet. Le jour de mon couronnement, dès l'heure du dîner, on aurait porté sur les chandeliers les couronnes des rois que j'aurais vaincus, et la mienne aurait été posée au sommet de la tour, que vous pouvez apercevoir d'ici. Les couronnes seraient restées là jusqu'à la tombée de la nuit. Alors on aurait allumé sur chaque chandelier un cierge si gros et si lumineux qu'aucun souffle n'aurait pu l'éteindre, et tous ces cierges auraient brûlé jusqu'au jour. Que ma cour eût été riche et belle, avec chaque jour les couronnes sur les chandeliers et chaque nuit les cierges ! Sachez que, depuis le jour où j'ai fait bâtir ce château, je n'y suis jamais entré si malheureux que je n'en sois ressorti joyeux. C'est pourquoi j'y vais aujourd'hui, ayant plus que jamais besoin que Dieu me rende la joie. »

Ainsi parlaient les deux amis et Lancelot s'étonnait de l'audacieux projet dont Galehaut lui faisait part.

« Ah ! Dieu, se disait-il en lui-même, comme un tel homme devrait me haïr, moi qui l'ai détourné de si grandes

[ai] fait del plus vigerous home del mont le plus pereceus et tot ce li est avenu por moi. »

Lors a trop grant duel; et plore si durement que les lermes li chient devant sor l'arçon de la selle, mais bien se garde que Galehot ne l'aparçoive. Atant sont venu devant le chastel. Et lors avint a Galehot une grant merveille dont il fu plus esmoiez que de riens qu'[i]l eust onques veu : que li mur del baille et de la tor fendirent *(7v°a)* parmi le mi lieu tot a droiture et tuit li crenel d'une partie verserent a terre. Lors s'areste Galehot et est tant esbaiz qu'il ne poet mot dire, si se seigne menuement de la merveille que il a veue et ne demora pas tant qu'il eust alé le gieth d'une pierre que tote icele partie dunt li crenel estoient chaoit versa a terre et del baille et de la tor; et fist tel estor al chaoir qu'il sembla que tote la roche fust f[o]ndue.

Quant Galehot vit f[o]ndre son chastel, il ne fist pas a demander s'il fu dolenz, que par un petit qu'il ne cheï del cheval a terre. Et quant il pot parler, si dist en sospirant : « Ha, Dex, tant felenessement me comence a meschaoir ! » Lors torne la resne de son frein et se met par mi les chans en travers, sor senestre. Et Lancelot le siut a esperon, qui tant rest iriez qu'il ne se siet en quel demener; et neporquant il se peigne mult de Galehot confortier et si li dist :

« Sire, il n'avient pas a si haut home com vos estes qu'il se desconfort por mescheance que li aveigne d'avoir, tant com si cors et si ami remaignent sein. Mais li malvais doit plus dotier la perte de son avoir que de son cors, kar ne valt rien se par son avoir non, et malvais coers ne poet enpirier; et bien poez ore veoir que Dex vos a mostré semblant *(7v°b)* d'amor, quant vostre cors n'estoit laienz. »

Quant Galehot entent la parolle, si le regarde si comence a sosrire altresi come par desdaing et si li dist :

« Coment, bialx compainz, cuidiez vos que je soie esbahiz de mon chastel, s'il est fonduz ? S'il valsist tant com je le puisse contrepriser a toz les chasteaus del monde, ne fuisse je ja plus esmaiez que je sui ore. Et si vos aprendrai

ambitions ! De l'homme le plus entreprenant du monde j'ai fait le plus paresseux ; et tout cela est arrivé à cause de moi. »

Sa douleur est grande, les larmes lui viennent aux yeux et tombent sur l'arçon de la selle, mais il prend bien garde que Galehaut ne s'en aperçoive. Les voici venus devant le château. Alors survint une grande merveille, qui précipita Galehaut dans un trouble qu'il n'avait jamais connu. Les murs de l'enceinte et de la tour se fendent en deux par le milieu et dans l'une des deux parties tous les créneaux tombent à terre. Galehaut s'arrête, si surpris qu'il ne peut rien dire. Il fait de nombreux signes de croix pour conjurer cette merveille. Mais à peine a-t-il avancé de quelques pas que toute la partie du château qui avait perdu ses créneaux s'abat, dans l'enceinte comme dans la tour, avec un tel fracas que l'on pouvait croire que la roche entière s'écroulait.

On se doute bien qu'en voyant s'effondrer son château, Galehaut fut bouleversé. Il faillit tomber de cheval ; et quand il put parler, il dit en soupirant : « Dieu, quel terrible commencement à mes malheurs ! » Il tourne bride et prend à gauche à travers champs. Lancelot le suit en piquant des éperons et sa douleur est telle qu'il ne sait quelle attitude prendre. Il s'efforce cependant de réconforter Galehaut et lui dit :

« Seigneur, un grand prince comme vous l'êtes ne doit pas s'affliger d'une perte terrienne, tant que lui-même et ses amis demeurent saufs. Les mauvais hommes doivent redouter la perte de leurs biens, et leur cœur, qui est mauvais, n'a pas grand-chose à perdre. Vous devez voir là un signe que Dieu vous aime, puisqu'il a renversé ce château quand vous n'y étiez pas. »

En entendant les paroles de Lancelot, Galehaut commence à sourire avec une sorte de dédain et lui dit :

« Comment ? beau compagnon, vous croyez que mon trouble vient de ce château qui s'est écroulé ? Eût-il valu à lui seul autant que tous les châteaux du monde, je ne m'en serais pas effrayé. Je vous apprendrai à mieux connaître

itant de la conoissance de mon coer que onques hom ne me
vit esbai ne trespensis por perte de terre ne d'avoir que je
feisse ; ne onques ne fis joie ne feste de chose que je gaai-
gnasse que d'une sole : ce fu de vostre compaignie. Mes mis
coers m'esmaie trop qui me devine mult granz maus a
avenir.

– Sire, fait Lancelot, il avient maintes foiz que coers
d'ome est plus a malaise une oure que altre et de la meseise
del coer vient la meseise del cors, ne je ne pris pas en
proudome coer qui devine de peor, mes de hardement doit
coers deviner et bet a monter et aler oltre.

– Bialz dolz compainz, dist Galehot, mi coers ne devine
de nulle paor qui puisse avenir fors deus : ce est de vos et
de moi, et altretant ameroie la mescheance de l'un comme
de l'autre ; et je i ai mise m'amor en tel maniere qu'enprés
[vostre] mort ne me laist ia Dex vivre un jor. Et je criem que
je vos *(8a)* perde par tans et que nos soiens departi par mort
ou par altre dessevrance. Et si sachiez bien que se ma dame
la roine avoit altresi debonaire cor ver[s] moi come je [o]i
vers li, elle ne me tolsist pas vostre compagnie por doner a
autrui, se je n'eusse onques plus fet por lui que tant que [je]
porchace son grant desirier et vostre grant joie. Mais neporquant je ne la doi pas blasmer, s'ele aime miels que si coers
soit a aise que tuit li altre : quar ele me dit ja que l'en ne
poet faire grant largesce de chose dont l'en ne se puet
consurer. Et je m'en sui bien aperceuz : si voil bien que vos
sachiez que la ou je perd[r]é vostre compaignie, li siecles
perdra la moie.

– Certes, sire, fet Lancelot, se Dex plaist la compaignie
de nos dous ne departira ja, car vos avés tant fet por moi que
je n'oseroie riens fere qui contre vos alast ; ne de la meisnie

mon cœur. On ne m'a jamais vu dans l'agitation et le trouble pour une perte de terre ou d'autre bien. Je ne me suis jamais réjoui ni félicité d'une heureuse fortune, si ce n'est d'une seule, ce fut d'avoir gagné votre amitié. Mais mon cœur s'effraie des grands malheurs qu'il pressent.

– Seigneur, dit Lancelot, il arrive souvent que le cœur d'un homme s'inquiète à de certains moments plus qu'à d'autres, et du malaise du cœur vient celui du corps. Toutefois, je considère que le cœur d'un prud'homme ne doit pas s'attacher à sa peur, mais à son courage. Qu'il pense à s'élever et qu'il passe outre !

– Beau doux compagnon, dit Galehaut, mon cœur ne s'inquiète d'aucun danger à venir, sinon de deux. Je crains pour moi et je crains pour vous. Je ne fais aucune différence entre le malheur de l'un et celui de l'autre ; et je vous aime tant que je demande à Dieu de ne pas me laisser vivre un seul jour après votre mort. Je crains de vous perdre prochainement et que la mort ou l'éloignement ne nous arrache l'un à l'autre. Sachez que si madame la reine avait autant de bonté pour moi que j'en ai eu pour elle, elle ne me priverait pas de votre compagnie pour la donner à un autre, n'eussé-je fait que de lui permettre d'obtenir ce qui fut son plus cher désir et votre plus grande joie[1]. Cependant je ne dois pas la blâmer de préférer son plaisir à celui des autres. Car elle m'a dit un jour : "On ne peut pas faire largesse de ce dont on ne saurait se passer[2]." Et je m'en suis bien aperçu. Mais je veux que vous sachiez que, quand je perdrai votre compagnie, le siècle perdra la mienne.

– En vérité, seigneur, dit Lancelot, s'il plaît à Dieu, notre compagnie ne cessera jamais. Vous avez tant fait pour moi que je n'oserais rien entreprendre contre votre volonté. Si

---

1. L'auteur de notre texte a pour principale référence et pour modèle le premier *Lancelot*. Il fait ici allusion à la scène fameuse, et célébrée par Dante, où Lancelot et Guenièvre se promettent un amour éternel par l'entremise de Galehaut (*La Divine Comédie*, «Enfer», V, 127-138 ; *Lancelot du Lac*, pp. 893-899).

2. «Il est de coutume que la chose la plus désirée est toujours la plus jalousement gardée» (*Lancelot du Lac*, p. 871).

le roi ne remés je mie se par la volenté ma dame non et par
la vostre, quar ja jor de ma vie par la moie volenté n'i
remansisse. »

Einsint parollent ensamble mult longement, et Lancelot le
conforte a son poir tant qu'il fait plus bele chiere qu'il ne
seut. Lors li demande en quel liu il voldra gesir. « Nos irons,
fist Galehot, es prez de soz Cheseline. » Ce estoit uns siens
chasteaus qui ensi avoit non, si seoit sor une grant riviere
(8b) et la praerie desoz estoit mult grant et mult bele. Lors
commande Galehot a ses esquiers qu'il s'en aillent avant tot
iiii et qu'il pringent ou chastel quanque mestiers en serra de
viandes et d'autres choses. « Mais gardiés bien que je truisse
mon ostel tot apareillié en la maison de religion qui est a
l'oreille de la forest, la ou je me fis a[n]ten senier, et je si
[irai] aprés tuit [b]element entre moi et mon compaignon.
Or pensez del chevauch[ier] isnelement et gardez que bien
soit fet. »

Atant s'en partent li esquier et font einsint com lor sire lor
ot comandé et li dui chevalchent aprés tot belement et parollent de lor affaires et de lor privié conseil. Et quant il vienent a la maison de relegion ou il doivent gesir, si est bien
tans et eure de herbergier ; si trevent apareillié quanque
mestiers lor est, mes estrangement se merveillent li rendu de
la maison de lor seignor qui si vient sols ; kar il ne l'avoient
mie apris a veoir chevalchier sanz grant compaignie de chevaliers. Cele nuit fist Galehot un poi plus bele chiere qu'il
ne seut et man[j]a plus qu'il n'avoit fait puis qu'il se parti
de la cort. Et neporquant il s'esforce mult plus de bel semblant mostrier que li coers ne li disoit por Lancelot recon-
fortier. Al matin renvoia avant un de ses esquiers a Sorchan,
– ce estoit la mai*(8v°a)*stre cité del roiaume de Sorelois – et
mandoit a sa gent qui en la cité l'atendoient que l'endemain
fuissent encontre lui a Alantine qui estoit la premiere citiez
que l'en trovast en cele voie. Quant Galehot fu levez de haut
jor et a soleil luisant, si oï messe del Saint Esperit, car ce
estoient li dui servise qu'il plus volentiers ooit que del Saint

j'ai accepté d'appartenir à la maison du roi, ce ne fut que par la volonté de madame et par la vôtre ; car de moi-même je n'y aurais jamais consenti. »

Ils parlent ainsi longuement ; et Lancelot s'attache de tout son pouvoir à consoler Galehaut, jusqu'à ce qu'il fasse meilleur visage. Quand Lancelot lui demande où il veut passer la nuit : « Nous irons, dit Galehaut, dans les prés, sous les murs de Chesseline. » C'était le nom d'un de ses châteaux, posé sur une large rivière, et la prairie qui s'étendait au-dessous du château était grande et belle. Galehaut ordonne à ses quatre écuyers de le devancer et de se rendre au château pour y prendre de la nourriture et tout ce qui leur sera nécessaire. « Mais ayez soin, leur dit-il, que tout soit prêt pour nous accueillir dans la maison de religion, à l'orée de la forêt, où je me suis fait saigner l'année dernière. Nous vous y rejoindrons sans nous presser, mon compagnon et moi. Allez vite et que tout soit bien fait ! »

Les écuyers s'en vont et exécutent les ordres de leur seigneur, tandis que les deux chevaliers font route tout doucement, échangeant réflexions et confidences. Quand ils arrivent à la maison de religion où ils devaient passer la nuit, l'heure est venue de faire étape et ils y trouvent tout le nécessaire. Mais les moines du couvent s'étonnent que leur seigneur soit en aussi petite compagnie, car ils ne le voyaient d'ordinaire qu'entouré d'une suite nombreuse de chevaliers. Cette nuit-là Galehaut fit un peu meilleure figure et mangea davantage qu'il ne l'avait fait depuis son départ de la cour. Cependant il s'efforçait de montrer une plus belle contenance que son cœur ne l'y inclinait, et c'était pour réconforter Lancelot. Le lendemain matin il envoya l'un de ses écuyers à Soreham, qui était la capitale du royaume de Sorelois : il mandait à ses gens, qui l'attendaient dans cette cité, de venir au-devant de lui, le jour suivant, à Alantine, car c'était la première cité qui se trouvât sur son chemin. Il faisait déjà grand jour et le soleil brillait quand Galehaut se leva. Il entendit la messe du Saint-Esprit ; car les deux services qu'il écoutait le plus volontiers

Esperit et de la Mere Dex. Aprés passa la riviere qui par le
chef de la forest coroit, al gué qui estoit desoz la maison de
religion ou il avoit geu, quar il ne voloit pas passier par
chemin, por ce qu'il ere si seus. Celui jor chevalcherent
sanz mangier desi au vespre, et la nuit vi[n]t Galehot chies
un suen vavasor sor cele riviere meisme.

A l'endemain leva Galehot de haut eure, quar il n'avoit
pas d'iluec desi a Alantine plus de xv liues englesches.

E quant il ot messe oie, si cheval[che] tant qu'il vint entre
none et vespre a Alantine et encontra deça la citié bien dous
liues le meistre de son ostel et ses autres chevaliers avec lui.
Cist meistre l'avoit norri en s'enfance, si estoit uns des plus
vigereus homes del monde et des plus loiaus et parens
Galehot de loig. E quant il vit Galehot, si comença mult
durement a plorer et le corut baisier a mult mate chiere. Et
Galehot s'en merveille mult, si li de*(8v°b)*mande qu'il a et
[qu'il] ne l'en mente mie par [la] foi qu'il li doit.

« Sire, fait il, je [ai] eu de vos la greignor paor que je
onques eusse, et hui matin ne creusse home mortel que vos
ne fuissiez ou morz ou mahaigniez, car il vos est ceste
semaine meschaoit assez plus que vos ne quidiez. »

A cest mot fu Galehot mult esbahiz, et sache son frein et
a tel paor de dolerose novelle oïr qu'il en pert une grant
piece la parolle et la color. Et quant il poet parler, si dist a
son mestre :

« Bel meistre, quel perte poet ce estre, dites le moi : ai je
perdu nus de mes charnex amis ? Sor la foi que vos me
devez, vos quier que rien nule ne me soit celee.

— Nenil, sires, fist li meistres, des amis charnex, la merci
Dou, n'avez nul perdu. »

Et Galehot hurte le cheval des esperons et s'en commence
a aler ; et la ou il encontre ses chevaliers, si les salue et acole
et mostre grant semblant d'estre liez, quar il les [v]eut toz

étaient celui du Saint-Esprit et celui de la mère de Dieu. Il traversa la rivière qui coulait à l'extrémité de la forêt, et franchit le gué qui se trouvait sous le monastère où ils avaient été hébergés ; car il ne voulait pas arriver par la route en si petit équipage. Ce jour-là ils chevauchèrent sans manger jusqu'à vêpres et passèrent la nuit chez un vavasseur qui demeurait au bord de la rivière. Le jour suivant Galehaut se leva assez tard, car il n'était qu'à quinze lieues anglaises d'Alantine.

Après avoir entendu la messe, il se mit en route et arriva entre none et vêpres à Alantine. À deux lieues environ de la ville, il rencontra le maître de son hôtel, avec ses chevaliers. Le maître avait eu la charge de son éducation pendant son enfance. Il était l'homme le plus valeureux du monde et le plus loyal ; et c'était un parent éloigné de Galehaut. Quand il voit son seigneur, il commence à pleurer et se précipite pour l'embrasser. Il a le visage défait. Galehaut s'en étonne. Il le conjure de lui dire ce qui le trouble et de ne pas lui mentir, par la foi qu'il lui doit.

« Seigneur, répond le maître, j'étais dans la plus grande inquiétude sur votre sort ; et ce matin encore j'aurais refusé de croire quiconque m'aurait dit que vous n'étiez ni mort ni blessé, car vous avez subi cette semaine un plus grand malheur que vous ne pouvez l'imaginer. »

Galehaut reste interdit ; il retient le frein de son cheval. La peur qu'il a d'entendre une douloureuse nouvelle le laisse longtemps sans voix et sans couleur. Et quand il peut parler, il dit à son maître :

« Beau maître, quel peut être ce malheur ? Dites-le-moi. Ai-je perdu l'un de mes proches ? Sur la foi que vous me devez, je vous demande de ne rien me cacher.

— Non, seigneur, dit le maître. Grâce à Dieu, vous n'avez perdu aucun de vos parents. »

Galehaut pique des éperons. Il s'avance à la rencontre de ses chevaliers, les salue, les embrasse et fait mine d'être très joyeux, afin de dissimuler ses craintes à tout le monde.

decevoir de son penser. Et la ou il voit son maistre, s[i] li
so[rris]t et crole la teste et li dist :

« Bel maistre, bel maistre, jusqu'al jor d'ui [vos] ai je
tenu a vigerous, mes or ne [vos] i tien je pas. Coment cuidez
vos que nule perte me grevast a mon coer puis que ele ne
fust de chose qui al cuer me tenist ? Itant puis je ore bien
savoir que ceste perte est de terre ou d'avoir, et tant me
devez vos bi*(9a)*en conoistre que onques mi coers n'ot por
gaaig [ne por perte] ne de terre ne d'avoir haute joie ne
grant doleur : mes or poez dire seurement quex est la perte,
car altretant m'est des ore mes de la perte com de gaaing.

— Sire, fait li maistres, la perte n'est pas si grant a vostre
ues com ele est merveillose, mes ele est plaine de si grant
merveille c'onques en mon eage n'oï parler de sa pareille :
qu'en tot le reiaume de Sorelois n'a remés forteresce en
estant dont la moitiez n'en soit fondue, et tot ce est avenu
puis vint jorz en une nuit.

— C'est ore, fist Galehot, une chose qui poi me greve, car
je meismes vi f[o]ndre la forteresce el mont que je plus
amoie, n'onques mi coers en malaise n'en fu. Et si vos dirai
por quoi voiant toz ces qui ci chevalchent. Je [ai] esté le
plus merveillos home qui onques fust et si ai eu un si merveillos coer que, s'il fust en un petit cors, je ne voi pas
coment il poist durier, quar onques de nule grant emprise ne
le trovai lasche ne pereceus, mes toz jors enprenanz et
volonteis assiez plus que nus conseaus ne li osast doner. Et
tex doit estre coers qui bee a passer toz altres coers de
hautes euvres et doit savoir que altresi com tuit li altre sont
plus povre de lui altresi sont il plus aver de consoil. Mes ne
vos merveilliez pas si *(9b)* les greinors merveilles dont vos

Voyant son maître parmi eux, il lui sourit, secoue la tête et dit :

« Beau maître, beau maître, je vous tenais jusqu'à présent pour un homme courageux, mais je ne pense plus de même. Comment pouvez-vous croire que je m'afflige de perdre ce qui ne me tient pas au cœur ? Je comprends maintenant qu'il s'agit d'une perte de terre ou d'autres biens. Et vous devez me connaître assez pour savoir que mon cœur n'a jamais eu, pour le gain ou la perte de ces richesses, de haute joie ni de grande douleur. Vous pouvez me dire sans aucune crainte ce que j'ai perdu, car il m'est bien égal désormais de perdre ou de gagner.

— Seigneur, dit le maître, la perte est plus étrange encore qu'elle n'est grande ; et, de toute ma vie, je n'ai jamais entendu parler d'une semblable merveille. Dans tout le royaume de Sorelois il n'est pas une forteresse dont la moitié ne se soit écroulée ; et tout cela est survenu il y a vingt jours en une seule nuit.

— C'est une chose dont je ne me soucie guère, dit Galehaut. J'ai vu s'écrouler la forteresse que j'aimais le plus au monde et mon cœur ne s'en est pas ému. Je vous dirai pourquoi devant tous ces hommes qui chevauchent à nos côtés. Les plus étranges merveilles du monde se sont produites en moi[1], et j'ai été doté d'un cœur si merveilleux que, s'il avait été enfermé dans un petit corps, je ne vois pas comment il aurait pu durer. Dans aucune grande affaire je ne l'ai trouvé lâche ou paresseux, mais toujours hardi et entreprenant bien davantage qu'aucun de mes conseillers n'aurait osé l'imaginer. C'est ainsi que doit être un cœur qui aspire à surpasser tous les autres dans de grandes entreprises. Il doit savoir que, si tous les autres cœurs sont plus pauvres que lui, ils sont aussi moins généreux dans leurs conseils. Ne vous étonnez pas que les plus grandes mer-

---

1. Littéralement : « J'ai été l'homme le plus merveilleux du monde ». Bien entendu, Galehaut ne songe pas à s'admirer lui-même, mais il constate son étrangeté. La « merveille », c'est tout ce qui paraît sortir de l'ordre de la nature et de la raison. L'homme « merveilleux » est celui qui est imprévisible et surprenant.

avez oï parler avienent en mon poair et en mon tans, car altresi com j'ai esté li plus merveillous que nus me d[o]ient greignors merveilles avenir. »

Einsint parolle Galehot a son meistre tant que il vennent a Alantine ; si corent encontre lui la gent de la vile et sont mult lié de sa venue, car par tote la terre avoit e[n] grant paor de lui por les merveilles qui avenues estoient. Cele nuit se pena mult Galehot de faire bel semblant et al matin fist faire lettres a ses clers et manda a toz les barons qui de lui tenoient que, si chier com il avoient s'amor, qu'il fussent [a] lui la quinzaine devant Noël a sa cité a Soream et amenast chascuns le greignor conseil qu'il porroit avoir de clers et de chevaliers. Aprés envoia unes letres au roi Artu, et li mandoit et prioit com a son seignor et a son ami qu'il li envoit les trois plus sages clers de sa terre et que il li envoit ceus qui son songe li avoient descovert, quar il en avoit en tel point greignor besoing qu'il n'avoit onques eu. Mes or se test ici li contes de Galehot et de sa compaignie, si retorne al roi Artu et a la roine.

Or dist li contes que li rois Artus en cel termine sejornoit a Camahalot et cil descendi qui les letres *(9v°a)* Galehot aportoit, si le receut li rois a mult grant joie, et la roine et la dame de Malahaut en firent joie sor toz les altres. Mais il ne demora pas granment que la joie fu tornee a grant ire, que la ou li messages ot conté sa novelle al roi Artu, descendi une damoiselle laiens et vint devant le roi mult fierement, la

veilles du monde se produisent dans mes États et de mon temps ; comme j'ai été le plus merveilleux des hommes, c'est à moi que doivent arriver les merveilles les plus extraordinaires. »

Tandis que Galehaut s'entretenait avec son maître, ils arrivèrent à Alantine. Les gens de la ville coururent au-devant de lui et se réjouirent de le voir, car, dans tout le pays, on était très inquiet sur son sort, à cause des merveilles qui s'étaient produites. Cette nuit-là Galehaut s'efforça de montrer un visage tranquille. Au matin il fit écrire des lettres par ses clercs. Il y mandait à tous les barons qui tenaient des terres de lui, s'ils voulaient être ses amis, de venir dans sa cité de Soreham, quinze jours avant Noël, et d'amener avec eux la plus grande compagnie qu'ils pourraient rassembler de clercs et de chevaliers. En outre il écrivit au roi Arthur pour le prier, comme son seigneur et ami, de lui envoyer les trois plus sages clercs de sa terre et ceux qui lui avaient expliqué ses songes ; car, dans la situation où se trouvait Galehaut, il en avait le plus grand besoin. Mais ici le conte ne parle plus de Galehaut et de sa compagnie ; il revient au roi et à la reine.

CHAPITRE II

La reine accusée de forfaiture

Le conte nous dit que le roi Arthur séjournait alors à Camaalot. Le messager qui apportait la lettre de Galehaut s'y présenta. Il fut accueilli avec joie par le roi Arthur et plus encore par la reine et la dame de Malehaut ; mais cette joie se changea bientôt en une grande douleur. Quand le messager eut annoncé les nouvelles dont il était porteur, on vit descendre de cheval une demoiselle qui s'avança très

ou il seoit entre ses chevaliers. Et ele ot grant route de gent
aprés lui et furent que chevalier que serjant tuit de sa
compaignie plus de trente ; si vint devant le roi mult
acesmee, et ot cote et mantel d'un mult riche drap de soie a
penne d'ermine, et fu a un cointe laz de soie trecie a une
trece, et la trece fu longe et grosse et luisanz et clere. Quant
li chevalier la voient venir, si li font voie, ne il n'i a si haut
baron qui ne soit en estant sailliz, et quide chascuns qui la
voit que ce soit la plus haute dame del monde. Et quant elle
vint devant le roi, si sache sa guimple desus son chief dont
elle estait encore envulupee et la giete par desus lui a terre.
Il fu assez qui la saisi, car elle avot grant siute que de suens
que des autrui. Et quant ele fu desvolupee, si se merveillent
tuit cil qui la virent de la grant bealté qu'en li estoit, et elle
parla si haut qu'ele fu de toz entendue et dist mult hardiement :

« Dex saut le roi Artu et *(9vᵒb)* sa compaignie, salve
l'onor et la droiture ma dame, come celui qui orendroit est
li plus proudome qui vive, se ne fust une seule chose.

— Damoisele, fist li rois, quex que je soie, grant bonaven-
ture vos doinst Dex et l'anor et la droiture vostre dame voil
je bien que soit salvee par tot la ou elle serra. Mes tot avant
vos savroie je boen gré se vos me disiez la malvaistié qui en
moi est, por coi je ai perdu a estre li plus proudom del
monde. Et aprés m'aprenez de vostre dame qui elle est et
que je li puis avoir mesfait, car vers dame ne vers damoisele
ne quidai je avoir mespris, ne mesprendre n'i voldroie en
nule guise.

— Rois, fait elle, se je ne vos savoie mostrier et la droiture
ma dame et la chose par quoi vos perdez tote bonté, donques

fièrement vers le roi, tandis qu'il siégeait au milieu de ses chevaliers. Elle était escortée d'une suite nombreuse. Plus de trente chevaliers et sergents l'accompagnaient. Elle se présenta devant le roi, très élégamment parée. Sa cotte et son manteau étaient d'un riche drap de soie fourré d'hermine. Ses cheveux étaient rassemblés en une seule tresse par un joli ruban de soie. C'était une tresse longue, bien fournie, brillante et lustrée. Sur son passage les chevaliers s'écartent, les plus grands seigneurs se lèvent et tous croient voir la plus haute dame du monde. Arrivée devant le roi, elle retire la guimpe qui lui couvre le visage, la jette par-dessus sa tête et la laisse tomber. Nombreux furent les seigneurs qui se précipitèrent pour la ramasser, tant était grande autour d'elle la presse de ses gens et des autres chevaliers. Quand elle eut découvert son visage, tous ceux qui étaient présents furent frappés de sa beauté. Elle parla d'une voix assez forte pour que chacun pût l'entendre et dit hardiment :

« Que Dieu sauve le roi Arthur et sa compagnie, pour autant que soient sauvegardés l'honneur et le droit de ma dame ; car il serait le meilleur des princes de notre temps, s'il ne lui manquait une seule chose[1].

— Demoiselle, répondit le roi, quoi qu'il en soit de moi, que Dieu vous donne bonne aventure ! Je consens bien volontiers que l'honneur et le droit de votre dame soient sauvegardés, dans tous les lieux où elle sera. Mais d'abord je vous saurais gré de me dire quelle est cette faute que vous me reprochez et qui m'empêche d'être le meilleur prince du monde. Ensuite apprenez-moi qui est votre dame et quel est le tort que je lui ai fait car je ne croyais pas avoir de tort envers aucune dame ou demoiselle, et pour rien au monde je ne voudrais en avoir.

— Roi, dit-elle, si je ne savais vous démontrer le bon droit de ma dame et la faute qui vous fait perdre toute votre

---

1. Ce début est presque littéralement copié du premier *Lancelot* (*Lancelot du Lac*, p. 177).

seroie je noient venue querre en vostre cort. Mais je n'i ven pas noant querre, ainçois i sui, fait elle, venue por la plus estrange aventure et por la plus merveillose qui onques avenist en vostre ostel et dont vos et li vostre serrez plus esbai, quant vos en savrez la verté. Tot premierement vos di que ma dame que a vos m'envoie a non la roine Guenievre, la fille al roi Leodagan de Tamelide. Mais ançois que je vos descovre quel droiture elle doit avoir sor vos, vos baillerai unes letres que je vos aport qui sont scelees *(10a)* en son seel et covendra que devant tote vostre baronie soient leues. »

Lors se regarde la damoisele et uns chevaliers chanuz saut avant qui sembloit estre de grant aage ; si li baille une boiste mult riche d'or enluminee de hautes pierres preciouses. La damoisele prent la boiste et la desferme, si en trest unes letres pendanz en un seel d'or. La damoisele bailla les letres al roi et dist :

« Sire, faites ces lettres lire einsint com je vos ai devisé, mes ce sera par un covant que caienz n'avra dame ne damoisele qui n'i veignent por oïr qu'eles dient, car je le vos requier einsint por droiture. Et sachés que lettres de si haut affaire com cestes sunt ne doivent pas estre leues en repostaille : car se tote la greignor cort que vos onques tenissiez estoit ci asemblee, n'i avroit il si hardi qui ne fust toz esbaiz de l'escoster. Mult covendra donques grant plenté de prudomes au conseillier. »

A grant merveille regarde li rois la damoiselle qui si fierement parolle, si en est toz esbaiz et tuit cil qui avec lui avenu sont. Maintenant envoie querre la roine et les dames et les damoiselles qui par les chambres sont et fait crier que par les ostelz ne remeigne ne bers ne chevaliers qui orendroit ne veigne a cort por les estranges noveles oir. Quant il furent tuit venu, *(10b)* si recomença la damoiselle sa raison et requiert le roi qu'il face lire les lettres que ele a aportees ; et il les baille a celui de toz ses clercs qu'il savoit a mielz parlant et plains de greignor savoir.

Li clers desploie le parchemin, et quant il a les lettres

valeur, je serais venue à votre cour en vain. Mais je n'y suis pas venue sans raison. J'y suis venue pour la plus étrange aventure et la plus merveilleuse qui se soit jamais produite dans votre hôtel, et qui vous remplira d'étonnement, vous et les vôtres, quand vous en apprendrez la vérité. D'abord je vous dis que ma dame, qui m'envoie auprès de vous, est la reine Guenièvre, la fille du roi Léodagan de Carmélide. Mais avant de vous faire connaître les droits qu'elle doit avoir sur vous, je vous remettrai une lettre que je vous apporte scellée de son sceau, et qui devra être lue devant toute votre baronnie. »

La demoiselle fait un signe de la tête et un chevalier s'avance qui paraît être d'un très grand âge. Il lui tend une belle boîte d'or, rehaussée de riches pierres précieuses. La demoiselle prend la boîte, l'ouvre, en retire une lettre attachée à un sceau d'or, remet la lettre au roi et lui dit :

« Sire, faites lire cette lettre comme je vous l'ai demandé. Mais j'y ajoute encore une autre condition : que toutes les dames et demoiselles de céans viennent ici pour en apprendre le contenu, c'est ce que je vous requiers au nom de la justice. Sachez qu'une lettre de cette conséquence ne doit pas être lue dans le secret du cabinet, et que, si la plus grande cour que vous ayez jamais tenue était ici rassemblée, les plus hardis seraient stupéfaits d'entendre ces nouvelles. Il faudra un grand nombre de prud'hommes pour en délibérer. »

Le roi regarde avec étonnement la demoiselle qui lui parle si fièrement. Il demeure interdit, ainsi que toute l'assistance. Il envoie chercher la reine, les dames et les demoiselles qui sont dans les chambres, et fait crier à travers la ville que les barons et les chevaliers doivent se rendre immédiatement à la cour pour entendre les étranges nouvelles. Quand ils sont tous arrivés, la demoiselle reprend la parole ; elle prie le roi de faire lire la lettre qu'elle apporte. Le roi la remet à celui de ses clercs qu'il savait le meilleur en paroles et en savoir.

Le clerc déploie le parchemin ; et quand il l'a parcouru en

leues de chief en chief, si a tel angoisse que les lermes li
cheent jus des euz tot contreval la face deci a la poitrine. Et
li rois que le regarde s'en merveille trop et plus en est esbaiz
que hui mes ne fu et tuit cil qui le voient en ont paor.

« Dites, fist li rois, car il me tarde plus que je les oie que
huimés ne fis. »

Et li clers esgarde la roine qui estoit apoiee sor l'espaule
mon seignor Gauvain ; et quant il la vit, si li freidist toz li
cuers d'angoisse et li cuers li serre si durement el ventre
qu'il ne deist mot de la boche, qui li deust coper le chef ;
lors li troblent li oil el chef et il comence a chanceler. Et
mesire Yvains qui mult estoit gentils et deboneires voit bien
et pense qu'acune mescheance a veüe es lettres qui est
tornee sor le roi : si saut sus por lui sostenir et cil se pasme
entre ses braz. Et lors est li rois tot esbaiz et trop durement
s'esmerveille quex novelles ce puent estre, si envoie por un
altre clerc. Maintenant li baille les letres. Et quant il les ot
leues, si comence a sospirer et a plorer mult durement, si
giete les lettres el geron del roi et s'en torne trop grant *(10
v°a)* duel fesant. Et quant il passe par devant la roine, si
dist : « Ha, dame, dame, come doleroses noveles a ci ! »
Atant se fiert en une chambre et fait tel duel que plus ne
puet : et lors est la roine trop esbaie.

Mes li rois ne s'en jeue pas, si envoie querre son chapelain et quant il est devant lui, si li dist :

« Sire chapeleins, lisiés moi ces lettres, et si vos requier
que par la foi que vos me devés et seur la messe que vos
avez hui chantee, que vos me diez quanque vos i troverez
sanz riens celer. »

Li chapelains prent les lettres ; et quant il ot tot regardé,
si sospire mult durement et dist al roi :

« Sire, covendra me il a dire ces lettres tot en oiance ?

– Oïl, ce dist li rois, einsint le covient il ore a fere.

– Certes, fait li chapelains, ce poise moi quant il me
convient a dire la parolle qui metra en duel et en ire toz ceus
de vostre cort. Et s'il pooit estre, je vos reqerroie por De que
vos les feissiez lire a un altre. Mes vos m'avez tant conjuré
que ne m'en doi escondire.

– Dites, fet li rois, qu'a dire l'estuet. »

entier, sa douleur est si grande que les larmes inondent son visage et tombent sur sa poitrine. Le roi le regarde et s'étonne ; il est plus effrayé qu'il ne l'était et tous ceux qui le voient prennent peur.

« Parlez, dit le roi, j'ai hâte plus que jamais de savoir le contenu de cette lettre. »

Le clerc regarde la reine qui s'est appuyée sur l'épaule de monseigneur Gauvain. Il tremble d'angoisse et son cœur se serre dans sa poitrine, au point qu'il ne peut prononcer un seul mot, dût-on lui couper la tête. Ses yeux se troublent. Il commence à chanceler. Monseigneur Yvain, homme de cœur noble et généreux, comprend que le clerc a vu dans la lettre un malheur qui menace le roi. Il s'avance pour le soutenir et celui-ci se pâme entre ses bras. La stupéfaction du roi est extrême. Impatient de savoir ce que dit cette lettre, il appelle un autre clerc et la lui tend. Après en avoir pris connaissance, le clerc soupire, éclate en sanglots, jette la lettre sur les genoux du roi et s'en va en gémissant. Comme il passe devant la reine, il s'écrie : « Ah ! dame, quelles douloureuses nouvelles ! » Il s'enferme dans une chambre et donne libre cours à sa douleur. La reine est très effrayée.

Mais le roi ne s'en tient pas là. Il envoie chercher son chapelain et, quand il est arrivé, il lui dit :

« Seigneur chapelain, lisez-moi cette lettre. Je vous requiers, sur la foi que vous me devez et sur la messe que vous avez chantée aujourd'hui, de me dire tout ce que vous y trouverez, sans rien dissimuler. »

Le chapelain prend la lettre. Quand il l'a lue tout entière, il pousse un profond soupir et dit au roi :

« Seigneur, dois-je la lire en public ?

— Oui, répond le roi, il doit en être ainsi.

— En vérité, dit le chapelain, il m'est pénible d'avoir à prononcer les paroles qui jetteront toute votre cour dans la douleur et la colère. Et si c'était possible, je vous prierais, pour l'amour de Dieu, de les faire lire par un autre. Mais vous m'avez tant conjuré que je ne dois pas m'y soustraire.

— Parlez, dit le roi, il le faut. »

Et il comence et dist si haut que tote la cort l'ot en tel
maniere :

« La roine Guenievre, la fille al roi Loedegans de Come-
lide, salue le roi Artu si com elle doit et tote sa compagnie
de barons et chevaliers. Rois Artus, je me pleinc
pre*(10v°b)*mierement de toi meismes et aprés de tote ta
baronie, et si voil que il sachent tuit que tu t'ies desloialment menez vers moi, et gié lealment vers toi. Car tu es tex
que tu ne deusses mie estre rois, kar il n'apartient pas a roi
qu'il tienge feme en soignantage si com tu fes : car il est
vertez provee que je sui jointe et assamblee a toi par loial
mariage et enointe et sacree come roine et compaigne del
roiaume el mostier Saint Estenne le martir en la cité de
Londres qui es chief de ton raiaume par la main Eugene le
bon evesque. Mes l'onor et la seignorie de si grant hautesce
me dura trop cortement, car je ne fu dame fors un jor et une
nuit, et lors te fu tolue et sotrete ou par ton conseil ou par
autrui.

« Cele fu mise en mon leu qui estoit et m'acointe[1] et ma
serve, ce est icele Guenievre que tu tiens por espose et por
roine ; et porchaça ma mort et mon deseritement quant elle
deust son cors abandoner a mort por moi salver. Mes Dex
qui nule foiz n'oblie ceus qui s'atendent a sa merci me gita
hors de ses meins par ceus que je doi plus amer que riens
del mont ; et conbien que je oie esté essilee et desertee, Dex
merci or sui en m'ennor et en mon eritage revenue : si
requier por loialté [et por droiture que al jugement et a
l'esgart de ta maison soit de cette desleialté][2] prise venjance,
(11a) et cele qui t'a tenu en pechié mortel si longement soit
baillie a destruction, ausint come elle vout destruire le mien
cors. Itant t'en faz ore a savoir par mes lettres. Et por ce que
a l'escrivre ne me pot pas menbrer de chascune chose qui
mestier m'eust a dire, por ce vos ai je ci envoié mon coer et
ma langue, ce est Clice ma cosine germane, que ces letres
te porte. Si te mant que tu la croies de quanqu'ele te dira de

Alors le chapelain commença à lire d'une voix si forte que toute la cour l'entendit ; et il parla en ces termes :

« La reine Guenièvre, fille du roi Léodagan de Carmélide, salue, comme elle le doit, le roi Arthur et toute sa compagnie de barons et de chevaliers. Roi Arthur, je me plains de toi d'abord, de toute ta baronnie ensuite. Je veux que chacun sache que tu as été déloyal envers moi et que j'ai été loyale envers toi. Ta conduite est telle que tu ne devrais plus être roi, car un roi ne doit pas vivre avec une femme en concubinage, comme tu le fais. C'est une vérité prouvée que je suis unie et jointe à toi par un loyal mariage, ointe et sacrée comme reine et compagne du royaume, au moûtier de Saint-Étienne le martyr, dans la cité de Londres, capitale de ton royaume, par la main d'Eugène, le bon évêque. Mais l'honneur et la seigneurie de ce haut rang furent pour moi de courte durée. Je ne fus dame que pendant un jour et une nuit. Alors je te fus enlevée et soustraite, soit par ton ordre, soit par celui d'une tierce personne.

« Celle qui fut mise à ma place était mon amie et ma servante. C'est cette Guenièvre que tu tiens pour épouse et pour reine. Elle a médité ma perte et mon déshéritement, alors qu'il était de son devoir de s'abandonner elle-même à la mort pour me sauver. Mais Dieu qui, en aucune circonstance, n'oublie ceux qui s'en remettent à lui, m'a tirée de ses mains, avec l'aide de gens que je dois aimer plus que tout au monde. Après avoir été exilée et déshéritée, Dieu merci, me voici revenue dans mon honneur et mon héritage. C'est pourquoi je te requiers, au nom de la morale et du droit, qu'il soit pris vengeance de cette trahison, au jugement et à l'appréciation de ta cour, et que celle qui t'a si longtemps fait vivre en péché mortel soit livrée à la mort, comme elle-même a voulu me faire mourir. Voilà ce que je te fais savoir par ma lettre. Comme je ne peux mentionner par écrit tout ce qu'il me faudrait dire, je t'envoie mon cœur et ma langue, en la personne de Célice, ma cousine germaine, qui t'apporte cette lettre. Je te demande de croire tout ce qu'elle te dira en mon nom, car elle connaît aussi

moie part, kar ce est celle qui siet ausi bien com je faz grant
partie de mes anuiz et de mes maus. Si les siet si come
[d'oïr et de veoir][1]. Et si est en sa compaignie tex qui melz
fait a croire qu'entre moi et lui ne fesons : ce est Bertelac li
Vealz, li plus esprovez chevaliers de son aage qui soit en
totes les isles de mer. »

Atant se tot li chapelains et si baille al roi ses lettres et
s'en part iriez et pensis.

De ces novelles est li rois mult esbaiz et tuit li altre sont
par laienz si esmaié qu'il n'i a si hardi qui mot die, et lors
regarde li rois la damoiselle qui devant lui est en estant, si
li dist :

« Damoiselle, j'ai bien oi ce que vostre dame me mande
et se les letres n'ont tot dit or poez esclarier le remanant, car
il m'est avis que vos iestes icele qui le coer et la langue
vostre dame avés aportee ci ; et del chevalier voldroie je
bien savoir qu'il est qui si est prisiet et espro(*11b*)vet plus
que chevalier del monde. »

La demoiselle se trait arieres et prent par le poing le
chevalier qui les lettres li avoit baillies, si l'enmaine devant
le roi et dist :

« Sire, veez ci le chevalier que ma dame vos envoie por
teismoig et por defense de sa besoigne. »

Le roi esgarde le chevalier, si li samble estre de mult
grant aage, kar il a le chief chenu et blanc et le vis pale et
froncié et plain de plaies, et la piaus de la gorge li gist
devant seur la chevesce, si a les braz gros et lons et les
espaulles bien formees et est si bien faiz de toz les membres
com l'en puist melz deviser. Si estoit merveilles granz et
corsuz et drois et espers en son estant plus que l'en ne poist
quidier de si veil home.

« Certes, fist li rois qui a merveilles l'esgarde, cist me
semble estre de si viel aage qu'il ne devroit mes trere chose
avant ou il eust desloiauté ne felonie.

— Sire, dist la damoisele, ce diriés vos, se vos le conoissiez bien. Mes ci ne li convient ore nul teismoing de sa

bien que moi une grande partie de mes tourments et de mes malheurs. Elle les connaît comme on connaît ce qu'on a soi-même vu et entendu. Et elle est accompagnée d'un homme, qui est encore plus digne de confiance qu'elle-même ou que moi, c'est Bertelai le Vieux, le plus renommé des chevaliers de son temps et le meilleur qui soit dans toutes les îles de mer. »

Le chapelain se tait, remet au roi sa lettre et s'en va, triste et pensif.

En entendant ces nouvelles, le roi demeure sans voix ; et, dans tout le palais, chacun est saisi d'effroi, au point que les plus hardis gardent le silence. Ensuite, le roi regarde la demoiselle qui se tient debout devant lui. Il lui dit :

« Demoiselle, j'ai bien entendu ce que me mande votre dame. Si sa lettre n'a pas tout dit, vous pouvez maintenant nous exposer le reste. Il semble bien que vous soyez celle qui a apporté ici le cœur et la langue de votre dame. Et je voudrais aussi savoir qui est ce chevalier renommé et valeureux, plus que tous les chevaliers du monde. »

La demoiselle fait un pas en arrière, prend par la main le chevalier qui lui avait remis la lettre, l'amène devant le roi et dit :

« Seigneur, voici le chevalier que ma dame vous envoie comme témoin et défenseur de sa cause. »

Le roi regarde le chevalier, qui lui semble d'un très grand âge. Sa tête est chenue et blanchie, son visage pâle, ridé et couturé de plaies ; la peau de sa gorge tombe sur son collet ; ses bras sont gros et longs, ses épaules bien fournies ; et il est si bien fait de tous ses membres qu'on ne saurait souhaiter mieux. En outre il est merveilleusement grand et fort, droit et dégagé dans son maintien, plus qu'on n'aurait pu l'attendre d'un si vieil homme.

« Certes, dit le roi, cet homme me paraît trop vieux pour soutenir une cause où il y aurait de la déloyauté et de la félonie.

— Seigneur, dit la demoiselle, vous auriez bien raison de le dire, si vous le connaissiez. Mais ce n'est pas le lieu de

proesce, que Dex siet bien que chascuns est ; si vos diré ce
dont les lettres ne parollent mie, que ma dame vos envoie
por ma creance. Jo cuit que vos avez bien entendu que ma
dame se plaint de vos com de celui qui deussiez estre si
loiaus espos, et vos ne li estes pas : car bien est chose seue
que, quant vos fuistes rois *(11v°a)* de Bretaigne coronez, si
vint a vos li renons del roi Leodagan de Tamelirde qui estoit
en celui point li plus proudom qui vesquist en totes les isles
d'Ocident et qui plus maintenoit en grant pris et en grant
enor chevalerie. Granz fu li los qui vos fu fez de mon sei
gnor le roi, mais tot passa la granz bialtez et la valors que
vos oïstes retrere de ma dame qui sa fille estoit, car ce fu la
damoisele plus prisie a droit sor totes autres damoiseles et
vos deistes que vos ne fineriez jamais jusque tant que vos
veïssiez por quoi li rois et sa fille estoient si remanteü en
totes terres. Vos guerpistes vostre terre et meistes en altre
main et venistes ou regne de Tamelirde a guise d'esquier et
tuit vostre compaignon autresi ; iluec servistes vos mon sei
gnor le roi dés le Noël jusqu'a la Pentecoste et le jor tren
chatez vos d'un paon a la Table Reonde [au los des cent
cinquante chevaliers qui i seoient.][1] Si chascuens en fu
serviz a son talant et par ce eustes la plus vaillant dame qui
soit : ce fut ma dame la roine, et vos dona misire li rois le
plus noble don en mariage que onques fust doné a roi, ce est
la Table Reonde qui est enoree de tanz proudomes. Aprés ce
vos l'en amenastes a Londres, vostre cité, et ele i fu esposee,
si com les letres l'ont devisé, *(11v°b)* et la nuit geustes vos
aveques lui. Et quant vos relevastes por aler a chambre, si
fu ma dame traïe et deceue et gitee hors par ceus et par
celles en qui ele se fioit plus. Et lors a vos fu acompaignie
cele dame que je voi la si malvaissement, come cele par qui
sa dame fu traïe et mise en prison, et quida bien celle Gue
nievre qui la est que ma dame fuist ocisse. Mais por ce que
Dex ne plaist pas que traïsons soit celee, li est iceste traïsons
venue devant, car ma dame est eschapee de la prison par la
volenté Damedex et par l'aide de cest chevalier qui ci est

témoigner de sa prouesse. Dieu sait ce que chacun vaut. Je vous dirai donc ce qui n'est pas dans la lettre que ma dame vous envoie pour m'accréditer. Quand vous fûtes couronné roi de Bretagne, la renommée du roi Léodagan de Carmélide parvint jusqu'à vous. C'était le plus noble prince qui vécut dans toutes les îles d'Occident et celui qui maintenait la chevalerie dans la plus haute estime et le plus grand honneur. Grand fut l'éloge qui vous fut fait de monseigneur le roi, et plus encore de madame sa fille, dont on vous rapporta la grande beauté et le mérite. C'était la plus justement admirée de toutes les demoiselles. Vous dîtes alors que vous n'auriez pas de repos avant d'avoir vu par vous-même pourquoi le roi et sa fille jouissaient d'une telle renommée en tous pays. Vous avez quitté votre terre et l'avez mise dans les mains d'un bailli, pour venir au royaume de Carmélide, en qualité d'écuyer, avec tous vos compagnons. Là, vous vous êtes mis au service de monseigneur le roi, de la Noël jusqu'à la Pentecôte. Le jour de cette fête, vous avez découpé les paons à la Table Ronde, avec le consentement des cent cinquante chevaliers qui y siégeaient, et chacun en fut servi à son gré. Pour cet honneur, vous avez obtenu la plus admirable des princesses, c'est madame la reine ; et monseigneur le roi vous a fait le plus noble cadeau de mariage qu'on ait jamais fait à un roi, c'est la Table Ronde, qui est honorée de tant de prud'hommes. Vous avez amené ma dame à Londres, votre cité. Vous l'y avez épousée, comme la lettre le dit ; et, pendant la nuit, vous avez partagé sa couche. Quand vous vous êtes relevé pour regagner votre chambre, ma dame fut trahie, trompée et chassée par ceux et par celles qui avaient toute sa confiance. C'est alors que fut mise en votre compagnie cette dame que je vois ici, contre toute justice, parce qu'elle a trahi et fait jeter en prison sa maîtresse. Elle croyait que ma dame avait été tuée. Mais Dieu, qui ne permet pas qu'une trahison reste secrète, l'a fait resurgir devant elle. Ma dame est échappée de sa prison, grâce à la volonté de Notre Seigneur et à l'aide de ce chevalier que voici, qui se mit hors

qui devint lerres por lui et se mist en aventure de mort por
lui tant que il l'en porta a ses espaulles hors de la tor Hen-
guist qui siet ou Lac al diable. Ma dame a esté longement
en cheitivisons et cil qui l'amoient avec lui, tant que Dex
merci or l'ont receue si baron et rendu li ont sa terre et son
eritage. Et se ma dame volsist, elle fust mariee mult richement, que soz ciel n'a si haut home qui por enor ne rechece
la deust refusier. Mes a ce en est si coers atornez que s'elle
vos pert, qui si loiaus espous devez estre, elle quite le
mariage des autres toz, que il li est avis qu'elle ne seroit
enploie bien en nullui s'en vos non, ne vos en nullui que en
lui car si vos estiez asemblé, vos serriez andui non pier de
totes autres genz *(12a)*, vos li plus vaillanz rois et elle la
plus vaillanz roine. Por ce vos mande ma dame que vos
retornez a la loialté que vos creantates, quant ele fu esposee
et que vos droiture li tengiez de cele qui tel peril de mort li
porchaça, que vos avez tenue contre Deu. Se ce vos ne volez
fere, ma dame vos deffent de par Dex et de quanqu'ele poet
de par lui et de par ses amis que vos des ore en avant ne
reteignez l'anor que vos preistes a lui en mariage, ce est la
Table Reonde, mes envoiez la li autresi garnie de chevaliers
com ses pieres la vos bailla; ne ja puis, ce gardés, ne soit
Table Reonde en vostre ostel, que ce est si haute chose qu'il
n'en doit aveir que une seule en tot le monde.

« Seignors chevaliers, vos le di je, qui de la table Reonde
estes appellé compaignon, que plus ne vos facez apeler par
cestui non devant le jor qu'il sera devisé par droit jugement
cui l'onor devra estre, car en tel leu porroit venir que toz li
plus cointes le comparroit mult chierement. Et vos, sire, fait
elle au roi, se vos ne autres de vostre maison volez dire que
ma dame n'eust esté traïe ainsint com vos m'avez ici oï
conter ou par vostre conseil o par celui a cele dame la, je sui
tote aparilliee que je le face mostrer ou en vostre cort ou en
l'autrui, ou orendroit ou a un *(12b)* terme devisé; mes la

la loi pour elle et en aventure de mort. Il la porta sur ses épaules hors de la tour d'Hengist, qui s'élève sur le Lac au Diable. Longtemps ma dame et ses amis ont vécu dans le malheur ; mais enfin, Dieu merci, ses barons l'ont reconnue. Ils lui ont rendu sa terre et son héritage. Si elle l'avait voulu, elle aurait fait un très beau mariage ; les plus grands princes du monde auraient été heureux de l'épouser, pour son honneur et pour sa richesse, mais son cœur est ainsi fait que, si elle vous perd, vous qui devez être son époux loyal, elle renonce à tout autre mariage, tant elle est persuadée qu'elle ne saurait être bien assortie qu'à vous (et vous à elle). Car, si vous étiez unis, vous seriez l'un à l'autre les non-pareils de toutes gens, vous le plus vaillant des rois, elle la plus vaillante des reines. Aussi ma dame vous mande-t-elle de revenir à la loyauté que vous lui avez promise le jour où vous l'avez épousée en faisant justice de celle qui a fomenté contre elle un tel péril de mort et que vous tenez pour votre femme contre la volonté de Dieu. Si vous ne voulez pas le faire, ma dame vous défend de par Dieu et, pour autant qu'ils en auront le pouvoir, de par elle-même et de par ses amis, de garder plus longtemps l'honneur que vous avez reçu d'elle, lors de votre mariage, je veux dire la Table Ronde. Vous la lui renverrez, garnie d'autant de chevaliers que le jour où son père vous la donna. Et faites-y bien attention : désormais il ne devra plus y avoir de Table Ronde dans votre hôtel, car elle est d'une dignité telle qu'il ne doit y en avoir qu'une dans le monde entier.

« Seigneurs chevaliers, je vous le dis, vous qu'on appelle les compagnons de la Table Ronde, ne vous faites plus appeler de ce nom, avant qu'il soit établi par un droit jugement à qui doit en revenir l'honneur. Car il pourrait bien arriver que le plus vaillant d'entre vous le paierait très cher. Et vous, seigneur, dit-elle au roi, si quelqu'un de votre maison ou vous-même osez prétendre que ma dame n'a pas été victime de la trahison que j'ai dite, je suis toute prête à le faire démontrer, dans votre cour ou dans une autre, aujourd'hui ou à la date qui sera fixée. Cette démonstration

monstrance n'iert pas faite desloialment ne sanz proudomes,
mes par chevalier loial et esprové et qui totes ces choses a
oïes et veües ; et cil qui contredire le voldra soit autretex que
il ait veü et oï ce dont il voldra faire la deffense, car einsi
doit l'en faire et mostrance et contredit de si haute chose
comme de ceste. »

Quant la damoiselle ot ensi parlé, si fu tote la cort si
amuie c'onques un mot n'i ot soné, et li rois est trop esbaiz ;
et regarde en haut et se seigne menu et sovent de la grant
merveille qu'il a oïe, et a tel duel et tel honte del blasme qui
a la roine est mis sus que par un poi qu'il ne desve, et bien
pert el semblant de son vis que li cuers n'est pas a aise.

« Dame, fait il a la roine, levez sus et venez avant, quar
bien est droiz que l'en oie de vostre boche meismes si vos
descolperez de ceste chose, car si voirement m'aït Dex, si
vos estes tele come ceste pucele vos teismoigne, vos avez
mort deservie seur totes les pecherresses qui onques fuissent, et trop auriez le monde deceu, car l'en vos a tenue por
la plus vaillant dame del siecle et vos seriez la plus desloiax
et la plus fauce. »

Lors s'est levee la roine et ne fet nul semblant de paor ;
et encontre lui saillent et roi et duc et autres barons. Si s'en
vient mesire Gauvain tot devant li en *(12v°a)* sa main un
bastonet, et est si chauz de la grant ire qu'il a qu'il samble
que li sanc vermels li doie saillir par mi le pomel des joes.
La roine s'estut devant le roi [teste][1] levee et missires Gauvain prent la parolle sor lui et dist a la damoisele qui ot
contee ceste parolle :

« Damoisele, nos volons savoir se vos avez cest blasme
mis sor ma dame la roine qui ci est. »

Et cele dist :

« Seur la roine n'est il pas, car de la roine n'i voi point ;
mes je le met sor ceste Guenievre que je ci voi. Car ceste
fist de sa dame et de la moie traison.

– Si m'aït Dex, de traïson, fist misire Gauvain, est ma
dame tote sauve, et bien en sera deffendue. Et sachiez que

ne sera pas faite de manière déloyale ni sans le concours des prud'hommes, mais par un chevalier loyal et éprouvé, qui a vu et entendu tout ce qu'il soutient. Et si quelqu'un veut le contredire, il conviendra qu'il soit tel qu'il ait lui-même vu et entendu ce qu'il voudra démentir ; car c'est ainsi que, dans une si haute affaire, doivent être soutenues et l'accusation et la défense. »

Quand la demoiselle eut ainsi parlé, la cour demeura silencieuse. Personne ne disait mot, le roi restait interdit. Il levait les yeux au ciel et ne cessait de se signer, effrayé par l'étonnante nouvelle qu'il venait d'entendre. Il ressentait tant de douleur et de honte de l'accusation qui pesait sur la reine qu'il s'en fallait de peu qu'il ne perdît la raison ; et son trouble paraissait au seul aspect de son visage.

« Dame, dit-il à la reine, levez-vous et venez. Il est juste que l'on entende de votre bouche si vous vous disculperez de cette accusation. Que Dieu m'en soit témoin ! Si vous êtes telle que cette demoiselle le témoigne, vous avez mérité la mort plus que toutes les pécheresses de la terre, et vous auriez trompé le monde entier, puisqu'on vous a tenue pour la plus vaillante dame du siècle et que vous en seriez la plus déloyale et la plus perfide. »

Alors la reine s'avance, ne montrant aucun semblant de peur. Sur son passage se lèvent rois et ducs et barons. Monseigneur Gauvain marche devant elle, une badine à la main. Il est enflammé d'une si grande colère qu'il semble que le sang vermeil lui doive sortir par les pommettes des joues. La reine se tient debout devant le roi, la tête haute. Monseigneur Gauvain prend la parole en son nom et demande à la demoiselle qui avait soulevé cette querelle :

« Demoiselle, nous voulons savoir si vous entendez jeter le blâme sur madame la reine que voici.

— Sur la reine, non, répond la demoiselle, car je ne vois pas ici de reine. Mais sur cette Guenièvre que je vois devant moi, qui a trahi sa dame et la mienne.

— Par Dieu ! dit monseigneur Gauvain, de cette trahison madame est parfaitement innocente ; et elle sera bien

par poi vos ne m'avez mené la ou je ne poi onques estre
menez par nule feme ; et se ne fust por la honte mon seignor
le roi plus que por la moie, je vos feïsse apercevoir que vos
avez mené la greignor folie en cort que onques nule damoisele mëust : car se tuit icil de vostre païs l'avoient juré, il ne
metroient en voir ce que vos avés ci tesmoignié. »

Aprés dist misire Gauvain al roi :

« Sire, vees moi apareillé de deffendre ma dame vers le
cors d'un chevalier ou de plus, einsint com vostre cort
esgardera, qu'ele n'a nule corpe en la desloialté que ceste
damoisele a avant mise, qu'ele est vostre espose et vostre
compaigne enointe et sacree loialment *(12v°b)* come roine.

– Certes, sire chevaliers, fist la pucelle, bien avez fait
semblant del contredit, mes or seroit reisons que nos
seussens coment vos avez non. »

Et il respont que ses nons ne fu onques celés por chevalier, entaimes por une damoiselle, et dist qu'il a non Gauvain.

Lors comence la pucelle a rire et dist :

« Se Dex me saut, misire Gauvain, or sui je plus a eise
que je n'estoie devant ce que je seusse vostre non, car je vos
sai a si prudome et a si loial que vos ne feriez le serement
por tot le roiaume de Logres. Donc sai je bien que vos ne
vos combatrez pas enprés le serement por tot le monde.

« Mes neporquant maint home sont loé meins a droit qu'il
ne deussent, et ce verrai gie qui defendre le voldra : si se
gart bien chascuns qu'il fera. Mes si vos aviez plus de
proesce que vos n'avez, si seriez vos par tans a desous de la
bataille, se fere l'osez. »

Lors reprent la demoisele le chevalier par la main qui

défendue. Sachez ceci : il s'en est fallu de peu que vous ne m'ayez poussé à des extrémités auxquelles aucune femme n'a jamais pu me conduire ; et si ce n'était pour la honte qu'en aurait reçue monseigneur le roi, plus que pour la mienne, je vous aurais déjà fait voir que vous avez brassé la plus grande folie qu'une demoiselle ait jamais portée dans une cour. Même si tous ceux de votre pays l'affirmaient sous serment, ils ne pourraient prouver la vérité de ce que vous avez énoncé. »

Alors monseigneur Gauvain s'adresse au roi :

« Seigneur, me voici prêt à soutenir la cause de ma dame contre un chevalier ou contre plusieurs, selon ce que votre cour décidera. J'entends prouver qu'elle n'est en rien coupable du crime dont cette demoiselle l'accuse, mais qu'elle est bien votre épouse et votre compagne, ointe et sacrée loyalement comme reine de votre royaume.

– Vraiment, seigneur chevalier, dit la demoiselle, vous avez manifesté l'intention de me démentir ; mais il conviendrait d'abord que nous sachions qui vous êtes. »

Il répond qu'il n'a jamais caché son nom devant un chevalier, à plus forte raison devant une demoiselle, et qu'il s'appelle Gauvain.

Alors la demoiselle se met à rire et dit :

« Dieu soit loué ! Monseigneur Gauvain, je suis bien plus tranquille que je ne l'étais avant de connaître votre nom ; car je vous sais si juste et si loyal que vous ne prononceriez pas un tel serment, dût-on vous offrir tout le royaume de Logres. Je sais donc bien que pour rien au monde vous n'irez à la bataille après avoir prêté serment.

« Il est vrai que bien des gens ont plus de renommée qu'ils n'en méritent ; et je verrai qui voudra soutenir la défense. Mais que chacun fasse bien attention : même si vous aviez plus de valeur que vous n'en pouvez avoir, vous seriez vite vaincu dans cette bataille, si vous osiez l'entreprendre. »

Alors la demoiselle prend de nouveau par la main le

avoit a nom Bartelac [li Vielz, si le meine devant le roi, si li dist :

« Bertelac][1], faites ceste desresne par vostre cors come de voir et d'oïr encontre mon seignor Gauvain ou encontre autre chevalier, se nul en i a qui en ceste maniere l'ost encontre vos defendre. »

Maintenant cil s'agenoille devant le roi et se porofre de la bataille, si com elle l'a devisé. Et misire Gauvain l'esgarde, si li ennuie molt de ce qu'il le voit si vieil, et Dodiniaus li Sal(*13a*)vages se seoit as piez le roi et vit le chevalier qui si viauz estoit, si le tient a grant desdaing et dist :

« Sire chevaliers, volez vos fere la bataille en tel aage ? Honiz soit li chevaliers prisiez qui a vos se combatra ! Mais amenez de vostre païs le plus prode chevalier qui i sera, et lors se combatra messires Gauvain a lui. Et se vos volez, nos vos ferons un altre avantage : que si vos faites venir les trois meillors chevaliers de vostre terre, missires Gauvain se combatra a eus a l'aïe de moi seulement qui sui li pires chevaliers de iiic et l.

– Sire chevaliers, dist la damoiselle, por ce que je cuit que ce soit li meldres de mon païs, l'ai ge ci amené et si vos avez de mon seignor Gauvain tel pitié, si faites por lui la bataille. »

Lors se lieve Dodinaus et jure c'onques Dex ne li aït quant il a cestui se combatra ne plus qu'il feroit a un home mort. « Ne ja, fist il, en leu ne serai je ou mes sire Gauvain se combate a lui. »

Atant s'en torna Dodinaus et a craché de despit environ lui ; et quant il a un po alé, si retorne et vient devant le roi, si li dist :

« Sire, j'é porpensé qui fera la bataille encontre cest chevalier : Canuz de Gier[2] qui n'est mie trop juevesnes, quar il fu prisiez d'armes anz que vostre pierres fust chevaliers. »

De ceste parolle se rient tuit cil qui l'oent. Et totevois est

chevalier qui l'accompagnait et qui s'appelait Bertelai le Vieux. Elle l'amène devant le roi et lui dit :

« Bertelai, prononcez votre défi. Vous jurez de combattre de votre corps, en homme qui a tout vu et tout entendu lui-même, contre monseigneur Gauvain ou tout autre chevalier, s'il en est un qui ose relever votre défi dans les mêmes conditions. »

Aussitôt le chevalier s'agenouille devant le roi et se propose pour la bataille, dans les conditions fixées par la demoiselle. Monseigneur Gauvain le regarde, fâché d'avoir affaire à un homme d'un si grand âge. Dodinel le Sauvage, qui était assis aux pieds du roi, aperçoit le vieux chevalier et, bouillant d'indignation, lui dit :

« Seigneur chevalier, vous voulez soutenir une bataille à votre âge ? Honni soit le vaillant chevalier qui se battra contre vous ! Faites venir de votre pays le meilleur chevalier qui s'y trouvera et monseigneur Gauvain se battra contre lui. Et si vous voulez, nous vous ferons un autre avantage : faites venir les trois meilleurs chevaliers de votre terre, et monseigneur Gauvain les affrontera, aidé de moi seul, qui suis le plus mauvais des trois cent cinquante chevaliers de la maison du roi.

– Seigneur chevalier, dit la demoiselle, parce que je pense qu'il est le meilleur de mon pays, je vous ai amené ce chevalier ; et si vous avez tant de sollicitude pour monseigneur Gauvain, libre à vous de combattre à sa place ! »

Dodinel se lève et jure par Dieu qu'il ne se battra pas contre Bertelai : autant se battre contre un mort. « Et je ne serai pas là, si monseigneur Gauvain accepte cette bataille. »

Aussitôt il s'en va en crachant de dépit. Mais après avoir fait quelques pas, il revient et, se présentant devant le roi, lui dit :

« Seigneur, j'ai trouvé celui qui devra se battre contre ce chevalier : c'est Kanut de Kaerc, qui n'est pas trop jeune. Il était déjà renommé aux armes avant que votre père ne fût fait chevalier. »

Ces paroles font rire tous ceux qui les entendent. Mais le

li viauz chevaliers devant le roi a genolz et demande sa
bataille. Mes li rois meist volen(*13b*)tiers la chose en pes,
s'il peust estre, si l'en lieve par la main encontremont, puis
dist a la damoiselle :

« Bele dolce amie, j'ai bien oï que vostre dame a faite sa
complainte par ses lettres et par vos. Mais je ne voil mie
sanz conseil et sanz jugement mener si haute chose come
ceste, car je ne voldroie estre blasmez ne de la roine
deporter ne de vostre dame fere tort. Mes je vos donrai un
jor que j'avrai assemblé mon grant barnage, si ne sera mie
trop lointans. Or me direz a vostre dame que je li met son
jor a la Chandeleur : et a cel jor serai je a Bedigram qui est
en la marche d'Irlande et de Tamerlude, et la tendrai je ma
cort et si avrai aveques moi tant de conseil com je porrai
avoir en mon pooir ; et ele ramaint avecques lui tot le suen,
car je voil que la soit la chose finee par le jugement de ma
cort et de la soe. Mais ce li dirroiz de par moi que bien se
gart de chose metre avant qu'elle ne puisse prover, car par
la foi li criator de qui je [tiens le sceptre par quoi je sui
doutez, celle des deus qui de ceste deslliauté sera ataine
n'eschapera por nul avoir][1] que je ne preisse la vengance
selonc le forfet, si grant que [a toz jors mes en sera parole
après ma mort][2]. Et vos, dame, fait il a la roine, soiez garnie
a celui jor de vos de(*13v°a*)ffendre. »

Et elle respont que ele ne s'en conseillera ja, ençois est
preste qu'elle se conteigne au jugement de sa maison et dist
einsint l'en envoit Dex anor comme ele en est salve.

Atant prent congié la damoiselle, si s'en part de la cort le
roi en tel maniere et s'en revet en son païs, et tuit cil qui la
voient aler la maldient et prient que ja Dex ne place qu'elle
retort. Mes li rois remet mult esbaiz et tote sa gent avec lui,
car il n'i a nul qui ces novelles ait oïes qui n'ait paor qu'eles
ne soient voires. L'endemain prist congié li messages
Galeoht et li rois li baille les dis plus sages clers que l'en li

vieux chevalier reste à genoux devant le roi et demande qu'on lui accorde la bataille. Le roi, qui aurait bien voulu apaiser cette querelle, si c'était possible, le prend par la main, le relève et dit à la demoiselle :

« Belle douce amie, j'ai bien entendu la plainte que votre dame a portée, par sa lettre et par vous. La chose est trop grave pour être décidée sans réflexion et sans jugement. Je ne veux être accusé ni de favoriser la reine ni de faire tort à votre dame. Je renvoie donc notre affaire à une date où j'aurai autour de moi tous mes barons et qui ne sera pas trop éloignée. Vous direz à votre dame que je lui donne audience à la Chandeleur. Ce jour-là je serai à Bédingran, qui est dans la marche d'Irlande et de Carmélide. J'y tiendrai ma cour et j'aurai avec moi tous les barons que je pourrai rassembler sur mes terres. Qu'elle amène aussi tous les siens ! Je veux que cette affaire soit tranchée par le jugement de ma cour et de la sienne. Mais vous direz de ma part à votre dame qu'elle se garde de rien avancer dont elle ne puisse apporter la preuve. En effet, j'en atteste le Créateur de qui je tiens ce sceptre, emblème de mon autorité : celle qui sera convaincue de trahison n'échappera pas, pour tout l'or du monde, au châtiment que je prendrai de son crime, et ce châtiment sera si terrible qu'on en parlera éternellement après ma mort. Et vous, madame, dit-il en se tournant vers la reine, songez à préparer votre défense pour le jour que j'ai fixé. »

La reine répond qu'elle n'a rien à préparer et qu'elle est toute prête à s'en remettre au jugement de la maison du roi. Que Dieu défende son honneur, comme il connaît son innocence !

La demoiselle prend congé, quitte la cour du roi et retourne dans son pays. Tous ceux qui la voient partir la maudissent et disent : « Dieu fasse qu'elle ne revienne jamais ! » Mais le roi et ses hommes demeurent soucieux. Il n'en est pas un qui ne tremble à l'idée que ce qu'il vient d'entendre puisse être vrai. Le lendemain le messager de Galehaut prend congé et le roi lui présente les dix clercs

enseigna en sa terre. Einsint s'en part li messages, et en
ameine les clers avec lui. Si se test ci endroit li contes atant
del roi Artu et de la roine et de caus qui avec aus remainent
et s'en retorne a Galehot et a sa compaignie qui sejornent au
roiaume de Sorelois.

Or dist li contes que quant il oi les novelles de cest
blasme dont la roine estoit restee si en ot duel [et joie. Le
duel en avoit il por ce qu'il savoit bien que Lancelot en
avroit assez dolor si tost com il le savroit. Et d'autre part en
avoit joie por ce qu'il pensoit a avoir longuement la compaignie de Lancelot se desevrement pooit estre fet del roi et de
la roine][1]. Neporquant il deffent a toz ceaus *(13v°b)* qui a li
sunt que ces noveles ne soient descovertes a Lancelot, quar
trop a grant paor de son corroz. Mais longement ne li pot
estre celé, car totevoies le sout il : si en ot si grant dolor
c'onques a nuil jor si grant n'avoit eue. Maintenant le prent
Galehot, si le tret a conseil en une chambre : si pert a son
vis qu'il est corrociez trop durement, et Galehot l'aperçut
bien a son semblant, si li dist :
    « Beals dolz amis, qui vos a corrocié ?
    – Sire, fist Lancelot, novelles que j'ai oïes qui me don-
ront la mort au mien quidier. »
    A cest mot siet bien Galehot qu'il a oïes les novelles de
la roine, si en est mult dolens, car volentiers li celast s'il
poïst estre. Mes neporquant totes voies li demande quex
novelles il a oïes, ainsint com il n'en seust riens. Et il li dist
l'aventure de chief en chief, si com elle estoit avenue.
    « Certes, biaus douz amis, fist Galehot, je le savoie bien
pieça, mais je ne le vos osoie dire, quar bien savoie que trop
en auriez dolor, tant conessoie je bien vostre cor ; et nepor-

qu'on lui a désignés comme les plus savants de sa terre. Le
messager s'en va et emmène les clercs avec lui. Le conte
laisse en cet endroit le roi, la reine et les gens de leur
maison. Il revient à Galehaut et à sa suite, qui séjournent au
royaume de Sorelois.

CHAPITRE III

Les révélations de maître Hélie

Quand Galehaut apprit l'accusation portée contre la reine,
il ressentit de la douleur et de la joie : de la douleur, parce
qu'il savait que Lancelot serait très malheureux ; mais aussi
de la joie, parce qu'il espérait garder longtemps la compagnie de Lancelot, s'il y avait séparation du roi et de la reine.
Il défendit à tous ses gens d'informer Lancelot, dont il
redoutait la colère ; mais la nouvelle ne put rester longtemps
secrète. Lancelot l'apprit et en fut accablé à tel point qu'il
n'avait jamais eu d'aussi grande douleur. Aussitôt Galehaut
le fait venir et lui parle seul à seul dans une chambre. Son
chagrin se lit sur son visage. Galehaut le remarque et lui
demande :

« Beau doux ami, qui vous a causé ce chagrin ?

– Seigneur, des nouvelles qui me feront mourir, je le
crains. »

À ces mots Galehaut comprend que son compagnon a
reçu des nouvelles de la reine et il en est très mécontent. Il
aurait tant voulu les lui cacher, si c'était possible ! Toutefois
il lui demande quelles sont ces nouvelles, comme s'il n'en
savait rien ; et Lancelot lui fait le récit de ce qui s'est passé,
sans rien omettre.

« En vérité, beau doux ami, fait Galehaut, je le savais
depuis quelque temps, mais je n'osais pas vous le dire.
Connaissant votre cœur, je ne doutais pas que vous auriez

quant seur tote rien devriez vos amer le desevrement del roi
et de la roine, car en ceste maniere porriez a toz jorz mes
avoir joie enterine li uns de l'autre.

– Ha, sire, dist Lancelot, coment porroit mi cuers joie
avoir por coi li cuers ma dame fust a maleise ?

– Ce ne vos di je pas, fist Galehot, que vos puissiez avoir
joie, s'elle ne l'a ; *(14a)* mais se li coers de lui est dedenz
ausint verois com elle le mostre par dehors, elle aimeroit
miuz a estre la dame d'un petit roiaume aveques vos que
sanz vostre compaignie estre roine de tot le monde. Et s'il
plest et vos et lui, je vos en donroie le meillor consoil
c'onques vos peust nus doner. Et si vos est meuz avenu
c'onques n'avint a dous amans.

– De conseil, fet Lancelot, ai ge si grant mestier com cil
qui est tos desesperez, et quelque perte que ma dame face,
je ne serai jamais confortez, s'elle avant ne s'en conforte.

[– Car escoutez, fist Galehot, coment ele s'en confortera.][1] S'il avient chose que messire li rois de li se departe,
Dex l'en deffende, et si le devriez vos bien voloir, je li
donroie le plus bel roiaume et le plus aaisié qui soit en tot
le pooir de Bretaigne n'en tot le mien : ce est cist roiaumes
ou nos somes et si l'en ferai seure, que je le jurrai sur sainz
la premiere foiz que nos la verrons. Et s'il avient ainsi com
nos avons oï dire, si s'en veigne ça et si soit dame ne mie
seulement de Sorelois, mes de tote la terre dont je sui sires.
Et lors porriez estre sovent ensamble et avoir tot en apert les
joies que vos avez ore a tart et en repost ; et se vos voliez
avoir vostre joie a toz jorz sanz vilenie et sanz pechié, si vos
porriez entre entracompaignier par mariage, car vos ne vos
porriez pas meuz marier en bone dame, n'elle en meillor
chevalier : *(14b)* tex est mi consauz de vos amors faire durer
a toz jorz mais.

– Ha, sire, fist Lancelot, ce est li consauz del monde que

beaucoup de peine. Cependant, vous devriez souhaiter plus que tout une séparation du roi et de la reine, qui vous permettrait d'avoir pour toujours une joie entière l'un de l'autre.

– Ah ! seigneur, comment pourrais-je être joyeux, si madame est malheureuse ?

– Je ne dis pas que vous pouvez avoir de la joie, si madame n'en a pas. Mais si elle est aussi vraie au-dedans qu'elle le montre au-dehors, elle aimera mieux être avec vous la dame d'un petit royaume que la reine du monde entier sans vous. Si vous le vouliez l'un et l'autre, je vous donnerais le meilleur conseil que l'on puisse vous donner. Sachez que vous avez plus de chance que n'en ont jamais eu deux amants.

– Un conseil, seigneur ? J'en aurais le plus grand besoin, comme un homme qui est au désespoir. Quelque perte que doive subir ma dame, je n'en serais jamais consolé, si elle ne l'est d'abord.

– Apprenez donc ce que je ferai pour elle. S'il advient que monseigneur le roi la répudie – que Dieu l'en préserve ! et pourtant vous devriez bien le vouloir – je lui donnerai le plus beau royaume et le plus riche qui soit parmi tous les États de la Bretagne et tous les miens, c'est ce royaume où nous sommes. Je lui en assurerai la possession par serment sur les saints Évangiles, la première fois que nous la verrons. Si les choses se passent comme on nous l'a dit, qu'elle vienne ici et qu'elle soit la souveraine, non seulement du Sorelois, mais de toute la terre qui m'appartient. Ainsi vous pourriez être souvent ensemble et avoir, sans vous cacher, les joies qui ne vous sont accordées aujourd'hui qu'au prix de l'attente et du secret. Et si vous vouliez assurer votre joie pour toujours, sans reproche et sans péché, vous pourriez vous unir par mariage, car vous ne sauriez épouser une meilleure dame, ni elle un meilleur chevalier. C'est le conseil que je vous donne, pour que vos amours durent sans fin.

– Ah ! seigneur, ce serait le plus cher de mes vœux, si

j'ameroie melz s'il estoit ausi a la volenté ma dame com a la moie. Mais il i a un grant peril que trop m'esmoie, que li rois l'a juré a faire destruire, si tot com elle ert ateinte de ceste chose. Mes d'itant sui bien garniz qu'ele n'i morra pas solle, se Dex plaist [et vos]¹ en la cui garde je me sui mis après la seue. E je vos en pri por Deu avant, et por lui aprés qui tant vos a amé, et por la grant amor que vos avez en moi mise, que vos a coté tant que vos en guerpistes en un jor l'anor de xxx roiaumes a conquerre. »

A cest mot s'escrieve a plorer que plus ne puet dire, si joint ses mains et se met devant Galehot a genoillons. Et quant Galehot le voit, si le ne puet plus endurer, ainçois l'en lieve entre ses braz et plore trop durement : si font tel duel ensamble qu'il cheent ambedui en une coche pasmé et jurent longement en tel maniere. E quant il revindrent de pamison, si se pleignent amdui mult durement. Mais Galehot qui plus estoit sages et de greignor atenance comence Lancelot a confortier, et si li dist :

« Biaus dolz amis, confortez vos et ja n'aiez paor de rien que vos m'aiez conté ne dit, car je i metrai tant de boen conseil *(14vºa)* com nus hom mortex i porroit metre ; ne ja n'en voldriez rien qui n'en soit faite ou soit par engien ou par force, neis si je devroie perdre totes mes terres avant et toz mes amis carnex aprés et puis mon cors. E por ce que vos savez de voir que je ne porroie avoir riens chiere encontre vos, por ce me devriez vos plus volentiers a aise metre et pener de vostre pooir [de sauver]² m'anor et ma vie : si vos dirai coment.

« Il est bien voirs, et vos le poez bien savoir, que j'ai faites por vos maintes choses que l'en a tornees plus a honte qu'a anor et plus a folie que a savoir. Mais por ce nel di je mie, que si voirement m'aït Dex je ne fis onques riens por vos que je ne teigne a enor et a gaaig, ne je ne voldroie mie avoir en ma baillie totes les terres qui sont de soz ciel par covant que je perdisse vostre compaignie et vostre amor ; et

cela pouvait plaire à ma dame autant qu'à moi. Mais un grand péril m'effraie : le roi a juré la mort de ma dame, dès qu'on l'aura reconnue coupable. Cependant je suis sûr d'une chose, c'est qu'elle ne mourra pas seule, s'il plaît à Dieu et à vous, car je me suis placé sous votre garde après m'être mis sous la sienne. Telle est la prière que je vous adresse, pour l'amour de Dieu d'abord, pour l'amour de la reine ensuite qui vous a tant aimé, pour la grande amitié enfin que vous avez mise en moi et qui vous a coûté si cher qu'elle vous a fait perdre en une seule journée l'honneur de conquérir trente royaumes. »

En prononçant ces mots, Lancelot fond en larmes et ne peut en dire davantage. Il joint ses mains et se met à genoux devant Galehaut. Mais Galehaut ne peut supporter de le voir dans cet état ; il le relève entre ses bras et pleure. Leur douleur est si grande qu'ils tombent tous les deux pâmés sur une couche. Ils restent ainsi longtemps. Et quand ils reviennent de pâmoison, ils recommencent à se lamenter. Mais Galehaut, qui était plus sage et plus maître de lui, dit à son compagnon :

« Beau doux ami, reprenez courage et ne craignez rien de ce que vous m'avez dit. J'y mettrai bon ordre, autant qu'un mortel peut le faire. Vous ne sauriez rien vouloir qui ne soit accompli, par la ruse ou par la force, dussé-je y perdre toutes mes terres, tous mes amis et même ma vie. Et puisque vous savez que rien ne m'est plus cher que votre bonheur, vous devriez accepter d'autant plus volontiers de me faire plaisir et vous efforcer, autant qu'il vous sera possible, de sauver mon honneur et ma vie. Je vais vous dire comment.

« Il est bien vrai – et vous le savez – que j'ai fait pour vous beaucoup de choses qui m'ont été reprochées comme étant plus déshonorantes que glorieuses et plus folles que sages. Mais ce n'était pas mon avis et je soutiens au contraire, Dieu m'en soit témoin, que tout ce que j'ai fait pour vous l'a été pour mon honneur et pour mon profit. Je ne voudrais pas posséder toutes les terres qui sont sous le ciel, si je devais perdre votre compagnie et votre amitié.

partant me poés guerir de toz ennuiz ; et la ou je vos
[perdré][1], si sui mort sanz recovrer. Por ce vos pri je por De
que vos metés totes les peignes que vos porrez en ce que
nostre compaignie ne departe et quant vos seres avec ma
dame la roine, si li loez ce que je vos ai dit, et je li loerai
d'autre part. Kar vos devez plus desirier que nus que vos
eussiez a toz jorz sa compaignie, quar nos serions tot troi
ensemble a *(14v°b)* toz jorz mais. E sachiez, se ne fust por
vos correcier, j'avoie enpensé une chose que je feisse pro-
chanament, si ne fi je onques felonie en ma vie ne traïson ;
mes cestui feisse je, quar paor de mort [et force d'amor le
me feissent][2] faire, et si vos dirai je que ce fust. Gié avoie
enpensié que la premiere foiz que li rois Artus se trairoit
vers ceste marche, si chavalcheroie la a tot mon pooir et tant
iroie par jor et par nuit que je le surprendroie ainçois qu'il
seust de moi novelles ; si iroie en sa maison a tot cent de
mes chevaliers et les autres lessasse en la forest que je
seusse plus prés, et cil qui avec moi venissent fuissent armé
desoz lor robes. Lors feisse ma dame la roine a force
prendre que ja ne fuisse coneuz, si l'en feisse amener en
ceste terre et par ce eüsse a tos jors mais et vos et vostre cor
en ma baillie. Mes enprés me repensai que ceste traïsons
seroit trop laide et, s'il avenoit chose que ma dame s'en
corroçast, que vos en istriez del sen et morir vos en covendroit, car je conois tant vostre corage que riens ne vos porroit mettre a la mort que si corouz. »

Et Lancelot respont :

« Sire, mort m'eussiez, ne tel chose ne fet pas a entreprendre sanz son congié, que se il l'en pesast, jamais
n'eusse joie.

— Si Dex me conseut, fet Galehot, de ce ne me corrocerei
je ja a vos, que se je ne veïsse vostre grant *(15a)* mal a paine
en fuisse destornez par autre chose et si ne me besongneroit
il por tot le monde que je l'eusse fet ; car totes les bontez

Vous pouvez me guérir de toutes mes peines ; et quand je vous perdrai, je n'échapperai pas à la mort. Je vous prie donc, pour l'amour de Dieu, de mettre tous vos soins à empêcher notre séparation. Quand vous serez avec madame la reine, soumettez-lui la proposition que je vous ai faite. Je ferai de même de mon côté. Vous devez souhaiter plus que personne qu'elle demeure auprès de vous et nous serions tous les trois réunis pour toujours. Sachez que, si je n'avais eu peur de vous déplaire, j'avais formé un projet que je devais exécuter prochainement. Jamais encore, dans ma vie, je n'avais commis de félonie ni de trahison ; mais cette fois je m'y serais résolu, poussé par la crainte de la mort et par la force de la passion, et je vous dirai ce que je voulais faire. La première fois que le roi Arthur s'approcherait de cette marche, j'avais l'intention de partir à sa rencontre avec toutes mes forces et de chevaucher de jour et de nuit pour le surprendre, avant même qu'il ait entendu parler de mon arrivée. Je serais allé dans sa maison avec cent de mes chevaliers, laissant les autres dans la forêt la plus proche ; et ceux qui devaient m'accompagner auraient porté des armes cachées sous leurs robes. J'aurais fait prendre madame sans être reconnu. Je l'aurais amenée dans ce pays. Ainsi je vous aurais eus sous ma garde, vous-même et celle qui est votre cœur. Mais je fis bientôt réflexion que cette trahison serait trop vile et que, s'il arrivait que ma dame en fût indignée, vous pourriez en perdre la raison et en mourir. Car je connais assez vos sentiments pour savoir que rien d'autre que son déplaisir ne pourrait vous donner la mort. »

Lancelot lui répond :

« Seigneur, vous m'auriez en effet donné la mort. Une telle action ne doit pas être entreprise, sans le consentement de ma dame. Si elle en avait pris ombrage, j'en aurais perdu toute joie.

— Dieu me garde de me quereller avec vous sur ce sujet ! Si je n'avais moi-même imaginé la grande douleur que vous en auriez, rien n'aurait pu me détourner de ce projet. Pourtant je n'avais aucun besoin de commettre une trahison, qui

que je ai faites fuissent par cel mesfait tornees a malvaistié. Mes coers qui est plains de totes mesaises s'abandone sovent a faire grant meschief por estre a aise. »

Molt ont longement parlé li dui compaignon de lor anuiz, et conforte li uns l'autre et asseure de son pooir.

Aprés fait Galehot les clers venir que li rois Artus li envoia por parler a aus de sa besoigne. Et quant il sunt venu, si les maine avesques lui en sa chapelle que plus n'i avoit de totes genz que seulement Lancelot. Et quant li huis sunt bien fermé, si les met a raison, com cil qui mult estoit sages et uns des homes del monde qui melz parloit et plus delivre langue avoit. Si lor commence a dire :

« Seignor meistre, li rois Artus mi sires vos a ci envoiez por ma grant besoigne : si l'en [devons] mult grant gré savoir et je et vos, gié por ce qu'il vos a envoiez a mon grant besoing por moi secore, et vos por ce qu'il vos tient as plus sages clers de son pooir ; si vos a fet la greinor anor que fere vos poet, et moi le greignor servise, car en cest point n'ai je mestier fors de conseil, et il n'est gueres altre chose que je n'oie. Je ai ennor et terres et grant plenté d'avoir a un plus *(15b)* proudome que je ne sui ; si ai assez et cors et coer, s'il fust a aise ; e si ai charnex amis de mult prudomes. Mais totes les richesces que je ai ne me puent ci aidier, ançois me nuissent, car si je n'en n'eusse que la vintime partie, je fuisse mains a malaise que ore ne sui, car j'ai une maladie ou nule richesce ne me puet aidier. Ceste maladie est diverse sur totes autres, car je sui si granz et si forz com vos poez veoir, et seins et heitiez cuit je estre del cors et de tos les menbres ne je ne fis onques plus delivrement force qui al cors apertenist com je feroie ja. Mes el cuer m'est entree une maladie qui me destruit, car je en ai perdu le boire et le

eût réduit à néant toutes les bonnes actions que j'ai faites. Mais un cœur qui est accablé de chagrin se précipite souvent dans de grands malheurs pour être soulagé. »

Les deux compagnons parlent longuement de leurs ennuis, chacun redonne courage à l'autre et le rassure autant qu'il peut.

Ensuite, Galehaut fait venir les clercs que le roi Arthur lui a envoyés pour parler avec eux de l'affaire qui le préoccupe. Quand ils sont arrivés, il les emmène dans sa chapelle, sans être accompagné de personne d'autre que de Lancelot. Il fait fermer les portes et leur adresse la parole en homme sage, car c'était un des hommes du monde qui savaient le mieux parler et dont la langue était aussi déliée que l'esprit. Il commence ainsi :

« Seigneurs maîtres, le roi Arthur, mon seigneur, vous a fait venir ici pour une grande affaire qui me concerne, et nous devons lui en savoir gré, vous et moi. Moi, parce qu'il vous a envoyés pour me conseiller dans un grand besoin. Vous, parce qu'il vous tient pour les plus sages clercs de son royaume. C'est à vous qu'il a fait le plus grand des honneurs ; et c'est à moi qu'il a rendu le plus grand des services. Car, au point où j'en suis, je n'ai besoin que de conseil, puisque je possède à peu près tout le reste. J'ai assez d'honneurs et de terres, et une abondance de biens qui suffirait à un plus prud'homme que je ne le suis. J'ai toute la force du corps et du cœur, si toutefois ce cœur pouvait être heureux. J'ai des parents et des amis les plus valeureux du monde. Mais toutes ces richesses que j'ai ne peuvent m'aider. Elles ne font que me nuire. Si je n'en avais que la vingtième partie, je serais moins malheureux que je ne le suis en ce moment. Je souffre d'une maladie où nulle richesse ne peut me secourir. Cette maladie est différente de toutes les autres. Je suis grand et fort, comme vous pouvez le voir. Je suis en bonne santé de mon corps et de tous mes membres. Je n'ai jamais été aussi agile dans tous les exercices du corps que je le suis aujourd'hui. Mais il m'est entré dans le cœur une maladie qui me détruit. Je ne peux

mangier et le reposer en lit, ne je ne sai dont elle me puet
estre venue, fors tant que je cuit qu'elle me soit prise par
une paor que j'ai eue novelement et si ne sai pas certeine-
ment li quelx est venuz li uns de l'autre, ou la paors del
malage, ou li malages de la paor : car tot m'est venu en un
termine. Por ceste chose vos ai mandé : ce est li conseuz que
je vos ai dit [dont je avoie si grant mestier, si vos][1] pri que
vos i metez conseil por Dex avant et por mon seignor aprés
et por les voz granz anorz, et aprés por gaaignier a toz jorz
un tel home com je sui. »

Atant se tot Galehot. Et lors prist la parolle sor soi uns
sages *(15v°a)* clers de grant eage qui avoit non maistres
Helies li Tolosans.

« Sire, fait il, de ceste maladie ne troveriez vos pas legierement qui vos consaut, s'elle n'estoit melz esclarcie, car il
avient maintes foiz que li cuers sueffre une maladie ou nulle
mortex medecine n'i puet avoir mestier, et en celle covient
mettre la medicine Nostre Seignor, si come proieres et
almosnes et larmes et jeunes et acointement et conseil de
religiose genz. Or i a une altre maladie que l'en puet mediciner par terrienes ovres. Quant li cuers est malades de doel
et d'ire por aucune honte qui a esté faite al cors, si en puet
venir a garison par prendre vengance del forfet. Autresi com
si l'en vos avoit demain fait honte ou vilennie, li cuers ne
seroit jamais a eisse devant qu'il seroit aquitiez de la
[debte][2] qui prestee li seroit : ce est de rendre honte por
honte ; et lors seroit delivrés de l'ordure et del venin qui
seur lui gerroit autresi com li huem qui doit estre hors de
pensé et de [cure quant toutes ses deptes sont paiees.

« Et li cuers est la plus][3] franche partie et la plus nete qui
soit en l'ome, car il prent sor lui totes les hontes et toz les
maus que li cors a. Kar se l'en bat le cors, li cop ne vienent
pas jusqu'al cor, si en prent li cuers[4] la honte sor soi. Que li
cors n'est que seulement mesons al cor, [ne ja ne sera hen-
norez li cors ne honniz fors par le cuer], autresint come la
maisons *(15v°b)* est enoree par le proudome ou honie par le

plus boire ni manger ni reposer dans un lit. Je ne sais pas d'où cette maladie peut m'être venue, sinon que je crois l'avoir prise à la suite d'une frayeur que j'ai eue récemment. Mais je ne sais pas au juste laquelle a donné naissance à l'autre, la peur à la maladie ou la maladie à la peur, car tout m'est arrivé en même temps. Voilà pourquoi je vous ai fait venir ; tel est le conseil dont je vous ai dit que j'avais le plus grand besoin. Je vous prie de me venir en aide : d'abord pour l'amour de Dieu, ensuite pour l'amour de mon seigneur et pour votre plus grand honneur, enfin pour gagner à tout jamais le cœur d'un homme tel que moi. »

Alors Gahelaut se tait. Un sage clerc d'un très grand âge prend la parole. Il s'appelait maître Hélie le Toulousain.

« Seigneur, dit-il, vous ne trouverez pas aisément celui qui portera remède à cette maladie, si vous ne la définissez avec plus de clarté. Il y a une maladie du cœur, où nulle médecine humaine ne peut être efficace. À celle-là convient la médecine de Notre-Seigneur, telle que les prières, les aumônes, les larmes et les jeûnes, la compagnie et le conseil des gens de religion. Il y a une autre maladie que l'on peut soigner par des œuvres humaines. Quand le cœur est malade de chagrin et de colère, pour une violence que le corps a soufferte, on peut le guérir en se vengeant du mal qui lui a été fait. De la même manière que si l'on vous faisait demain une injure ou une vilenie, votre cœur ne serait jamais en paix avant d'avoir payé la dette qu'il aurait contractée, c'est-à-dire d'avoir rendu honte pour honte. Alors il serait débarrassé de l'ordure et du poison qui l'infectait, comme un homme qui ne doit plus avoir de souci ni d'inquiétude, quand toutes ses dettes sont payées.

« Le cœur est la partie de l'homme la plus noble et la plus délicate. Il prend sur lui toutes les hontes et tous les malheurs du corps. Si l'on bat le corps, les coups ne pénètrent pas jusqu'au cœur ; et pourtant le cœur en prend sur lui la honte, parce que le corps n'est rien d'autre que la maison du cœur. Jamais le corps ne sera honoré ou déshonoré que par le cœur, de même que la maison est honorée par

malvais. Et quant li cors a esté batuz et lesdangiez, ja si tot
ne sera gariz com il oblie, mais li cuers est toz jorz malades
et a toz jorz la honte devant lui ou il se mire, ne ja gariz n'en
sera devant qu'il s'en soit aquitiez einsint com je vos ai dit.
De tel force et de tel pooir est li cuers !

    « Mes or vos dirai, sire, la tierce maladie par coi li fins
coers est plus a malaisse, et c'est un maus dont ces legieres
gens sont entechiez. De celui avient tel force que l'en ne
puet nule mecine trover au gitier. C'est maus d'amor.
Amors est une chose qui vient de fine debonairetié de cuer
par le porchaz des oilz et des oreilles. Et quant li cuers est
bien entechiez par ces dous tant qu'il est en l'amor entrez,
si chace sa proie, et s'il avient chose que il l'ataigne ou il
faille del tot en tot, n'est pas legiere chose de retorner, car
quant il a sa proie atainte, si li covient il en ausi grant prison
jesir com s'il avoit del tot failli, fors tant que en ceste prison
li avient uns alegemenz et unes joies come d'oïr les dolces
parolles et la bone compaignie de ce qu'il atent a avoir et
desirre ; car coment que li cors s'en sente, li cuers n'en a
que l'oïr et le veoir par le mireor des oilz. Mes par mi totes
les joies i a assez maus et doleurs, car il a corroz sovent, il
i a esmai de *(16a)* perdre la riens qu'il aime plus, si i a paor
de fausses ochaisons, ce sont les dolors que li cuers sent par
coi il ne poet venir a garison[1].

    « Or vos ai devisees les trois maladies del cuer. Si guerit
en de la premiere par almones et par oreisons come de son
ami charnel quant il est en prison ou en voiage ou en aventure de mort, et la secunde maladie garist par honte rendre
contre honte. Mais la tierce maladie est la plus perilleuse,
car mainte foiz avient que li cuers ne querroit pas garison,
s'il la quidoit avoir : par ce poet fin coers a paigne trover
garison de cest malage que il aime plus le mal que la santé.
Et por ce que vos dites que vos estes malades del mal del
cuer, por ce vos en ai je les trois manieres mostrees, que vos

l'homme de bien ou déshonorée par le méchant. Quand le corps a été battu et outragé, aussitôt qu'il est guéri, il oublie. Mais le cœur est toujours malade, il a toujours devant lui la honte, où il se voit comme dans un miroir, et il ne sera jamais guéri, avant de s'être acquitté comme je vous l'ai dit. Tels sont la nature et le pouvoir du cœur.

« Je vous parlerai maintenant de la troisième maladie, la plus douloureuse aux âmes délicates. C'est un mal qui frappe les jeunes gens et sa force est telle que l'on ne peut trouver aucune médecine propre à le chasser. C'est le mal d'amour. L'amour vient de la véritable noblesse du cœur, par le truchement des yeux et des oreilles. Quand le cœur est attaqué de ces deux côtés si fortement qu'il se met à aimer, il s'élance à la poursuite de sa proie. Mais, soit qu'il l'atteigne, soit qu'il échoue du tout au tout, il aura bien du mal à rebrousser chemin. Car quand il atteint sa proie, il lui faut demeurer dans la même prison que s'il avait échoué en tout point. À ceci près qu'il trouve dans sa prison des allègements et des joies, comme d'entendre les douces paroles et de recevoir la tendre compagnie de ce qu'il veut avoir et désire. Car, quelles que soient les satisfactions du corps, le cœur n'aura que celles de la parole et de la vue dans le miroir des yeux. Mais au milieu de toutes ses joies, il ressent beaucoup d'amertume et de peines. Il se courrouce, il tremble de perdre ce qu'il aime, il prend peur sur d'injustes soupçons. Ce sont autant de douleurs qui pénètrent dans le cœur et ne lui permettent pas de guérir.

« Je vous ai exposé les trois maladies du cœur. On guérit la première par des aumônes et des prières, par exemple quand un être cher est en prison, en voyage ou en danger de mort. La seconde se guérit en rendant honte pour honte. Mais la troisième est la plus dangereuse ; car il arrive souvent que le cœur ne veuille pas de la guérison, s'il pensait qu'il pût l'obtenir. Un noble cœur a de la peine à se rétablir de cette maladie, parce qu'il préfère son mal à la santé. Comme vous me dites que vous souffrez d'une maladie du cœur, je vous ai montré qu'il en est de trois sortes et que

ne poez estre malades que ce ne soit l'une de ces trois. Mes
ore nos esclairiés le vostre mal et coment vos le sentez ; et
s'il est tex que nule force de clergie i puisse conseil doner,
vos en avrez alegement sanz demorance, car je quit qu'il i a
caienz des plus proudesomes de ça la mer de Bretaigne et
des plus esprovez de bone vie et de clergie.

– Se Dex me conseut, fait Galehot, beaus maistre, je vos
en croi bien, car [se je ne vos oioie][1] jamais plus parler que
de la merville que vos avez ci esclerie, si me metroie je seur
vos de tot le consail de ma mort et de ma vie ; et *(16b)* je
vos redeviserai ma maladie et coment elle m'est venue, a
vos premierement et as autres clers aprés. Mes vos me
jurrez sor sainz que vos a voz pooirs m'en conseillerez et
que vos me descoverrerez la verité ne ja rien ne m'en
celerés de chose que vos i puissiez encerchier par force de
clergie, ou soit mes dels ou soit ma joie. »

Lors li ont juré sor sainz, einsint com il a devisié, et il lor
dit aprés :

« Seignors, uns songes m'a mult espoanté que je sonjai
avant hier par dous foiees. » Lors lor devise einsint com vos
l'avez oï autrefoiz avant. Et quant il l'oent, si s'esmerveil-
lent durement et dient que ci a mult estrange songe. Lors
l'apele maistre Helies :

« Sire, fist il, a si grant chose savoir convendroit prendre
conseil et grant loisir a esgarder a quel fin ce porroit venir :
por ce si convient que vos nos doigniez respit de voz songes
esprover, que nos ne fuissiens entrepris de trop haster, car il
n'i a el siecle filosofe plain de si grant savoir qui n'eust
assiez a estudier sor ceste chose. »

Lors lor demande Galehot quel respit il voldront avoir et

vous ne pouvez être atteint que ce ne soit de l'une de ces trois maladies. Expliquez-nous maintenant votre mal et comment vous le ressentez. S'il est tel que la lumière de la science puisse y porter remède, vous serez bientôt soulagé. Car je pense qu'il y a ici des clercs qui sont parmi les plus prud'hommes que l'on puisse trouver de ce côté-ci de la mer de Bretagne, et les plus renommés pour leur bonne vie et pour leur savoir.

– Par Dieu, beau maître, dit Galehaut, je vous en crois bien. Même si je ne vous entendais parler de rien d'autre que du mal mystérieux[1] dont vous venez de m'éclairer le sens, je me remettrais sur vous de tout le soin de ma mort et de ma vie[2]. Je vais donc vous décrire ma maladie et comment elle m'est venue, pour vous d'abord et pour les autres clercs aussi. Mais vous me jurez sur les saints Évangiles de me conseiller au mieux, de me dire la vérité et de ne me dissimuler rien de ce que vous aurez découvert par la force de votre science, que ce soit pour mon malheur ou pour ma joie. »

Les clercs prêtent serment sur les saints Évangiles, comme il leur a été demandé. Et Galehaut leur dit :

« Seigneurs, un songe m'a épouvanté, qui m'est venu pendant deux nuits ! » et il leur décrit ce songe, comme nous l'avons fait précédemment. Ils sont stupéfaits et disent que cette vision est bien étrange. Maître Hélie s'adresse à Galehaut :

« Seigneur, une affaire aussi importante mérite de la réflexion et beaucoup de loisir si l'on veut en étudier les conséquences. Il faut donc nous donner un délai pour interpréter vos songes, afin que nous ne soyons pas gênés par une hâte excessive. Car il n'est aucun philosophe ici-bas, si savant soit-il, qui n'y doive trouver matière à un long examen. »

Galehaut leur demande quel est le délai qu'ils jugent

---

1. Littéralement : « la merveille ». Cette « merveille », c'est la maladie de langueur qui frappe Galehaut.

2. « Je me remets sur eux de toute ma vengeance », Racine, *Bérénice*, IV, 5.

il l'en demandent respit seulement de ci a ix jorz. Et il lor
otroie « par un covent que lors sans plus demorer m'en dirés
ce que vos avrez trové ». Et il li creantent einsint.

Atant se departent de la chapelle et totes voies *(16v°a)*
aproche li termes del jor que Galehot avoit fez a la semonse
de ses barons ; et entretant sont li clerc en mult grant
entençon de ceste chose encerchier : si se met chascuns en
une chambre vuide et serie et destornee de noise de totes
genz. Si ont veues maintes merveilles et maintes forces ont
trové sor ceste chose. Et quant il vint al nuevime jor, si se
mistrent tuit ensemble et dist chascuns a maistre Helie ce
qu'il avoit trové, qui plus sage estoit d'aus toz. Einsint
demora tant que vint al disme jorz. Lors les fist Galehot
venir devant lui et lor demande qu'il ont trové. Et li
premiers respont qu'il n'a trové nule riens qui a la verité de
cest songe puisse apartenir.

« Einsint, fist Galehot, nel veil je pas laissier : mais vos
me [jurastes][1] seur sainz que vos me dirrez la verté de
quanque vos i troverez sanz rien celer. Einsint com vos le
jurastes, si vos en aquitiez et un et autre, ou je vos tendroie
por parjurez. »

Lors dist cil qui premiers avoit parlé qu'il avoit veue en
son encerchement une trop grant merveille, « mes certes, fist
il, je ne sai a coi elle puet torner, fors ausint que par devi-
naille, car ce est une avisions et si vos dirai quele. Il me fu
avis que je veoie [de]vers les isles d'Occident venir un
dragron a mult grant compaignie d'autres bestes *(16v°b)* et
devers les parties d'Oriant en venoit uns trop beaus toz
coronez, et ravoit grant compaignie de totes bestes. Mais il
n'en avoit mie tant come celui qui devers Occident venoit.
Lors hurtoient ensemble les unes bestes contre les autres, si
en avoient le pejor celes devers Oriant, quant uns leparz
descendoit d'une montaigne, granz et fierz et orgoillous, et
se tornoit encontre les bestes d'Occidant, et si tost com il
estoit venuz, si les arestoit totes par son cors et retenoit. Et
li dragons qui estoit maistres des autres bestes venoit al
lepart, si li fasoit si grant joie come une beste porroit faire
d'altre, et maintenant s'en aloient la ou li dragons coronez

nécessaire. Ils répondent qu'il leur suffira de neuf jours. « Je vous les accorde, dit Galehaut, pourvu qu'à cette date et sans autre retard vous me disiez ce que vous aurez trouvé. » Ils en prennent l'engagement et sortent de la chapelle.

Le terme fixé était proche de la date où Galehaut devait tenir l'assemblée de ses barons. Entre-temps les clercs s'adonnent à leurs recherches. Chacun d'eux s'enferme dans une chambre vide et tranquille, à l'écart du bruit et de toutes gens. Ils voient beaucoup de merveilles et découvrent beaucoup de sortilèges. Le neuvième jour ils s'assemblent et chacun apporte le résultat de ses travaux à maître Hélie, qui est le plus savant d'entre eux. On attend ainsi le dixième jour. Alors Galehaut les fait venir et leur demande ce qu'ils ont trouvé. « Rien qui concerne le sens de ce songe », répond l'un d'eux.

« Je n'en resterai pas là, dit Galehaut[1]. Vous avez juré de me dire la vérité sur tout ce que vous trouveriez sans rien dissimuler. Tenez votre serment, les uns et les autres, ou je vous considérerai comme parjures. »

Alors celui qui avait parlé le premier déclara qu'il avait vu dans son étude une grande merveille, « mais en vérité, précisa-t-il, je ne sais pas ce qu'elle signifie, car c'est une vision et je vais vous la dire. Il m'a semblé que je voyais venir des îles d'Occident un dragon, entouré de très nombreuses bêtes. Et des contrées de l'Orient il en venait un autre, très beau, et qui portait couronne. Il était lui aussi accompagné de toutes sortes de bêtes ; mais elles étaient moins nombreuses qu'autour de celui qui venait d'Occident. Alors un combat s'engageait entre toutes ces bêtes et celles d'Orient avaient le dessous, quand un léopard descendait d'une montagne, grand, orgueilleux et fier. Il se tournait contre les bêtes d'Occident ; et dès qu'il était au combat, il les arrêtait par sa seule force et les retenait. Le dragon qui commandait les bêtes d'Occident, s'approchait du léopard et lui faisait fête, autant qu'une bête peut le faire à une autre bête. Aussitôt ils s'en allaient à l'endroit où se tenait le

_____
1. Voir *Lancelot du Lac*, p. 693.

estoit, si beissoit li altres le col et li coronez aloit par desus lui et altretel faisoient les siues bestes desseur les autres[1].

« Itant en vi, mais je ne poi onques tant encerchier que je seusse qui estoient li dui dragon ne li leparz.

– Or me dites par vostre serement si vos i veistes plus.

– Sire, fist il, oïl. Je vis que li granz dragons qui tant avoit force et qui s'estoit humiliez vers le petit enmenoit le lepart en la terre dont il estoit venuz et longuement estoient ensamble tant que li leparz s'en partoit ; et lors remanoit li dragons si corrociez que il en enfloit tot, si qu'il en prenoit la mort. *(17a)* Itant en vi, mes plus ne me dura l'avisions. »

Atant se teut, que plus ne parla, et estoit mult buens clers, si avoit non Boniface li Romains. Et lors fu Galehot mult pensis une grant piece et fu longuement ausint com en paumisons sanz dire mot. Et quant il parla, si appela l'autre clerc qui emprés lui seoit : ce ert uns qui avoit non maistre Elinas, si estoit nez de Radole en Ungrie.

« Dites, maistre, fist il, que vos avez trové. »

Et il respont tot autretel com cil avoit dit.

« Mes je sé bien, fist il, qui fu li dragons coronez : ce fu missire li rois Artus et vos fuistes cil qui devers Occident venoit. Mes je ne poi onques savoir qui cil ert qui avoit la semblance del lepart, mes tant sai je bien coment il sera de vostre compaignie et de le siue, et si vos voldrai je prier que vos me quitissiez mon serement, qu'il ne me convenist a dire le surplus.

– Ce ne puet estre, fist Galehot, mais dites oltre. »

Et il respont :

« Je vos dis, fait il, qu'en la fin ne morrez vos se par lui non. Einsint le convient a estre, ou je ne crerai jamais chose que je sache de clergie. »

Einsint parla cist et dist qu'il n'avoit plus trové. Aprés parla uns altres qui mult estoit sages et dist tot altretel com il avoit dit et ce meismes jusque a set. Mais li uitisme dist plus et cil estoit nez del roiaume de Logres *(17b)* d'un

dragon couronné. L'autre dragon s'inclinait. Celui qui portait la couronne s'élevait au-dessus de lui et ses bêtes au-dessus des autres bêtes.

« Voilà ce que j'ai vu, mais je n'ai pas réussi à savoir qui étaient les deux dragons et le léopard.

— Dites-moi, sur la foi de votre serment, n'avez-vous rien vu de plus ?

— Si, seigneur, j'ai vu que le grand dragon, qui avait tant de force et qui s'était humilié devant le petit, emmenait le léopard dans le pays d'où il était venu. Ils demeuraient longtemps ensemble, jusqu'au jour où le léopard s'éloignait. Alors le dragon en avait tant de chagrin que tout son corps se tuméfiait et il recevait la mort. Voilà ce que j'ai vu ; mais ma vision s'arrête là. »

Il n'en dit pas plus. C'était un très bon clerc. Il s'appelait Boniface le Romain. Galehaut resta longtemps pensif, comme s'il était en pâmoison, sans rien dire. Quand il retrouva la parole, il appela un second clerc qui était assis à ses côtés. On l'appelait maître Elinas et il était originaire de Radole en Hongrie.

« Dites-moi, maître, fait Galehaut, ce que vous avez trouvé. »

Celui-ci confirme ce que le premier avait dit.

« Mais je sais bien, ajoute-t-il, qui est le dragon couronné, c'est monseigneur le roi Arthur, et vous êtes celui qui vient de l'Occident. Je n'ai pas pu savoir qui était celui qui portait le signe du léopard ; je sais seulement qu'il sera votre compagnon et celui du roi. Mais j'aimerais bien être quitte de mon serment et ne pas être obligé d'en dire davantage.

— Cela ne se peut. Continuez.

— Eh bien, je vous dis qu'à la fin vous ne mourrez par nul autre que le léopard. Il faut qu'il en soit ainsi, ou je ne croirai plus rien de ce que la science nous enseigne. »

Telles furent ses paroles et il dit qu'il ne savait rien de plus. Un autre clerc, très savant, ne fit que répéter ce que le second avait dit, et il en fut de même jusqu'au septième. Mais le huitième en dit davantage. Il était natif d'un château

chastel qui est a sis liues englesches prés del liu que Merlins
apela le Gué des Bues, la ou il dist que tote la sapience
descendroit, quant la fins [de toutes choses][1] aprocheroit : et
cil chasteaus si avoit non Sidenort ; et li clers avoit non
maistres Petroines et par lui furent les profecies Merlin en
escrit mises, et ce fu cil qui la premiere escole tint a Sene-
fort qui dist autant com Gué de Buef. Cist Petrones estoit de
toz les sez arz endoctrinet, mais plus avoit mise sa cure en
astralogie, por ce qu'elle aguise sens d'ome a savoir des
repostes choses qui faites sunt et de celles qui sont a venir.
Quant la parolle des vii fu remese, si comença a parler et
dist a Galehot :

« Sire, nos avons estudié seur vostre songe tant que nos
en savons ce que nostre clergie nos en puet fere savoir, et
vos avez bien oï par ces buens clers que li uns de ces dous
dragons est misire li roi Artus et vos li altre. Et del lepart
vos dirai ge ce que j'en sai. Il est voirs que li leparz est la
plus fiere beste del mont qui soit enprés le lion et qui plus
puet nuire par dens et par ongles et par legierté de cors, et
cil qui par le lepart est senefiez si fist la pes de vos et de
mon seignor le roi ; et bien pert qu'il fist humilier voz genz
envers les noz.

« Et altresi com nulle beste n'est plus haute *(17v°a)* que
est li leparz fors le lion, altresi ne puet estre nus meillor
chevalier de cestui fors uns seus, mes il est uns meudres de
lui [ou] serra[2]. Et bien sai que cist fu filz al roi qui fu morz
de duel et sa mere a eues totes les doleurs que feme poüst
al cuer avoir et sentir. Cil est li lieparz que vos veistes en
vostre songe qui estoit uns des dous cuers de vostre ventre.
Et si je ai veu une altre chose, que il vos toli ja en une oure
de jor le cuer et en un[e] altre eure de jor [enor] et en une
altre oure de jor vos toudra la vie, se vos n'en estes rescous
par le serpent que la metoie de vos membres vos toloit. Et

du royaume de Logres, à six lieues anglaises de l'endroit que Merlin avait appelé le Gué des Bœufs, en prophétisant que toute la science y descendrait, quand la fin de toutes choses serait proche. Le château s'appelait Sidenort et le clerc, maître Pétrone. Ce fut par lui que les prophéties de Merlin furent mises en écrit ; et ce fut lui qui tint la première école à Oxford, qui signifie « le Gué des Bœufs ». Ce Pétrone était fort savant dans chacun des sept arts, mais il s'était plus particulièrement consacré à l'étude de l'astrologie, parce qu'elle instruit l'esprit de l'homme à savoir les choses secrètes, celles qui ont été faites et celles qui sont à venir. Quand les sept premiers clercs eurent fini leur discours, il prit la parole et dit à Galehaut :

« Seigneur, nous avons étudié votre songe et nous en savons ce que notre science nous permet d'en savoir. Vous avez appris, grâce à ces bons clercs, que l'un des deux dragons est monseigneur le roi Arthur et que vous êtes l'autre. Je vous dirai donc ce que je sais du léopard. Il est bien connu que le léopard est la plus orgueilleuse bête du monde après le lion, celle qui peut faire le plus de mal par ses dents, par ses ongles et par la souplesse de son corps. Celui dont le léopard est le signe a fait la paix entre vous et monseigneur le roi ; et l'on sait bien qu'il a forcé vos gens à s'humilier devant les nôtres.

« De même qu'aucune bête n'est plus noble que le léopard sauf le lion, de même aucun chevalier ne peut être meilleur que celui dont je vous parle sauf un seul. Mais j'en vois un qui est ou sera meilleur que lui. Je sais que lui-même est fils du roi mort de deuil et que sa mère a eu toutes les douleurs que le cœur d'une femme peut éprouver et souffrir. C'est le léopard que vous avez vu dans votre songe et l'un des deux cœurs qui battaient dans votre poitrine. J'ai découvert autre chose encore. En une heure, il vous a ravi le cœur ; en une heure, il vous a ravi l'honneur ; en une heure, il vous ravira la vie, si vous n'êtes secouru par le serpent, qui vous enlevait la moitié de vos membres. Et sachez que ce serpent est la

sachiez que la serpent est roine des dames ou des damoiselles qui entor la roine sunt ; itant vos di que plus n'en
sai. »

Aprés celui ci parla li nouvimes et cil estoit nez de
Coloingne et si estoit mult sages clers ; si avoit non maistres
Acances.

« Sire, fait il a Galehot, maistre Petroines a bien dit et
mult vos a vostre songe esclairié delivrement. Mais por ce
que chascuns covient aquitier de son serement, vos dirai un
poi de chose que je ai veue plus que li autre ne vos ont dit.
Gié ai trové que une eve vos covient a passier par un pont
de xlv planches ; et si tot com vos avrez passee la darreine
planche, si vos covendra a saillir en l'eve qui sera granz et
parfonde oltre la planche, ne vos ne porrez retor(*17v°b*)ner,
que totes les altres planches vos seront ostees. Einsint tot
com vos serez sailli en l'eve, si irez au fonz sanz revenir. Et
par ce sai je bien que c'est li termes devisiez de vostre vie,
mes je ne sai pas certainement se les planches senefient
chascune ou un an ou un mois ou une semaine ou un jor ;
mais par li un de ces quatre termines les covient a senefier.
Et neporquant je ne di mie que vos ne puissiez celui termine
passier, car je vi en mon estuide que li ponz duroit jusque
oltre l'eve. Mais li leparz que vos veistes en vostre songe en
ostait mult plus de planches qu'il n'en remanoit. Autresi
m'est il avis, se [destinee l'apportoit, qu'eles i porroient
estre mises par cil qui les en ostoit. »][1]

De ces parolles fu Galehot mult esbaiz et Lancelot trop.

Et lors parla maistre Helies de Tolose qui estoit disimes
et qui plus estoit sages de toz et plus sout[is] en totes
choses.

« Sire, fait il a Galehot, vos avez ci oï parler les plus sages
homes qui soient en totes les isles de Bretaigne et se
consauz i puet avoir mestier, vos estes li hom del monde que
greignor mestier en a. Et vos avez bien oï par quel achaison
vos morrez. Mes vos n'en avez pas seu le droit termine, et
ce ne troverez vos pas legierement qui vos deïst, car nus
cuers d'ome mortel ne porroit estre si de cler sen qui vos
poïst (*18a*) la verité dire de totes les encerches que il ja

reine des dames ou des demoiselles qui vivent autour de la reine. Je vous ai dit tout ce que je sais. »

Ensuite le neuvième prit la parole. Il était de Cologne et s'appelait maître Acance.

« Seigneur, dit-il à Galehaut, maître Pétrone a bien parlé et a complètement élucidé votre songe. Mais comme chacun doit s'acquitter de son serment, je vous en dirai un peu plus que les autres. J'ai trouvé que vous devrez traverser une rivière sur un pont de quarante-cinq planches. Quand vous aurez passé la dernière planche, vous devrez sauter dans l'eau. Vous ne pourrez pas revenir en arrière, car toutes les planches vous seront ôtées ; et sitôt que vous serez dans l'eau, vous irez au fond sans retour. D'où je conclus que c'est le terme assigné à votre vie. Je ne sais pas exactement si chacune de ces planches correspond à une année, un mois, une semaine ou un jour, mais elles ne peuvent avoir que l'une de ces quatre significations. Je ne dis pas que vous ne puissiez dépasser ce terme et j'ai vu dans mon étude que le pont allait jusqu'à l'autre rive du fleuve. Mais le léopard que vous avez vu dans votre songe, ôtait bien plus de planches qu'il n'en laissait. J'en conclus que, si votre destinée le voulait, elles pourraient être rapportées par celui qui les enlevait. »

Ces paroles plongèrent Galehaut dans un désarroi extrême et plus encore Lancelot.

Alors parla le dixième clerc, maître Hélie de Toulouse, qui était le plus sage de tous et le plus habile en toutes sciences.

« Seigneur, dit-il à Galehaut, vous avez entendu les plus sages clercs qui soient dans toutes les îles de Bretagne ; et si les conseils peuvent être de quelque utilité dans cette affaire, vous êtes l'homme du monde qui en a le plus grand besoin. On vous a appris ce qui sera l'occasion de votre mort ; mais vous n'en connaissez pas le moment et vous ne trouverez pas aisément quelqu'un qui vous le dise. L'esprit d'un mortel n'a pas l'entendement assez délié pour savoir la vérité dans toutes les recherches qu'il entreprend. La divine

feroit, car la divine Escriture nos dist que li jugemenz
Nostre Seignor sont si repost que mortels cuers nes puet
savoir ne mortex langue nes puet dire. Mais neporquant par
la force de clergie que Dex soeffre a avoir a nos qui somes
formé a sa samblance, aparcevons par les aventures des
unes genz qui puet avenir des altres, non pas de tot mais
d'une partie : car tot ne porroit nus savoir fors cil qui tot
puet comprendre.

— Maistre, fait Galehot, gié croi bien que cist autre me
dient ce qu'il en sevent et que bien ont aquitié lor serement,
mais de vos n'ai je mie oï ce que vos en savez et plus desir
je assiez a oïr vostre conseil que de toz les autres, car je vos
dis bien dés avantier que je me metroie [ainçois] seur vos de
tot le consoil de ma mort ou de ma vie que je ne feroie sor
toz les clers del monde : car [nus] ne me seust si bien
devisier [les maladies du cueur comme vous sceustes][1] et
altretiel m'est il avis que vos en savez melz doner conseil
que nus altres ne sauroit. Por ce vos vein gié prier que vos
me dites la verité que vos avez encerchié de ceste chose et
si le me direz par vostre serement, ausi com m'ont fet li
autre. Et quant vos m'avrez dit ce que vos i avrez trové, si
i metrez aprés le consail, se Dex vos a tant ensegnié que vos
m'en sachiez conseillier. Et si je voi que con*(18b)*sail ne
puisse avoir mestier, si soit tot en la volenté Nostre Seignor,
car contre lui ne puet nule force durer. Mes totes voies me
seroit plus a cuer quan je l'avroie oï de vostre boche, ou fust
mes domages ou mes prous.

— Sire, fait li maistre, de tant com vos me creés plus que
les altres, de tant serez vos [plus] iriez, se je vos di chose ou
vostre damaches soit, et plus [liez], si vos i veez vostre prou.
Por ce vos en vient melz a soffrir atant com vos en avez oï,
et plus volentiers vos dirai je vostre prou que vostre
domage, se jel savoie.

— Dites, fait Galehot, tot seurement, que vos ne poez dire

Écriture nous enseigne que les jugements de Notre Seigneur sont si secrets que le cœur d'un mortel ne peut les concevoir, ni la langue d'un mortel les exprimer. Il est vrai que, grâce au pouvoir de la science, que Dieu nous permet d'acquérir, à nous qui sommes faits à son image, nous apercevons par les aventures des uns ce qui peut arriver aux autres ; non pas entièrement, mais en partie. Car nul ne peut tout comprendre, sinon celui qui tout embrasse.

— Maître, fait Galehaut, je crois que les autres clercs m'ont dit tout ce qu'ils savaient et qu'ils se sont bien acquittés de leur serment. Mais je ne vous ai pas entendu dire ce que vous saviez ; et votre avis m'importe plus que tous les autres. Je vous ai dit l'autre jour[1] que, plus qu'à tous les clercs du monde, je voulais me confier à vous du soin de ma mort et de ma vie. Nul autre que vous n'aurait su m'expliquer aussi bien les maladies du cœur ; nul autre que vous, me semble-t-il, n'en saura mieux trouver les remèdes. Je viens vous prier de me dire le vrai résultat de vos recherches et de me le dire sur la foi du serment, comme ont fait les autres. Quand vous m'aurez dit ce que vous avez trouvé, vous m'apporterez votre secours, si Dieu vous a donné le pouvoir de me secourir. Et si je vois que la prévoyance n'y peut rien, qu'il en soit alors selon la volonté de Notre Seigneur, contre qui nulle force ne peut durer. De toute manière, j'aurai plus de courage quand j'aurai entendu cet arrêt de votre bouche, que ce soit pour mon malheur ou pour mon bien.

— Seigneur, fait le maître, plus vous me ferez confiance et plus vous aurez de peine si je vous annonce un malheur, ou de joie si je vous prédis un sort heureux. Il vaudrait mieux nous en tenir à ce que vous venez d'entendre, car j'aimerais mieux vous dire le bien que le mal, si je le savais.

— Parlez sans crainte. Vous ne pouvez m'annoncer de

---

1. *L'autre jour* : littéralement, « avant-hier ». Mais « avant-hier » n'a pas au XIIIe siècle le sens précis que nous lui donnons aujourd'hui. Il désigne souvent un jour non défini, situé dans un passé qui n'est pas trop éloigné. Galehaut répète ici ce qu'il a dit ci-dessus à maître Hélie (voir p. 123).

plus malvaise novelle que de la mort, et de ce ai je oï une
partie.

– Sire, dit le meistre, je parlerai avant a vos de conseil et
si sera si priveement que caiens ne remandra ne uns ne
altres. »

Lors comande il meismes as clers que tuit s'en aillent et
il s'en vont que nus ne remaint. Et Galehot li dit :

« Sire, dont ne volez vos que cist mes compains i
remaigne avec moi caiens ? » fait il de Lancelot.

« Sire, fait li maitres, quant l'en velt a un home sa plaie
mediciner, l'en ne li doit pas atorner [soef] si com il voldroit, mais si [aprement] com la guerison le requiert : car de
l'aprece vient la garisons et de la volenté la seurseneure. Por
ce convient il que vos facez ce que je vos enseignerai, ou
vos ne me tendrez pas por maistre, ne je ne voldroie mie en
nulle *(18v°a)* maniere que nos fuissons trois a oïr ce que je
vos voil dire ; si sai je bien que vos ne voldrez rienz savoir
que cist chevalier ne seust, mes telle est ore ma volentez que
nus ne sera a oïr nos paroles fors [Deu] avant et [moi et] vos
aprés.[1] »

Atant se tuit li meistres et Galehot regarde Lancelot, et il
se lieve maintenant et s'en va hors de la chapelle, si
angoissous et si dolanz que il ne set nul conroi de son
confort ; si se flatit en une chambre et ferme l'uis aprés lui
et fait illuec un duel trop fort, que il sospiece bien que
Galehot n'atent a morir se par lui non. Einsint fist Lancelot
son doel et maistre Helies parolle a Galehot en la chapelleet
si li dist :

« Sire, je quit que vos seiés uns des plus sages princes de
vostre aage de tot le monde ; si sai bien que se vos avez
folies faites, ce fu plus par debonaireté de cor que par
defaute de savoir ; si vos aprendrai un petit d'enseignement
mult profitable : gardez que devant home ne devant feme
que vos amez de trés grant amor ne diez a vostre essient

plus mauvaise nouvelle que ma mort ; et on m'en a déjà instruit en partie[1].

– Seigneur, fait le maître, je dois d'abord vous parler en particulier, et nul ne peut assister à cet entretien. »

Maître Hélie fait un signe aux clercs et ils se retirent tous. Galehaut lui dit alors :

« Maître, vous ne voulez pas que mon compagnon reste ici avec moi ?

– Seigneur, répond le maître, quand on veut soigner une blessure, on ne doit pas traiter le malade aussi doucement qu'il le voudrait, mais aussi durement que sa guérison l'exige. La guérison vient de la rudesse, et le pourrissement de la facilité. Vous devez faire ce que je vous enseignerai, ou vous ne m'aurez plus pour maître. Je ne voudrais absolument pas que nous fussions trois à entendre ce que je dois vous dire. Je sais bien que vous préféreriez ne rien savoir que ce chevalier ne sût. Mais ma volonté est que nos paroles ne soient connues que de Dieu d'abord, de vous et de moi ensuite. »

Alors le maître se tait et Galehaut regarde son compagnon. Aussitôt celui-ci se lève et sort de la chapelle, si angoissé et si triste qu'il ne voit rien qui puisse le réconforter. Il se précipite dans une chambre, referme la porte sur lui et se laisse aller à la douleur, car il soupçonne bien que Galehaut ne s'attend à recevoir la mort de nul autre que lui. Tandis que Lancelot s'afflige ainsi, maître Hélie s'entretient avec Galehaut dans la chapelle et lui dit :

« Seigneur, je crois que vous êtes l'un des plus sages princes de votre âge[2], qui se puissent trouver dans le monde entier. Si vous avez fait quelques folies, ce fut par générosité de cœur plus que par manque de savoir. Et je voudrais vous donner un petit avis profitable. Devant un homme ou une femme que vous aimez profondément, gardez-vous de

---

1. *La Fausse Guenièvre*, p. 127.
2. *Un des plus sages princes de votre âge* : cette expression, empruntée au premier *Lancelot*, réserve les droits du roi Arthur, à qui personne ne se peut comparer.

chose dont si cuers soit a malaise, que chascuns doit a son
pooir destornier l'ire et le corroz de la chose qu'il aime. Por
cel chevalier le di ore que de ci s'en est tornez, car je sai
bien que vos l'amez de si grant amor com il puet avoir entre
dous compaignons loiax : si volsissiez qu'il fust a cel vostre
conseil *(18vºb)* et ce ne fuist mie biens, car il oïst de tes
parolles dont il eust honte assez et dolor au cuer : si le
portast un poi plus pesaument que vos ne feriez. Et neporquant vos n'ameriez mie mains sa joie ne son prou que il
feroit ; mes en vostre cor a plus de sen et de raison qu'il n'a
el suen.

– Meistre, fist Galehot, il semble que vos le conoissiez
bien, a ce que vos avez dit.

– Certes, fait li maistres, je le quid conoistre sanz ce que
[je] ne l'[ai] apris par home qui orendroit vive, fors tant que
j'oï dire que cil qui fist la pes de mon seignor le roi et de
vos est li meldres chevalier qui orendroit soit, et c'est li
leparz que vos veistes en vostre songe et que nos veismes
en nostre encerchement.

– Beau meistre, fist Galehot, donc n'est li lions plus fiere
beste que leparz et de greignor seignorie ?

– Oïl, sanz faille, ce dist li maistre.

– Donc di je, fist Galehot, [que][1] cil qui est meldres que
tuit ne deust pas avoir la samblance dou liepart mais du lion.

– El non Dex, fist li maistres, plus soltilment en avez
parlé que maint altre ne feissent et je vos respondrai selonc
raison, car vos la savrez bien entendre. Ge quit bien et croi
qu'il est li mieldres chevaliers de ceus qui orendroit sont.
Mes i sera uns meldres de lui, car einsint le dist Merlins en
sa profecie *(19a)* qui par tot est voir disanz.

– Maistre, fait Galehot, savés coment cil a non ?

– De son non, fist li maistres, ne sai je nient, kar je ne
l'ai pas encerchié.

– Comment poez vos donc savoir, fet Galehot, qu'[il]
sera uns meldres chevaliers de lui ?

– Je le sai bien, fait li maistres, que cil que achevera les
aventures de Bretaigne sera li meldres de tot le monde et

dire ce que vous savez qui lui fera de la peine. Chacun doit, de toutes ses forces, écarter de ce qu'il aime le chagrin et la colère. Je le dis pour ce chevalier, qui vient de s'éloigner. Je sais que vous lui portez toute l'amitié qu'il peut y avoir entre deux compagnons loyaux. Vous voudriez qu'il fût présent à notre entretien, mais ce ne serait pas bien. Il pourrait entendre des paroles qui le rempliraient de honte et de douleur. Il les supporterait un peu plus mal que vous. Vous ne voulez pas moins que lui son bonheur et son bien, mais vous avez plus de sagesse et de raison qu'il n'en a.

— Maître, dit Galehaut, il me semble que vous le connaissez bien pour en parler de la sorte.

— En effet, dit le maître, je crois le connaître, sans que personne au monde m'ait rien appris sur lui. J'ai seulement entendu dire que celui qui a fait la paix entre vous et monseigneur le roi était le meilleur des chevaliers vivants. C'est le léopard que vous avez vu dans votre songe et qui nous est apparu dans nos études.

— Beau maître, fait Galehaut, le lion n'est-il pas une bête plus puissante que le léopard et d'une plus grande noblesse ?

— Oui, sans aucun doute.

— Je dis donc que le meilleur de tous les chevaliers ne devrait pas apparaître sous l'aspect du léopard, mais du lion.

— Ma foi, vous êtes plus perspicace que beaucoup d'autres, et je vous dirai la vérité, parce que vous êtes en état de la comprendre. Je pense et je suis convaincu que votre compagnon est le meilleur des chevaliers vivants ; mais un autre viendra qui sera meilleur que lui. Ainsi l'a dit Merlin dans ses prophéties, et il ne se trompe jamais.

— Savez-vous son nom ?

— Je ne le sais pas. Ce n'était pas l'objet de mes recherches.

— Alors comment pouvez-vous donc savoir qu'il y aura un meilleur chevalier que mon compagnon ?

— Je sais que celui qui achèvera les aventures de Grande Bretagne sera le meilleur chevalier du monde et qu'il occu-

emplira le derraien siege de la Table Reonde, cil a en escriture la senefiance del lion.

– Maistre, fist Galehot, et de celui, savez vos coment il
avra non ? »

Et il respont que non il.

« Donc n[e v]oi je pas coment vos le poez savoir que cist
n'achevra pas les aventures de Bretaigne.

– Ge sé, fet li maistres, veraiement que ce ne puet avenir,
car il est tex qu'il ne porroit ataindre [a la troveüre][1] del
Graal, ne a l'achevement des aventures, ne a complir le
siege de la Table Reonde ou onques chevaliers ne sist qui
n'en portast ou la mort ou le maaig.

– Ha, maistre, fait Galehot, qu'est ce que vos avez dit ?
Il n'est nulle granz bontez en chevalier qui en cestui ne soit
assise. Coment ditez vos donc qu'il est tex qu'il n'i porroit
ataindre [a la troveüre] de[l] Graal ? Bien sachiez que cist
oseroit plus achever que nus altres n'oseroit enprendre.

– Tot ce n'a mestier, fist li meistres : et si vos dirai par
coi. Cist ne porroit recover les teches que cil avra qui la
queste du *(19b)* Graal acomplira. Car il covient tot premierement que il soit dés sa nativité jusqu'a sa mort virges et
chastes si enteriniement qu'il n'ait amor a dame n'a damoiselle. Et ce ne puet mes cist avoir, car jié sai greignor partie
de son conceil qu'il ne cuide. »

Quant Galehot l'entent, si rogist de honte et dist al
maistre :

« Por Dex, meistre, quidez vos que cil qui acomplira le
siege de la Table Reonde soit meldres chevaliers qu[e] cist
par bonté d'armes ?

– De ce, fist li maistres, ne dotez vos pas, que nus par
armes ne le porroit conquerre ne valoir. Et si vos dirai je que
Merlins nos en dit qui de riens ne nos a encore menti
enjusque ci : de la chambre, fait il, au roi mahaignié devers
la Gaste Forest de la fin del roiaume de Litee vendra la

pera le dernier siège de la Table Ronde. C'est lui qui, dans les Écritures, porte le signe du lion.

— Et de celui-là, maître, savez-vous le nom ?

— Je ne le sais pas.

— Alors comment pouvez-vous savoir que mon compagnon n'achèvera pas les aventures de Grande Bretagne ?

— Je sais qu'il ne le peut pas, car il n'est pas tel qu'il puisse parvenir à la découverte du Graal, ni achever les aventures, ni occuper le siège de la Table Ronde où nul chevalier ne s'assit sans être frappé de mort ou perdre l'usage de ses membres.

— Ah ! maître, qu'est-ce que vous avez dit ? Il n'y a pas une seule des plus hautes qualités d'un chevalier qui ne soit enracinée en lui. Pourquoi donc dites-vous qu'il ne pourrait parvenir à la découverte du Graal ? Sachez qu'il oserait achever plus que nul autre n'oserait entreprendre[1].

— Tout cela ne sert à rien, fait le maître, et je vais vous dire pourquoi. Il ne peut recouvrer les vertus qui seront celles du chevalier qui accomplira la quête du Graal. Car il faudrait, avant toute chose, qu'il soit, de sa naissance à sa mort, vierge de corps et chaste de cœur, si entièrement qu'il n'ait aucune pensée d'amour pour une dame ou une demoiselle. Et cela lui est impossible, car je connais mieux ses sentiments qu'il ne le pense. »

Quand il entend ces dernières paroles, Galehaut rougit de honte et dit au maître :

« Pour l'amour de Dieu, maître, croyez-vous que celui qui accomplira le siège de la Table Ronde sera meilleur en prouesses de chevalerie ?

— N'en doutez pas, car nul ne pourra le vaincre ou l'égaler aux armes. Et voici ce qu'en dit Merlin, qui ne nous a encore jamais menti. De la chambre, assure-t-il, du roi mutilé, dans la forêt déserte[2], à l'extrémité du royaume de

---

1. C'est la répétition, sous une forme un peu différente, d'une phrase tirée du portrait de Lancelot (dans *Lancelot du Lac*, p. 143) : « Il disait maintes fois, quand il était dans sa grande joie, que son cœur n'oserait rien entreprendre que son corps ne pût achever. »

2. Littéralement : « le roi méhaigné de la Gaste Forêt ». La Gaste Forêt

merveilluse beste qui sera esgardee a merveille e[s] plains
de la [Grant Bretaigne][1]. Ceste beste sera diverse de totes
altres bestes, car elle avra viaire et teste de lion et cors
d'elifant et autres menbres, si avra reins et nonbril de pucele
virgue et enterine, si avra cuer d'acier dur et [s]erré qui
n'avra garde de flechir ne d'amolir et avra parolle de dame
pensive et volenté de droit jugeor. Tex manieres avra [la]
beste et devant lui s'[enfuiront] totes les altres bestes et
feront voie. Et lors remandront li enchantement de la Grant
Bretaigne *(19v°a)* et les mervelles pereillouses. Par cele
beste poés conoistre le chevalier qui asomera les aventures ;
et par la teste poez savoir que nus ne sera de sa ferté, car
nulle beste n'a si fiere regardeure come lions ; et par le cors
poés savoir que nus ne porroit sostenir le fes d'armes qu'il
sostendra, car nul cors de beste n'est de si grant force come
est cors d'olifant ; et par les reins et le nombril porrez savoir
qu'il sera virges et chastes, dés qu'il resamble pucelle verge
enterine ; e del cuer poez savoir qu'il sera sor toz altres
hardiz et emprenans et nez de coardise et de paor, et sera po
emparlez, [dés] qu'il resamble de parolle dame pensive ; et
si poez savoir que as seues proesces seront noiant les
prouesces des altres prouz.

Lice, viendra la merveilleuse bête, qui sera regardée avec
étonnement dans les plaines de la Grande Bretagne. Cette
bête sera différente de toutes les autres : elle aura figure et
tête de lion, corps et membres d'éléphant, reins et nombril
de jeune fille entière et vierge, cœur d'acier dur et trempé
qui n'aura garde de fléchir et de s'amollir, la parole d'une
dame pensive et la volonté d'un juge intègre. Telle sera la
nature de cette bête. Devant elle, les autres bêtes s'enfuiront
et lui céderont le passage. Alors prendront fin les enchantements de la Grande Bretagne et les merveilles périlleuses.

« Par cette bête vous pouvez connaître le chevalier qui
achèvera les aventures. Par sa tête, vous pouvez savoir que
nul ne l'égalera en fierté, car aucune bête n'a le regard aussi
fier que le lion ; par son corps, que nul ne pourra souffrir un
aussi grand effort de chevalerie, car aucune bête n'a autant
de force que l'éléphant ; par ses reins et son nombril, qu'il
sera vierge et chaste, dès lors qu'il ressemble à une jeune
fille intacte et vierge ; par le cœur, qu'il sera plus que tout
autre hardi et entreprenant, pur et net de couardise et de
peur. Et il sera peu bavard, puisqu'il ressemble pour la
parole à une dame pensive[1]. Ainsi vous pouvez savoir qu'au
regard de ses prouesses celles des autres preux ne seront
rien.

---

est le domaine où se situe le manoir des parents de Perceval le Gallois,
appelé par Chrétien de Troyes, dès la première scène du *Conte du Graal*,
« le fils de la Veuve Dame de la Gaste Forêt sauvage ». Le roi méhaigné,
c'est-à-dire infirme (ou le chevalier méhaigné chez Chrétien), est le père
de Perceval et il est mort au moment où commence ce récit. La prophétie
de Merlin est la reprise exacte de ce qui nous est dit au début du *Lancelot*,
à savoir que Perceval est « celui qui vit à découvert les grandes merveilles
du Graal, accomplit le Siège Périlleux de la Table Ronde, et acheva les
aventures du Royaume Périlleux Aventureux, c'est-à-dire du royaume de
Logres » (*Lancelot du Lac*, p. 123). Ces indications sont fort claires et
dépourvues d'ambiguïté, énoncées à trois reprises. Elles n'appellent aucun
commentaire, sinon qu'elles dérangent ceux qui, contre toute évidence,
persistent à lire le *Lancelot* à la lumière de *La Quête du Saint Graal*.

1. Allusion au silence de Perceval, qui l'empêche de poser les questions
nécessaires à la guérison du roi pêcheur. Il n'y a rien de tel dans *La Quête
du Saint Graal* et cette phrase n'aurait aucun sens, si on l'appliquait à
Galaad.

– Certes, meistre, fait Galehot, de grant proesce sera cil
a qui les proesces de cestui chevalier seroient [naient], ne je
ne quidoie mie que nus peust estre meldres de cestui. Mes
ore me dites se vos savés nulle profecie d'altre chevalier
que de celui.

– Oïl, fist li meistres. Merlins dist que de la [coche] al roi
qui morroit de duel et de la roine doleureuse istroit uns merveillos leparz, si sera fiers et hardis et corageus et envoisiez
et gais et passera totes les bestes qui en Bretaigne avront
devant lui fierté menee, et sera seur les altres gracieus et
desirrez. Se vos savez qui fu li peres a cel chevalier *(19v°b)*
que de ci va, dont poez vos savoir legierement si la profecie
chiet seur lui, car de proesces a il le teismoing qu'il en a
passé toz ceus qui en Bretaigne ont porté armes.

– Je sai bien, fait Galehot, que si peres fu morz de duel
et fu rois del roiaume de Benoïc et sa mere fu si doleureuse
come cele qui perdi en une seule eure tote sa terre et son
seignor le roi et son fil qui encore gisoit en berz. D'altre part
sai je bien que cist chevalier est de sor toz les autres plai-
sanz et gracieus et plus a esté desirrez a acointier que nus et
de proesce a il tant qu'il doit estre appelez leparz des chevaliers : et mult savés plus de lui que je ne poisse pas
cuidier. Si voi bien que vos iestes de toz les clers le meillor
[aûsi com li ors est la flor de toz les metaus[1]]. Mais por Dex,
dites moi enquore des profecies Merlin, que mult volentiers
les escout, s'il en i a nule que vos aiez esprovee qui seur
moi doie chaoir.

– Vraiment, maître, dit Galehaut, il faudra qu'il soit d'une haute valeur, celui qui par ses prouesses effacera celles de mon compagnon ; et je ne croyais pas que personne pût être meilleur que lui. Mais dites-moi si vous avez une prophétie qui porte sur un autre chevalier.

– Oui, fait le maître. Merlin dit que, de la couche du roi qui mourra de deuil et de la reine douloureuse, viendra un léopard merveilleux. Il sera fier et hardi et courageux et joyeux et gai. Il passera toutes les bêtes qui, en Grande Bretagne, auront fait montre de leur fierté avant lui, et sera, plus que tout autre, gracieux et désiré[1]. Si vous savez qui est le père du chevalier qui sort d'ici, il vous est facile de savoir si la prophétie le concerne, car il est établi qu'il a dépassé par ses prouesses tous ceux qui ont porté les armes en Grande Bretagne.

– Je sais, dit Galehaut, que son père est mort de chagrin et qu'il était roi de Bénoïc. Sa mère a eu la douleur de perdre, en une seule heure, sa terre, son seigneur le roi et son fils qui était encore au berceau[2]. Je sais aussi que ce chevalier est, plus que nul autre, aimable et gracieux, que chacun a le plus grand désir de le connaître et que sa valeur est telle qu'il doit être appelé le léopard des chevaliers. Vous savez de lui plus de choses que je ne pourrais l'imaginer, et je vois que vous êtes le meilleur de tous les clercs, comme l'or est la fleur de tous les métaux. Mais pour Dieu parlez-moi encore des prophéties de Merlin, car j'ai du plaisir à les écouter. Y en a-t-il une qui porte sur moi, pour autant que vous le sachiez ?

---

1. *Plus que tout autre gracieux et désiré* : reprise des mots d'adieu de la dame du Lac à Lancelot : « Adieu donc, le bon, le beau, le gracieux, le désiré de toutes gens, le bien-aimé, plus que tous chevaliers, de toutes dames. Car vous serez tout cela, je le sais bien » (*Lancelot du Lac*, p. 431).

2. Allusion à la scène épique sur laquelle s'ouvre le premier roman de Lancelot, intitulé pour cette raison : « Le conte de la reine des Grandes Douleurs ». Rappelons que ce titre est le seul qui provienne à coup sûr de l'auteur du roman ; car il est le seul que l'on trouve en toutes lettres dans le texte lui-même, et qui figure dans tous les manuscrits. Le silence de la plupart des commentateurs à cet égard n'en est que plus étonnant (*Lancelot du Lac*, p. 79). Voir Introduction p. 27.

– Oïl voir, fait li maistre. Merlins nos dist que devers les derraines illes del sain a la Bele [Jaiande] eschapera uns merveillous dragons, si s'en ira volant par totes les terres destre et senestre, [et] devant lui trembleront totes les terres ou il vendra. Einsint volera jusqu'al regne aventureus et lors [seroit] si grant et si enbarni que il avroit xxx tetes totes d'or, plus beles et plus riches que n'estoit la premiere teste. Et lors estoit si granz que tote la terre s'a *(20a)* ombroit so[z] l'ombre de son cors et de ses eles ; et quant il vendroit el r[e]gne aventureus et il auroit prés de tot conquis, si le r[et]endroit li merveilleus lieparz et boteroit [arrieres] et le metroit en la merci de cels que il avroit si aprochiez de conquerre ; aprés s'entrameront tant entre eus deus qu'il seront tot une mesme chose, ne ne porront [vivre] li uns sans l'autre, quant li serpenz al chef d'or treroit a lui le lepart par son gran sen et dorroit mort al grant dragon par le desevrement del liepart quant li todroit sa compaignie por lui saoller. En ceste maniere, fait Merlins, morra li grans dragons et je sai de voir que c'estes vos, et la serpenz qui le vos toldra, ce sera ma dame la roine qui aime le chavalier et aimera tant come nulle dame porra plus amer chevalier. Et ce savez vos bien, se vos amez le chevalier de telle amor que vostre cuers ne s'en puisse soffrir.

– Certes, maistre, fet Galehot, le soffrir feré ge bien en leu et en tans. Mes a toz jorz ne porroit estre, quar j'ai en lui si durement mise m'amor que nus ne la mist onques si durement en un home estrange, ne je ne voi mie coment il me puisse doner la mort se par la s[o]e mort ne la preng.

« [M]és aprés sa mort ne qui[t] je pas que je vesquisse, car il ne remandroit en cest siecle nule autre riens qui *(20b)* poist estre a mon plaisir ; par ce [quit] je bien que je ne

– Certainement, fait le maître. Merlin nous dit que, du côté des dernières îles, du sein de la Belle Géante s'échappera un dragon merveilleux. Il volera à droite et à gauche par tous pays, et devant lui trembleront toutes les terres où il viendra. Il volera ainsi jusqu'au Royaume Aventureux. Alors il deviendra si grand et si gros qu'il aura trente têtes d'or plus belles et plus magnifiques que sa première tête[1]. Ensuite il deviendra si grand que toute la terre sera dans l'ombre de son corps et de ses ailes. Quand il viendra au Royaume Aventureux et qu'il l'aura presque entièrement conquis, le léopard merveilleux le retiendra, le ramènera en arrière et le mettra à la merci de ceux qu'il était près de conquérir. Ensuite le dragon et le léopard s'aimeront tant qu'ils n'auront plus qu'un seul et même cœur et ne pourront plus vivre l'un sans l'autre, jusqu'au jour où le serpent à la tête d'or attirera le léopard par son adresse et donnera la mort au grand dragon, en le séparant du léopard pour s'en repaître à sa volonté. Ainsi mourra le grand dragon, nous dit Merlin[2]. Je sais que vous êtes ce dragon et que le serpent qui vous enlèvera votre compagnon, c'est madame la reine, qui l'aime et l'aimera autant qu'une dame peut aimer un chevalier. Et vous-même, vous savez bien si vous aimez ce chevalier au point que votre cœur ne puisse s'en passer.

– En vérité, maître, je pourrai m'en passer pour un certain temps, mais non pour toujours. Je lui porte une telle amitié que jamais personne n'a aimé autant un homme qui ne soit pas de son sang, et je ne vois pas comment il pourrait me donner la mort, si ce n'est par sa propre mort.

« Je ne crois pas que je lui survivrais. Il ne me resterait rien qui puisse me plaire en ce monde et je suis persuadé

---

1. Les trente têtes du dragon sont les trente royaumes que Galehaut avait conquis (voir *Lancelot du Lac*, p. 701).

2. Le symbolisme des prophéties de Merlin est très clair et simple. Chacun des trois héros est désigné par son père ou sa mère. Ainsi Perceval est-il né de la *chambre* du roi mutilé (méhaigné) de la Gaste Forêt, Lancelot de la *couche* du roi mort de deuil et de la reine douloureuse (la reine des Grandes Douleurs ; *Lancelot du Lac*, p. 79), et Galehaut du *sein* de la Belle Géante (*Lancelot du Lac*, p. 193).

porroie aprés lui vivre. Mais d'une chose me mervoil trop,
de ce que vos m'avez dit de la roine, car il ne pense si com
je quit a dame n'a demoiselle, et s'il i pensoit jel savroie
maintenant.

– Je sai de voir, fait li maistres, si com je l'ai devisé le
convient avenir, car elle i metra pensee et ovres ; et si cui[t]
je melz qu'[ele] i ot mis et l'un et l'autre qu'elles i soient
encore a metre. Et sachiez que vos [verroiz] ouen avenir les
greignors merveilles qui onques avenissent de vostre tans,
car ma dame est appelee de[l] plus let blasme qui onques
fust mis seur nulle dame ; si cuit melz qu'il li soit avenu par
son pechié de ce qu'elle a empris si grant desloialté come
de honir le plus prodome del monde, que por nulle autre
corpe qu'ele i ait ou blasme dont elle est retee. Cest la
parolle por coi j'ai fis aler [de çaiens] le chevalier que vos
amez tant, car j'a[i]m melz que vos m'aiez oï dire vilainie
de lui que il meismes l'eust oï, car je vos conois a si proudome et a si sage que totes les choses que je vos dirai seront
par vos celees. Et por ce vos pri je et requier, sor l'onor et
sor la loialté que vos avez, que ma dame ne sache par vos
chose que je vos ai dite qui a sa honte puisse torner, autresint com vos voldriez que je celasse vostre conseil se vos
l[e] me deissiez, kar j'ai ci tels cho*(20vºa)*ses dites qui me
seront tornees a sa haine et a sa felenie, et je n'en pens ne
l'un ne l'autre. Por ce vos pri je de garder mon prou et
m'anor altresi com vos voldriez que je gardasse l[e] vostre.

– Ha, beaus maistre, fait Galehot, de ce ne me covient il
pas a chastier, car il n'est nule riens que a celer face, se vos
la m'avés dite a consoil, que ja en avant soit contee se je ne
le fesoie se par vos non. Et d'autre part, il m'en menbrera
toz jorz mais de l'enseignement que vos m'avés fait, que je
jamais a home n'a feme que je bien aime de trés grant amor
ne dirai chose a escient dont je quit qu'il soit correciez se je
ne [veoie al] celer ou sa honte ou son damage. Si m'avés

que je ne pourrais pas vivre après lui. Mais je m'étonne fort
de ce que vous me dites au sujet de la reine. Il ne pense, me
semble-t-il, à aucune dame ou demoiselle ; et s'il y pensait,
je le saurais aussitôt.

— Je sais, fait le maître, qu'il en sera ainsi que je vous ai
dit, car ma dame y mettra sa pensée et sa peine[1]. Je crois
même qu'elle ne les y mettra pas, mais qu'elle les y a déjà
mises l'une et l'autre. Vous verrez cette année les plus
grandes merveilles qui soient jamais advenues de votre
temps. Ma dame est sous le coup de l'accusation la plus
affreuse qui ait jamais été portée contre une dame. Je crois
que cette épreuve lui est venue pour son péché, parce
qu'elle a été déloyale envers le meilleur prince du monde ;
mais elle est innocente du crime dont on la charge. Voilà
pourquoi j'ai fait éloigner d'ici le chevalier que vous aimez
tant. Il vaut mieux que ce soit vous et non lui qui m'entendiez parler de l'inconduite de madame, car je vous sais si
prud'homme et si sage que vous garderez le secret sur tout
ce que je vous dirai. Pour cette raison, je vous prie et vous
requiers, sur votre honneur et votre loyauté, de ne pas
révéler à ma dame ce que je vous ai dit, qui pourrait tourner
à sa honte, de même que, si vous m'aviez fait quelque
confidence, vous voudriez que le secret en fût préservé. En
effet on pourrait attribuer mes paroles à la haine ou à la
malveillance, et ces deux sentiments me sont l'un et l'autre
étrangers. Je vous prie de prendre soin de mon bien et de
mon honneur comme vous voudriez que je prenne soin des
vôtres.

— Beau maître, fait Galehaut, cette recommandation est
inutile. Ce qui doit rester caché et dont vous m'avez fait
confidence, je ne le répéterai jamais, sinon avec votre
accord. D'autre part je me souviendrai toujours de cette
maxime que vous m'avez enseignée, de ne jamais dire à un
homme ou à une femme qui me sont chers ce que je sais de
nature à leur faire de la peine, à moins que mon silence ne
doive entraîner pour eux de la honte ou du dommage. Ainsi

---

1. *Sa peine* : littéralement, « ses œuvres », « ses actes ».

tant apris que je doi celer ceste chose a escient vers ma
dame por vostre damage, et a mon compaignon que je aim
tant, por son corrouz : kar je conois tant son cuer, se il savoit
que parolle fust de lui et de la roine, qu'il ne seroit ja mais
en la maison le roi veuz, car il ne pense a nulle chose qui a
nul home tort a honte, ne nus cuers d'ome ne crient altretant
honte ne despit com li suens fet.

— Or laissons, fait li maistre, ceste parolle ester, car bien
[s]e proveront les choses. Mes vos avés bien a dire *(20v°b)*
ce que vos dites et si sai je bien grant partie coment il est.
Ce poise moi que tant en sai et qu'il ne puist estre altrement
qu'il ne sera ; mes autresi com vos vos metriez sor moi
d'une grant chose ançois que sor un [autre] clerc, autresi vos
ai je dit ce que je ne voldroie [dire] por nulle rien ne al roi
ne a la roine ne a vostre compaignon meismes.

— Bel maistre, fait Galehot, bien mostrés raison en totes
choses, mais por Dex et por l'ame de vos, or me consilliez
de la chose del siecle que je plus desir a savoir, c'est del
pont a xlv planches qu'il me covendra passer, si com li
meistres me dit qui tot derranierz parla ; car il dit qu'il
savoit bien que chascune planche senefioit un an ou un mois
ou une semaine [ou un jor], mais il ne savoit seur le quel de
ces quatre termes la senefiance doit chaoir ; por ce le vos
deman[t] ge que se vos volez, vos me porriez bien dire la
verité.

— A ce, fist li maistres, ne vos chaille ja a metre paine,
car il n'est nus hom abandone[z] a la vie del siecle, s'il
savoit sa mort establie a termine que il ne poist trespassier,
que ja mes une hore d'ese poist avoir ne de joie, car nulle
riens n'est si espoantable come morz ; et puis que la mort
del cors est tant dotee, bien devroit l'en [de] la mort de
l'ame avoir paor.

— Maistre, fait Galehot, par la foi que je doi vos, [por ce
que je voldroie la mort de l'ame eschiver a mon pooir][1], por
ce vos demant je le ter*(21a)*mine de la mort del corz. Car je
me voldroie garnir encontre [celui que] je poroie eschiver,
par la paor de [celui] que passer me covendra[2].

Sachés bien, quex que dolor li cors en ait, l'ame, se Deu

vous m'avez appris que je dois délibérément garder le silence envers madame, pour le dommage que vous en auriez, et envers mon compagnon très cher, pour la peine que je lui ferais. Je connais assez son cœur pour penser que, s'il savait qu'on parlât de lui et de la reine, on ne le reverrait jamais dans la maison du roi, car il ne désire faire honte à personne, et personne autant que lui ne craint la honte et le mépris.

– Laissons cela, dit le maître. On verra comment les choses se passeront. Vous avez raison de dire ce que vous dites, mais je sais pour une grande part ce qu'il en est. Je suis fâché de le savoir et qu'il ne puisse en être autrement. Dans une affaire importante vous me feriez confiance, plus qu'à un autre clerc. J'ai fait de même avec vous et je vous ai confié ce que je ne dirais pour rien au monde ni au roi ni à la reine ni à votre compagnon lui-même.

– Beau maître, vous avez raison en toutes choses. Mais, pour l'amour de Dieu et pour le salut de votre âme, instruisez-moi maintenant de ce que, plus que tout, je désire savoir : ce pont de quarante-cinq planches que je devrai passer, selon le maître qui a parlé le dernier. Il m'a dit que chaque planche signifiait une année, un mois, une semaine ou un jour, mais qu'il ne savait pas auquel de ces quatre termes il fallait se tenir. Je vous le demande parce que, si vous le vouliez bien, vous pourriez me dire ce qu'il en est.

– N'y pensez pas, fait le maître. Quand un homme est abandonné à la vie du siècle, s'il savait que sa mort fût fixée à une date irrévocable, il n'aurait plus une heure de tranquillité ni de joie ; car rien n'est si épouvantable que la mort. Et puisqu'on redoute autant celle du corps, on devrait craindre aussi celle de l'âme.

– Maître, dit Galehaut, sur la foi que je vous dois, c'est justement pour me prémunir contre la mort de l'âme que je vous demande la date de la mort de mon corps. La peur de celle-ci, qui est inévitable, me fortifiera contre celle-là, que je voudrais éviter.

« Et sachez que, quelle que soit la douleur du corps, mon

plaist, en sera lie, car je me porverrai plus de bien faire et
plus m'en hasterai que je ne feroie se je devoie vivre en mon
droit eage ; et il me seroit mult bien mestiers, car mult ai fet
maus en ma vie, que de villes destruire que de [gens] ocirre
et desseritier et essillier.

– Ge sai bien, fist li maistres, qu'il vos en seroit grans
mestiers que vos amendissiez vostre vie, car nus hom qui
tant a comquis com vos avez ne puet estre sanz trés granz
chargies de pechez ; et en cest endroit en porroi[t] sanz faille
grans biens avenir si vos saveiez le jor de vostre mort, mes
que vos volsissiez metre grant paine a vostre ame salver.
Mais il i a un altre grant peril qui de ce porroit avenir et ja
est avenu en aucun leu, car nos trovons lisant qu'en la terre
de Tosquene ot une dame de mult grant richesce qui longement ot esté de fole vie. En celle terre prés de lui avoit un
saint hermite qui menoit mult religiouse vie en une parfonde
forest. La dame fu acointe de lui et sovent l[e] vint veoir et
il li dit tant de bones parolles que mult en amenda sa vie,
tant *(21b)* que li hermites vit en une avision qu'elle n'avoit
mais a vivre que xxx jorz : si l[a] pria mult et amonesta de
bien faire et que elle enforçast le bien chascun jor plus et
plus, et li descovri que a celui jor estoit [s]a mort deter-
minee. Quant elle ot oi le jor de sa mort, si [l']en trenbla] la
chars et s'esfroia et ot poor si grant qu'ele entroblia le
salvement de s'ame por le domage del cors, car elle folaia
par feblece de desesperance : si se mist li diables en lui si
tost com la poors de la char li fist oblier le salvement de
l'esperit. Quant li buens hom le seüt, si comença a plorer et
cria Nostre Seignor merci, la ou il le tenoit entre ses mains,
que il ne soffrist pas que diables eust pooir en la pecheresce
que il avoit apelee a son servise. Dex qui toz est apareilliez
a secor[r]e toz ceaus qui de boen coer l'apelent, entendi la
parolle del proudome et une voiz descendi en la chapelle qui
li dist que Dex li avoit le don doné de ce qu'il li avoit requis,

âme, s'il plaît à Dieu, en sera très heureuse. Car je m'atta-
cherai à faire le bien, et me hâterai davantage que si j'avais
une vie entière devant moi. J'en aurais grand besoin, car j'ai
fait beaucoup de mal dans ma vie, avec les villes que j'ai
détruites et les gens que j'ai tués, déshérités ou exilés.

— Je le sais, dit le maître, vous auriez grand besoin
d'amender votre vie. Un homme qui a fait tant de conquêtes
ne peut être sans une lourde charge de péchés. À cet égard
il vous serait sans aucun doute très profitable de connaître
le jour de votre mort, pourvu que vous vous mettiez en
peine de sauver votre âme. Mais il pourrait en résulter aussi
un grand danger, comme nous l'avons vu en certaines circonstances. Nous lisons que, dans la terre de Toscane, il y
avait autrefois une dame très riche qui avait été longtemps
de mauvaise vie ; et dans la même terre, non loin d'elle,
demeurait un saint ermite qui menait une vie religieuse dans
une forêt profonde. La dame fit sa connaissance ; elle alla
souvent le voir et il lui dit tant de bonnes paroles qu'elle
réforma sa vie. Mais un jour l'ermite apprit par une vision
qu'elle n'avait plus que trente jours à vivre. Il la pria et
l'admonesta de bien faire et d'accroître ses mérites de jour
en jour et il lui révéla le terme qui était assigné à sa vie.
Quand elle sut le jour de sa mort, elle trembla dans sa chair
et s'effraya ; et sa frayeur fut si grande que le dommage de
son corps lui fit oublier le salut de son âme. Elle sombra
dans la folie par faiblesse de désespérance et le diable entra
en elle aussitôt que la peur de sa chair lui eût fait perdre le
désir de sauver son esprit. Quand le bon ermite apprit ce qui
s'était passé, il commença à pleurer et cria merci à Notre
Seigneur, au moment où il Le tenait entre ses mains[1]. Il Lui
demanda de ne pas souffrir que la pécheresse, qu'Il avait
appelée à Son service, devînt la proie du diable. Dieu, qui
est tout prêt à secourir tous ceux qui L'appellent de bon
cœur, entendit la prière du prud'homme. Une voix descendit
dans la chapelle pour lui annoncer que Dieu avait accueilli

---

1. *Au moment où il Le tenait entre ses mains* : au moment le plus fort
de la messe, celui de la transsubstantiation.

et de maintenant que il tocheroit a lui seroit garie. Li buens hom vint la ou elle estoit liee, et elle comença a crier si tost com elle le vit et ce fasoit li diables qui si la destreignoit por la venue del bon home. Mais si tost com il l'ot fait le signe de la croiz sor li et il li ot a sa char tochié, s'en issi li anemis broiant et ullant *(21v°a)* si durement que tote la terre en trembloit. Et tant tost com la dam[e] fu en son sen revenue, si [se] recorda que par defete de creance li estoit ce avenu. Si guerpi maintenant le siecle de tot en tot et fist roigner ses belles treces et vesti robe de religion et s'en ala en la compaignie d'une sole fame en un haut tertre entre deus roches, et illuec conversa enz une povre [loge][1] jusque al termine de sa mort. Or poés savoir que mult a haute chose en [creance][2] et mult a en desesperance vil chose, car si tot com elle se desespera, si fu vuidie de Saint Esperit et plaine de diable. Altresi afonda Sain[s] Pierres en la mer si tost com il ot poor, ce est le perilz qui puet avenir a home de savoir le jor de sa mort. Por ce ne s'en doit nus mettre en grant, car la chars est si plaine de malvaistié qu'elle en chiet en paor et de la paor chiet li cors en desesperance. Por ce est li miens consals que je vos lo que vos laissiez folies a encerchie[r]; mes si com plerra Dex, issi soit de vos, et vos penez altresi durement de bien fere com se vos saviez que vostre vie ne durroit que trente jors.

– Meistre, fait il, ne dotez mie que je chee en desesperance se vos me dites le jor de ma mort, car je ne sai pas en moi si poi de creance, ainçois me doit estre mult bel que je fuisse el point et el termine, *(21v°b)* que je ai quanque je voil, car Dex m'a soffert a avoir jusqu'al jor d'ui plus d'onor et de richesce que nus n'ot onques qui de greignor parenté ne fust de moi. Por ce m'est avis qu'il m'amera s'il me soefre a avoir le deduit de cestui siecle et que je puisse atendre la joie que ja ne faudra; et de tant que je serai plus prés de la fin, de tant me penerai plus de l'autre [vie] porchacier. Por ce si vos pri que vos me consilliez selonc ce que vos en savez, car donc ne seriez vos pas loiaus

sa requête et que, dès qu'il la toucherait, la folle serait guérie. Il se rendit à l'endroit où elle était attachée et elle se mit à crier aussitôt qu'elle le vit. C'était le diable qui la tourmentait ainsi, parce qu'il voyait venir le saint homme. Mais quand il eut fait le signe de la croix sur elle et qu'il lui eut imposé les mains, l'Ennemi sortit en criant et hurlant si fort que toute la terre en tremblait. La dame, revenue dans son bon sens, fit réflexion qu'elle devait sa mésaventure à l'insuffisance de sa foi. Elle abandonna le siècle aussitôt, fit couper ses belles tresses et revêtit les draps de religion. Puis elle se retira, avec une seule femme pour compagne, sur un haut tertre entre deux roches et y demeura dans un pauvre habitacle jusqu'à sa mort. Ceci fait bien paraître la grandeur de la foi et l'opprobre de la désespérance. Dès que la dame désespéra, elle fut vide de Saint Esprit et pleine de diable. Il en fut de même de saint Pierre qui tomba dans la mer, parce qu'il avait pris peur ; et tel est le péril qui menace l'homme, quand il apprend le jour de sa mort. Aussi ne doit-on pas s'en soucier ; car de l'infirmité de la chair naît la peur et de la peur la désespérance[1]. Le conseil que je vous donne est de ne pas vous laisser aller à de folles recherches. Qu'il en soit de vous comme Dieu le voudra ! Et mettez-vous en peine de faire le bien comme si vous saviez que vous ne devez vivre que trente jours.

— Maître, ne craignez pas que je tombe dans le désespoir, si vous me dites le jour de ma mort. Je ne me sens pas si pauvre de foi. Je dois au contraire me réjouir d'arriver à cet instant et à ce terme, car j'ai tout ce que je veux. Dieu m'a donné jusqu'à présent plus d'honneur et de richesse qu'à tout autre prince d'une plus illustre parenté que moi. Il me semble qu'Il m'aimera, s'Il me permet de conserver les plaisirs de ce monde et d'attendre la joie éternelle. Plus ma fin sera proche, plus je m'efforcerai de mériter l'autre vie. Je vous en prie, aidez-moi de votre science. Vous ne seriez

---

1. Traduction de Paulin Paris. Littéralement : « la chair est si pleine d'opprobre qu'elle tombe dans la peur, et de la peur le corps tombe dans la désespérance. »

consilliers se vos ne me desiez totes les choses qui au sau-
vement de m'ame [apartienent][1]. Et si vos m'en celez la
verté, je en trairai a garant le salveor del monde qu'il mete
la vostre ame en celui point ou la moie sera, si je peche par
defaute de vostre enseignement : car je me sui mis en vostre
conseil de totes choses et Dex est si droiz jugierres qu'il
rendra a chascun selonc ses ovres. Or gardez donc seur le
peril de vostre ame que vos me conseilliez a droit et que vos
ne m'esloigniez par parolle le termine de ma vie por moi
faire plus liez : car bien sachiés que je seroie plus pereceus
de faire bien, et si vos me dites la verité par ce me porrez
salver. »

Lors commence li maistre a plorer et dist :

« Sire, puisque vos avez mis le peril seur la moie ame, ci
ne puet avoir nulle essoine que je le voir ne vos en die, si
m'en es[t] *(22a)* bel en une maniere et en autre me poise. Il
m'en est bel por ce que je vos sai si sage que vos n'en
valdrez se melz non, et d'autre part mult me poise que ja
mais ne deust morir si proudome com vos seriez si vos
peussiez vivre par aage. Mais neporquant je ne vos dira[i]
ne jor n'eure que vos doiez murir, car je ne treuve nul
termine que vos ne puissiez bien trespasser et qui bien ne
puisse acorciez estre par [folement][2] ovrer. Et s'il avient
chose que vos puissiet trespassier le jor que je vos avroie
dit, vos m'en tendriez a menteor. Por ce ne vos dirai ge ne
l'un ne l'autre. Et neporquant je vos motrerai tant que vos
savrez le jor que vos ne porrés trespasser fors en une seule
maniere et si le porriez bien acorcier. »

Lors se drece il meismes et vet a l'uis de la chapelle qui
estoit blans et fres. Si a fet xlv roelles de charbon totes
noires et fu chascune de la grandece a un denier et desus
escrit del charbon meimes : « ce est la senefiance des anz ».
Aprés fist desoz celes xlv autres plus petites et si i fist lettres
qui disoient : « ce est la senefiance des mois », et de soz
celles en refist autretant de plus menues [et] lettres qui
disoient : « ce est la senefiance de[s] semaines », et par
desouz fist autres petites et disoient les lettres par desus :
« ci sunt li jor ».

pas un conseiller loyal, si vous ne me disiez pas tout ce qui importe au salut de mon âme. Si vous me cachez la vérité, j'en appellerai au Sauveur du monde pour qu'Il mette votre âme en l'état où sera la mienne, si je pèche parce que vous m'aurez refusé votre enseignement. Je me suis remis à votre jugement en toutes choses et Dieu est un juge si équitable qu'Il rendra à chacun selon ses œuvres. Veillez donc, sur le péril de votre âme, à m'instruire comme vous le devez. N'essayez pas, par de flatteuses paroles, d'éloigner le terme de ma vie. Sachez que j'en serais moins diligent pour faire le bien, alors que, si vous me disiez la vérité, vous pourriez me sauver. »

Le maître dit alors en pleurant :

« Seigneur, puisque vous invoquez le péril de mon âme, je suis obligé de vous dire la vérité. J'en ai d'une certaine manière beaucoup de joie et de l'autre beaucoup de peine. De la joie, parce que je vous sais si sage que vous accroîtrez vos mérites. De la peine, parce qu'il est triste de voir mourir un prince aussi excellent que vous promettez de l'être, s'il vous était donné de vivre longuement. Cependant je ne vous dirai ni le jour ni l'heure où vous devrez mourir, parce que je ne trouve aucun terme que vous ne puissiez dépasser ou qui ne puisse être raccourci, si vous vous conduisiez follement. S'il advenait que vous dépassiez le terme que je vous aurais prédit, vous me tiendriez pour un menteur. Je ne vous dirai donc ni le jour ni l'heure, mais je vous en montrerai tant que vous saurez le jour que vous ne pourrez dépasser que d'une seule manière, mais que vous pourriez bien avancer. »

Le maître se lève et se tourne vers la porte de la chapelle, qui était blanche et neuve. Il trace au charbon quarante-cinq petites roues toutes noires, de la grandeur d'un denier, et il écrit dessus avec le même charbon : « c'est le signe des années ». Il inscrit au-dessous quarante-cinq roues plus petites et il écrit : « c'est le signe des mois ». Puis sur une troisième ligne quarante-cinq roues plus petites encore, et il écrit : « c'est le signe des semaines ». Et au-dessous, sur une dernière ligne, quarante-cinq roues toutes menues et des lettres qui disent : « c'est le signe des jours ».

Et quant il ot tot ce fait, si dist a Galehot *(22b)* :

« Sire, veez ci la senefiance des xlv planches qui nos furent devisees al termine de vostre vie, et par ce savrez a quoi elles sunt senefees ou as anz ou a mois ou a semaines ou a jorz. »

Lors li monstre les quatre parties qu'[i]l avoit faites et portraites el mur et devisa que chascune senefioit, puis li dit :

« Sire, gardés que vos ne vos esbaissiez pas de rien nulle que vos verrés, car je vos mostrerai une des greignors merveilles dont vos oissiez onques parler. Car [s]e celles roelles remaignent altresi entierres com elles sont orendroit, vos vivrez xlv anz a droit termine, et se nulle en i est effacie, tant com il en faldra tanz anz cherra de vostre vie ; et si les verroiz effacier trés devant voz euz. Et altresi serra des mois et des semaines, mais des jorz ne puet il estre que vos ne vivrés tant com il i ot planches. »

Atant [prist] en son sain un petit livre, puis le tret hors, et quant il l'a overt, si apelle Galehot :

« Sire, veez vos cest petit livret : ci dedens est li sens et la merveille de toz les grans conjuremenz qui soient. Par les forces des parolles qui sont en cest livret savroie je la verité de totes les choses dont je doteroie. Se je i [voloie] grant peine metre, si en feroie je arbres aracher et terre croller et eves corre contremont. Me[s] sachiez qu'il est a grant peril qui se met en *(22v°a)* esprovement. Et quant misires li rois Artus ne pot trover nul conseil des songes qu'il ot songiez, si corurent tuit a ce livret et peçoierent un mien almaire ou il estoit, car je estoie a Rome a cel termine. Mes cil qui l'emprist a lire ne s'i sot mie bien garder, ne ne conust le sen ne la force qu'il i covient : car il perdi, la ou il lisoit, les oilz et le sen et le pooir de toz les menbres, et ce fu la endroit ou il voloit savoir que senefiot li lions evages et li mires sanz mecine et li conseuz de la flor. Por ce vos chasti je que vos ne soiez esbaiz de ce que vos verrés, car vos ne

Quand il a fini, il s'adresse à Galehaut :

« Seigneur, voici la signification des quarante-cinq planches, qui nous ont désigné le terme de votre vie. Vous allez savoir s'il s'agit d'années, de mois, de semaines ou de jours. »

Il lui montre les quatre lignes de roues qu'il a dessinées et lui indique le sens de chacune. Ensuite il lui dit :

« Seigneur, ne soyez pas étonné de ce que vous allez voir, car je vais vous montrer une des plus grandes merveilles dont vous ayez jamais entendu parler. Si les roues, dit-il en montrant la première ligne, restent entières comme elles le sont maintenant, vous aurez quarante-cinq ans à vivre. Si certaines sont effacées, il vous manquera autant d'années de votre vie qu'il en disparaîtra, et vous les verrez s'effacer devant vos yeux. De même pour les mois et les semaines ; mais pour les jours, vous ne pouvez pas vivre moins que vous n'avez vu de planches. »

Alors il tire de son sein un petit livre, l'ouvre et le montre à Galehaut :

« Seigneur, vous voyez ce petit livret. Il contient le sens et les merveilles de toutes les grandes conjurations. Par la force des paroles qui y sont écrites, je pourrais savoir tout ce dont je douterais. Je pourrais, si je voulais m'en donner la peine, déraciner les arbres, faire trembler la terre et remonter le cours des rivières ; mais il y a grand danger à tenter l'épreuve. Quand monseigneur le roi Arthur ne put avoir aucune explication de ses songes, ses clercs recoururent à ce livret. Ils brisèrent une armoire où je l'avais enfermé, car j'étais en ce temps-là à Rome. Mais celui qui voulut le lire, ne sut pas bien s'en servir. Il n'avait pas le sens et la force qu'il faut y mettre. En le lisant, il perdit la vue, la raison et l'usage de tous ses membres, au moment même où il cherchait à savoir ce que signifiait le lion de l'eau, le médecin sans médecine et le conseil de la fleur[1]. Je vous recommande de ne pas être surpris des merveilles que

---

1. *Lancelot du Lac*, pp. 695 et 761.

veistes onques si grans merveilles com je vos ferai veoir
apertement. Si sachiez bien q'au mains ne partiron[s] nos
pas sanz grant paor. »

Lors vient a l'autel et prist une crois d'or enluminee de
pierres et la boiste ou corpus domini estoit. Si la baille a
Galehot et il retient la [c]rois, si li dist :

« Sire, tenez ceste boiste, car il i a dedens ceste boiste le
plus haut saintuaire que soit el mon[t] et je tendrai le plus
haut après celui, ce est ceste crois. Et tant com nos les
aurons seur nos, ne poonz nos avoir paor de nulle
mecheance qui nos i veigne. »

Lors s'en vait li maistres aseoir sor un siege de perre, si
euvre le livret et comence a esgarder dedens et *(22v°b)* il lit
mult longement tant que tot li cuers li comença a eschaufier
et li vis li comence a rogir ; si li descent une suor del front
et del viaire contreval et il comence a plorer mult durement.
Et Galehot l[e] regarde, si li est avis qu'il voit tel chose dont
il n'est mie a aise, si en est il meismes toz esfraez.

Tant a leu li maistres que toz est las et enuiez, si se plaint
mult durement car trop se deut. Et quant il ot un poi esté, si
recomence a lire et tremble toz de peor. Et lors ne demora
gaires que une granz oscurtez descent laienz si qu'en ni
pooit gote veoir ne que se l'en fust en abisme. Et une voiz
parla si hideuse et si espoentable qu'en tote la cité de
Soreham n'ot home ne fame de cui elle ne fust oie. De celle
voiz fu Galehot toz estordit, si mist devant lui a la terre la
boite, puis se cocha a la terre toz estenduz a ventrelions,
puis la prist entre ses mains et la tin[t] totes oures devant ses
euz, car il n'iert mie aseur por les tenebres qui l'ont mené a
la greignor paor qu'[i]l onques mes eust, et li escrois de la
voz li a la teste si estonee qu'il n'ot gote ne ne veoit.
D'autre part gist maistre Helie toz pasmez enmi la chapelle
et la croiz li gist seur le piz. Et lors faillent les tenebres et
lors voient la clartet del jor, et il revient de pamisons, si se
(23a) plaint mult durement et regarde environ soi ; si
demande Galehot coment li estoit et il dist que ore li estoit
il bien, Dex merci. Après ne demora gaires que la terre
comença tote desouz aus a trembler.

vous verrez. Vous n'en avez jamais vu de semblables à celles qui vont vous apparaître. Et sachez que nous ne partirons pas d'ici sans éprouver au moins une grande frayeur. »

Alors il s'approche de l'autel, y prend une croix d'or rehaussée de pierres précieuses et la boîte qui renfermait le Corpus Domini. Il donne la boîte à Galehaut et garde la croix.

« Seigneur, dit-il, tenez bien cette boîte ; elle renferme la plus haute vertu qui soit au monde. Et moi je tiens ce qui a le plus de vertu après elle, je veux dire cette croix. Tant que nous les aurons sur nous, nous n'aurons à craindre aucun mal. »

Le maître va s'asseoir sur un siège de pierre. Il ouvre le livret et commence à le lire. Il lit longtemps, jusqu'à ce qu'il sente son cœur s'échauffer et son visage rougir. La sueur coule de son front et de sa face et il pleure amèrement. Galehaut le regarde et se sent lui-même en proie à une grande terreur.

Le maître a lu si longtemps qu'il cède à la fatigue et à l'épuisement. Il pousse de grandes plaintes, car il souffre trop. Après s'être un peu reposé, il recommence à lire en tremblant de tous ses membres. Bientôt une obscurité profonde descend sur eux et ils n'y voient pas plus que s'ils avaient été précipités dans un abîme. Une voix s'élève, si hideuse et si terrifiante que tout le peuple de la cité de Soreham l'entend. Étourdi par le bruit, Galehaut pose sa boîte à terre devant lui, se couche à plat ventre, reprend la boîte entre ses mains et la garde tout le temps devant ses yeux. Il ne se sent pas du tout rassuré, car les ténèbres l'ont plongé dans un effroi qu'il n'a jamais connu et le fracas de la voix lui a troublé la tête au point qu'il n'entend et ne voit goutte. De son côté maître Hélie est étendu au milieu de la chapelle, pâmé, la croix sur sa poitrine. Alors les ténèbres se dissipent et ils revoient la clarté du jour. Le maître revient de pâmoison, regarde autour de lui et demande à Galehaut : « Comment vous sentez-vous ? » Galehaut lui répond : « Bien maintenant, Dieu merci. » Mais voici que la terre

« Sire, fist li maistres, apoiés vos a celle chaiere, que la chars ne vos porroit pas sostenir des granz merveilles que vos verrés. »

Lors s'apoie Galehot a la chaaire et li maistres a un pillier de pierre et tient totes ores la crois, et cil la boiste. Et tant tot lor fu avis que tote la chapelle tornoit et quant ce fu remés, si esgarde Galehot et voit entor par mi l'uis qui mult estoit bien fermez une main et un braz tant come il dure desci qu'a l'espaule, et fu toz vetuz d'une lee manche de samit inde trainant jusqu'a terre et cele manche duroit jusque oltre le coute un poi, et d'iluec en avant estoit vestu desci au poing autresi come de soie blanche. Li braz estoit lons a merveille et la mains estoit altresi vermeille come uns charbons enbrasez, et cele main tenoit une espee altresi vermeille et degotoit de sanc vermeil des la houdeure jusqu'en la pointe. L'espee vint tot droit a maistre Helie et fist semblant de lui occire et ferir par mi le cors. Et il met la croiz encontre, si a grant paor de la mort, et l'espee comence [a] aler entor lui et fasoit semblant tot dis de lui ferir, et il *(23b)* totes ores metoit encontre la croiz qu'il tenoit. Et quant il se regarde, si voit qu'elle se depart de lui et vet tot droit a Galehot : et il met la boiste devant, si com il l'avoit veu fere al meistre tant qu'en la fin se departi de lui, et elle s'en vient a tot le braz et a tot la main qui la tenoit au mur ou les roeles estoient faites de charbons, si fiert si durement el mur dedens qu'elle trenche de mi pié en parfont la pierre tailleiee et esfaça des roeles [quarante et une][1] et la quarte part d'une des quatre qui estoient remeses. Et quant elle ot ce fait, si s'en torne parmi l'uis arriere si com elle estoit entree.

Lors fu Galehot si esbaiz c'onques si de nulle chose ne fu. Et quant il pooit parlier, si dist al maistre :

« Certes, maistres, bien m'avés covenant tenu que vos me monstriez merveilles, car je les ai veues les greignors c'onques mes fuissent veues al mien esciant.

« Tant avés fait que je conois apertement que encore j'ai de ma vie trois anz et plus : or en sui assez plus a aise et sachiez que mult en valdra melz ma vie, c'onques nus hom de mon eage altretant ne fist de bien en trois anz com je

commence à trembler sous leurs pieds.

« Seigneur, dit le maître, tenez-vous bien à ce siège, car la chair est trop faible pour soutenir les grandes merveilles que vous allez voir. »

Galehaut s'appuie au siège et le maître à un pilier de pierre. Alors il leur parut que la chapelle se mettait à tournoyer. Puis le mouvement s'arrête et Galehaut voit venir, à travers la porte, qui était pourtant bien fermée, une main et un bras. Le bras apparaissait à partir de l'épaule. Il portait une manche de samit jaune qui traînait jusqu'à terre et découvrait l'avant-bras un peu au-dessous du coude. L'avant-bras et le poignet étaient revêtus d'une étoffe de soie blanche. Le bras était très long et la main rouge comme un charbon ardent. Elle tenait une épée vermeille, dégouttante de sang de la poignée à la pointe. L'épée venait droit sur maître Hélie. Elle semblait prête à le tuer, à lui passer au travers du corps. Il tend contre elle sa croix, car il a grand peur de mourir. L'épée se met à tourner autour de lui ; elle essaie toujours de le frapper et à chaque assaut il lui oppose la croix. Il lève les yeux. Il voit l'épée se détourner de lui et s'avancer vers Galehaut, qui se protège avec sa boîte comme le maître l'avait fait avec sa croix. Enfin l'épée, avec le bras et la main qui la tiennent, s'écarte de Galehaut et s'approche du mur où se trouvaient les roues tracées au charbon. Elle frappe le mur avec tant de force qu'elle fait à la pierre une entaille profonde d'un demi-pied. Elle efface ainsi quarante et une roues et le quart de l'une de celles qui subsistent. Ensuite elle sort en passant à travers la porte comme elle était entrée.

Galehaut était plongé dans un étonnement extrême. Quand il fut en état de parler, il dit au maître :

« Vraiment, maître, vous avez bien tenu votre parole de me montrer des merveilles ; car je viens de voir les plus extraordinaires que l'on ait jamais vues, me semble-t-il.

« Je sais clairement que j'ai trois ans et plus à vivre. J'en suis content. Ma vie n'en vaudra que mieux. Je ferai plus de bien qu'aucun homme de mon âge n'en aura fait en trois

ferai. Mes d'itant vos asseur je que je ja jor de ma vie ne
ferai malvais semblant por quoi l'en se puisse apercevoir
[que je soie de riens iriez], ançois m'en penerai plus de joie
faire *(23v°a)* que je n'ai fait de ça en arriere.

— Or sachiez, fist li maistres, que je avoie grant angoisse
de vostre mort quant je la vos ai mostree par si faite sine, et
neporquant vos poez bien cestui termine trespassier, mes il
convendra que ce soit par l'aide de ma dame la roine, car
[s]e vos poez tant faire que cist buens chevaliers remaigne
en vostre compaignie, vos ne morrez pa[s]. Car a celui termine ne morrez vos mie si por sa compaignie non perdre,
mes or n'i a si de bien contenir non tant que [vos voiés
coment] les choses se prendront. Et neporquant, ne desco-
verret mie vostre conseil tot a cestui chevalier ne a autre, kar
l'en ne doit pas a totes gens dire la verité de son estre. »

Atant ont fini le conseil, si sont venuz fors de la chapelle
et Galehot fist mult belle chiere, mais li maistres samble
bien home qui soit chargiez de travail et de lassece. Atant
s'en vient Galehot a ses maisons et treuve Lancelot en la
chambre ou il demaine son duel. Et quant cil l'ot venir, si
saut sus et tert ses eulz qui sont roge et enflamblé. Et
Galehot li demande qu'il a tot maintenant quant il le veoit ;
et il li dit :

« Sire, je n'ai rien.

— Certes, beals dolz compainz, n'en soiez de rien a
malaise, car je ai oï tex novelles dont je fui toz lez et vos en
devez avoir grant joie, car je sai bien que vos n'estes a
malaise se de moi non. »

Lors est Lancelot mult *(23v°b)* a aise de ce qu'il li voit
faire si bel semblant et bien cuide que voir li die.

« Por Dex, sire, fist il, dites moi la verité en quoi est
tornee la senefiance des xlv planches et quex fu li derrainers
consaus por quoi je fu mis hors de la chapelle, car je sospiez
bien qu'il i ot tel chose dite de moi que ne me fust mie bone
a oïr ; si ai mult grant paor, et encore ne sui je mie aseur que
li sages meistres ne sache aucune chose del covine de moi
et de la roine.

— Vos ne fustes pas por ce mis fors, fist Galehot, n'il n'i

ans. Je peux vous assurer que je ne laisserai rien paraître qui permette de supposer que j'ai quelque chagrin. Au contraire on me verra plus joyeux que je ne l'ai jamais été.

— Sachez, répond le maître, que j'appréhendais beaucoup de vous faire connaître la date de votre mort par des signes aussi terribles. Cependant vous pouvez dépassez ce terme, mais seulement avec l'aide de madame la reine. Si vous pouvez obtenir que le Bon Chevalier demeure auprès de vous, vous ne mourrez pas, puisque votre mort à cette date ne viendra que de son absence. Mais pour le moment, il n'est que de vous bien conduire, jusqu'à ce que vous voyiez comment les choses tourneront. Néanmoins ne révélez votre secret ni à ce chevalier ni à d'autres. Vous ne devez pas dire à qui que ce soit la vérité sur le sort qui vous attend. »

Ainsi s'achève leur entretien. Ils sortent de la chapelle. Galehaut montre un visage serein, mais on voit bien que le maître est accablé de douleur et de fatigue. Galehaut se rend dans son palais et y trouve Lancelot, dans la chambre où il donnait libre cours à son chagrin. Apprenant l'arrivée de son compagnon, Lancelot se lève et essuie ses yeux qui sont rouges et enflammés. Mais aussitôt qu'il le voit, Galehaut lui demande ce qu'il a.

« Seigneur, je n'ai rien.

— Vraiment, beau doux compagnon, n'ayez aucune peine. J'ai reçu des nouvelles qui me font grand plaisir et qui doivent aussi vous être agréables, car je sais bien que vous ne vous faites de souci que pour moi. »

Lancelot est heureux de la mine réjouie de son compagnon et croit qu'il lui dit la vérité.

« Pour l'amour de Dieu, seigneur, dites-moi quelle est la signification des quarante-cinq planches et ce que fut ce dernier entretien, pour lequel j'ai dû sortir de la chapelle. Je me doute bien que l'on y a dit de moi des paroles que je n'aimerais pas entendre. C'est là ce qui m'effraie ; et encore ne suis-je pas sûr que le sage maître ne sache quelque chose de mes relations avec la reine.

— Ce n'est pas du tout pour cela qu'il vous a fait sortir,

ot onques parlé de ma dame car les parolles ne tienent mie
desi a lui. Et neporquant il set altresi bien qui vos estes
come je fai et dist bien que vos estoiez filz au roi qui fu mort
de duel et a la roine a[s] granz doleur[s] ; et altres choses me
dist il que a vos ne [tienent] pas. Mais li derrainers consaus
por quoi vos en iriez forz, si fu por ce que je me fis a lui
confés : car altrement, ce me dit, ne porroi[e] je savoir ce
que je lui enqueroie ; si sui ores, Dex merci, plus a eise que
[je] n'estoie quant vos en venistes, car je sai par la boche
maistre Helyes que les planches senefient que je ai a vivre
quarante cinc anz de droit aage. Et en la fin me dist que li
serpenz que je avoie songié que la moitié de mes menbres
me toloit, que ce seroit [l]a mort qui me toldra ou charnel
ami ou charnel amie. Ne vos ne veistes onques nulle chose
(24a) si a point venir come ceste est venue, et por ce le croi
je de totes les choses[1] qu'il m'a dites ; car si tot com je fui
fors de la chapelle issut, si entr[a] uns messages qui m'aportoit les novelles de ma dame ma mere qui est morte et ce est
li charnex amis que je devoi[e] perdre. Et se vos ne me
feissiez plus de bien ja mes que vos ne m'avez fait de ceste
chose, si nel savroie je mie prisier : car je feisse le greignor
duel del monde, ne je mais a nul jor ne fuisse liez si vos ne
fuissiez. Mais si tot com il me membra de vos, si oi le duel
tot oblié ; si n'avoie je onques nulle riens tant amee come
ma mere devant ce que je fuisse acointiez de vos. Et puis
que vos veez que je sui venuz a si boen point de totes les
choses que je dotoie, bien devés donc estre liez. »

Et il respont que nuille riens nel poet metre a eise fors que
ceste chose, et d'altre mescheance n'avoit il paor. Ainsint
s'en conforte Galehot par lui meismes et fait plus bele
chiere et plus bel semblant qu'il ne treve a son coer, et il nel
fait fors por son compaignon metre a aise.

dit Galehaut. Il n'a pas été question de madame et notre
entretien ne portait pas sur elle. Pourtant il sait aussi bien
que moi qui vous êtes. Il m'a dit que vous étiez le fils du roi
mort de deuil et de la reine des Grandes Douleurs, et beaucoup d'autres choses, qui ne vous concernaient pas. Et si
vous avez dû partir pour notre dernier entretien, c'est parce
que j'ai voulu me confesser auprès du maître. Il m'avait dit
que sans cela je ne pourrais pas savoir ce que je lui avais
demandé. Grâce à Dieu, me voici plus rassuré que je ne
l'étais quand vous êtes parti. Je tiens de la bouche de maître
Hélie que les quarante-cinq planches signifient que j'ai réel-
lement quarante-cinq années à vivre. Enfin il m'a dit que le
serpent de mon songe, qui m'enlevait la moitié de mes
membres, c'était la mort qui me ravirait un être cher,
homme ou femme. Or on n'a jamais vu une prédiction se
réaliser aussi vite ; et c'est ce qui me fait croire à la vérité
de tout ce qu'il m'a dit. J'étais à peine sorti de la chapelle
qu'un messager vint m'annoncer la mort de madame ma
mère. C'était donc elle, l'être cher que je devais perdre.
N'eussiez-vous rien fait d'autre pour moi, le secours que
vous m'avez apporté dans cette occasion n'a pas de prix.
J'allais être terrassé par la douleur et je n'aurais plus jamais
connu aucune joie, si vous ne m'étiez resté. C'est en pensant à vous que j'ai pu oublier toute ma peine. Pourtant ma
mère était ce que j'aimais le plus au monde, avant de vous
connaître. Puisque vous me voyez délivré de toutes mes
craintes, vous aussi vous devez être heureux. »

Lancelot lui répond que rien ne pouvait le rassurer davantage, car telle était la seule raison de ses craintes. Galehaut
prend sur lui de se rasséréner. Il montre un meilleur visage
et une plus ferme contenance que son cœur ne l'y portait et
il ne le fait que pour remettre en joie son compagnon.

En ceste maniere demorent en la cité de Sorham tant qu'il vint al jor que Galehot avoit semonsé sa baronie. Et quant vint la nuit que li parlemenz dust estre lendemain et Galehot sot que tuit si baron estoient venu, si appele Lancelot en une chambre *(24b)* a conseil, si li comence a dire :

« Bialz dolz compainz, je vos aim tant que je ne vos porroie riens celer : si vos di sor la grant amor et sor la foi que je ai a vos, c'onques puis que j'oi vostre compaignie premierement, ne soi nul privié conseil que ne seussiez altresi, s'il ne fu tex dont vos eussiez duel et honte se vos le seussiez et dont vos n'eussiez pooir de l'amendier. Car ce m'aprist uns miens maistres sages hom en ma jovente, que je a home ne a feme que je aimasse ne po[r]tasse parolle dont il eust duel et que nos ne puissiens amendier ne je ne il : car l'en ne doit pas son ami corrocier ne chose dire ou il ne puisse metre amendement ; et tel chose par aven[tur]e vos puis je bien avoir celee. Or si vos dirai por quoi je vos ai ceste parolle mise avant.

« Ge ai fet mes barons venir en ceste terre a cest jor nomé ne vos ne seustes onques por quoi et je vos le dirai, car sanz le vostre conseil ne puis je riens faire ne ne doi. Il est voirs que vos iestes plus hauz hom de moi et plus gentils hom, car vos fustes filz de roi et je fu filz d'un povre prince. Et puis que vos avés fait de moi vostre compaignon et je de vos le mien, je ne doi mie avoir seignorie ne [hautece][1] de sor vos. Et s'il nos avient cheance ne de richesce ne d'anor, vos devés prendre avant et je aprés. Et je vos dirai quel chose j'ai en pensé. Ge me voloie coroner a roi et por ce *(24v°a)* fis je semondre mes barons a cestu[i] jor ; mes a nulle maniere ne seroie rois se vos ne l'estiez avant et je vos pri et requier que vos le soiez et qu'il vos pleise, et je vos donrai demie la seignorie de tote la terre que je tieng, et si

CHAPITRE IV

Le retour des deux amis à la cour du roi Arthur.
Lancelot blessé par Méléagant

Ils demeurèrent ainsi dans la cité de Soreham, jusqu'au
jour que Galehaut avait fixé pour la réunion de ses barons.
Quand vint la nuit qui précédait cette assemblée et que
Galehaut sut que tous ses barons étaient venus, il s'entretint
seul à seul avec Lancelot dans une chambre et lui dit :

« Beau doux compagnon, je vous jure sur toute l'amitié
profonde et la confiance que j'ai placées en vous que,
depuis le jour où je vous ai connu, je n'ai pas eu de secret
auquel vous ne fussiez associé, à moins qu'il ne fût de
nature à vous infliger douleur et honte, si vous en preniez
connaissance, et que vous n'eussiez aucun pouvoir d'y
remédier. Un maître très sage m'a enseigné dans ma jeu-
nesse de ne jamais dire à un ami, homme ou femme, ce qui
lui ferait de la peine et ne serait d'aucun profit ni pour lui ni
pour moi. Il ne faut pas fâcher celui qu'on aime ni lui causer
des soucis qui seraient sans remède. Il se peut que je vous
aie caché de tels secrets. Je vais vous dire pourquoi je vous
parle en ces termes.

« J'ai réuni mes barons aujourd'hui dans cette terre ; et
vous ne savez pas pourquoi. Mais je vais vous l'apprendre ;
car je ne peux et ne dois rien faire sans votre assentiment.
Vous êtes un plus haut seigneur que moi et d'une plus
illustre naissance : vous êtes fils d'un roi et moi d'un petit
prince. Puisque vous avez fait de moi votre compagnon, et
que j'ai fait de vous le mien, je ne dois pas avoir de supé-
riorité ni de préséance sur vous. S'il nous arrive de nous
élever en puissance et en honneur, vous devez recevoir
d'abord, et moi ensuite. Et voici ce que j'ai pensé. J'avais
l'intention d'être couronné roi et à cette fin j'ai convoqué
mes barons pour aujourd'hui. Mais en aucun cas je ne
voudrais être roi, si vous ne l'étiez d'abord. Je vous prie et
vous demande d'y consentir. Je vous donnerai la moitié de

la vos feré creanter a toz mes barons et en aurez lor serement et lor fiances qu'il la vos aideront a garentir vers toz
ceaus qui contre vos en voldront aler et vos devront autel
homage com il font moi. Et si seromes coroné le jor de
Noel, la ou mi sires li rois Artus tendra sa cort. Et l'endemain si movrai a totes m[es] genz et vos a toz les vos por
[co]nquerre le roiaume de Boneic dont li rois Claudas de la
[De]serte vos [a] deserité : car trop avez demoré a venchier
la mort de vostre pere et vostre deseritement et les granz
doleurs que vostre mere a eues. Et se nos i poons trover le
roi Claudas, il ne li remandra ne celle terre ne altre ; et se
nos le poons tenir as poinz, il vos sera livrez a faire la justise
tele come l'en doit faire de traitre et de murtrier. Et sachés
bien que onques puis que je vos acointai, n'oi talant de
guerroier fors orendroit ; car trop a demoré ceste honte a
vengier. Or le m'otraiez, bels dolz compainz, einsi com je
l'ai devisié ; si avrez ma terre que tant est et riche et bele, et
la seignorie de xxix roi*(24v°b)*aumes, et je conquerrai mult
bien le vostre eritage et je l'ameroie melz por l'amor de vos
que je ne feroie tote la terre le roi Artu.

— Sire, fist Lancelot, je ne puis a nullui faire homage ne
fiance, se ce n'iert par ma dame la roine, car elle i a mis trop
grant deffense. Et coment oseroie je faire omage a autrui,
quant elle ne velt que je le feisse al roi Artu ? Ne a mon
eritage conquerre ne metrai je ja paigne ne ja n'en [pendra
escu a col ne a moi ne a]¹ autrui que bel me soit, car je le
cuit mult plus legierement comquerre et mult a greignor
anor.

— Et coment le cuide[z] vos fere plus a enor, fait
Galehot ? Je ne sai plus grant anor que de conquerre par
force son heritage.

— Je vos dirai coment, fait Lancelot : [je bee]² encore a
estre si proudom, se Dex avant m'en velt aidier et vos aprés,

toute la terre que je gouverne et vous la ferai reconnaître par tous mes barons. Vous recevrez leur serment et leur allégeance. Ils vous promettront de défendre la terre contre tous ceux qui voudront s'opposer à vous et vous devront le même hommage qu'ils me doivent. Nous serons couronnés le jour de Noël, quand monseigneur le roi Arthur tiendra sa cour. Le lendemain je partirai avec tous mes hommes, et vous avec les vôtres, pour conquérir le royaume de Bénoïc, dont le roi Claudas de la Déserte vous a déshérité. Vous avez trop tardé à venger la mort de votre père et votre déshéritement et les grandes douleurs de votre mère. Si nous trouvons le roi Claudas, il ne conservera ni cette terre ni aucune autre. Et si nous pouvons mettre la main sur lui, il vous sera livré, pour en faire telle justice que l'on doit faire d'un traître et d'un meurtrier. Sachez que jamais, depuis le jour où je vous ai connu, je n'ai eu un aussi grand désir d'entreprendre une guerre, car il y a trop longtemps que cette honte aurait dû être vengée. Acceptez, beau doux compagnon, ce que je vous propose. Vous aurez ma terre, qui est si riche et si belle, et la seigneurie de vingt-neuf royaumes. Je saurai bien conquérir votre héritage et l'aimerai mieux, pour l'amour de vous, que si je possédais toute la terre du roi Arthur.

— Seigneur, dit Lancelot, je ne peux apporter à personne mon hommage et ma foi, sans le consentement de madame la reine, car elle me l'a expressément défendu. Et comment oserais-je faire hommage à autrui, quand elle ne veut pas même que je le fasse au roi Arthur ? Je ne tenterai rien pour reconquérir mon héritage et personne n'en mettra son écu à son cou[1], s'il veut me faire plaisir. Je pense le recouvrer plus facilement et avec plus d'honneur.

— Avec plus d'honneur ? fait Galehaut. Je ne sais pas de plus grand honneur que de reprendre par la force son héritage.

— Eh bien, je vais vous le dire. J'ai l'intention de devenir si prud'homme, avec l'aide de Dieu d'abord et de vous

---

1. *N'en mettra son écu à son cou* : ne se mettra sur le pied de guerre.

que je n'avrai ja si hardi anemi qui ja ost plain pié de mon
heritage retenir, ainz s'en fuiront de paor sanz moi atendre.

– Einsint, fait Galehot, pri je Dex qu'il le vos otro[i]t,
mes en la fin vos voil je prier, et si vos [ne vos] en ferai ore
plus mes, si je puis vers ma dame [la reine cest afaire]¹
porchacier, que vos n[el] refusez pas. Et neporquant je sai
trés grant partie de vostre corage et del suen, car je sai bien
qu'elle ne voldroit mie que vos fuissiet sire de trestot le
monde, car elle ne quidroit mie avoir si sa volenté *(25a)*
com elle a ore et crembroit que la covoi[ti]se de l'onor et de
la seignorie li tousist vostre compaignie et tant reconois je
bien vostre cuer que vos ameriez mult poi la seignorie par
coi vos perdissiez s'amor.

– Certes, fist Lancelot, de ce conoissiés mult bien mon
cuer, car j'[a]meroie mult melz a estre toz dis en tel maniere
com je sui ore que je ne feroie a aver l'onor et les richesces
par coi je perdisse ma dame la roine ne elle moi, ne je ne
voil avoir plus de seignorie que je ai. Mes por ce que tant
m'avez amé sui appareilliez a faire vostre comandement,
salve la volenté ma dame. Issi com elle otraiera, si soit. Et
je la quit tant conoistre qu'il n'est nulle riens dont elle vos
escondie, se vos la requerez a certes. Mes tant vos promet
je bien que je n'avra[i] jamais a nuil jor iceste anor se vos
ne la prenez avant ou tel force nel me fasoit faire que je n'i
o[s]asse mettre contredit. »

Atant ont finees les parolles. Si ont einsi passee cele nuit.
Si fu mult grant la joie qui en la maison fu menee, car tuit
li baron mangerent la nuit o Galehot ; si ot xxix rois et
d'altres princes c et x. Quant vint lendemain et la messe fu
chantee, si appella Galehot son barnage et lors mostra por
quoi il les avoit mandez :

« Seignors, fist il, vos ies*(25b)*tes tuit mi home, si me
devés porter loialté et aidier a toz besoin[z], et je vos ai
envoiez querre al greignor besoing que je onc[ques] eusse,
ce est le besoinz de mon cors. Et cist besoing si est en dous
manieres, car je avoie paor de perdre mon cors et mes amis
et avoie en talant a faire une chose que je vos descoverrai

ensuite, que mes ennemis n'oseront pas retenir la moindre parcelle de ma terre, et qu'ils s'enfuiront de peur sans m'attendre.

– Dieu le veuille ! fait Galehaut. Mais enfin je veux vous adresser une prière et ne vous demanderai rien de plus. Si je peux obtenir l'accord de madame la reine, ne rejetez pas mon offre. Je connais assez votre cœur et le sien pour savoir qu'elle ne voudrait pas que vous fussiez le maître du monde entier. Elle ne disposerait pas de vous comme elle peut le faire à présent, et craindrait que la convoitise des honneurs et du pouvoir ne vous éloignât d'elle. Et je sais aussi que vous-même n'aimeriez guère un pouvoir qui vous ferait perdre son amour.

– Il est vrai que vous connaissez bien mon cœur. J'aimerais mieux rester toujours tel que je suis maintenant, que d'avoir des honneurs et des richesses qui me feraient renoncer à madame et madame à moi. Je ne veux pas avoir plus de seigneurie que je n'en ai. Mais vous m'avez témoigné tant d'amitié que je suis prêt à faire ce que vous déciderez, pourvu que soit respectée la volonté de madame. Qu'il en soit donc comme elle le voudra ! Et je pense la connaître assez pour dire qu'elle ne vous refusera rien, si vous le lui demandez avec insistance. Mais je vous assure que je n'accepterai jamais cet honneur que vous voulez me faire, si vous ne le recevez d'abord ou si je n'y suis contraint par une force à laquelle je n'oserais pas me soustraire. »

Ici s'arrêta l'entretien des deux amis. La nuit se passa dans les réjouissances. Tous les barons dînèrent avec Galehaut. Il y avait là vingt-neuf rois et cent dix princes. Le lendemain, quand la messe fut chantée, Galehaut réunit ses barons et leur expliqua pourquoi il les avait convoqués :

« Seigneurs, vous êtes tous mes hommes. Vous devez donc me conseiller avec loyauté et m'aider dans tous mes besoins. Or je suis dans le plus grand besoin du monde, celui qui touche à mon salut. Et ce besoin est double : d'une part, j'avais peur de perdre ma vie et mes amis ; de l'autre, je voulais mener à bien une entreprise que je vous exposerai

aprés. En celle paor m'avindrent dui songe que je songai
mult anuioses et por ce vos mandai je que vos amenissiez
tot le consail que vos avoir porriez. Mes Dex merci je ai eu
les consals des plus sages homes del monde qui m'ont si
bien mes songes escleiriez qu'il m'ont tot for[s] mis de la
paor ou je estoie. Et neporquant encore ai je grant mestier
que vos me consilliez d'autre partie, car grant besoing me
cort seure tel com je vos dirai.

    « Il est voirs que je ai oi ja grant talant de de[seri]ter le
roi Artu tant que pa[r] la volenté Nostre Seignor que la pes
en fu faite si com vos savés.

    « Et quant je vos fis l'autre jor semondre, je avoie en
talant que je me feisse coroner a cest Noel la ou misires li
rois Artus tendroit sa cort. Mes ore me rest changiez li
corages, car je ne serai coronez desci que je aie achavé un
mien afaire que vos ne savés ore pas, n'il ne fait ore pas a
dire devant le point, car tot a tans le porrez enquerre et
savoir. Mes vos savez bien que je ai acointé *(25v°a)* le roi
Artu qui est li plus proudom qui soit, et en sa maison est tote
la prouesce et tote la valor del monde : si me plait encore a
conversier une piece en tel maniere com je sui ore, car mult
en porroie amender ; ne nus ne poet estre de si grant proesce
s'il n'a esté en la maison le roi Artu : por ce voil je estre en
sa compaignie sovent et veoir les proudeshomes qui i sont
ensemble de totes terres. Et quant li jors sera venuz que
j'avrai achevé icest grant affaire que vos ne poe[z] savoir
devant le point, lors si me ferai coroner et savroiz le jor de
mon coronement. Si vos pri et [requier] par l'amor et par la
bone foi que vos me devés tuit ensemble, que vos veigniez
si enforciement com vos savez que je le voil. Mais por ce
que mes terres sont granz et lees et espandues ne je n'i
porroie estre mes si sovent c[o]m je estoie, por ce me
covient a querre un proudome ancien et sage, loiax et
vertuos, et [qui] hee torz et aint droiture : si li baillerai ma

plus tard. Cette peur m'est venue de deux horribles songes, et c'est pour cette raison que je vous ai demandé d'amener avec vous les meilleurs conseillers que vous pourriez trouver. Mais, Dieu merci, j'ai reçu les avis des plus sages hommes du monde, qui m'ont expliqué mes songes et libéré de cette peur. Toutefois j'ai encore besoin de vos conseils dans une autre affaire, très urgente, dont je vais vous parler.

« Il est bien connu que j'ai eu naguère un grand désir de déshériter le roi Arthur et que, par la volonté de Notre Seigneur, la paix a été faite entre nous, comme vous le savez.

« En vous convoquant l'autre jour, j'avais l'intention de me faire couronner roi à la Noël prochaine, quand le roi Arthur tiendrait sa cour. Mais j'ai changé d'avis. Je ne me ferai pas couronner avant d'avoir mené à son terme une entreprise dont vous n'avez pas connaissance et qui ne doit pas être révélée avant que le moment en soit venu. En temps voulu vous pourrez m'interroger et savoir ce qu'il en est. Mais vous savez bien que je suis devenu l'ami du roi Arthur : c'est le meilleur des princes et sa maison accueille toute la prouesse et toute la valeur du monde. Je veux y demeurer encore, dans l'état qui est le mien. J'en tirerai profit car nul ne peut être d'une grande prouesse, s'il n'a été dans la maison du roi Arthur. Je veux être en sa compagnie souvent et voir les prud'hommes qui se sont rassemblés autour de lui, venant de tous pays. Quand le jour viendra où j'aurai achevé cette grande affaire que vous ne pouvez connaître avant le temps, je me ferai couronner et vous ferai savoir le jour de mon couronnement. Alors, je vous en prie et vous en requiers sur l'attachement et la foi que vous me devez, venez tous ensemble à mon couronnement, en si grand nombre et en si grand équipage que vous savez que je le veux. Mais comme mes terres sont grandes, vastes et s'étendent très loin, et que je ne pourrai plus m'y rendre aussi souvent que je le faisais, je dois chercher un prud'homme ancien et sage, loyal et vertueux, ennemi de la fraude, ami de la justice. Je lui donnerai le bail de ma terre :

terre et achevera mes besoignes et mes afaires a mon preu
et a s'onnor. Mes por ce que je ne sui mie si sages que je
puisse savoir tot quanque vos fetes, por ce vos apiel je a
conseillier moi a mes besoinz. Or si gardiez entre vos que
vos i metez un si proudome qui soit honorables et profi-
tables a moi et a la terre et qui soit vuiz de covoitise, car la
tere est morte et destrui*(25v°b)*te qui bailli covoiteus a en
[ses] mainz. Et si voil encore que cil a qui la baillerai qu'il
soit mes hom liges et tex a cui je me puisse prendre de grant
mesfait s'il [i] estoit. Or en parlez entre vos ensamble et je
m'en istrai la forz. »

   Atant s'en part Galehot et son compaignon et cil parollent
ensamble et eslisent li un le roi des Cent Chevaliers et li
altre le roi Premier Conquis, si ne s'acordent pas bien tuit
ensamble. Et lors se trait avant li dus de Cloves, uns chevaliers si anciens qu'il ne [pooit] mais seur cheval monter.
Mais tant estoit vigereus et de grant cuer qu'il ne voloit que
nulle [besoigne] qui a grant hautece apartenist fust sanz lui
finee : si se fesoit portier en litiere as granz parlemenz ou il
savoit que granz consaus avoit mestier, et il estoit de si grant
savoir que nus hom s'il ne fust letrez ne [poïst estre de
graignor]. Quant il oï que tuit li baron se descordoient, si li
greva et se dreça si com il pot et s]apoia a un dois et parla
si que de toz fu oïz et entenduz.

   « Hé ! folle meisnie, com vos voi ore esgaree de grant
folie, car vos veez et ne conoissiez et parlez et ne savés
quoi ! Si je fuisse de l'eage et de la force a tel home voi je
ci, mult fust tost ore despecie ceste descorde, car je fuisse
mis en l'esgart de toz les piers en cest besoigne. Et sach[e]
bien missires qu'en tot *(26a)* son pooir n'a c'un sage home
et demi. Mais cil qui de savoir n'est que demis uns hom, il
a en lui tantes altres bontez que l'en le doit bien a un sage
home [contrepeser][1], et si vos en volez a mon conseil
acorder, je le vos nomerai. Et si est tex come missires le
demande que nus n'i savroit que amender. »

   A ceste parolle ne fu nus qui osast encontre aler, car trop

il devra s'acquitter de mes besognes et de mes affaires, à mon profit et à son honneur. Mettez-vous d'accord pour choisir un prud'homme qui fasse honneur et profit à la terre comme à moi-même, et qui soit exempt de cupidité ; car la terre est morte et détruite, dès lors qu'un bailli cupide la tient entre ses mains. Je veux aussi que celui à qui je la confierai soit mon homme lige et tel que je puisse me dédommager sur lui de ses fautes, s'il en commettait. Parlez-en donc entre vous, et je me tiendrai à l'écart. »

Galehaut sort de la salle avec son compagnon. Les barons délibèrent. Ils choisissent, les uns le roi des Cent Chevaliers, les autres le roi Premier-Conquis, et ne parviennent pas à se mettre d'accord. Alors s'avança le duc de Gloves. C'était un chevalier si vieux qu'il ne pouvait plus monter à cheval ; mais il était énergique et de si grand cœur qu'il ne voulait pas qu'aucune affaire d'importance fût traitée sans lui. Il se faisait porter en litière aux grandes assemblées où il savait qu'une grave décision était à prendre ; et il était d'un si grand savoir que personne, s'il n'était lettré, ne pouvait l'égaler. Le désaccord entre les barons lui déplut. Il se leva comme il le put, s'appuya à une table et parla d'une voix si forte que tout le monde l'entendit :

« Ah ! stupide multitude, comme votre folie vous égare ! Vous voyez et ne comprenez pas ; vous parlez et vous ne savez ce que vous dites. Si j'avais l'âge et la force de certains que je vois ici, cette discorde aurait été bientôt terminée et j'aurais été choisi, au jugement de tous nos pairs[1], pour cette besogne. Mon seigneur doit savoir qu'il n'a, dans toute sa terre, qu'un homme sage et un autre qui l'est à demi. Mais celui qui n'est qu'à demi sage a en lui tant d'autres qualités qu'on doit l'estimer à l'égal d'un homme sage ; et si vous vous en remettez à moi, je vous le nommerai. Il est tel que mon seigneur le demande, et personne ne pourrait trouver mieux. »

Ces paroles ne se heurtèrent à aucune opposition. Le duc

---

1. *Pairs* : égaux, compagnons. « Être jugé par ses pairs » se dit encore aujourd'hui, mais c'était alors un des principes du droit féodal.

estoit li dus proudom, si ne fust pas tenuz por sages qui le
contredist. Si s'acordent tuit a lui et creantent tuit a tenir ce
qu'il en conseillera. Lors fait li dus apeller Galehot et quant
il est venut, si li dist :

« Sire, fist il, cist proudome que caiens sont m'ont
chargié de cest affaire por ce que je ai veu et essaié plus que
nus d'aus, si v[u]elent que je elise un home tel com vos le
demandez et je le vos nomerai telx a qui vos vos acorderez
et tuit li altre. Et savez vos qui il est ? Il es[t] sages et garniz
de grant conseil et vuiz et nez de covoitise, si het tort et
aime droiture et tex est com il affert a loial jugeor que il ne
grieve al droit por h[ain]e, ne al tort n'aide por amor. Si est
plain de grant vigor et sanz peresce, ne riens ne prise paine
contre ennor.

— Si voirement m'aït Dex, fait Galehot, ci [a] assez bones
teches. Or le nomez, car a vostre conseil me tendrai je.

— En non Deu, fist li dus, et je *(26b)* vos di que c'est li
rois Baudemagu de Gorre.

— Se Dex me conseult, fait Galehot, il ne fu onques jor
que je nel tenisse a un des plus proudesomes de ma terre et
je doi estre mult liez quant si proudome a la baillie de ma
terre.[1] »

[Lors apele Galehot le roi Baudemagu et li dit :

« Biau sire, tenés la baillie de toute ma terre], si je vos en
revest ; et si vos pri por le salvement de [vostre] ame et por
vostre grant anor que vos i soiez itelz come li dux de Clones
vos tesmoigne.

— Ha, sire, fait li rois Baudemaguz, je n'ai mestier de
greignor baillie que je ai, kar la moi[e] terre ne gart je mie
si bien com la moie ame avroit mestier : malvaisement
gardercie donc la vostre qui tant es[t] granz, quant je ne puis
venir a chief de la moie qui est une povre contree.

— Ci endroit n'a mestier desfense, car je le voil ; et puis
que ma volentez i est, vos n'avez nul pooir del contredire,
puis que c'est chose que vos poez et devés faire.

était un vrai prud'homme et celui qui l'eût contredit n'eût pas été tenu pour sage. Ils se rallièrent tous à lui et promirent de se tenir à ce qu'il proposerait. Alors le duc fit appeler Galehaut et lui dit :

« Seigneur, les prud'hommes qui sont ici m'ont confié le soin de cette affaire, parce que j'ai plus d'expérience qu'aucun d'eux. Ils veulent que je choisisse un homme tel que vous le demandez. Je vous en désignerai un qui aura votre suffrage et celui de tous. Savez-vous qui il est ? Il est sage, de bon conseil, probe et exempt de cupidité, ennemi de la fraude, ami de la justice, il est tel que doit être un juge loyal, sans haine pour nuire au droit, sans amour pour favoriser l'injustice, plein d'énergie, dépourvu de paresse, insouciant de sa peine quand il s'agit de son honneur.

— Par Dieu, dit Galehaut, voilà de belles qualités. Nommez-le, je me tiendrai à votre conseil.

— Je vous le dis sur mon salut : c'est le roi Baudemagu de Gorre.

— Ma foi, dit Galehaut, je l'ai toujours tenu pour un des meilleurs prud'hommes de ma terre et je serais très heureux qu'il l'ait en sa garde. »

Sur-le-champ Galehaut appelle le roi Baudemagu et lui dit :

« Beau seigneur, recevez la garde de toute ma terre, dont je vous investis. Je vous prie, pour le salut de votre âme et pour votre plus grand honneur, d'être fidèle à ce que le duc de Gloves a dit de vous.

— Ah ! seigneur, fait le roi Baudemagu, je n'ai pas besoin de plus de seigneurie que je n'en ai. Je ne garde pas ma propre terre aussi bien que je le devrais pour le salut de mon âme. Je gouvernerai bien mal votre terre, qui est si grande, puisque je ne suis pas capable de tenir la mienne, qui n'est qu'un petit pays.

— Il est inutile, dit Galehaut, de chercher des échappatoires. Je le veux ; et puisque telle est ma volonté, vous n'avez aucun pouvoir de vous y soustraire. C'est une charge que vous pouvez et devez accepter.

– Sire, fait li rois Baudemaguz, vostre terre est pleine
d'une fiere gent et orgoillouse, si ne la porrai pas mener a
mon talant.

– Je vos creant, fist Galehot, que ja ne troverez home si
hardi, s'il vostre commandement trespasse, que je [ne] li
face comparer a vostre esgart, car je quid[e]roie bien
governer totes les terres qui sont soz le trone o l'aide seulement de iiii proudomes. Et vos seignors, fait il, qui caiens
estes mi home lige, je vos comant, sor la feelté que vos me
devés, que vos soiez *(26v°a)* en s'aide contre toz homes fors
que seulement encontre moi. Mes por ce que je ne sai les
aventures qui sunt a avenir, car [si] devient quant je partirai
de ci je n'entrerai jamais en terre que je aie et si devient si
ferai, si voil que li rois Baudemaguz me jurt voiant vos toz
que il lealment se contendra envers moi et envers mon
poeple ; et s'il avenoit chose que je passasse de vie a mort,
il bailleroit ma terre quitement et sans contanz a Galehodin
qui est mis nies et mi filleus. Et vos me jurrez que s'il en
aloit contre son sarament que vos en serez en son
nu[i]sement a vos pooirs et aiderez a l'enfant toz ses droiz
a desreigner ainsint come home lige doivent aidier lor lige
seignor. »

Lors fait aporter Galehot les sain[s] et si a primes pris le
serement del roi Bandemaguz et aprés de toz les autres, puis
fist faire le serement al roi des Cent Chevaliers qui estoit ses
cosins germains et a toz ses altres amis charneus ; et li
serement fu tex qu'il ne clameroient part en son eritage
aprés son decés ne de riens n'iront encontre le droit oir,
c'est encontre Galehodin a qui la terre doit escheoir après sa
mort. Einsint prist Galehot le serement de ses homes et
bailla la terre a garder al roi Bandemaguz.

Cil Bandemaguz estoit sires de la terre de Gorre. *(26v°b)*
Gorre est une terre qui marchist al [roiaume] de Gales, si est
la plus fort terre de son grant que soit en tot le pooir de la
[Grant] Bretaigne, car elle est close de chascune partie
d'une eve parfonde et de marés et si [mol et si] parfont que
nulle riens n'i entreroit que ne fust perdue ; et par devers le

– Seigneur, votre terre est pleine de gens turbulents et orgueilleux. Je ne pourrai pas les gouverner à mon gré.

– S'il est un seul homme assez hardi pour se dresser contre vos ordres, je vous jure que je le lui ferai payer, comme vous le jugerez bon. Je crois que je pourrais bien gouverner toutes les terres qui sont sous le ciel, avec l'aide seulement de quatre prud'hommes. Et vous, seigneurs qui êtes ici, mes hommes liges, je vous ordonne, sur la foi que vous me devez, de venir en aide au roi Baudemagu contre tous hommes, sauf contre moi. Mais comme je ne sais pas ce que seront les aventures à venir (il se peut qu'après être parti d'ici je ne revienne jamais dans une de mes terres et il se peut aussi que j'y revienne), je veux que le roi Baudemagu me jure devant vous tous qu'il se conduira loyalement, envers moi et envers mon peuple. S'il advient que je meure, il cédera ma terre librement et sans contestation à Galehaudin, mon neveu et mon filleul. Vous aussi, vous me jurerez que, s'il manque à son serment, vous vous dresserez contre lui et vous aiderez l'enfant à faire valoir tous ses droits, comme des hommes liges doivent aider leur lige seigneur. »

Galehaut fit apporter les livres saints. Il reçut le serment du roi Baudemagu d'abord et de tous les autres barons ensuite. Il fit prêter serment au roi des Cent Chevaliers, qui était son cousin germain, et à toute sa parenté. Ce serment leur faisait obligation de ne réclamer aucune part de son héritage après son décès et de n'élever aucune contestation contre l'héritier légitime, c'est-à-dire contre Galehaudin, à qui la terre devait revenir après sa mort. C'est ainsi que Galehaut reçut le serment de ses hommes et remit la garde de sa terre au roi Baudemagu.

Ce Baudemagu était le seigneur de la terre de Gorre, une terre qui touche au royaume de Galles. Il n'y a pas, sur toute l'étendue de la Grande Bretagne, une terre de dimensions comparables qui soit mieux défendue. Elle est entourée de toutes parts d'eaux profondes et de marais si mous et si profonds que l'on ne saurait y pénétrer sans y disparaître.

roiaume est close d'une altre eve qui a non Tienebre et est
est[r]oite et parfonde et plaine de [fang].

En la terre, tant com les aventures durer[en]t, avoit une
costume malvaise, car onques chevalier de la cort le roi Artu
n'i entra qui puis en puist essir jusque a celle eure que
Lancelot les en gita par sa prouesce, quant il ala rescoure la
roine parmi le peril del pont de l'espee, si com li droiz
contes de la charete le devise. Celle malvaise costume i fu
mise dés le premier an que les aventures comencerent, car li
pierres le roi Artu guerroia le roi Urien qui fu oncles al roi
Bandemagu, car il voloit qu'il tenist de lui sa terre et cil
n'en voloit riens faire : si dura la guerre d'aus deus mult
longement et plus i perdi li rois Uter-Pandragon que li rois
Uriens ne fist, tant qu'il laissa la guer[r]e estier par estovoir
come celui qui plus n'en pooit fere. Et lors demora ensint
mult longement tant que li rois Uriens mut a aler a Rome
por parler *(27a)* de confession a l'apostole ; si ala en tapi-
nage come povres pelerins a pié et a malvaise vesteure ; mes
il en fu aperceus et pris et fu amenez au roi Uter-Pandragon,
et il le fist mener en prison ; [mais cil ne li volt onques
rendre sa terre por male prison que il li feist, tant que le fist
mener] devant un suen chastel meesmes, et ilueques fist
drecier unes forches por lui pendre s'il ne li rendoit la terre.
Et cil dist qu'il ne li rendroit ja, car melz voloit morir por
son droit conquerre et defendre que vivre povres et honiz.
Mes Bandemaguz ses niez qui dedens le chastel estoit qui la
terre devoit eschaoir en eritage ne pot soffrir la mort son
oncle, si rendi la terre por ce qu'il li rendi son oncle sain et
sauf. Et ce fu la chose par coi il monta en greignor pris, car

Du côté du royaume, elle est bordée par une rivière qui s'appelle Ténèbre et qui est étroite, profonde et pleine de boue.

Dans cette terre, aussi longtemps que durèrent les aventures, régnait une mauvaise coutume. Aucun chevalier de la cour du roi Arthur, s'il y entrait, ne pouvait en revenir. Il en fut ainsi jusqu'au jour où Lancelot libéra les prisonniers par sa prouesse, en allant secourir la reine à travers le péril du Pont de l'Épée, comme le rapporte le véridique *Conte de la Charrette*[1]. Cette mauvaise coutume fut établie dès la première année que les aventures commencèrent. Le père du roi Arthur faisait la guerre au roi Urien, qui était l'oncle du roi Baudemagu. Il voulait qu'il lui fît hommage de sa terre et le roi Urien s'y refusait. Cette guerre dura longtemps et le roi Uter-Pandragon y subit plus de pertes que le roi Urien. Alors il fut forcé d'abandonner sa guerre, puisqu'il ne pouvait la mener à bonne fin. Les choses en restèrent là, jusqu'au jour où le roi Urien partit pour se rendre à Rome, dans l'intention de se confesser au pape. Il s'en alla secrètement, comme un pauvre pèlerin, à pied et mal vêtu. Mais il fut reconnu, pris et amené devant le roi Uter-Pandragon, qui le fit mettre en prison. Cependant, si dure que fût cette prison, il refusait toujours de rendre sa terre. Alors c'est devant un des propres châteaux du prisonnier que le roi Uter-Pandragon le fit amener, et il fit dresser des gibets pour le pendre, s'il ne rendait pas sa terre. Le roi Urien déclara qu'il ne la rendrait jamais, car il aimait mieux mourir en soutenant et défendant son droit, que de vivre dans la pauvreté et dans la honte. Baudemagu son neveu, à qui la terre devait revenir en héritage, était dans le château. Il ne put supporter de voir mourir son oncle. Il rendit donc la terre, à condition que son oncle lui fût remis sain et sauf. Cette belle action lui valut beaucoup de gloire. Ce lui fut un

---

1. L'auteur renvoie au *Conte de la Charrette* de Chrétien, comme à un récit antérieur et distinct de son propre roman. Quand il mentionne son œuvre personnelle, il l'appelle toujours *cist contes*, c'est-à-dire « notre roman ».

ce furent mult belles [enfances][1] quant il ne volt son oncle
soffrir a morir por covoitise d'avoir la terre aprés lui.

Einsint ot Utrer-Pandragon la terre de Gorre, si la destruit
et deserta si que mult i remest poi de gent. Et en la fin la
reconquist li rois Uriens par ceus du pais qui li rendirent et
pendi toz ceaus qui Uter-Pandragon i avoit laissiez. Et aprés
ce ne demora gaires qu'il fist coroner son neveu Baudemagu
et li dona tote la terre por l'amor de la loialté que il fist et
por l'amor qu'il avoit a lui. Quant Bandemaguz fu coronez,
maintenant *(27b)* deguerpi le siecle li rois Uriens et se rendi
en un hermitage mult loing de sa terre. Et li rois Bademagus
devint mult vigereus et mult fierement se contint, si prist
conseil coment il porroit sa terre popler, si esgarda il
meismes qu'i[l] la puepliroit des genz Uter-Pandragon,
[a]usi com elle avoit esté destruite par sa gent : si fist fere
de cele part ou sa terre marchisoit al reaume de Bretaigne
dous ponz de fust estroit et el chief de chascun pont devers
sa terre ot une tor fort et haute. Ces dous tors gardoient
chevaliers et serganz que li rois i avoit mis et si tot com
chevalier de Bretaigne passoit le pont, ne dame ne damoiselle ne autres genz, si estoient pris. Lors [lor] covenoit
jurer sor sainz que jamais n'istroient jusque a cele hore
c'uns chevaliers i venit qui par chevalerie les conqueist, et
tantot loialment s'en partiront si lor plaist sanz mal faire.
Einsint i remestrent maintes des genz de Bretaigne en eissil
et en servage. Quant li rois Artus vint en la terre et il la
quida amender, si li corurent sus altres besoignes de granz
guerres que il ot assés. Et quant vint al comencement des
aventures, si fu ja la terre de Gorre mult poplee et des
eseilliez de Bretaigne fu li poples mult creuz. Lors fist li rois
Bedemaguz de*(27v°a)*pecier les dous ponz qu'il avoit faiz,
et, en ces douz qu'il avoit fait faire, si fist dous altres mult
merveilleus car li uns estoit d'un seul fust qui n'avoit que

très beau début dans la vie, de préférer le salut de son oncle à l'ambition de régner après lui.

C'est ainsi qu'Uter-Pandragon s'empara de la terre de Gorre. Il y fit tant de ravages et de destructions qu'il y resta très peu de gens. A la fin le roi Urien la reconquit avec l'aide de ses habitants, qui la lui rendirent, et il fit pendre tous ceux qu'Uter-Pandragon y avait laissés. Peu de temps après, il donna toute sa terre à son neveu, en reconnaissance de la belle action qu'il avait faite et de sa fidélité. Dès que Baudemagu fut couronné, le roi Urien quitta le siècle et se rendit dans un ermitage très éloigné de sa terre. Le roi Baudemagu devint un souverain très puissant, qui gouverna avec autorité. Il avisa aux moyens de repeupler sa terre. Comme elle avait été dépeuplée par les hommes d'Uter-Pandragon, il décida qu'elle serait repeuplée par eux. Sur la frontière qui séparait sa terre du royaume de Bretagne, il fit faire deux ponts de bois très étroits ; et à l'extrémité de chaque pont, du côté de la terre de Gorre, il y avait une tour puissante et haute, bien gardée par des chevaliers et des sergents que le roi y avait mis. Dès qu'il arrivait de Bretagne des chevaliers, des dames, des demoiselles ou d'autres gens, ils étaient faits prisonniers et devaient jurer, sur les saints Évangiles, de ne jamais sortir de la terre, jusqu'au moment où un chevalier y viendrait qui les rachèterait par sa prouesse. Alors ils pourraient s'en aller en toute loyauté, sans être parjures. C'est ainsi que de nombreux habitants de la Bretagne furent retenus en exil et en servitude dans le royaume de Gorre. Quand le roi Arthur eut pris le pouvoir et qu'il voulut remédier à cette situation, il lui fallut d'abord mener à bien de grandes guerres qui lui surgirent de toutes parts. Quand les aventures commencèrent, le pays de Gorre était déjà repeuplé et les exilés de Bretagne y étaient très nombreux. Le roi Baudemagu fit détruire les deux ponts qu'il avait construits et les remplaça par deux autres, qui étaient très étranges[1]. L'un était une planche de bois, large

---

1. Ces deux ponts, le « Pont sous l'Eau » et le « Pont de l'Épée » sont décrits dans *Le Chevalier de la Charrette* (éd. Méla, vv. 653-675).

troiz piez de lé et estoit entre dous eves de l'une rive jusqu'à
l'autre et si avoit altretant d'eve desus come desoz. Li altres
ponz estoit assiez plus merveilleus car il estoit d'une
planche d'acier qui estoit faite a la maniere d'espee et estoit
si clere et si trenchant com elle pooit plus estre. La planche
avoit sanz plus un pié de lé et estoit as deus chie[s] en dous
granz trons fichie et selee et estoit [couverte] de totes parz
si que pleve n'i adesoit. Celui pont qui estoit [autant] desoz
eve come desus gardoit un chevaliers, si le garda dés le
commencement des aventures jusqu'al tans que la roine fu
rescosse quant tuit li eisselle s'en issirent; et celui de
l'espee garda Acadaoez, [uns] mult preus chevaliers, mes il
fut morz icelui an que Galehot songa les songes et de lors
en avant le garda un fils le roi Baudemagez qui avoit non
Meleaganz.

Cil Meleaganz estoit uns grans chevaliers mult bien tailliez de cors et de toz menbres, si fu rous et lentelleus et
estoit de si grant orgueil et plains de si grant felonie qu'il ne
lessast nulle chose [a coi il se fust aatis], fust bien ou malz
por nul chastiement que nus li feist, ainz avoit totes debo-
nairetez et totes *(27v°b)* cortaisies arrieres mises, ne nus
n'estoit plus fel de lui, ne plus cruels, ne ja ne volsist que
nus fust liez devant lui. Al jor que Galehot bailla sa terre a
son pere Bademagu, i [e]stoit cil, si desirroit mult Lancelot
a veoir por les granz merveilles q'on li avoit dites de lui, et
il n'i estoit por el venuz, car il [h]aoit toz les bons chevaliers
de que il avoit onques oi parler et bien li estoit avis que nus
n'estoit meldres de lui. Et quant il le vit, si nel prisa gaires
en son cuer; et dist la nuit, la ou si peres Bademaguz le
l[o]oit, une parole qui bien apartint a home felon et a
envious. Car il dist que Lancelot n'avoit mie le cors ne les
menbres par coi il peust estre plus preus de lui. Et si pieres
en crolla la teste, si li dist :

« Bialz filz, par la foi que je te doi, la grandesce del cors
ne des menbre[s] ne font pas le bon chevalier, mes la grandesce del cuer. Et se tu ies altresi corsuz com il est, en ce
n'as tu mie trop grant ennor, car il est assiez plus preus de

de trois pieds, immergée dans le fleuve d'une rive à l'autre, si bien qu'il coulait autant d'eau dessus que dessous. L'autre était plus étrange encore : il était fait d'une lame d'acier, effilée comme une épée, aussi brillante et tranchante qu'une épée peut l'être. La lame n'avait qu'un pied de large ; elle était plantée et scellée, aux deux bouts, dans deux grands troncs, et couverte de toutes parts, de sorte qu'elle était protégée de la pluie. Le pont immergé dans le fleuve était sous la garde d'un chevalier, qui y demeura depuis le commencement des aventures, jusqu'à la délivrance de la reine et au retour des exilés. Le Pont de l'Épée fut d'abord gardé par Acadoès, un preux chevalier qui mourut dans l'année qui suivit les songes de Galehaut. Il fut remplacé par un fils du roi Baudemagu, qui s'appelait Méléagant.

Ce Méléagant était un grand chevalier, très bien fait de corps et de membres, aux cheveux roux, au visage semé de taches de rousseur, au caractère si orgueilleux et si brutal qu'il ne renonçait jamais à ce qu'il avait entrepris, que ce fût en bien ou en mal et quelque remontrance qu'on lui fît, ennemi de toute bonté et de toute courtoisie, le plus violent et le plus cruel des hommes et le plus jaloux du bonheur d'autrui. Le jour où Galehaut remit la garde de sa terre au roi Baudemagu, il était là. Il désirait voir Lancelot à cause des merveilles qu'on disait de lui, et c'était la seule raison de sa présence, car il détestait tous les bons chevaliers dont il entendait parler et se croyait le meilleur de tous. Quand il vit Lancelot, il ne l'estima guère ; et la nuit suivante, comme son père faisait l'éloge de Lancelot, il prononça une parole bien digne d'un homme malveillant et envieux. Il dit que le corps et les membres de Lancelot ne lui permettaient pas d'être plus preux que lui. Son père hocha la tête et lui répondit :

« Beau fils, ce n'est pas la grandeur du corps et des membres qui fait le bon chevalier, mais la grandeur du cœur. Si tu es aussi robuste que lui, tu n'en as aucun honneur, car il est plus preux que toi. Dans toutes les terres de

toi, n'en tot le pooir mon seignor ne en tot le pooir le roi
Artu n'a chevalier qu'a lui se peust prendre por soffrir grant
fes d'armes.

— Je ne sui mie, fait Meliaganz, mains prisiez en mon
pais qu'il est e[l] suen et Dex me doint encor tant vivre que
grant plenté de genz voient li quex de nos dous sera li plus
preus. Et se n'estoit [por vos plus que] por altre, il seroit veu
mult par *(28a)* tans, mes vos ne me laissastes onques fere
chose dont ge eusse grant dessirier, [si en ai] perdu plus los
et pris que je n'ai.

— Tu porras encore, fait li perres, tot a tans venir a
l'essaier et a lui et a autres, et se tu es prisiez en ton pais, ce
est toz li los et li pris que tu as. Mes cil en a plus assez, car
il est prisiez en son pais et el tien et en mains autres.

— Puis qu'il est de si grant proesce, fait Meliaganz, que
ne vient il dons en nostre terre delivrer les esseillez ?

— Greignors choses, fait li rois, sunt avenues, ne ceste
n'est pas si estrange qu'elle ne puisse bien avenir.

— Ja Dex, fait Meleaganz, puis ne m'aït que il ne altres
les en gitera tant come je soie en la terre seinz et h[a]itiez.

— Car lessons, fait li rois, la parolle ester a itant, mes
quant tu avras altretant veü com je ai, tu seras plus de
greignor mesure que tu n'ies ore. »

Einsint remaignent les parolles del roi Baudemagu et de
son fil.

Et lendemain fist Galehot apareillier son erre por aler a la
cort le roi Artu et dist a ses barons que il iront avesques, et
puis qu'il le comande, il n'i ot nul contredit. Quant vint a
l'endemain qu'il orent messe oie, si monta Galehot et si
compaings et si altre baron aprés, et se partent de Soram en
tel maniere.

Or s'en vait Galehot a cort et sa grant baronie, et si
che*(28b)*valchent entre lui et son compaignon hors de rote
mult longement. Si est mult liez Lancelot de ce que Galehot
fu assez de plus bele chiere qu'il ne soloit, si quide bien que
ce soit voirs qu'il li a fet entendant. Mes Meliaganz ne se

mon seigneur, comme dans toutes celles du roi Arthur, il n'y a pas un seul chevalier qui puisse l'égaler, quand il faut soutenir un grand labeur de chevalerie.

– Je ne suis pas, dit Méléagant, moins renommé dans mon pays qu'il ne l'est dans le sien. Que Dieu me laisse vivre assez pour que tout un chacun puisse voir lequel de nous est le plus preux ! Si ce n'était pour vous plus que pour tout autre, on le verrait bientôt. Mais vous ne m'avez jamais laissé faire ce que je désirais ; et vous m'avez fait perdre l'occasion d'acquérir plus de renommée et de gloire que je n'en ai[1].

– Tu auras encore l'occasion de te mesurer à lui et à d'autres. Si tu es estimé dans ton pays, c'est là toute ta renommée et toute ta gloire. Celles de Lancelot sont bien plus considérables, parce qu'il est estimé dans son pays, dans le tien et dans beaucoup d'autres.

– Puisqu'il a tant de valeur, que ne vient-il dans notre terre pour délivrer les exilés ?

– On a déjà vu de plus grandes merveilles et celle-là ne serait pas si étrange qu'elle ne puisse se produire.

– Sur le salut de mon âme, ni lui ni personne ne délivrera les prisonniers, tant que je serai dans ce pays, sain et valide.

– Laissons cela, fait le roi. Quand tu auras vu ce que j'ai vu, tu seras plus mesuré que tu ne l'es. »

Ainsi prit fin l'entretien du roi Baudemagu et de son fils.

Au matin Galehaut fit préparer ses équipages pour aller à la cour du roi Arthur. Il pria ses barons de l'accompagner ; et ceux-ci s'inclinèrent sans discuter devant les ordres de leur seigneur. Le lendemain après la messe, Galehaut, son compagnon et ses barons montèrent à cheval et quittèrent Soreham.

Galehaut se rend à la cour en grand appareil. Lui-même et son compagnon chevauchent longuement, à l'écart du reste de la troupe. Lancelot est très joyeux, parce que Galehaut montre un meilleur visage ; et il croit qu'il lui a dit la

---

1. Le texte de BN 752 retrouve ici tout son sens au prix de deux corrections minimes. Ce sens est confirmé par Cambridge et BN 96.

puet saoler de Lancelot veoir por la grant chierté que
Galehot en fait, si en a tel merveille et telle envie que mult
en est ses cuers a maleise.

Issi chevalchent par lor jornees tant qu'il aprochent de
Carduel ou li rois estoit venuz le jor devant. Et quant il oi
dire que Galehot venoit si haltement et a si grant baronie, si
monta il et si chevalier et la roine et ses pucelles alerent a
l'encontre d'aus deus liues galesches et plus, et firent mult
grant joie li uns as autres. Mais sor totes les autres joies fu
granz celle que la roine fist de Galehot et de son compaignon, et la dame de Malehot altresint, car la roine ne fasoit
nul semblant de dolor qu'elle eust eue des que cil sont venu
qui metront les cors et les terres en totes ses hontes et en toz
ses domages abassier. Celle nuit jurent a Carduel a grant
meseise, car trop i avoit gens, c'onques mes n'i avoit om
veu tant chevaliers ensemble, car les genz al roi i estoient ja
prés de totes venues, car ce n'estoit que quatre jorz devant
Noel. Si dit li rois qu'il tendra sa cort a Camaalot, car la
citez est granz et bien herbergie ; si i seront ses gens *(28v°a)*
plus a eise que a Carduel. La nuit parla li rois a Galehot des
novelles que la damoiselle avoit aportees de Tamelirde et
Galehot en escusa la roine a son pooir et dit qu'il ne doit pas
croire tel parolle devant qu'il en sache la verité. Al matin se
partirent de Carduel et vindrent a Camaalot et furent tuit li
pre portenduz de tres et de paveillons, kar li halt home
herbergerent en la cité tuit, et cil qui avec aus ne porrent
chevir si jurent tuit es tentes de hors la ville.

Mult fu riche la cors que li rois tint al Noel, car il s'en
esforça mult por la hautesce de la baronie que Galehot ot
amenee, et dona plus le jor qu'il n'avoit onques doné en un

vérité. Cependant Méléagant ne se lasse pas de regarder Lancelot. Il voit l'extrême amitié que Galehaut lui témoigne. Il en est stupéfait et jaloux au point de s'en rendre malade.

Ils chevauchent ainsi, par étapes, jusqu'à ce qu'ils approchent de Carduel, où le roi était arrivé la veille. Quand le roi apprend que Galehaut est venu en si grand équipage et avec une aussi nombreuse compagnie de barons, il monte à cheval avec ses chevaliers, la reine et les demoiselles de sa maison, et va au-devant de Galehaut, parcourant deux lieues galloises et même davantage. La rencontre des deux princes donna lieu à de grandes réjouissances. Mais rien ne pouvait égaler la joie que la reine et la dame de Malehaut montrèrent du retour de leurs compagnons. La reine ne laissait plus paraître la douleur qu'elle avait ressentie, puisqu'elle avait auprès d'elle ceux qui s'emploieraient corps et biens pour effacer toutes ses humiliations et tous ses malheurs. Ils passèrent la nuit à Carduel, non sans peine, tant la foule était grande. On n'avait jamais vu un rassemblement d'autant de chevaliers. Les gens du roi étaient presque tous arrivés, car on n'était qu'à quatre jours de la Noël. Le roi décida de tenir sa cour à Camaalot, parce que la ville était grande et bien pourvue en bâtiments. Ses hommes y seraient plus à l'aise qu'à Carduel. Ce soir-là, le roi instruisit Galehaut des nouvelles que la demoiselle avait apportées de Carmélide. Galehaut plaida l'innocence de la reine du mieux qu'il put. Il déclara que le roi ne devait accorder aucun crédit à de telles accusations, avant d'être sûr de leur vérité. Le lendemain ils partirent de Carduel pour se rendre à Camaalot. Toutes les prairies étaient couvertes de tentes et de pavillons. Les grands seigneurs furent tous logés dans la cité, et ceux qui ne purent trouver de place auprès d'eux s'installèrent sous la tente, hors de la ville.

La cour que le roi Arthur tint à la Noël fut des plus magnifiques. Le roi se dépensa beaucoup pour qu'elle fût digne de la haute compagnie de barons que Galehaut avait amenée. Il distribua plus de cadeaux qu'il ne l'avait jamais fait en un

seul jor en son eage. Le jor de Noel aprés disner fu levee la
quintaine, si com il estoit costume, et prierent a Galehot si
chevalier qu'il soffrist qu'il tornoiassent l'endemain a che-
valers le roi Artu, mes que ce fust as lances et as escuz sans
plus d'armeures avoir. Si corut tant la parolle que Lancelot
le sot, si le demanda a Galehot tot en don que il li otroiast,
et cil ne l'en contredit puis que il le velt ; si furent iii.c d'une
part et iii.c d'autre, qui tot estoient bachalier d'un aage
desirant de pris avoir.

Si fu Lancelot de ceaus devers le roi Artu. Mais Galehot
ne boorda pas, car il avoit paor que [aucuns] maus li avenist,
dont il fust aprez dolanz. Quant *(28v°b)* li un et li autre
furent monté, si vindrent es prés desoz la ville et comencent
les [jostes] des uns et des altres. Si comencerent [entre Lancelot et le roi des Cent Chevaliers] a peçoier lances mult
durement et c'estoit uns des homes al monde qui plus bel les
peceoit, mes li chevals seur quoi Lancelot seoit ert un poi
tirant et n'estoit pas bien afrenez, si le portoit auques oltre
sa volenté mainte fois, et il estoit si vites et de si grant force
qu'il ne hurtast a nul cheval qu'il ne portast a terre ; et il
n'en voloit descendre tant li plaisoit li beorders, car trop
cresist avoir onor perdue s'il se deleaiast un petit. A la
quarte joste qu'il firent entre lui et le roi des Cent Che-
vallers, avint chose qu'il hurterent ensamble et que Lancelot
abati le roi a terre et le cheval ensamble, et fu mult durement bleciez en la senestre quisse ; si en jut pasmes a terre
mult longement.

Et lors se drece Maleagranz envers Lancelot, si pecoient
lor lances et refu Meleagranz portez a terre et lui et ses
chevals altresi com li rois avoit esté. De ce mut la grant
haine que il ot puis vers Lancelot tote sa vie. Lors sailli sus
Meleagranz, car il n'estoit pas bleciez, si demanda une lance
grosse et roide et la fist mult bien aguisier devant. Puis
laisse corre a Lancelot et avise mult bien ou il ferra et il ne
failli pas, car il l'envoia la lance parmi la destre cuisse
d'oltre en oltre et *(29a)* parmi la coverture de la selle, si
qu'[el]le hurte contre l'arçon desrieres et vole en pieces. Et
Lancelot en porte le tronçon en la cuisse qui a de lonc plus

seul jour. Le jour de Noël, après le déjeuner, on dressa la quintaine, comme le voulait la coutume. Les hommes de Galehaut demandèrent à leur seigneur de leur permettre de tournoyer le lendemain contre les chevaliers du roi Arthur, étant entendu qu'on se battrait avec les lances et les écus, à l'exclusion de toutes autres armes. La nouvelle se répandit vite et Lancelot en fut informé. Il demanda à Galehaut la faveur de prendre part à ce tournoi et Galehaut la lui accorda, dès lors qu'il en exprimait le désir. Ils furent trois cents d'un côté et trois cents de l'autre, tous jeunes bacheliers du même âge, impatients d'acquérir de la renommée.

Lancelot se rangea parmi les chevaliers du roi Arthur et Galehaut ne prit pas part au tournoi, craignant un accident dont il serait la victime. Quand tout le monde fut à cheval, ils se rendirent dans les prés, au-dessous de la ville, et ils commencèrent à jouter les uns contre les autres. Lancelot jouta contre le roi des Cent Chevaliers. C'était un des hommes du monde les plus habiles pour rompre des lances. Le cheval de Lancelot était un peu rétif et difficile à maî- triser ; il l'entraînait souvent au-delà de ce qu'il aurait voulu, et il était si rapide et si fort qu'il ne heurtait aucun cheval sans le jeter à terre. Mais Lancelot ne voulait pas changer de monture. La joute lui plaisait tant qu'il se serait cru déshonoré de l'abandonner un seul instant. À la qua- trième rencontre qu'il eut avec le roi des Cent Chevaliers, il arriva que leurs deux destriers se heurtèrent. Le roi fut jeté à terre, ainsi que son cheval. Il était grièvement blessé à la cuisse gauche et resta évanoui un long moment.

Alors Méléagant s'élance contre Lancelot. Ils brisent leurs lances et Méléagant est abattu avec son cheval, comme le roi l'avait été. De là vint la grande haine qu'il porta à Lancelot toute sa vie. Il se relève, car il n'était pas blessé, demande une lance grosse et solide et en fait bien aiguiser le fer. Puis il se dirige vers Lancelot, vise bien l'endroit où il va le frapper et ne le manque pas. La lance traverse la cuisse droite de part en part et la couverture de la selle, vient heurter l'arçon arrière et vole en pièces. Lancelot garde dans

de demi toise, si li degote li sanz vermailz tot contreval la
[cuisse] si que l'erbe vert en est teinte.

Quant cil qui estoient des genz Galehot virent Lancelot
bleicé, si furent effree mult por lor seignor qui trop l'amoit ;
si ostent les escuz des cos et getent lor lances a terre et dient
qu'il ne beorderont mes hui. Et quant Galehot set la novelle
si se pasme, car il li fu dit que Lancelot estoit ferut par mi
le cors. Et li rois Artus ne rest pas a esse, mais la roine en a
tel duel que par un poi li cuers ne li part dedens le ventre ;
si ne se puet onques mantenir as fenestres d'une bretesche
ou ele estoit qu'ele ne cheist pasmee, et se bleça al chaoir
el chief al trenchant d'un astelon.

Et Lancelot est en mi les prez, si sache hors le tronçon et
[a] sa coisse bendee ançois que li rois soit venuz. Et quant
Galehot revint de pamison, si fiert ses pasmes ensemble et
dit : « Ha, Dex, or vient la mort qui tant [m'a] esté jugee. »
Lors demande novelles de Lancelot et l'en li respont qu'il
n'a mie de mal, et il ne velt nului croire, ançois est montez
et il garde : si le voit venir et encoste de lui venoit li rois
Artus, et Lancelot li crioit merci por Deu qu'il ne deist pas
Galehot qu'il *(29b)* soit navres « car il en seroit ja desvez,
ce sai je bien, [ne] je n'ai plaie que me nuise ». Lors sont
venu desi a Galehot et quant il le voit si en est mult liez,
quar il ne quide pas qu'il soit navres ; atant son[t] departi et
vi[e]nent arri[e]re en la cité. Et li rois Bademaguz est a mult
malaise por son fil que Lancelot avoit navré, si a paor que
maus ne li veigne, si li dit tant et chastie qu'il l'en envoie
en son pais malgré suen.

Atant son[t] ven[u] en la cité et Lancelot prie [le roi] por
Deu que Galehot n'en sache mot qu'il soit navrés, et li rois
respont qu'il en pe[n]sera mult bien. Et lors s'en revenent
par la roine, si l'en trevent durement blecié en la teste et li
rois li demande que ce a esté et ele respont qu'ele ne pooit
veoir la meslee de ceus qui bo[ho]rdoient, si se voloit aseoir

la cuisse un tronçon de lance long d'une demi-toise ; le sang vermeil coule sur sa chausse et rougit l'herbe verte.

Quand ils virent Lancelot blessé, les hommes de Galehaut furent très effrayés, car ils savaient la grande amitié que leur seigneur lui portait. Ils ôtèrent leurs écus, jetèrent leurs lances par terre et déclarèrent qu'ils ne jouteraient plus de la journée. Quand Galehaut apprit la nouvelle, il s'évanouit, car on lui dit que Lancelot avait reçu un coup de lance à travers le corps. Le roi Arthur fut très mécontent et la reine éprouva une douleur telle qu'elle manqua mourir de saisissement. Elle ne put se tenir aux fenêtres de la bretèche, où elle avait pris place. Elle tombe évanouie, et se blesse à la tête, en heurtant un des jambages de la fenêtre.

Lancelot était au milieu des prés : il arrache le tronçon de lance et bande sa blessure, avant que le roi ne soit arrivé. Galehaut revient de pâmoison, se frappe les mains et s'écrie : « Ah ! Dieu, voici la mort qui m'a été si justement annoncée. » Il demande des nouvelles de Lancelot et on lui dit qu'il n'a aucun mal ; mais il n'en veut croire personne. Il monte à cheval et regarde autour de lui. Il voit venir Lancelot qui était accompagné par le roi Arthur et le suppliait, pour l'amour de Dieu, de ne pas dire à Galehaut qu'il était blessé ; « car il en deviendrait fou, je le sais, et je n'ai pas de blessure qui me nuise. » Ils arrivent auprès de Galehaut, qui se réjouit de voir Lancelot et croit qu'il n'a pas été touché. Alors les tournoyeurs se séparent et rentrent dans la ville. Le roi Baudemagu se fait beaucoup de souci pour son fils qui a frappé Lancelot. Il craint qu'il ne lui arrive malheur. Il lui adresse réprimandes et remontrances et le renvoie dans son pays contre son gré.

Ils sont rentrés dans la ville et Lancelot supplie le roi : pour l'amour de Dieu, que Galehaut n'apprenne pas qu'il est blessé. Le roi lui promet d'y veiller. Ils passent chez la reine et voient qu'elle porte une entaille assez profonde à la tête. Le roi lui demande ce qui lui est arrivé.

« Je ne pouvais pas voir la mêlée des chevaliers qui s'affrontaient, je voulais m'asseoir, dit-elle, et m'éloigner

des fenestres ou elle estoit apoié.

« Lors me vindrent les novelles de Lancelot qui estoit morz, si me fist trop mal li cuerz et je me quidoie asseoir, si me hurtai ; mais je ne sui gaires blecie. »

Lors li conseille li rois qu'elle retaigne Lancelot et qu'elle li face afestier sa ploie, quar il ne velt que Galehot en sache rien. Et quant elle l'ot, si li froidit toz li coers et elle dist al roi :

« Ha, sire, por Deu est il donques navrés ?

– Oïl, fist li rois, un poi en la [destre] quisse. »

Atant se partent de la roine ; si enmaigne li rois Galehot et elle dist qu'elle velt *(29v°a)* Lancelot retenir ; et il s'en entre en une chambre et sont li mire envoié querre, si [li] regardent sa ploie et dient [que] grant peril [i a] eu, si la li apareillent et atornent mult bien : si la porta Lancelot quinze jorz [c']onques Galehot n'en sot mot.

Et l'endemain en re[n]voia toz ses barons qu'il n'i remest avec lui que les privees genz de son hostel. Si remes[t] aveques le roi Artus en tel maniere jusqu'à la Chandelor, mais ançois qu'il s'en partissent, lor comanda que huit jorz devant la Chandelor fuissent appareillié a armes contre lui a un suen chastel qui avoit non Nutebors, si estoit en la fin de son roiaume des Lontaignes Isles par devers Irlande. Eissi remest Galehot avec le roi Artu a tote sa privee maisnie et murent viii jorz devant la Chandelor ou li rois avoit tote sa baronie semoncé. Et Galehot [avoit] envoié a ses barons avant qui l'atendoient a Vite[b]ors, si lor manda qu'il alas-

de la fenêtre à laquelle je m'étais appuyée. À ce moment, on me dit que Lancelot était mort et j'en fus bouleversée. Je pensais m'asseoir, je me suis cogné la tête, mais je ne me suis pas fait grand mal. »

Le roi lui conseille de garder Lancelot auprès d'elle et de faire soigner sa blessure, pour que Galehaut n'en sache rien. À ces mots, le cœur lui manque et elle dit au roi :

« Ah ! seigneur, pour l'amour de Dieu, est-il blessé ?

– Oui, dit le roi, légèrement, à la cuisse droite. »

Ils s'en vont. Le roi emmène Galehaut, et la reine dit qu'elle veut garder Lancelot. Elle le fait entrer dans une chambre et envoie chercher les médecins. Ils examinent la plaie, disent qu'elle est très dangereuse, lui appliquent les meilleurs soins et les meilleurs traitements. Lancelot porta cette blessure pendant quinze jours, sans que Galehaut s'en aperçût.

CHAPITRE V

La cour de la Chandeleur à Bédingran et l'enlèvement du roi Arthur

Le lendemain Galehaut renvoya tous ses barons, ne gardant avec lui que les familiers de sa maison. Il resta auprès du roi Arthur jusqu'à la Chandeleur. Il avait ordonné à ses hommes, avant de les laisser partir, de se rendre en armes, huit jours avant la Chandeleur, dans une ville appelée Vitebourg, qui était à l'extrémité de son royaume des Lointaines Iles, face à l'Irlande. Galehaut lui-même resta auprès du roi Arthur avec sa maison privée. Les deux princes firent mouvement huit jours avant la Chandeleur, date à laquelle le roi Arthur devait tenir l'assemblée de tous ses barons. Mais, avant de se mettre en route, Galehaut envoya un message à ses barons, qui l'attendaient à Vitebourg : il leur demandait

sent tot droit a Bedigranz et illuec l'atendissent qui ert le
darrainiers chastels d'Irlande par delà.

Et si [mu]t li rois de Logres huit jorz devant la Chandelor
et vint al [cinquisme] jor a Bedigran, et trova trop grant
chevalerie de la gent Galehot et il atendi en ceste maniere
les novelles de la damoiselle de Tamerlide et prist la
semaigne tote son conseil coment il se contendra vers lui ;
si en prent conceil *(29v°b)* as plus sages homes et as plus
[haus] barons qu'il ot, car bien quide que la damoiselle ait
faite la clamor a droit et qu'elle soit ensint deseritee come
elle li a fet entendant. Mes il n'estoit pas einsint, anz avoit
la damoiselle trop grant duel par coi elle avoit ce esmeu et
si orrez coment.

Il fu voirs que li [rois] Leodegranz de Tamalirde ot un
seneschal qu'il ama mult et il avoit la plus bele fame del
monde a fame. Si la comença li rois a amer par amors et dit
li cuntes que elle ot une trop bele fille de lui et ce fu ceste
qui venoit chalengier la Table Reonde contre la roine Guenievre et elle avoit [nom] Guenievre altresi ; si estoient
ambedous si d'une semblance que la ou elle furent norries
l'en ne conissoit l'une de l'autre. Quant la roine Guenievre
s'en vint al roi Artu en mariage, elle s'en mut avec lui et
pensa de sa dame atretel traison a faire com elle li avoit
mise sus. Mes elle en fu desavancee, car cil qui l'aparçurent
l'en [reterent] por traison, si s'enfoi de paor qu'elle ne fust
destruite et demora longement en estrange terre, tant que par
le consel d'un vielz chevalier qui vint a la cort le roi Artu
qui avoit non Bertelac envai elle a fere ceste chose, car il li
prameist que il li aideroit de ci qu'a la mort de totes les
choses qu'il li porroit aidier : si l'a*(30a)*mena el roiaume de
Tamerlide et fist acroire a toz les barons de la terre que ce
estoit Guenievre, la fille al roi Leodegan, et que li rois Artus
l'avoit gitee fors por la fille al seneschal qu'il avoit prise. Et
li baron quidierent que ce fust elle, si la reçurent a dame par
le tesmoing Bertelac le Veil, et cil Bertelac avoit tot ce

d'aller l'attendre à Bédingran, qui est la dernière ville d'Irlande au-delà de la frontière.

Le roi partit de Logres huit jours avant la Chandeleur, arriva le cinquième jour à Bédingran et y trouva, rassemblés en très grand nombre, les hommes de Galehaut. Là le roi attendit l'arrivée de la demoiselle de Carmélide et passa toute la semaine à réfléchir sur la manière dont il devait se conduire avec elle. Il consulta les plus sages hommes et les plus hauts barons ; car il croyait que la demoiselle avait à bon droit présenté sa plainte et qu'elle avait été déshéritée comme elle le prétendait. Mais il n'en était rien. C'était par une terrible tromperie qu'elle avait ourdi cette machination et je vais vous dire comment.

On sait que le roi Léodagan de Carmélide avait un sénéchal qu'il aimait beaucoup. Ce sénéchal était marié à la plus belle femme du monde. Le roi en tomba amoureux et elle eut de lui une fille d'une grande beauté. C'était elle qui était venue disputer la Table Ronde à la reine Guenièvre. Elle s'appelait aussi Guenièvre et les deux Guenièvre se ressemblaient tellement que ceux qui les avaient élevées avaient de la peine à les distinguer l'une de l'autre. Quand la reine Guenièvre partit pour épouser le roi Arthur, l'autre Guenièvre l'accompagna, et la pensée lui vint de commettre, à l'encontre de sa dame, la trahison dont elle devait l'accuser. Mais l'affaire tourna à son désavantage. Les gens qui l'avaient observée lui reprochèrent cette trahison et elle s'enfuit de peur d'être mise à mort. Elle demeura longtemps en terre étrangère, jusqu'au moment où elle se lança dans une nouvelle entreprise. Ce fut sur le conseil d'un vieux chevalier nommé Bertelai, celui-là même qui était venu à la cour du roi Arthur. Il lui promit de l'aider jusqu'à la mort par tous les moyens imaginables. Il l'emmena au royaume de Carmélide et fit accroire à tous les barons qu'elle était la vraie Guenièvre, la fille du roi Léodagan, et que le roi Arthur l'avait chassée, afin de prendre pour femme la fille du sénéchal. Les barons la crurent et la reconnurent pour leur dame, sur le conseil de Bertelai le Vieux. Ce Bertelai

porca[c]ié por le d[u]el del jugement le roi Artu qui l'avoit
deserté por un homicide qu'il avoit fet. Et si n'en savoit mot
li rois Artus, car il nel conoisset mie.

Quant li jor de la Chedelor fu venuz et li rois ot oïe messe
si haute com il avoit en costume, si vient la damoiselle [a
quanque ele pot avoir de chevaliers et de conseil. La demoi-
selle][1] fu apareillie mult acesmeement et ot avec lui trente
pucelles vestues altresi richement com elle estoit et vint
devant le roi, si parla si hautement qu'en toz fu entendue :

« Dex salt, fait elle, Guenievre la fille al roi Leodegran de
Tamelirde, et Dex maldie toz les anemis [et totes les
anemies] que j'ai caiens ! Rois, fait elle, je sui ajornee a ui
çaienz par devant vos por mostrer et por desrainer la traison
que de moi fu faite, si com je vos mandai par mes lettres et
par ma pucelle et je sui preste de faire la desrenne si com
vostre cor[t] esgardera, ou par chevalier que le mostrera
contre altre cors [a] cor[s] ou par le commun de ma terre
que je sui issi desertee et [chacie de sus] vos, *(30b)* que
estoie vostre leal espose et fille a si haut home com estoit le
rois de Tamelirde. »

A ces parolles se dreça Galehot et parla par le coingié del
roi :

« Sire, nos avons bien oï que ceste damoiselle demande,
et altre fois l'a l'en ja demandé ; mes encore est il bien droiz
qu'elle die de sa boche se ceste traison fu de lui faite et qui
la fist.

— Sire chevaliers, fist la damoisele, je sui cele de cui la
traison fu faite et si vos di que celle Ganievre que li rois a
tenue por sa fame jusque ci est celle que la traison fist ; et
je qui[t] que ce est celle que je vo[i] la. »

A cest mot se dreça la roine et vint devant le roi et dist
que par lui n'avoit onques esté faite ne porparlee iceste
traison, « et sui tote apareillié, sire, fait elle, que je m'en

avait fomenté toute cette affaire, pour se venger d'un jugement du roi Arthur, qui l'avait déshérité en raison d'un
homicide. Mais le roi Arthur n'en savait rien, car il ne le
connaissait pas personnellement.

Quand le jour de la Chandeleur fut venu et que le roi eut
entendu la grand-messe, comme il avait coutume de le faire,
la demoiselle arriva, avec tout ce qu'elle put rassembler de
chevaliers et de conseillers. Elle était très élégamment parée
et escortée de trente demoiselles vêtues avec autant de
magnificence qu'elle-même. Elle se présenta devant le roi et
parla d'une voix si forte que tout le monde l'entendit :

« Que Dieu sauve Guenièvre, la fille du roi Léodagan de
Carmélide et que Dieu maudisse tous les ennemis et toutes
les ennemies que j'ai céans ! Roi, dit-elle, voici le jour qui
m'a été assigné, ici et aujourd'hui, par-devant vous, pour
montrer et prouver la trahison dont j'ai été la victime,
comme je vous l'ai fait savoir et par ma lettre et par ma
suivante. Je suis prête à montrer, au gré de votre cour, soit
par un chevalier contre un autre corps à corps, soit par tout
le peuple de ma terre, que j'ai été déshéritée et chassée de
chez vous, moi qui étais votre loyale épouse et la fille du
très puissant seigneur roi de Carmélide. »

À ces mots Galehaut se lève et prend la parole avec la
permission du roi.

« Seigneur, dit-il au roi, nous avons bien entendu ce que
cette demoiselle demande et qu'on a déjà demandé pour elle
précédemment. Mais il convient que l'on entende de sa
bouche si, de cette trahison, elle a bien été la victime et qui
en a été l'auteur.

– Seigneur chevalier, dit la demoiselle, je suis bien la
victime de cette trahison et cette Guenièvre que le roi a
tenue pour sa femme jusqu'à ce jour en est l'auteur, et il me
semble que c'est elle que je vois ici. »

Aussitôt la reine se lève et vient se placer devant le roi.
Elle déclare qu'elle n'a jamais fomenté ni médité une telle
trahison. « Et je suis prête, seigneur, dit-elle, à m'en

defende a l'esgart de vostre cort, ou par chevalier que se combate cors a cors ou par juis ».

Lors apella Galehot le roi Bademagu et si se dresce ; si est venuz devant le roi et dit :

« Sire, ceste chose est [si] haute et de si grant affaire qu'elle ne doit pas estre menee sanz jugement et sanz conseil. Et coment que la desrene doit estre faite, ou par bataille ou par juis, il doit estre devant esgardé par le jugement de vostre ostiel. Et il est bien droiz que vos facés sor iceste chose dire jugement et que vos soiez avant seurs de ceste damoiselle qui ci est qu'elle tendra le jugement de vostre cort, *(30v°a)* quel que chose qu'[il] aport, ou son preu ou son damage. »

A cest mot se tret avant uns chevaliers a la damoiselle, cil qui en la maison le roi s'estoit poroffrez de la bataille fere, et dist al roi :

« Sire, ma dame se conseillera de ceste chose, ou de refusier vostre jugement ou de l'atendre. »

Et li rois respont que ce velt il mult bien. Lors se tret la damoiselle arrieres et se consalt et parollent ensemble mult longement ; et quant il revindrent de conseil, si dist li chevalier al roi :

« Sire, ma dame vos demande respit de ceste chose jusque demain. Car altresi com vos avez demandé respit de ceste chose consilier, altresi demande ma dame respit, et ne ([est]?) mie trop oltrageus qu'il ne durra que jusque demain, car elle ne se porra pas bien conseillier en tant de terme de si grant chose. »

Li rois done le respit par le conseil de ses baronz et la damoiselle se depart de la cort entre lui et sa maisnie et chevalche celui jor loins de sa cort tant come elle puet aler. Et la nuit se conseilla a ses barons et li sages chevaliers li dist, qui avoit non Bertelac li Velz :

« Dame, si vos atendiez le jugement le roi Artu, vos i porriez avoir damage, car il vodro[i]t tot avant main estre seur que vos tendriez ce que ses jugemenz aportero[i]t. Et li jugemenz sera que, se la roine velt le juise avoir, que elle l'et ; *(30v°b)* et s'elle le prent et elle en soit sauve, vos serés destruite, car vos devés estre par droit en autretel torment

défendre comme votre cour le décidera, soit par un chevalier qui combattra corps à corps, soit par une ordalie. »

Alors Galehaut appelle le roi Baudemagu, qui se lève, se
présente devant le roi Arthur et dit :

« Seigneur, cette affaire est si grave et de si grande conséquence qu'elle ne doit pas être conduite sans jugement et
sans mûre réflexion. De quelque manière que la preuve
doive en être apportée, il faut qu'il en soit décidé par un
jugement de votre hôtel. Vous devez donc faire prendre ce
jugement et vous assurer d'abord que cette demoiselle se
soumettra à la décision de votre cour, qu'elle lui soit favo-
rable ou dommageable. »

Aussitôt s'avance un chevalier de la demoiselle, celui-là
même qui s'était proposé pour la bataille dans la maison du
roi.

« Ma dame, dit-il, tiendra conseil afin de savoir si elle
doit se soumettre à votre jugement ou le refuser. »

Le roi répond qu'il y consent. La demoiselle se retire,
réunit ses chevaliers en conseil, et ils délibèrent très longuement. Au retour du conseil, le chevalier dit au roi :

« Ma dame vous demande de remettre cette affaire à
demain. De même que vous lui avez demandé l'autre jour
un délai de réflexion, de la même manière elle vous
demande un délai qui n'aura rien d'excessif, car il ne durera
que jusqu'à demain ; et c'est un terme bien court pour
décider d'une si grande affaire. »

Le roi accorde la remise sur le conseil de ses barons. La
demoiselle se retire avec les gens de sa maison, monte à
cheval, et s'éloigne, autant qu'elle le peut, de la cour du roi
Arthur. Le soir, elle tient conseil avec ses barons. Et le sage
chevalier, qui s'appelait Bertelai le Vieux, lui dit :

« Dame, si vous attendiez le jugement du roi Arthur, vous
auriez tout à perdre. Car il voudra, dès demain, avant toute
chose, s'assurer que vous vous soumettrez à ce qu'il aura
décidé par jugement. Et le jugement dira que, si la reine
veut une épreuve judiciaire, elle devra l'avoir. Si elle s'y
soumet et en sort saine et sauve, ce sera votre perte. Si elle
se disculpe, il vous sera infligé, en bonne justice, la même

livree, se elle en est salve, come elle seroit, s'ele estoit de la
traison atainte. Kar li jugemenz de la maison le roi li apor-
tera qu'elle doit faire son juise, encore ne soit il mie droiz ;
ne il ne seroit pas ligiere chose de falser son jugement, car
tuit li boen chevalier del monde sont en sa maison, et si [se
vodroient] il que vos le feissiez falser, car a la bataille quideroient avoir tot gaaignie.

« Mes je vos conseillerai sor toz ceaus qui conseil vos
porront doner, quar quant l'en a une si haute chose
comencié, l'en ne doit mie por pechié leissier que [l'en ne
s'en isse] a onor. Ne je ne voi mie coment vos puissiez
iceste chose a chief mener, s'il n'i a traison ou altre desloialté. [Mais miex ameroie traison ou autre desleiauté][1] a
faire par coi je venisse d'une grant chose a chief que je
eusse enprise que je remansisse honiz et perdisse ce que
j'avroie desiree, et ge vos enseignerai a venir mult bien a
chief de ceste chose issi com je vos ai dit par quoi vos
remandroiz honoree et porrez avoir ce que vos desirrez.

« Je vos lo que vos mandez le matin al roi que vos
n'iestes pas trés bien heitiez et que vos n'estes pas de vostre

peine qu'elle aurait subie, si elle avait été reconnue coupable. Le jugement de la maison du roi lui accordera le bénéfice de l'épreuve judiciaire, même si ce n'est pas juste ; et il ne sera pas facile de fausser ce jugement. En effet tous les bons chevaliers du monde sont dans la maison du roi Arthur, et ils voudraient bien que vous fassiez fausser leur jugement ; car, si l'on en venait à la bataille, ils croiraient avoir tout gagné[1].

« Mais je vous donnerai le meilleur des conseils. Quand on est engagé dans une si haute entreprise, on ne doit pas reculer devant un péché pour s'en sortir avec honneur. Je ne crois pas que vous puissiez mener à bien cette affaire sans une trahison ou autre déloyauté, mais j'aime mieux une trahison ou une déloyauté qui me permette de réussir de grandes choses, plutôt que d'être déshonoré et de perdre ce que j'ai toujours désiré. Je vous enseignerai donc le moyen de mener à bonne fin notre affaire, comme je vous l'ai dit. Par ce moyen vous sauverez votre honneur et vous obtiendrez ce que vous désirez.

« Je vous propose de faire savoir au roi demain matin que vous n'êtes pas très bien portante et que vous n'avez pas pu

---

1. « Fausser un jugement », c'est s'inscrire en faux contre lui, c'est accuser une juridiction d'avoir rendu un jugement inique, un « faux jugement ». Cette accusation très grave conduit le plus souvent à un duel judiciaire, c'est-à-dire à ce qu'on appelait alors une « bataille », l'accusateur offrant de combattre, corps à corps, quiconque prétendra défendre le jugement qu'il a attaqué. Le droit féodal est d'une logique sans faille, pourvu que l'on veuille bien respecter le sens précis des termes qu'il utilise : *jugement* (décision collective d'une instance, choisie ici d'un commun accord, précédée par l'engagement des deux parties de se soumettre à la sentence, quelle qu'elle soit), *juise* (épreuve judiciaire par le fer chaud, l'eau froide, etc.), *bataille* (que nous appelons aujourd'hui duel judiciaire). L'engagement des parties peut être conforté par un serment ou d'autres sortes de « sûretés », voire par une détention ou une surveillance provisoire. Le jugement fixe les modalités de la preuve : témoignages, ordalies, duel judiciaire. Le jugement peut toujours être faussé, c'est-à-dire attaqué, mais dans ce cas la « bataille » est la seule preuve recevable. On comprend les craintes du chevalier Bertelai le Vieux, à l'idée de « fausser un jugement » rendu par une juridiction où siègent les meilleurs chevaliers du monde. La « bataille » ne manquerait pas de prouver l'innocence de la reine.

besoigne encore si bien consilliez com il vos i seroit
mestiers ; si l'en demandés un tot seul jor et il le vos donra,
car por tant *(31a)* ne faudroit il pas de droiture, et lors
envoierez un de vos chevaliers a lui et si li mand[e]rez ce
que je vos dirai. Et sachiez bien que se granz merveille
n'e[st], je le vos rendrai ainz demain a soir en vostre prison.
Et savez vos coment ? Vos manderez le roi que en ceste
forest a le greignor porc c'onques fust pris. Mes cil qui li
dira ne li fera pas a savoir qu'il soit a vos, ainçois dira que
il est de cest pais et que il li a portees cestes novelles par ce
qu'il soit plus liez. [Et li rois chace plus volentiers que nus
autres hom et plus est liez][1] quant il ot tex novelle[s]. Si sai
bien qu'il ira demaintenant chacier. Et vos averrés voz chevaliers mis en la forest et si le prendront et le me[t]tront tot
demaintenant el regne de Tamelirde et l'en tendrez a tel
prison qu'il sera toz liez, se vos le deigniez prendre ançois
qu'il vos puisse eschapier. Einsi vos lo je que vos le facez,
car vos ne poez pas par force si bien esploitier com par
engien. »

A ceste parolle s'acorde la dame et ses conseaus et fait
maintenant montier trois chevaliers des suens por aler
prendre le respit al roi Artu. Et li quarz fu celui qui devoit
porter la novelle del porc. Si chevalcherent si qu'il furent
bien matin a Bedingran et demanderent le roi le respit, si
com lor dame lor avoit comandé. Et li rois trova en son
conseil que il donra encore respit, si lor dona par tel covant
que se elle n'en venoit a l'endemain, qu'elle ne seroit plus
(31b) escotee de rien qu'ele deist. Atant se partirent li troi
messages et si tot com il furent parti de la vile, si entra le
quarz messages en la cort et vient devant le roi Artu altresi
com a grant besoing et dit si haut que tuit l'ont oï :

« Dex salt le roi et sa compaignie ! Rois, fait-il, je t'aport
estranges novelles et teles come je ai veues a mes eulz, car

délibérer, comme il convenait, de votre affaire ; et c'est pourquoi vous lui demanderez un nouveau délai d'un seul jour. Il vous le donnera, car il ne voudra pas renoncer pour autant à faire justice. Ensuite vous lui enverrez l'un de vos chevaliers qui lui rapportera ce que je vais vous dire. Et sachez qu'à moins d'un grand miracle, le roi sera demain soir votre prisonnier. Savez-vous comment ? Il vous suffira de l'informer que dans cette forêt, se trouve le plus grand sanglier que l'on ait jamais pris. L'homme qui le lui dira ne lui fera pas savoir qu'il est de vos chevaliers. Il dira seulement qu'il est de ce pays et qu'il lui apporte cette nouvelle pour lui être agréable. Le roi est passionné de chasse plus que quiconque ; et rien ne lui plaît davantage que de recevoir de telles nouvelles. Je suis sûr qu'il s'en ira aussitôt à la chasse. Vous aurez posté vos chevaliers dans la forêt. Ils s'empareront de lui et l'amèneront immédiatement au royaume de Carmélide. Là vous lui ferez une prison qui lui sera très agréable, si vous voulez bien le prendre avant qu'il puisse vous échapper. Tel est le conseil que je vous donne, car vous ne pouvez pas réussir aussi bien par la force que par la ruse. »

La dame et son conseil donnent leur accord à ce projet. Aussitôt elle envoie trois de ses chevaliers demander un délai au roi Arthur. Un quatrième informera le roi de la présence du sanglier. Les trois chevaliers chevauchent tant qu'ils arrivent à Bédingran très tôt dans la matinée. Ils sollicitent la remise du jugement, comme leur dame le leur a prescrit. Le roi dans son conseil décide d'accorder ce nouveau délai, sous réserve que si la dame ne se présente pas le lendemain, rien de ce qu'elle pourra dire ensuite ne saurait être retenu. Sur ce les trois chevaliers s'en vont. À peine sont-ils sortis de la ville que le quatrième entre dans la cour. Il se fait recevoir par le roi, en alléguant qu'il est porteur d'une nouvelle urgente, et lui dit d'une voix si forte que chacun put l'entendre :

« Que Dieu sauve le roi et sa compagnie ! Roi, je t'apporte une nouvelle extraordinaire, telle que je l'ai vue de

je sai en la forest de Bendigrant le plus grant senglier qui
onques mes fust veuz, et si est si fiers et si orgoilleus que
nus hom ne l'ose envair et a si destruit environ le pais que
nus home n'i ose arester qui hors de forteresce soit. Et se tu
le pais ne delivres, je ne dirai pas que tu soies rois a droit. »

A ces parolles seoit Lancelot as piez le roi ; et quant il oï
la parolle de la fiere beste, si en ot trop grant joie. Lors saut
sus et vient devant Galehot qui es loges dehorz estoit et li
conte la novelle del senglier qui est si fierz et granz que nus
hom ne l'ose chacier. Lors s'est dreciez Galehot et vient la
ou li rois estoit et de si loinz com l[i] rois [le vit], si li dist :

« Galehot, avez vos oies ces novelles ?

– Ha, sire, fait Galehot, alons i, car ce sont trop beles
novelles a oir et mult li avendra grant anor qui l'ocirra ; et
je sai bien que li ligier bachilier de caiens iront mult
volentiers. »

Et ce disoit il por ce qu'il veoit que Lancelot i desiroit
tant a aler. Maintenant s'[a]torne li rois *(31v°a)* d'aler en
bois et ses palefroiz li est amenez et il monte, si vait
avecques lui Galehot, et Lancelot fu tierz, et misires
Gauvens vet avec, et messires Yvainz, le filz le roi Urien, et
des autres chevaliers de laienz grant partie. Et li chevaliers
s'en vait avant qui les conduit, et chevalchent tant qu'il
venent en la forest ; et quant il sont prés del leu ou il siet que
li chevalier l'atendent, si dit :

« Sire, ci prez est li liz al porc, mais la noise sera ja si
granz de ces chevaliers [que je crien que vos nel perdez. »

Lors fait li rois remanoir ses chevaliers][1] et maine avec
lui dous de ses veneurs sanz plus et un de ses berserez, et
cil les maine desci qu'en une bruere espesse, auques loinz
[d'iluec]. Et quant li rois s'esgarde, si est toz avironez de
chevaliers qui tuit ont les heaumes laciez et li uns d'aus
vient a lui, si le prent par le frein et il li dit qu'il ne se

mes propres yeux. Je sais qu'il y a, dans la forêt de Bédingran, le plus énorme sanglier que l'on ait jamais vu. Il est si
féroce et si vigoureux que personne ne veut s'y attaquer. Il
a fait tant de ravages, dans toute la contrée alentour, que
personne n'ose s'y arrêter, s'il n'est à l'abri dans une forteresse. Si tu n'en délivres pas le pays, je dirai que tu n'es pas
digne d'être roi. »

Pendant ce discours, Lancelot était assis aux pieds du roi.
Quand il entend parler de la fière bête, il laisse éclater sa
joie ; il se lève, va trouver Galehaut qui était dehors dans les
galeries, lui apprend qu'il y a dans le pays un sanglier si
féroce et si grand que personne n'ose le chasser. Galehaut
se rend auprès du roi, qui lui dit dès qu'il le voit :

« Galehaut, avez-vous appris la nouvelle ?

– Ah ! seigneur, dit Galehaut, il faut y aller. C'est une
nouvelle bien agréable à entendre. Celui qui tuera le sanglier y aura beaucoup d'honneur ; et je sais que les
bouillants bacheliers de votre cour seront heureux de le
chasser. »

Il disait cela parce qu'il voyait à quel point Lancelot était
impatient d'y aller. Sans plus attendre, le roi s'équipe pour
la chasse. On lui amène son palefroi, et il s'en va, accompagné par Galehaut, Lancelot, monseigneur Gauvain, monseigneur Yvain le fils du roi Urien, et bon nombre des chevaliers de la maison du roi. En tête chevauche celui qui les
conduit. Il les emmène dans la forêt. Quand il arrive près de
l'endroit où il sait que les autres chevaliers se sont mis en
embuscade, il dit au roi :

« Seigneur, la bauge du sanglier est près d'ici ; mais vos
chevaliers vont faire tant de bruit que je crains qu'il ne vous
échappe. »

Le roi fait signe à ses compagnons de s'arrêter. Il ne
retient avec lui que deux veneurs et l'un de ses chiens. Le
guide les amène assez loin, dans un épais fourré. Quand le
roi jette les yeux autour de lui, il se voit entouré de chevaliers, le heaume lacé, dont l'un s'approche de lui, prend
son cheval par le frein et l'avertit de ne pas tenter une

defende pas, « car vos i morrez ja », fet il. Lors voit bien li
rois que la force n'est pas soe et bien aparçoit qu'il est traiz ;
lors trait s'espee, si se desfent si durement com il puet plus,
et il ocient son cheval soz lui et ont pris les dous veneors, si
les ont pris et liez et ont le roi altresi pris ; si se sont mult
bien gardé de lui ocirre ne blecier. Lors le montent sor un
palefroi, si l'en moinent mult grant aleure, et li chevaliers
qui amené l'avoit a pris un cor en un altre partie mult loing
que li rois n'estoit pas menez ; et quant il est bien loing, si
sone le cor. Et quant Galehot qui se demente mult *(31v°b)*
de la demore le roi l'oï, [si dist] :

« En non Deu, la est misires et je entent bien qu'il nos
appelle. »

Lorz f[ie]rent tuit cele part des esperons. [Et] si tot com
li chevaliers ot le cor s[o]né, si s'en ala si tot com li chevaus
li pot [r]endre et [torna] cele part ou il les quida melz des-
voier. Et quant il est une piece eslongiez, si resone le cor :
si les maine en tel maniere foloiant par la forest tote jor
ajornee, tant que il vint a la nuitier. Et lors s'en departi, si
ala al chastel ou sa dame estoit, si la trova mult lie et mult
a ese.

Mais d'altre part sont mult dolanz les genz le roi Artu,
quant il ne poent savoir enseigne veraie de lor seignor ne
des veneorz et en la fin s'en retornent correciez et trovent la
roine et grant planté de barons qui estoient as fenestres de
la sale et atendoient le roi et ne savoient encore rien de ceste
chose. Et quant il le sorent, si en furent tuit esmaié et dist la
roine que mult a grant paor que li rois ne soit trahit « car il
a, fet ele, assez plus d'enemis qu'il ne set ». Mult en fai[t]
la roine malvaise chiere et tuit li autre ; mes Galehot qui de
si haut cuer estoit, com il parut a mainz afferes, les conforte
tot et dit a la roine :

« Dame, ne cuidez pas que nus osast a mon seignor le roi
mal faire et vos ne devriez pas doter en nulle maniere qu'il
fust morz, mes missires aime le chacier, si quit bien qu'il
trova le porc si grant et si mer*(32a)*veilleus com l'en li dit :
si corut aprés por l'ocirre, que onques ne nos i vost atendre,
por ce qu'il voloit gaber a nostre venir les chevaliers qui

résistance inutile, « car, lui dit-il, ce serait votre mort ». Le roi voit bien qu'il n'est pas le plus fort et qu'il a été trahi. Mais il tire son épée et se défend de son mieux. Son cheval, mortellement frappé, s'affaisse sous lui. Ses deux veneurs sont pris et ligotés ; et lui-même est fait prisonnier ; mais ses agresseurs se gardent bien de le tuer ou de le blesser. Ils le lèvent sur un palefroi, qui l'emmène d'un pas rapide. Le chevalier qui l'avait amené saisit un cor et s'en va le plus loin possible de l'endroit où il avait laissé le roi. Quand il est à bonne distance, il sonne du cor. Galehaut, que l'absence du roi inquiétait, entend le cor et s'écrie :

« Mon Dieu ! c'est monseigneur ; je l'entends qui nous appelle. »

Ils s'élancent tous dans la même direction. Mais le chevalier s'éloigne en toute hâte dans la direction opposée, pour mieux les fourvoyer ; et quand il se trouve assez loin, il sonne à nouveau du cor. Il les égare ainsi et les promène toute la journée à travers la forêt, jusqu'à la nuit. Alors il s'en va et revient au château de sa dame, qu'il trouve fort joyeuse et satisfaite.

Cependant les gens du roi Arthur s'affligent. Ils n'ont pas trouvé trace du roi ni de ses veneurs. À la fin de la journée ils reviennent, accablés de chagrin. Ils voient la reine, au milieu d'un grand nombre de barons qui étaient aux fenêtres de la salle et ne savaient encore rien de ce qui s'était passé. Tout le monde apprend la nouvelle avec stupéfaction, et la reine s'écrie qu'elle a grand-peur que le roi n'ait été trahi, « car il a, dit-elle, plus d'ennemis qu'il ne le sait ». La reine et les barons se laissent aller à leur douleur. Mais Galehaut, qui était un homme d'un grand courage, comme il parut en maintes affaires, les réconforte tous et dit à la reine :

« Dame, ne croyez pas que personne ose s'en prendre à monseigneur le roi. Vous n'avez pas lieu de craindre qu'il soit mort. Monseigneur aime la chasse, et je suis persuadé qu'il a trouvé ce sanglier, que l'on dit si grand et si merveilleux. Il l'aura poursuivi pour le tuer ; et s'il n'a pas voulu nous attendre, c'est pour mieux se moquer, à notre arrivée, de ceux de nos chevaliers qui s'étaient vantés de le mettre à

s'estoient vanté d'occire le porc et si l'avons nos hui oï
grant piece del jor si com il coroit aprés le porc. Mais la
forest es[t] granz et longe, si i a assez et monz et valz et
altres devoiemenz ou il puet estre. Mes demain sera il granz
merveilles s'il n'est trovez, car nos le querrons si que nos
chercherons la forest de totes part[s]. »

Atant s'en departent de laienz tuit li baron, si s'en venent
a lor maisons si tost com il ont mangé ; mais Galehot remist
parlant a la roine et d'autre part si siet a terre Lancelot et la
damoisele de Maloaut. Et a la roine monstré a Galehot
l'aventure de cest blasme que la damoisele li a sus mise et
dit :

« Beaus dolz amis, coment en porroie je venir a chief, car
toz li siecles quide que ce soit voirs et misires li rois m'en
prise mains qu'il ne seult et m'en mostre malvais semblant.

– Dame, fet il, je dirai ja une fole vantance, mais li granz
talanz que je ai vers vos dont je sui toz vostre le me fait
dire ; si vos promet itant que vos n'i avez garde, car vos
avez plus pooir que misires li rois Artus ; et si vos [vos] i
acordés, ja por nul home ne remandra que je ne face prendre
la damoisele que devant ier fu caienz, en quel leu qu'ele
soit trovee, et qui quidoie avoir honor *(32b)* ne honte, elle
sera tex conree que ja mais ne vendra caiens sa clamor.

– Certes, fet la roine, se Dex plaist, issi nel fe[r]ei je mie,
ne ja de cestui blasme ne quier estre desfendue se par le
droit non, ne ja, se Deu plest, autres pechiez ne m'i nu[i]rra,
einçois atendrai le jugement le roi [d']oltre en oltre. Et je
vos pri po[r] Deu et por l'amor que vos avés a moi, que vos
penés en cestui point de garder m'enor en totes choses et
[vos] veez mult bien que li bezoins est mult grant, ne entre
vos dous chevaliers ne porrez pas parler a noz dous dames
com vos avez fet, ains covendra que nos nos en soffrons et
que chascun tienge sa grant mesese. »

Issi parolle[nt] entre la roine et Galehot et il siet mult bien

mort. Nous l'avons entendu, pendant une grande partie de la journée, tandis qu'il courait après le sanglier. Mais la forêt est grande et longue à parcourir. Elle est pleine de monts et de vaux et d'endroits écartés, où il peut être. Demain il serait très étonnant que nous ne le trouvions pas ; car nous irons le chercher et nous ferons des battues dans la forêt de toutes parts. »

Tous les barons se séparent et s'en vont à leur hôtel, aussitôt qu'ils ont dîné. Galehaut reste auprès de la reine, pour s'entretenir avec elle, tandis que Lancelot s'assied par terre ainsi que la demoiselle de Malehaut. La reine parle à Galehaut de l'opprobre que la demoiselle de Carmélide a jeté sur elle. Elle lui dit :

« Beau doux ami, comment pourrai-je me disculper ? Tout le monde croit que cette demoiselle a dit la vérité. Le roi lui-même m'en estime moins et me fait mauvais visage.

— Dame, ce dont je me flatte est follement présomptueux ; mais le zèle que j'ai pour vous et qui m'attache à tous vos intérêts me le fait dire. Je vous garantis que vous n'avez rien à craindre ; car vous avez à votre service plus de forces que n'en a monseigneur le roi Arthur. Si vous le voulez, personne ne pourra m'empêcher de faire enlever la demoiselle qui s'est présentée ici l'autre jour, en quelque lieu qu'elle se trouve ; et quel que soit l'honneur ou la honte qui doive en résulter, elle sera arrangée de telle sorte que sa plainte ne parviendra plus jusqu'ici.

— En vérité, dit la reine, à Dieu ne plaise que j'agisse ainsi ! Je ne veux me défendre de cette accusation que par mon bon droit. À Dieu ne plaise qu'un péché me porte tort ! J'attendrai le jugement du roi jusqu'à son terme. Pour l'amour de Dieu et pour l'amour de moi, votre premier soin doit être, dans la situation où nous sommes, de sauvegarder mon honneur en toutes choses. Vous voyez que le besoin en est très grand. Nous ne pourrons plus nous entretenir tous les quatre, comme nous le faisions. Il faudra que nous y renoncions et que chacun de nous endure sa grande peine. »

Ainsi parlaient la reine et Galehaut. Il comprend fort bien

que elle velt dire, si creante tote sa volenté. Issi passa cele
nuit et l'endemain vint a la cort la damoiselle de Tamalirde
et vint faire sa clamor altresi com elle avoit fait a l'autre
foiz, mes elle ne trova mie del roi ne ne trova home qui l'en
responsist fors li rois Bandemaguz qu[e] Galehot avoit
lessié por parler en liu del roi. Quant la damoiselle vint
devant les barons, si demanda le roi Artu autresi com elle ne
seust de lui novelles et li rois Bandemaguz se dreça en
estant et dit :

« Damoiselle, misires li rois n'est mie ci, anz est en ses
granz besoignes qu'il ne puet mie laissier por ceste et il se
fie tant en nos qu'il nos a leissié en son liu, et nos somes
(32v°a) apareillé que nos vos façons altretant de droiture
com s'il i estoit. »

La damoiselle, que bien siet coment il est, respont qu'elle
ne prendroit nulle droiture se par la boche le roi non, « car
il m'ajorna, fet elle, hui par devant lui. »

« Si ferez, damoiselle, fit li rois Bandemaguz, par un
covent que je vos dirai. Je vos donrai toz les chevaliers, qui
çaiens sont, en ostages, dom il i a mult de proudomes, que
missires li rois tendra por estable chose ce que vos av[r]és
fet verz moi. »

La damoiselle respont qu'elle n'en tendra ja plet ne
parolle a nul home vivant que solement al roi Artu, « car je
sai bien que nus ne me tendroit si bien droiture com il feroit,
por ce que la chose tient plus a lui que a altrui. »

Einsint s'en part la damoiselle de la cort et dit oiant toz
les baronz que laiens sont que elle s'en vait come cele que
treve la cort le roi desfaillie de droit. Et quant elle s'en velt
partir, si li loe ses consalz qu'elle atende dusqu'à l'ore que

ce qu'elle veut dire et lui promet de se soumettre à ses désirs. La nuit se passe ; et le lendemain la demoiselle de Carmélide revient à la cour. Elle y présente sa plainte comme elle l'avait fait la fois précédente. Mais elle n'y trouve pas le roi, ni personne qui puisse lui répondre, sauf le roi Baudemagu, à qui Galehaut avait demandé de parler au nom du roi. Quand la demoiselle arrive devant les barons, elle demande à voir le roi, comme si elle n'était au courant de rien. Le roi Baudemagu se lève et lui dit :

« Demoiselle, monseigneur le roi n'est pas ici. Il est retenu par de grandes affaires, qu'il ne peut quitter pour celle-ci. Il nous a fait confiance, au point de nous laisser à sa place ; et nous sommes prêts à vous faire justice, aussi bien que s'il était ici. »

La demoiselle, qui sait bien ce qu'il en est, répond qu'elle n'acceptera de jugement que de la bouche du roi ; car « c'est lui, dit-elle, qui m'a assignée à justice pour aujourd'hui et par-devant lui ».

« Vous accepterez notre jugement, demoiselle, aux conditions que je vous dirai. Je vous donnerai en otages[1] tous les chevaliers qui sont ici, parmi lesquels il y a beaucoup de prud'hommes. Ils seront garants que le roi tiendra pour établi ce que vous aurez obtenu par-devant moi. »

La demoiselle répond qu'elle n'acceptera de plaider ni de débattre devant aucun homme vivant, si ce n'est devant le roi Arthur et lui seul, « car je sais bien que personne ne pourrait me rendre justice comme il le ferait, puisque cette affaire le concerne personnellement plus que quiconque ».

La demoiselle décide de quitter la cour et, devant tous les barons rassemblés, proclame qu'elle s'en va, parce qu'elle a essuyé de la cour royale un refus de justice[2]. Au moment où elle allait partir, son conseil lui recommande d'attendre que

---

1. *Otages* : garants, sur leurs biens et leurs personnes.
2. Le « refus de justice » : on dit encore aujourd'hui, mais dans un sens un peu différent, le « déni de justice ». Le refus de statuer sur une réclamation qui vous est soumise par un justiciable autorisé à porter plainte, est une faute d'une gravité extrême aux termes du droit féodal, qui n'admettait pas les lenteurs de nos procédures judiciaires.

plaiz doivent faillir, et elle s'i acorde bien ; si remaint a la
cort desi atant que none es passee. Et lors s'en part de
[laiens] et dit a toz les chevaliers qu'elle voit bien que li rois
Artus se moine vers lui trop desloialment come cil qui por
li se repont, et que elle ne pot avoir en sa maison droiture.
Et li rois Bandemaguz et li altre baron li offrent totes les
(32v°b) mesures que il poent, mais elle ne velt nulle mesure
recoillir por los ne por p[r]iere que l'on li face, ainçois s'en
est partie et fait semblant d'estre mult corecie et molt
dolante. Et s'en vait en son pais et treve le roi Artu en
prison, si come elle l'avoit comandé, el chastel des Enchan-
temenz et elle en est molt lie, car ore siet elle bien que elle
a ce que a toz jorz desirré. Et d'autre part sont mult a
malaise li compaignon le roi Artu, car il [l']ont quis par tote
la forest de Bedigram ne nulle novelle n'en porent oir fors
tant qu'il ont trové son cheval mort. Et lors fu si granz li
deulz come si veissent le cors le roi mort devant aus ; si s'en
revenent ariere tot par ennui a Bedigranz et lorz est tote la
cort mult troblee, si ne sevent que il puissent fere, car il n'i
a nuil qui ne quit qu'il soit ocis. Si envoient par totes les
terres del monde por savoir de lui novelles, mais onques por
message qui i alast ne sorent de lui novelles ne plus que se
il fust choiez el fonz d'abisme.

Si se test a[t]ant li contes ci endroit que plus ne parolle,
ainz retorne a la damoiselle qui le roi Artus tient en prison
et dit li contes que quant elle fu a lui venue, si l'espoenta
mult de premiers et dist :

« Rois Artus, or ai je tant fet que je vos ai que par force

l'heure des plaids soit écoulée. Elle suit bien cette recommandation et demeure à la cour, jusqu'à ce qu'il soit none
passée. À ce moment elle s'en va, déclarant que le roi
Arthur se conduit déloyalement à son égard, parce qu'il se
cache et qu'elle ne peut obtenir justice dans la maison du
roi. Le roi Baudemagu et les autres barons lui proposent
tous les accommodements possibles, mais elle ne veut en
accepter aucun, en dépit des conseils et des prières qu'on lui
adresse. Elle part en montrant tous les signes d'une grande
colère et d'un profond chagrin. Elle va dans son pays et
trouve le roi Arthur en prison, comme elle l'avait ordonné,
au château des Enchantements. Elle est très joyeuse, car elle
sait qu'elle a maintenant ce qu'elle désirait depuis toujours.
Mais les compagnons du roi Arthur sont plus malheureux
que jamais. Ils l'ont cherché dans toute la forêt de Bédingran et ne savent toujours rien de lui, si ce n'est qu'ils ont
trouvé son cheval mort. Alors il se lamentent comme si
c'était le roi lui-même qu'ils avaient vu mort devant eux.
Désespérés, ils reviennent à Bédingran. Toute la cour est
consternée, et personne ne sait plus que faire. Chacun croit
que le roi a été tué. On envoya des messagers dans toutes
les terres du monde. Mais en dépit de toutes ces
ambassades, on ne put rien savoir de lui : ce fut comme si
le roi était tombé dans le fond d'un abîme.

CHAPITRE VI

Le roi Arthur amoureux de la Fausse Guenièvre

Le conte ne parle plus de la cour en cet endroit. Il revient
à la demoiselle qui retient le roi Arthur dans sa prison. Le
conte dit que, quand elle fut revenue auprès du roi Arthur,
elle commença par lui faire peur et lui dit :

« Roi Arthur, j'ai agi de telle sorte, tant par force que par

que par engien. Et sachiez *(41a)* que jamés en vostre vie
n'istrez hors de ma prison devant que je avrai en ma baillie
toz ceaus de la Table Reonde, si come mes pieres les vos
dona por moi en mariage, et puique je ne puis avoir droit de
vos debonairement, si est bien droiz que je l'en preigne et je
l'en prendrai si grant qu'a toz jors en sera parlé aprés ma
mort. »

Eissi remaint li rois Artus en la prison a la damoiselle
c'onques ses genz ne sorent de lui enseignes ; et elle le
venoit sovent veoir, tant que li rois la trova si cortoise et si
de bones parolles que mult li plot et mult [s']en oblia de la
grant amor que il avoit a la roine. Et tant com il demora en
la prison, gisoit il avec lui. Et quant vint a la Pasch[e] que
toz li ivers fu passet, si dist li rois que plus ne puet soffrir,
que il feroit quanqu'ele comanderoit, car en ceste maniere
ne dur[r]oit il mie a estre en prison.

« Et plus sui je a malaise de ma gent qui ne sevent de moi
nulle novelle, car je sai bien que il quident que je soie morz
veraiement.

— Se m'ait Dex, de prison ne vos giterai je ja por vos
perdre, car je sai bien que a toz jorz vos avroie perdu si vos
estiez en vostre terre et por ce que vos estiez li plus vaillanz
rois del monde de vostre eage me dona mes pierres a vos :
si vos voil avoir a compaignon et a seignor, si comme Sainte
Egleise l'establi, *(41b)* car por ce que vos estes li plus proudome que soit, vos ai je pris par force quant je ne vos
poai[e] par debonaireté avoir, ne il n'est nus de qui je m'en
tenisse si bien apaie que de vos. Et meus vos aim je a avoir
un poi mains riche [que] fuissiet sire de tot le monde si [vos]
perdisse.

— Si m'ait Dex, fait li rois, bele dolce amie, je vos aim
plus orendroit que feme qui vive et il est voirs qe je ai mult
amee celle que je ai eue, mes la grant valor que je ai trové
en vos et l'amor que vos m'avez mostree la m'ont tote fete

ruse, que je vous ai en mon pouvoir. Sachez que, de toute
votre vie, vous ne sortirez jamais de ma prison, avant que
j'aie recouvré les chevaliers de la Table Ronde, comme mon
père vous les avait donnés pour mon mariage. Puisque vous
ne voulez pas me rendre justice de votre plein gré, j'ai le
droit de me faire justice moi-même, et je le ferai d'une
manière telle qu'on en parlera éternellement après ma mort. »

Le roi Arthur resta ainsi dans la prison de la demoiselle,
sans que ses hommes eussent de lui la moindre nouvelle.
Elle venait souvent le voir. La roi la trouva de bonnes
manières et de commerce agréable. Elle lui plut et il oublia
vite le grand amour qu'il avait pour la reine. Pendant qu'il
fut prisonnier de la demoiselle, il prit l'habitude de coucher
avec elle. Il attendit ainsi la fin de l'hiver. À Pâques il
déclara que cette situation n'avait que trop duré et qu'il était
prêt à faire tout ce que la demoiselle lui demanderait. Il ne
supporterait plus de rester en prison.

« Je suis d'autant plus malheureux, disait-il, que mes
hommes n'ont aucune nouvelle de moi et je sais qu'ils me
croient mort.

— À Dieu ne plaise, dit la demoiselle, que je vous laisse
sortir de ma prison pour vous perdre. Je sais que je vous
aurais perdu pour toujours, si vous étiez de retour dans votre
terre. Parce que vous étiez le plus valeureux roi de notre
temps, c'est à vous que mon père m'a donnée. Je veux vous
avoir pour compagnon et pour seigneur, comme la sainte
Église l'a établi. Vous êtes le meilleur de tous les
prud'hommes ; et c'est pourquoi je vous ai fait prendre de
force, ne pouvant vous obtenir de votre plein gré. Il n'est
aucun homme dont je pourrais me satisfaire, si ce n'est de
vous. J'aimerais mieux vous garder auprès de moi, même un
peu moins puissant, que vous savoir le maître du monde et
vous perdre.

— Par Dieu, belle douce amie, je vous aime aujourd'hui
plus que toute autre femme. Il est vrai que j'ai beaucoup
aimé celle avec qui j'ai vécu. Mais le grand mérite que j'ai
découvert en vous et l'amour que vous m'avez montré l'ont

oblier : si vos aim tant que je ferai tote vostre volenté, et
comandez moi coment vos volet que je le face.

– Ge voil, fet elle, que vos me retenez a feme devant tot
vostre barnage et que vos me teignez por espose et por
roine. Mais ançois que je vos lez aler atant, me jurrez sor
sainz voiant tote ma baronie que vos issi me tendrez mes
covenanz. »

Einsi le devise la damoiselle et li rois le li creante.

« Mes por ce, fet il, que je [ne] soie blasmet ne de clergié
ne de mes altres baronz, covendra que vos facés une chose
que je vos dirai. Vos ferés venir les plus hauz homes que
vos avez par devant moi, et si comme il sevent la verité de
ceste chose, si vos tesmoigneront que vos fuistes fille al roi
Leodegranz et que vos iestes celle que fu acompaignie a
moi par leal mariage. Eissi le tesmoigneront par
de(41v°a)vant les miens barons et je les envoierai querre si
qu'il seront ci a celui jor que vos avrés semons vos homes. »

Lors respont Guenievre que de ce est elle tote apareillie
« et je le[s] ferai, fet elle, semondre al jor de l'Acension,
mes ançois que vos les vos homes façois semondre me ferez
le sarement de tenir ce que vos m'avez acraanté. »

Lors fet aporter les sains et li rois fait le serement voiant
ceaus de sa maison. Aprés fet Guenevre letres enseeler et
envoie par tot le regne de Tamelirde que tuit si home soient
al jor de l'Ascension par devant li a une soie cité qui estoit
chief de son reaume, si avoit non Zolezebre. E d'autre part
envoie li rois Artus el reigne de Bretaigne premierement a
mon seignor Gauvain son neveu et a toz ses autres amis
aprés, et lor mande qu'il est sainz et haitiez et a eise et que
il soient toz al jor de l'Acension a Tolezebre, car il i a d'aus
mult a faire. Mes ore se test li contes atant del roi et de la
damoiselle qui en prison le tient et parolle des barons de
Bretaigne qui le quident avoir perdu a toz jorz més.

tout à fait chassée de mon esprit. Je vous aime tant que je ferai tout ce qui peut vous être agréable. Dites-moi ce que vous voulez.

– Je veux, dit la demoiselle, que vous me preniez pour femme devant toute votre baronnie et que vous me teniez pour épouse et pour reine. Mais avant que je vous laisse partir, vous prêterez serment sur les saints Évangiles, devant tous mes barons, que vous tiendrez vos engagements envers moi. »

Telles sont les exigences de la demoiselle et le roi promet de les satisfaire.

« Mais, dit-il, pour que je ne sois blâmé ni de mon clergé, ni de mes barons, il vous faudra faire ce que je vous dirai. Vous rassemblerez en ma présence les plus hauts seigneurs de votre terre. Comme ils savent la vérité, ils témoigneront que vous êtes bien la fille du roi Léodagan de Carmélide, celle qui fut unie à moi par un loyal mariage. Ils porteront ce témoignage devant mes barons, que j'aurai convoqués ici même, le jour où vous réunirez vos hommes. »

Guenièvre répond qu'elle y est toute prête. « Je réunirai mes gens au jour de l'Ascension, dit-elle. Mais avant de convoquer les vôtres, vous prêterez le serment que vous m'avez promis. »

Elle fait venir les livres saints et, devant les chevaliers de sa maison qu'elle a réunis, le roi prononce son serment. Ensuite Guenièvre fait sceller des lettres et envoie des messagers par tout le royaume de Carmélide, pour que tous ses gens soient présents, au jour de l'Ascension, dans une ville qui était la capitale de son royaume et qui s'appelait Tolezèbre. De son côté le roi Arthur envoie des messagers dans le royaume de Bretagne, d'abord à monseigneur Gauvain son neveu, ensuite à tous ses amis. Il leur mande qu'il est en bonne santé d'esprit et de corps et qu'ils doivent venir tous à Tolezèbre le jour de l'Ascension, car il aura un grand besoin d'eux. Le conte ne parle plus ici du roi ni de la demoiselle qui le retient en prison. Il revient aux barons de Bretagne qui croient l'avoir perdu pour toujours.

Ci endroit dit li contes que quant li rois fu perduz en la
forest de Bedingran, se departirent li baron a si grant dolor
qu'il ne poent greignor avoir, si s'en ala la roine sejornier a
Carduel ne onques puis ne s'en mut jusqu'a la revenue le
roi. Quant li baron de *(41v°b)* Bretaigne virent la terre sanz
seignor, si comencierent a guerroier les uns les autres et ce
ne por[e]nt pas soffrir li proudome ne li haut home qui
voloient a bien entendre, si vindrent a mon seignor Gauvain
qui avec la roine demoroit entre lui et Galehot et son
compaignon et missires Yvains et Keus le seneschas. Cist
.v. proudome ne furent onques sanz la roine nulle foit[1], anz
li porterent compaignie toz jorz, car il n'i avoit celui d'aus
qui n'[eust] assez affere de son annui.

Li uns des barons qui vint a mon seignor Gauvain parler,
si fu li rois [Aguiscans d'Ecosse et avec lui li roi][2] Yvons
de Yrlande et li rois de No[r]gales et autre tant que douze
roi estoient. Quant il furent venu a Carduel, si mostrerent la
parolle a la roine et a mon seignor Gauvain et distrent que
ore en avant ne soffreroient il pas que la terre fust sanz
garant. Galehot qui mult estoit sages lor dit qui la parolle
avoit prise sor lui :

« Seignor, vos avez esté home a mon seignor le roi et
serez tant com il vivera, ne la corone n'est mie soie a desfendre mes es[t] a vos toz ; et altresi est il uns sols hom, com
vos estes ch[acu]ns, por ce vos demande ma dame la roine
un petit [de] respit, et mi sires Gauvains qui est li plus
prochains amis monseignor le roi si vos prient que vos
atendez encore monseig*(42a)*nor le roi jusque a la Pasque ;
et se Deu plest, nos en orrons entre ci et la bones novelles.
Et s'il avient chose qu'en[tre] ci et la n'en puissons nuilles

CHAPITRE VII

La Fausse Guenièvre proclamée reine

Le conte dit qu'après avoir perdu le roi dans la forêt de Bédingran, les barons se séparèrent avec une douleur extrême. La reine alla séjourner à Carduel et y attendit le retour du roi. Quand les barons de Bretagne virent que la terre était sans seigneur, ils commencèrent à se faire la guerre les uns aux autres. Les prud'hommes et les grands seigneurs dévoués au bien public ne purent supporter ces dissensions et s'adressèrent à monseigneur Gauvain. Celui-ci demeura aux côtés de la reine, avec Galehaut et son compagnon, monseigneur Yvain et Keu le sénéchal. Ces cinq prud'hommes ne laissèrent jamais la reine seule. Ils lui tenaient compagnie tous les jours, tant chacun d'eux prenait de part à sa douleur.

Parmi les barons qui vinrent s'entretenir avec monseigneur Gauvain, il y avait le roi Aguiscant d'Écosse, le roi Yon d'Irlande, le roi des Francs, le roi des Marches, le roi de Norgalles et plusieurs autres. On ne dénombrait pas moins de douze rois. Quand ils furent arrivés à Carduel, ils parlèrent à la reine et à monseigneur Gauvain. Ils leur dirent qu'ils n'accepteraient pas que la terre restât plus longtemps sans défenseur. Galehaut, en homme sage qu'il était, prit sur lui de leur répondre et leur dit :

« Seigneurs, vous avez été les hommes du roi Arthur et vous le serez tant qu'il vivra. Ce n'est pas seulement à lui de défendre la couronne, mais à vous tous. Seul, il n'est qu'un seul homme, comme vous. C'est pourquoi madame la reine et monseigneur Gauvain, qui est le plus proche parent de monseigneur le roi, vous demandent un peu de patience. Ils vous prient d'attendre le retour de monseigneur le roi jusqu'à Pâques. D'ici là, si Dieu le veut, nous aurons de bonnes nouvelles. Mais si, passé ce délai, nous sommes toujours dans l'incertitude, nous nous en remettrons à votre

veraies novelles oir, nos nos tendrons a vos consauz et de
terre et de seignor, si com vos le voldrez atorner. »

Par [le] conseil Galehot fu donez li respit jusqu'a la
Pasque et vindrent tuit a cort, et cil qui i avoient esté et li
altre baron. Et quant il virent que li rois ne fu encore mie
venuz, si distrent qu'il ne voldroient la terre laissier plus
sans seignor ; et la roine respont et missires Gauvains que il
n'en iront ja encontre lor volenté, einçois en otroieront ce
qu'il en voudront faire. Lors esgardent entr'aus[1] et s'acordent ensemble a ce qu'il volent que missires Gauvain[s] soit
rois, car ce est li plus proechainz des amis au roi ; si l'ont
esleu en ceste honor et dient tuit que il volent que il la
preigne ; et il dit que ja Damedex ne li ait al jor que il
prendra cest enor ne altre, tant que il sache veraies novelles
de son oncle s'il est morz ou vis. « Car trop seroit, fait il,
plains de fel hardement qui entreroit el leu a si proudome
com mesires a esté. Mais je vos dirai que je vos lorroie, se
vos quidiez que fust reisons : que vos a la terre gardier et
sostenir meisiez le plus proudome que vos savriez entre vos
toz et tant que nos seusens jusqu'a un an ça avant *(42b)* se
nos oriens novelles de sa mort ou de sa vie. »

Et il responent que il n'en feront nient, mes se il velt
prendre la corone, si la prenge ; et s'il la refuse, il sont tuit
conseillé a cui il la donront.

A cest m[o]t treit Galehot monseignor Gauvain a conseil,
si i fu la roine avec et messires Yvains li filz le roi Urien et
Kes li Seneschaus qu[e] mesires Gauvainz i apella. Lors
parolle Galehot et dit :

« Misires Gauvain, je voi bien que ceste gent n'ont mie
bon cuer envers mon seignor le roi ne enver[s] vos, et je voi
bien que il vos ont ceste honor offerte por ce qu'il quident
que vos ne la preigniez pas. Mes je vos pri que vos la
preigniez et si le voil, et quant vos l'avrés receue, nos por-

décision et vous disposerez de la terre et de son seigneur comme vous le jugerez bon. »

Sur la proposition de Galehaut, un délai fut accordé jusqu'à Pâques. On vit alors arriver à la cour non seulement ceux des barons qui y étaient venus la première fois, mais aussi tous les autres. Quand ils apprirent que le roi n'était pas de retour, ils déclarèrent qu'ils ne voulaient pas que la terre restât plus longtemps sans seigneur. La reine et monseigneur Gauvain répondirent qu'ils n'entendaient pas s'opposer à leur volonté et qu'ils accepteraient leurs décisions. Les barons se réunirent pour délibérer et décidèrent de proposer la royauté à monseigneur Gauvain, parce qu'il était le plus proche parent du roi. Ils le désignent pour recevoir cet honneur ; et tous lui demandent de l'accepter. Mais il répond que jamais, s'il plaît à Dieu, il n'assumera cet honneur ni aucun autre, avant de savoir avec certitude si le roi son oncle est mort ou s'il est vivant. « Car il faudrait, dit-il, être d'une extrême arrogance pour oser prendre la place d'un tel prud'homme. Voici donc ce que je vous conseillerai, si vous croyez que ce soit nécessaire. Choisissez, pour garder et maintenir la terre, celui que vous jugerez le meilleur de vous tous. Et attendons une année encore pour savoir si le roi est mort ou vivant. »

Ils répondent qu'il ne saurait en être question. Si monseigneur Gauvain veut prendre la couronne, qu'il la prenne. S'il la refuse, ils savent tous à qui la donner et leur décision est déjà prise.

Alors Galehaut va s'entretenir avec monseigneur Gauvain et leur entretien a lieu en présence de la reine, de monseigneur Yvain le fils du roi Urien, et de Keu le sénéchal, que monseigneur Gauvain a fait appeler. Galehaut prend la parole et dit :

« Monseigneur Gauvain, je vois que ces gens-là n'ont pas de bonnes pensées envers le roi ni envers vous. Je sais qu'ils vous ont offert la couronne, mais c'est parce qu'ils croient que vous la refuserez. Il faut que vous l'acceptiez, et je le veux. Quand vous l'aurez acceptée, nous obtiendrons un

chacerons bien respit del coronement jusqu'a un terme et
dedens le terme orrons nos novelles de mon seignor s'il est
vis ou e[st] morz. Autresi bien le savrons nos, car tel chose
ne puet longemen[t] estre celee. »

Tant li dist Galehot et tant le conseille que il l'otroie. Lors
vient ariere a ses barons et dit Galehot que misires Gauvain
recevra ceste onor qu'il li ont offerte por ce qu'il ne velt pas
que li reignes c[h]iece en main estrange par defaute de lui.
Lorz parla Agaigans li rois d'Escoors qui estoit cosins monseignor Gauvain et c'estoit [cil] de toz les barons qui melz
volssist que mesire Gauvainz ne preist ceste enor, car
(42v°a) [ele li] estoit promise de toz les altres si tot com
misires Gauvain l'avroit refusee et il estoit mult poissanz de
terre et de lignage et n'avoit pas plus de quarante cinc anz.
Et il dit a monseignor Gauvain :

« Biaus cosins, prenez ceste enor si come Galehot la vos
a devisié. »

Et misire Gauvain pleure mult durement et li sangloz li
entardent si sa parolle qu'a grant paine puet l'en conoistre
sa raison, et totes voies si com il puet parler si respont qu'il
otroie [c]e que il voloient. Et il le levent tot maintenant, si
en plorent neis cil qui plus ont dur le cuer et misires Gauvain dist en plorant, quant il ot caus qui ja le tienent por roi,
et dit que ja Dex ne li doint tant a vivre que il le soit. Et li
compaignon de la maison le roi font tel duel que nus ne les
puet conforter. Et la roine fet duel sor toz les autres, si s'iert
ensarrée en une chambre que nus ne la poot veoir et crie a
aute voiz que l'en l'ot bien de la sale et dit :

« Biaus sire Dex, com est tote chevalerie et tote prouece
remese et tote joie tornee en duel ! »

délai pour le couronnement. Avant l'expiration de ce délai nous aurons des nouvelles de monseigneur, s'il est vivant. S'il est mort, nous le saurons aussi, car un événement de cette importance ne pourra être caché longtemps[1]. »

Galehaut se montre si pressant et si persuasif que monseigneur Gauvain accède à son désir. Il retourne ensuite auprès des barons et leur annonce que monseigneur Gauvain acceptera l'honneur qui lui est offert, parce qu'il ne veut pas que, par sa faute, le royaume tombe dans des mains étrangères. Alors le roi Aguiscant d'Écosse prend la parole. C'était un cousin de monseigneur Gauvain et celui de tous les barons qui souhaitait le plus ardemment que monseigneur Gauvain refusât la couronne ; car elle devait lui revenir, il en avait obtenu la promesse de tous les autres barons, aussitôt que le neveu du roi l'aurait refusée. Il était très puissant de terre et de lignage et n'avait que quarante-cinq ans. Il dit à monseigneur Gauvain :

« Beau cousin, recevez l'honneur de la couronne, comme Galehaut vous l'a proposé. »

Monseigneur Gauvain pleure. Les sanglots l'étouffent au point qu'on a peine à comprendre ce qu'il dit : et il répond tant bien que mal qu'il accepte ce que les barons lui ont offert. Aussitôt ils se lèvent et les plus endurcis ont les yeux pleins de larmes. Monseigneur Gauvain dit en pleurant, quand il voit qu'on le considère déjà comme roi : « Que Dieu ne me laisse pas vivre assez longtemps pour que je le sois ! » Les compagnons de la maison du roi sont si malheureux que rien ni personne ne peut les consoler ; et la reine l'est plus que tout autre. Elle s'enferme dans une chambre pour qu'on ne puisse pas la voir, et s'écrie d'une voix si forte qu'on l'entendit bien de la salle :

« Beau seigneur Dieu, voici la fin de toute chevalerie et de toute prouesse, et toute joie changée en deuil[2]. »

---

1. Nous avons traduit la version commune, plus riche de sens que celle de BN 752. Mais nous n'avons pas de preuve suffisante pour affirmer que celle de notre manuscrit est erronée.

2. Cette phrase est une des nombreuses réminiscences du premier *Lancelot* (*Lancelot du Lac*, p. 847) ; mais elle est ici tout à fait bien venue. La

Si a dit ceste parolle plus de vii fois et a chascune foiz se pasme. Quant Galehot set ceste novelle et Lancelot qui delez monseignor Gauvain ploroient en une coche, si saillirent sus tuit troi et vienent a l'uis de la chambre qu'il troverent mult bien fermé et Galehot s'i apoie si dure*(42v°b)*ment qu'il l'ot peçoié et la roine saut sus, si s'en vait en une garde robe et [essuie] ses oilz. Et maintenant que elle le voit venir, si saut encontre, et Galehot la blasme mult del duel qu'ele demaine si grant, si li dit :

« Dame, vos faites mult grant oltrage que issi vos ociez, car si Dex plest encores est il toz sainz et touz sauz la ou il est. Mes si vos por voir seussiez que il fust morz, lors ne fust il mie sages qui vos chastiast.

— Por ce, fait elle, [que] je quit qu'il soit encore viz, faz je le duel, savoir se Dex le me rendist ; car Dex a mainte foiz oï plus pecheresse que je ne sui. Et sachiez bien qu'il ne fet mie a plaindre por lui, mais por le damage a toz les altres ; car proudom ne fet mie a plaindre quant il muert en sa grant enor et en son boen pris, car il n'est nule meillor vie que d'estre loez aprez sa mort, ne je ne mervoil se de ce non coment joie porra jamais estre menee ent[re commun] de chevaliers après la mort de si proudome. »

Mult est grant li diaus que la roine demaine et li compaignon le roi autresi. Mais elle se garde bien de faire duel quant elle voit Lancelot, por ce qu'elle siet bien qu'il est si angoissous que par poi qu'il n'esrage[1].

En tel dolor ont esté toz les vint jorz enprés la Pasque et lors vint li messages que li rois Artus enveoit de Tamelirde,

Plus de sept fois elle répète cette parole et à chaque fois elle se pâme. Galehaut et Lancelot étaient auprès de monseigneur Gauvain et pleuraient, assis sur un lit. En apprenant cette nouvelle, ils se lèvent et tous trois se précipitent à la porte de la chambre de la reine, qu'ils trouvent fermée. Galehaut la heurte si violemment qu'elle se brise. La reine se relève et entre dans une garde-robe, où elle essuie ses yeux. Puis, apercevant Galehaut, elle s'avance vers lui. Il la blâme de montrer un tel chagrin et lui dit :

« Dame, vous avez grand tort de vous détruire ainsi ; car, s'il plaît à Dieu, il se peut que monseigneur le roi soit en parfaite santé, là où il se trouve. Mais si vous aviez la certitude de sa mort, aucun homme raisonnable ne pourrait blâmer votre douleur.

— Bien au contraire, c'est parce que je crois que monseigneur est toujours vivant que je m'afflige, me demandant si Dieu me le rendra, car il a souvent exaucé de plus pécheresses que moi. Sachez que monseigneur n'est pas à plaindre pour lui-même, mais pour le dommage qu'en subit tout le peuple. Un prud'homme n'est pas à plaindre quand il meurt à l'apogée de son honneur et de sa gloire, parce qu'il ne peut espérer de meilleur sort que d'être loué après sa mort. Mais je me demande comment il pourra encore y avoir de la joie pour l'ensemble des chevaliers, après la mort d'un tel prud'homme. »

Grand est le deuil que mène la reine, ainsi que les compagnons du roi. Mais elle se garde bien de montrer sa douleur en présence de Lancelot, car elle le voit si malheureux que peu s'en faut qu'il ne perde le sens.

Ils restent dans cette angoisse pendant les vingt jours qui suivent Pâques. Alors arrivent les messagers que le roi

---

douleur de la reine fait bien voir que son amour pour Lancelot n'ôte rien à l'attachement, au dévouement, à l'admiration qu'elle a pour son époux, « le plus prud'homme des princes ». De la même manière, le roi Arthur aime Lancelot, plus qu'il n'a jamais aimé aucun chevalier, comme on le verra ci-après. Dans ce monde « où nul ne peut vivre sans pécher », le roi et la reine sont certes coupables « au regard de Dieu ». Coupables, mais tout autant victimes : victimes du malheur d'aimer.

et ce furent *(43a)* li dui veneor qui furent pris avec lui en la
forest ; si demanderent novelles de mon seignor Gauvain
quant il entrerent en Carduel, si lor fu dit qu'il sejornoit en
la vile avec la roine et cil chevalchent droit au palés ou
misires Gauvain estoit a grant compaignie de chevaliers.
Quant il les voit venir, si saut encontre ançois qu'il l'aient
salué, si les acole ambedous l'un aprés l'autre et lor dit, por
Deu, que il lor dient bones novelles. Et cil responent :

« Sire, misires vos salue come son home lige et come son
chier neveu et come celu[i] qu'il aime desor toz homes, et
si vos mande par nos qu'il est sainz et liez et joios et aesé
en la terre de Tamelirde. Mais uns granz afaires li est corruz
sus par quoi il a besoing de ses barons avoir : si vos mande,
si chier come vos avez s'amor, que vos les facés semondre
toz de par lui et si a point qu'il puissent estre al jor de
l'Acension a Tolezebe ; c'est la maistre cité del reaume. »

Si tot com li dui message furent venu el palais, si corurent
les novelles jusqu'aus chambres la roine ; et quant ele les oi,
ele n'atendi mie que li message venissent jusqu'a lui, ainz
se dreça entre lui et Galehot qui delez lui seoit por lui
conforter, et vindrent la ou misires Gauvains estoit et encore
li cont[oi]ent li dui message les novelles. Et quant misires
Gauvain *(43b)* la voit, si la corut prendre entre ses braz et
dit :

« Dame, venés oir ces bones noveles que Dex nos a
envoiés. »

Et en est si lie que trop li [t]arde qu'ele les oie ; si s'asiet
en la coche ou misire Gauvain seoit, et il li content de
rechief les novelles del roi que est en Tamelirde, mes il ne
li dient pas la verité issi come elle est, car il [n'osent][1] por
lui corecier. Si li content de chief en chief coment il fu pris

Arthur avait envoyés de Carmélide. C'étaient les deux
veneurs qui avaient été faits prisonniers avec le roi dans la
forêt de Bédingran. Ils demandent des nouvelles de monseigneur Gauvain, quand ils entrent dans Carduel. On leur dit
qu'il séjourne en ville avec la reine. Ils se rendent au palais,
où se tenait monseigneur Gauvain, entouré d'un grand
nombre de chevaliers. Monseigneur Gauvain se lève et
s'avance vers eux, avant même qu'ils l'aient salué. Il les
embrasse l'un après l'autre et les prie, pour l'amour de
Dieu, de lui apporter de bonnes nouvelles. Ils lui répondent :

« Seigneur, monseigneur vous salue comme son homme
lige, son cher neveu, et celui qu'il aime plus que tout
homme au monde. Il vous fait savoir par notre entremise
qu'il vit sain et sauf, joyeux et content, dans la terre de
Carmélide. Cependant une grande affaire s'est présentée à
lui, pour laquelle il a besoin du concours de ses barons.
Aussi vous demande-t-il, si son amitié vous est chère, de
faire semondre tous ses hommes de par lui, en temps voulu
pour qu'ils puissent être, le jour de l'Ascension, à Tolezèbre, la capitale de ce royaume. »

Dès que les deux messagers sont arrivés au palais, la
nouvelle se répand jusqu'aux appartements de la reine. Sans
attendre que les messagers viennent la trouver, elle se lève,
ainsi que Galehaut qui était assis près d'elle pour la réconforter. Ils arrivent chez monseigneur Gauvain au moment où
les deux messagers faisaient leur rapport. Monseigneur
Gauvain voit la reine, court la prendre entre ses bras et lui
dit :

« Dame, venez entendre les bonnes nouvelles que Dieu
nous a envoyées. »

Elle est si heureuse qu'elle a hâte de les entendre. Elle
prend place sur le lit où monseigneur Gauvain était assis.
Les messagers reprennent leur récit et lui donnent des nouvelles du roi qui est en Carmélide ; mais ils ne lui disent pas
la vérité, telle qu'elle est, de peur de lui faire de la peine. Ils
racontent avec force détails l'enlèvement du roi, son transport en Carmélide et son désir que tous ses barons soient

et coment il fu menez et que il covient que au jor de l'Acension soient tuit li baron a lui ; et por ce qu'il en soient melz
creu en dien[t] a monseignor Gauvain mult bones enseignes
que li rois li envoie. Et il les conoist mult bien car [nus] ne
les savoit que solement li rois et il, mais a la roine n'en dit
il nulles et por ce sospiece elle bien que li rois n'est pas si
bien de li com il seult et que celle qu[i] l'a en prison li a
auques son cor retorné de tel com il seult estre : s'en est
mult a malaise et neporquant elle fet plus belle chiere
que'ele ne seult por les novelles qu'ele a oies. Et misire
Gauvains envoie maintenant par tote la terre de Bretaigne et
mande a toz les barons de par le roi qu'il soient a la quinzaine la ou il avoit esté a la Chandelor, ce est al chastel de
Bedigran, car d'iluec les covendra aler la ou li rois est a
s[e]t jors aprés ; et bien sachent tuit qu'il est sains et saus et
en sa delivre poesté.

Einsint *(43v°a)* fet missire Gauvains semondre tos les
barons ; et la roine parolle a Galehot a conseil et li dist en
plorant :

« Ha, Galehot, fait elle, or ai je greignor mestier de
conseil que je n'oi onques mes, et por Deu consilliez moi,
car je sai bien que cele damoisele qui a tenu le roi Artu en
sa prison l'a si torné a lui que j'en avrai assez dolor ; si quid
bien et croi que ce m'avendra par mon pechié, por ce que je
ai meserré vers le plus proudome del monde. Mes la force
de l'amor par quoi je ai meserré estoit si granz que mes
cuers ne se pot deffendre et la prouece de celui qui toz les
b[u]en[s] a passiez. Et neporquant je n'ai pas paor si grant
que li rois se departe de moi come je ai de ce qu'il me face
livrer a mort, car s'il me let vivre, il n'ier[t] ja nul jor que
je n'aie ce que me sera mestiers, car je ne puis estre povres,
por quoi il me lest vivre. Mes s'il me fasoit ocirre, ce seroit
trop lede perte, car je porroie bien perdre l'ame aprés le
cors ; ne je n'ai a qui je me puisse si priveement consilier

autour de lui le jour de l'Ascension. Pour être plus dignes
de foi, ils donnent à monseigneur Gauvain de bonnes
enseignes que le roi lui envoie[1]. Monseigneur Gauvain les
reconnaît, car il était le seul à les savoir avec le roi. Toutefois ils n'apportent aucune enseigne à la reine. Alors elle
soupçonne que le roi n'est plus aussi bien disposé à son
égard, et que celle qui le retient prisonnier l'a fait quelque
peu changer de sentiments. Elle en est malheureuse, mais
montre meilleur visage que les jours précédents, à cause des
bonnes nouvelles qu'elle vient d'entendre. Aussitôt monseigneur Gauvain dépêche des messagers dans toute la terre de
Bretagne. Il mande à tous les barons, de par le roi, de se
rendre dans les quinze jours à l'endroit où ils s'étaient rassemblés pour la Chandeleur, c'est-à-dire au château de
Bédingran. Ils devront ensuite rejoindre le roi dans la ville
où il se trouve, à sept journées de là. Qu'ils sachent tous
qu'il est sain et sauf, et jouit de son entière liberté !

C'est ainsi que monseigneur Gauvain fait semondre tous
les barons. Cependant la reine s'entretient avec Galehaut
seule à seul et lui dit en pleurant :

« Ah ! Galehaut, je n'ai jamais eu un si grand besoin
d'être aidée. Pour l'amour de Dieu, secourez-moi. Je sais
que cette demoiselle, qui a tenu le roi Arthur dans sa prison,
a si bien gagné son cœur que j'en aurai de grandes douleurs.
Je crois et je suis sûre que ce sera la punition de mon péché,
pour avoir trahi le plus prud'homme du monde. Mais la
force de l'amour, qui m'a fait sortir du droit chemin, était si
grande que mon cœur n'a pu s'en défendre, si grande aussi
la prouesse de celui qui a surpassé les meilleurs. Je ne crains
pas tant d'être répudiée que d'être mise à mort. Si le roi me
laisse vivre, je ne manquerai jamais de ce qui me sera nécessaire ; je ne peux être pauvre, pourvu qu'il me laisse vivre.
Mais s'il me faisait mourir, j'y perdrais trop, car je pourrais
perdre l'âme avec le corps. Je n'ai personne à qui je puisse
confier tous mes secrets comme je le fais avec vous. Sans

---

1. « Donner (ou dire) de bonnes enseignes » : présenter un mot de passe,
ou tout autre signe de reconnaissance, pour éviter une tromperie.

come a vos. Et si avroient mainte gent duel de mon damage.
Mes vos sor toz les altres [qui] m'avez toz jorns aidié a
metre a eise.

– Dame, fet Galehot, de la mort n'aiez ja paor, car il i
morroient ainsçois mil chevalier avant vos, ne li rois, s'il
vos voloit destruire, nel porroit il pas faire, car tant vos
promet je bien que je envoierai querre *(43v°b)* tot mon grant
pooir et seront apareillié d'armes a Bendigranz al jor que
messires Gauvains i a fet les altres semondre. Et se je en
devoie a toz jorz avoir la haine le roi, se tant avient que vos
soiez a mort jugié, vos seroiz bien rescosse, car je p[er]droie
ançois la vie et tuit cil de mon pooir que vos i eussiez
mor[t]. Or soiés tote seure, car de morir n'avés vos garde en
tel maniere tant com je vive. Et s'il avient chose que vos
soiez del roi dessevree, vos ne serez mie povre, kar je vos
donrai de trois roiaumes que je teing le plus bel et le meillor
et serez dame a toz les jorz de votre vie. Ne ja ne soiez a
malaise por paor de mort ne por desevrement, car par aventure vos ne verrez ja avenir ne l'un ne l'autre ; et coment
qu'il aveigne, vos avrez assez aide. »

Einsint conforte Galehot la roine et totes voies aproche li
tanz : si moven[t] entre mon seignor Gauvain et la roine et
la privee gent de lor oste[l], et chevalchent tant qu'il vindrent a Bedigan. Illuec sejornent toz les uiz iorz aprés la
quinzainie et atendoient les barons qui n'estoient pas tuit
venu. D'autre part vint la chevalerie Galehot, si s'en merveillent mult la gent le roi et Galehot dit a mon seignor
Gauvain qu'il les avoit fet venir de tel effort por ce si li rois
avoit mestier d'aie, ne que il fust en nul leu enprisonez, il
ne remaindroit forteresce *(44a)* a [a]batre ançois que il ne
l'eussent ; et il est bien droiz que chascuns i mai[n]t son
pooir, car a grant force de gent doit l'en aler querre si haut
home come misires li rois est. »

doute bien des gens seraient malheureux de mon infortune ; mais nul ne serait plus malheureux que vous, qui m'avez toujours aidée à être heureuse.

– Dame, dit Galehaut, n'ayez aucune peur de la mort, mille chevaliers seraient morts avant vous ; et si le roi voulait vous faire périr, il ne le pourrait pas. Je vous promets que je ferai venir toutes mes grandes armées, et qu'elles seront équipées, prêtes au combat, à Bédingran, au jour fixé par monseigneur Gauvain pour l'assemblée des barons de Bretagne. Dussé-je m'attirer pour toujours la haine du roi, s'il advient que vous soyez condamnée à mort, vous serez mise hors de danger. J'aimerais mieux perdre la vie, moi-même avec tous les hommes de mes terres, que de vous laisser mourir. Vous pouvez donc être rassurée : vous ne risquez pas de mourir de cette manière, aussi longtemps que je vivrai. Et si d'aventure vous êtes séparée du roi, vous ne serez pas pauvre. Je vous donnerai le plus beau et le meilleur de trois royaumes que je possède, et vous en serez la dame pour tous les jours de votre vie. Que la peur de la mort ou de la séparation ne vous cause donc aucun souci ! Il se peut que ni l'une ni l'autre de ces deux menaces ne se réalise ; mais, quoi qu'il arrive, vous serez bien secourue. »

Galehaut réconforte la reine de cette manière. Cependant le jour de l'assemblée approchait. Alors monseigneur Gauvain, la reine et les gens de leur maison privée se mettent en route et chevauchent de sorte qu'ils arrivent à Bédingran. Une fois la quinzaine écoulée, ils y restent encore huit jours entiers, attendant les barons qui n'étaient pas tous arrivés. D'autre part la chevalerie de Galehaut se présente et les gens du roi s'en étonnent. Galehaut explique à monseigneur Gauvain qu'il a réuni d'aussi grandes forces pour que, si le roi avait besoin d'aide ou était détenu en quelque endroit, aucune forteresse ne puisse les empêcher de le délivrer. D'ailleurs il est juste que chacun amène les troupes dont il dispose : c'est avec un important déploiement de forces que l'on doit aller chercher un aussi grand prince que monseigneur le roi.

Quant il orent sejorné les uis iorz, si muevent d'iluec a
aler en Tamelirde et vindrent a Tolezebre trois iorz devant
l'Acension. Et d'altre part ot parl[é] la damoiselle [qui] li
rois tenoit a tos ses homes par un et un, si li on[t] [a]seuree
de sa droiture maintenir come il quident certainement qu'ele
soit lor dame : si l'ai[ment] tant come il doivent lor dame
amer et heent la roine altresi mortelement com la gent le roi
l'aiment de grant amor.

Quant vint al jor de l'Acension que toz li barnages fu
assemblez, si parla li rois a ses barons priveement et si lor
dit :

« Seignor, je vos ai ci mandez come mes barons lealz, kar
nus ne doit si grant affaire mener a chief sanz le conseil de
ses barons. Vos oïstes bien la complainte que la damoiselle
fist a Bedigran le jor de la Chandelor dont je quidoie que
elle eust tort. Mes tant es[t] la chose alee que je sai ore
certainement qu'elle a droit et que la traison fu faite par
celui qui longement a esté roine contre raison : et vos en
orret ja tesmoing de tot le pople de cest regne qu'elle fu fille
al roi Leodagon et a la roine, et que ceste que je ai tenue fu
fille a la feme le seneschal. *(44b)* Por ce vos ai ci mandez,
car j'ai folement pechié par non[s]achance, que vos m'en
aidiez a gitier. Or si m'en conseilliez si com vos devés. »

A cest mot furent si esbai qu'il n'i ot un sol qui mot
sonast et plore misires Gauvain si durement com s'il veist
la roine morte. Mais Galehot qui nulle foiz n'estoit esbaiz
se tret avant et parla devant toz les barons :

« Sire, fait il, toz li siecles [v]os tient a plus proudome de
toz les altres, si ne seroit mie mestiers que vos fesiez tel
chose dont vos fuissiez por fox tenuz et ou vos fuissiez tart
a repentir. Mes coment est il raisons que ma dame soit de ce
ataïnte ?

– Il m'est avis, fait li rois, que nus ne siet si bien la verité

Les huit jours passés, ils quittent Bédingran pour aller en Carmélide et arrivent à Tolezèbre trois jours avant l'Ascension. De son côté la demoiselle qui retenait le roi, fait venir tous ses hommes, un par un. Ils lui promettent de soutenir son droit, parce qu'ils croient fermement qu'elle est leur dame. Ils l'aiment comme on doit aimer sa dame, et ont pour la reine une haine mortelle, égale à l'amour que lui portent les hommes du roi Arthur.

Quand le jour de l'Ascension fut venu et que toute la baronnie fut assemblée, le roi tint avec ses barons un conseil privé et leur dit :

« Seigneurs, je vous ai fait venir ici parce que vous êtes mes barons et que nul ne doit conduire une si grande affaire sans le conseil de ses barons. Vous avez bien entendu la plainte de la demoiselle qui s'est présentée à Bédingran le jour de la Chandeleur. Je pensais qu'elle était dans son tort. Mais la suite des événements m'a fait comprendre qu'elle avait raison et que la trahison a été consommée par celle qui a été, si longtemps et contre tout droit, la reine. Vous entendrez bientôt le témoignage de tout le peuple de ce pays. Ils vous diront que leur dame est bien la fille du roi Léodagan et de la reine de Carmélide, et que celle que je tenais pour mon épouse est la fille de la femme de son sénéchal. Je vous ai mandés, parce que j'ai follement péché par ignorance. Aidez-moi à sortir de ce péché et conseillez-moi comme vous le devez. »

Les barons furent si stupéfaits de ces paroles que personne ne disait mot et que monseigneur Gauvain pleurait comme s'il voyait déjà la reine morte. Mais Galehaut, qui ne se laissait abattre en aucune circonstance, s'avança et parla devant tous les barons :

« Seigneur, le monde entier vous tient pour le plus sage des hommes. Il ne vous faut donc rien faire qui puisse vous déconsidérer et dont vous auriez plus tard à vous repentir. Comment serait-il possible que ma dame fût coupable d'un tel crime ?

– Il me semble, répond le roi, que personne ne peut

come li proudome de ceste terre, kar li rois Leodaganz
n'estoit mie sovent seus ainz avoit en sa compaignie mains
proudesomes, et cil qui chascun jor estoient avec lui en
sevent melz la verité que li estrange.

– Certes, fait Galehot, vos estes plus sages que je ne sui,
mes ne me samble pas raisons que chose que si longement
a demoré soit si legierement ateinte ; ne onques mes clamor
n'en fu faite, ne hom de cest pais ne vit ma dame que por
roine ne la tenist.

– Je sai bien, fait li rois, coment il est ; et ne fust li granz
pechiez qui est, je l'amasse melz que nulle dame. Mes je
[la] tendroie encontre Deu ; ne ja por [le] desevrement juise
ne bataille n'en *(44v°a)* iert faite, mes [cele] a qui li proudome de cest regne se tendront, cele sera dame et roine. »

Atant est li consaulz finez, si sont apelé cil qui a la
damoiselle se tenoient. Si fu la roine d'une part et cele
d'autre et li rois dit as barons del pais :

« Seignor, vos estes mi home tuit et grant piece a que vos
m'avez fealte faite et une parolle est montee par devant moi
de ces dous dames : qar ceste qui [de] cest pais est [sesie]
dit qu'el[le] est m'espose et qu'elle fu fille al roi vostre
seignor et a sa fame, et cele que je ai tenue por ma fame dit
autretel. Et por ce que li voirs ne puet pas estre seu si bien
com par vos, iestes vos ci semons : si vueil que vos me
jurrés tuit s[or] sains que vos n'en direz rien por amor ne
por haine et que vos feroiz roine de cele qui le doit estre. »

Lors se tret avant [Bertelais] li Vialz, si tent ses mains de
sor les sains que li rois ot fait aporter et jure que, se Dex li
ait et li sain[t], ceste Genevre fut esposee al roi Artu et
enointe et sacree come roine et fu fille al roi et a la roine de
Tamelirde ; et endementiers que il jure, si la tient totes voies
par la main. Aprés lui jurent tuit li haut hom de la terre et li
altre chevalier qui en la cort al roi Leodegon avoient esté.
Et neporquant devers la roine en avoit assez de ceaus qui

savoir la vérité aussi bien que les hommes de ce pays. Le roi Léodagan n'était pas souvent seul. Il vivait entouré de nombreux prud'hommes ; et ceux qui vivaient tous les jours avec lui savent mieux la vérité que ceux qui ne le connaissaient pas.

— Certes, dit Galehaut, vous êtes plus sage que moi, mais il ne me semble pas vraisemblable qu'une allégation aussi tardive puisse être aussi facilement prouvée. Aucune plainte n'a jamais été portée contre ma dame, et jamais aucun homme de ce pays ne l'a vue, qui ne l'ait tenue pour la reine.

— Je sais ce qu'il en est, dit le roi ; et, sans le grand péché que j'y vois, je continuerais d'aimer cette dame plus que toute autre. Mais ce serait aller à l'encontre de Dieu. La séparation se fera sans épreuve judiciaire et sans bataille. Celle que désigneront les prud'hommes de ce pays, celle-là sera dame et reine. »

Telle fut la fin du conseil. Le roi fit appeler ceux qui étaient du parti de la demoiselle. La reine se tenait d'un côté et la demoiselle de l'autre. Le roi dit aux barons du pays :

« Seigneurs, vous êtes tous mes hommes et il y a longtemps que vous m'avez juré fidélité. Un litige a été porté devant moi, qui concerne ces deux dames. Celle qui est la dame de ce pays dit qu'elle est mon épouse, fille du roi votre seigneur et de sa femme. Celle que j'ai tenue pour ma femme le prétend aussi. Je vous ai convoqués parce que la vérité ne peut être connue que par vous. Jurez-moi que vous parlerez sans amour et sans haine et que vous désignerez pour reine celle qui doit l'être véritablement. »

Alors Bertelai le Vieux s'avance. Il élève sa main au-dessus des livres saints. Il jure, sur Dieu et sur les saints, que la demoiselle est bien cette Guenièvre que le roi Arthur a épousée, ointe et sacrée comme reine, fille du roi et de la reine de Carmélide ; et pendant qu'il prononce son serment, il la tient par la main. Après lui jurent, d'abord tous les hauts barons de la terre, puis les chevaliers qui avaient été à la cour du roi Léodagan. Cependant, du côté de la reine, il

avoient entor lui esté puis qu'elle avoit esté roine, mes
onques nus n'en fu oiz *(44v°b)* n'escoutés, car li rois se
tenoit encontr'aus. En ceste maniere fu la roine gitee de
s'anor et l'autre que droit n'i avoit fu tenue por roine, et ce
fu la chose que li rois Artus fist dont il fu plus blasmez.
Celui jor fu granz la joie a caus qui de la terre estoient et
altretant dolent furent cil del reaume de Logres.

Lors parla li rois a sa gent et demanda conseil a sa gent
coment il esploitera de celui qui si longement s'estoit fete
roine tenir et n'i avoit droit. Et Galehot qui bien voit que li
rois pense, [l]i loe que il atende jusqu'a Pentecoste, « et
entre ci et la, fet il, vos serez consilliez que vos en sera a
faire, car si estrange chose com ceste est ne doit mie remanoir que vengance n'en soit prise ». Et ce disoit il por faire
le roi quidier si que il se tenist devers lui, si l'en siet mult
boen gré de ce qu'il li a dit et respont qu'il se tendra a son
conseil, puis apelle mon seignor Gauvain, si li comande la
roine a gardier si que il la li rende le jor de Pentecoste,
« mes bien gardés que vos lors la me rendés, que par les
sainz de laienz, fet il, (si tent ses mains vers une chapelle)
vos n'avrez jamés m'amor et si vos feriez vers moi des-
loiautez, car je la vos bail sor quanque vos tenez de moi.

– Sire, fet misires Gauvains, et gie issi la reteing, car
maintez fois l'ai je gardee puis que vos vensistes en cest
païs. »

Lors en vont entre lui *(45a)* et Galehot a la roine grant
erre, si l'amoinent en son ostel o grant planté de chevaliers
et Galehot li dit :

« Dame, or doint Dex que misires Gauvains face bone
garde de vos, car vos li estes livree sor quanqu'il tient del
roi son oncle. »

y avait beaucoup de gens qui avaient vécu auprès d'elle, depuis qu'elle avait épousé le roi Arthur. Mais aucun de ceux-là ne fut entendu ni écouté, parce que le roi était contre eux. Ainsi la reine fut dépouillée de l'honneur qui lui revenait et celle qui n'y avait aucun droit en fut saisie. Ce fut l'action la plus blâmable de toute la vie du roi Arthur. En ce jour il y eut grande joie dans la terre de Carmélide et grand deuil dans le royaume de Logres.

Alors le roi s'adressa à ses hommes et leur demanda ce qu'il devait faire de celle qui avait si longtemps abusé de la qualité de reine, sans y avoir droit. Galehaut, qui devinait la pensée du roi, lui conseilla d'attendre jusqu'à la Pentecôte. « D'ici là, fait-il, nous aurons réfléchi à ce qu'il faut faire, car c'est un cas tout à fait extraordinaire et qui ne doit pas rester sans châtiment. » Galehaut parlait ainsi pour laisser croire au roi qu'il était de son parti. Le roi lui en sut gré et déclara qu'il consentait à ce délai. Il appela monseigneur Gauvain et lui confia la garde de la reine, à charge de se présenter avec elle le jour de la Pentecôte. « Mais veillez bien, dit-il, à me la ramener ce jour-là ; sinon, sur les saintes reliques qui reposent ici (et il tend sa main vers une chapelle), vous perdrez à jamais mon amitié et ce serait une trahison contre ma personne, car je vous la confie sur tout ce que vous tenez de moi[1].

– Seigneur, dit monseigneur Gauvain, je prends la charge de la reine, aux conditions que vous me dites. Je l'ai eue souvent sous ma garde, depuis que vous êtes dans ce pays. »

Immédiatement monseigneur Gauvain et Galehaut se rendent auprès de la reine. Ils la conduisent à son hôtel escortée d'une nombreuse suite de chevaliers.

« Dame, dit Galehaut, Dieu veuille que monseigneur Gauvain fasse de vous bonne garde : car vous lui êtes confiée sur tout ce qu'il tient du roi son oncle. »

1. *Sur tout ce que vous tenez de moi* : Gauvain répondra sur tous ses biens (les fiefs qu'il tient du roi) du bon accomplissement de la mission qui lui est confiée.

Et elle respont a altresi bele chiere come se noient ne l'en fust :

« Certes legierement me puet garder, que si veraiement m'ahit Dex, se doi morir de ceste chose, je voldroie que ce fust ja mes que nus n'i eust damage forz que je ; car se je vivoie en tel maniere come je sui ore, il n'est riens que une sole chose qui me peust doner confort. »

Einsi demora la roine jusqu'al jor de la Pentecoste et lors refu amenee par devant toz les barons. Et li rois parolle a aus et lor comande si com il sont si home lige qu'i[l] jugent a droit quel justise il ait affere de celi qui en mortiel pechié l'a fait gisir si longement. Cil a qui il demanda le jugement a faire si furent cil de sa terre de Logres, ne i[l] ne cuidoit pas que il osasent muer que il ne[l] feissent ; et il volsist bien que il jugasent la roine a mort, tant l'avoit l'autre sorpris par medecines et par charoies, et si li estoit a pies chaete le jor maintes foiz que il face fere le jugement s'il voloit avoir jamais joie de lui.

Quant il ot envoiez ses barons au jugement si com vos avez oï, si s'en issirent et il parollent ensemble ; et dit misires Gauvain *(45b)* premiers, qui tant avoit la roine amee, que il ne seroit ja en leu ou la roine fust jugie a destruire et a ice s'acorda chascun des autres. Aprés dit Galehot :

Et la reine de lui répondre avec enjouement, comme si tout cela lui était indifférent :

« En vérité, il n'aura nulle peine à me garder. Que Dieu m'en soit témoin ! Si cette affaire doit me conduire à la mort, je veux que personne n'ait à en souffrir que moi seule. Et de toute manière, si je devais vivre dans la situation qui m'est faite, il ne me resterait plus d'autre consolation qu'une seule[1]. »

CHAPITRE VIII

Le jugement de la reine

La reine demeura ainsi jusqu'à la Pentecôte, et ce jour-là monseigneur Gauvain la ramena devant tous les barons. Le roi leur adressa la parole et les somma de décider, en leur qualité d'hommes liges et conformément aux règles du droit, ce qu'il fallait faire de celle qui l'avait fait vivre si longtemps en péché mortel. Il avait chargé de ce jugement les barons de la terre de Logres, parce qu'il ne croyait pas qu'ils oseraient se récuser. Il aurait bien voulu que la reine fût condamnée à mort, tant l'autre lui avait égaré l'esprit par des philtres et des sortilèges. Le jour même, elle s'était plusieurs fois jetée à ses pieds et l'avait supplié de ne pas différer le jugement, s'il voulait jouir de ses faveurs.

Après avoir été chargés du jugement, les barons de Logres se retirèrent pour délibérer. Le premier à prendre la parole fut monseigneur Gauvain. Ce fidèle ami de la reine déclara qu'il refusait de siéger dans une cour qui la condamnerait à mort. Et tous les autres opinèrent dans le même sens. Ensuite Galehaut prit la parole :

---

1. *D'autre consolation qu'une seule* : phrase volontairement sibylline, qui peut se référer au sentiment que la reine a de son innocence, mais aussi (et surtout) à la toute-puissance de l'amour secret qui l'unit à Lancelot.

« Seignor, il covendra le roi mener debonairement a cestui point, car al semblant qu'il nos monstre, voldroit il bien la mort ma dame et nos ne la vodrons pas, ce m'est avis. Por ce seroit biens a demander respit de fere le jugement de ci a quarante jorz, et entre ci et la s'en ira missires li rois et nos altres tuit de cest pais, et tel chose puet avenir que celle que en cest fol corage l'a mis ne sera pas si dame de lui come elle est ores. Et se vos le respit de lui ne poez avoir, si die chascuns oltreement que il ne sera ja a si haut affaire jugier devant que chascuns se soit tres bien porpensez et consilliez. »

Atant si venent devant le roi, si demandent le respit par la boche Galehot meimes qui bien sot recordier les parolles et treire avant les essoines par quoi [li rois] lor devoit doner respit. Mes celle que plus estoit dame de lui que nus li a son corage si effree qu'il jure qu'il n'en donra ja respit et les conjure, sor la fiance que il li doivent, que il le facent si come il lor a comandé. « Et se vos nel volez faire, je troverai bien qui le fera. » Et cil dient qu'il n'en feront point en tel maniere, kar il voient bien que jugement ap[orter]oit qu'elle fust *(45vºa)* dampnee, puis que droiture l[i] a tolue [a estre] ne roine ne espose.

Quant li rois voit que plus n'en feront, si le tient a mult grant desdeing et jure qu'il sera fait ainz la nuit, « et si i serai, fait il, je meismes al fere ».

Lors apella les barons de Tamelirde et lor comande, si come il sunt si home, qu'il facent cel jugement. Et Bertelac li Velz qui bien ert a la volenté sa dame del tot li dit :

« Sire, nos volons que vos meimes i soiez, kar il est mult bien mestiers, puis que si haute baronie come celle de Bretaigne le refuse affaire, car nos savons bien que de sen ne de chevalerie ne se prent nus al vostre, et puis qu'il nel volent faire et vos le metez sus nos, nos volons que vostre cors meimes i soit, car vos iestes si sages hom que se nos faillons a droit dire, vos nos en[seigne]rez toz.

« Seigneurs, nous devons procéder en douceur à l'égard du roi. Par toute son attitude il fait bien voir qu'il veut la mort de madame, et nous ne la voulons pas, à ce qu'il me semble. Le mieux serait de demander un renvoi du jugement à quarante jours. D'ici là monseigneur le roi aura quitté ce pays, ainsi que nous tous, et peut-être celle qui lui a inspiré cette rage n'aura-t-elle plus sur lui le même pouvoir dont elle dispose aujourd'hui. Si nous n'obtenons pas ce délai, alors que chacun de nous déclare hautement qu'il ne participera pas à un jugement d'une telle importance, avant d'avoir pris le temps de réfléchir et de s'informer. »

Ils revinrent devant le roi et demandèrent un délai par la bouche de Galehaut lui-même, qui sut fort bien présenter les arguments et faire valoir les points de droit qui justifiaient un renvoi. Mais celle qui a plus de pouvoir sur le roi que personne lui a tellement troublé l'esprit qu'il n'accorde aucun délai et met en demeure ses barons, sur la foi qu'ils lui doivent, de faire ce qu'il leur a commandé. « Et si vous ne voulez pas le faire, dit-il, je trouverai bien qui le fera. » Ils répètent qu'il ne feront rien dans de telles conditions. Ils savent que le jugement ne manquerait pas de se conclure par la condamnation de la reine, puisque la justice l'a déjà déchue de ses droits d'épouse et de reine.

Quand le roi voit qu'ils ne feront rien de plus, il se sent gravement offensé. Il jure que le jugement sera fait avant la nuit, « et moi-même, dit-il, j'y participerai ».

Il ordonne alors aux barons de Carmélide, en leur qualité d'hommes du roi, de prononcer le jugement. Et Bertelai le Vieux, toujours aux ordres de sa dame, lui répond :

« Seigneur, nous voulons que vous soyez vous-même présent au jugement. C'est d'autant plus nécessaire que d'aussi grands seigneurs que les barons de Bretagne se sont récusés. Nous savons que personne ne peut vous égaler ni en sagesse ni en chevalerie. Puisque les barons de Bretagne se récusent, et que vous vous remettez sur nous de cette besogne, nous voulons que vous siégiez parmi nous. Car si d'aventure nous manquions à dire le droit, vous êtes si sage que vous sauriez bien nous en instruire.

– Ce, fet li rois, ne doi je pas neer puis que vos le m'avez requis. »

Lors se drece et s'en vait avec aus al jugement. D'autre part entre monseignor Gauvain et li baron de Bretaigne parollent ensamble et s'i est Galehot qui mult amende le conseil et Lanceloz ses compains qui de ce est toz consilliez, kar si sa dame i muert, il morra. Et Galehot lor dit :

« Seignor, se jugemenz done que ma dame soit destruite, que ferons nos ? »

Misires Gauvains respont que a ce ne sera il ja, car il guerperoit ainçois a toz jorz mais la maison le *(45v°b)* roi son oncle et s'en fueroit en estrange terre come eissilliez. Et altretel dist misires Yvains li filz le roi Urien et missires Kex le seneschaus et tuit li roi et li duc et li conte si se tiennent a ceste parole.

« Par foi, fait Galehot, ma dame est amee de tant proudesomes qui ne devroient pas soffrir sa mort ; et endroit moi le pramet je bien que je perdroie avant honor et terre. Mes por ce qu'il covendroit belement mener l'afere si que a l'anor ma dame fust, por ce vos lo je que vos proiez mon seignor le roi que il por la vostre amor a toz ensamble vos otroit qu'ele vive : si l'en proiez si tost com il viendra del jugement ; et se il nel velt faire, si atendez le jugement de oltre en oltre ; et quant vos orrez qu'ele sera a mort jugiee, si prenez tuit de lui congié d'aler en vos pais et dites que sa mort ne verrez vos en nuille maniere. »

Atant ont lor conseil feni et Galehot tret son compaignon d'une part qui trop a duel et si li dit :

« Biaus dolz compainz, ne vos esmaiez pas de chose que vos oiez dire sor ma dame, mes toz soiez seurs que vos me verrez encui fere uns des plus granz hardemenz que vos veissiez pieça, quar vos verrez celui que l'en tient au plus proudome del monde plus esbahi.

– Coment, sire, fait Lancelot ?

– Je ne peux refuser votre requête », dit le roi.

Il se lève et accompagne les barons de Carmélide dans la salle du jugement. D'autre part les barons de Bretagne et monseigneur Gauvain se réunissent pour délibérer, avec Galehaut, dont la présence donne plus de poids à leur conseil, et Lancelot son compagnon, qui a déjà pris sa décision : si sa dame meurt, il mourra.

« Seigneurs, dit Galehaut, si le jugement ordonne que madame soit mise à mort, que ferons-nous ?

– Je n'y assisterai pas, répond monseigneur Gauvain. Je quitterais plutôt la maison du roi mon oncle pour toujours et je m'exilerais en terre étrangère. » Monseigneur Yvain, le fils du roi Urien, prend le même engagement, ainsi que monseigneur Keu le sénéchal ; tous les rois, les ducs et les comtes affichent une même résolution.

« Ma foi, dit Galehaut, madame est aimée de tant de prud'hommes qu'ils ne devraient pas tolérer sa mort ; et, pour moi, je déclare que j'y perdrais plutôt mon honneur et ma terre. Mais il faut mener l'affaire avec délicatesse pour protéger l'honneur de madame et voici ce que je vous conseille. Vous prierez monseigneur le roi tous ensemble de vous accorder la grâce de madame pour l'amour de vous, et vous lui ferez cette prière dès qu'il reviendra de la salle du délibéré. S'il refuse, vous attendrez que la lecture du jugement soit achevée. Quand vous aurez entendu la sentence de mort, prenez tous congé de lui pour retourner dans vos terres et dites-lui qu'en aucune manière vous ne voulez assister à cette mort. »

Telle fut la fin de leur conseil. Galehaut prit à part son compagnon, dont la douleur était extrême, et lui dit :

« Beau doux compagnon, n'ayez pas d'inquiétude, quoi que vous entendiez dire sur le sort de madame. Avant la fin du jour, vous verrez un des plus audacieux faits d'armes que vous ayez vus depuis longtemps et qui frappera d'étonnement celui que l'on tient pour le plus prud'homme du monde.

– Que voulez-vous dire, seigneur ?

– Certes, fait il, se li rois juge ma dame a mort, je ferei
tant qu'il ne m'amera jamais a nul jor, kar j'ai en talant de
fauser *(46a)* son jugement e a desregner contre lui cors a
cors a combatre ou encontre altre chevalier qu'il voldra
metre.

– Ha, sire, issi nel ferez vos pas, car misires li rois ne vos
ameroit james et ce seroit trop grant domage s'il avoit haïne
entre dous si proudomes com cos iestes ; ne il ne se comba-
tera nus se je non, car se li rois me het, ce ne sera pas haïne
qui a grant pris puisse monter et il seroit de vos plus en mal
parlié que de moi. Et je vos pri, issi chier com vos avez
m'amor, que vos ne soffrez qu'altre de moi i mete des-
reigne. »

Et Galehot l'otroie, « mes il convendra, fet il, qu'il soit fet
mult sagement, car vos iestes de la maison le roi et
compainz de la Table Reonde : si seriez plus tost blasmez si
vos feissiez chose qui encontre le roi alast. Mes je vos
enseignerai [si a faire] que ja n'en serez blasmez. Quant vos
orret que ma dame sera jugiee, si me regardés et si tost com
vos me verés fere signe, si alés devant le roi et de[ves]tez
vos de la compaignie de la Table Reonde et de ce que vos
ieistes de sa m[esni]e. Et lors li demandés qui a fet cel
jugement, et s'il vos dit qu'il l'a fet, si lo fauciez encontre
lui, s'il le velt deffendre, ou encontre altre. »

Que que il parollent issi intr'aus dous et li rois repaire del
jugement entre lui et les barons de Tamelirde. Et lors conta
la parolle *(46b)* B[ert]elac le Vialz par le comandement le
roi et parla si haut que de toz fu entenduz :

« Ascostez, seignors barons de Bretaigne, le jugement qui
est fet, [par l'asentement mon seignor le roi Artus ; et cil
jugemenz est que][1] cele qui a esté en sa compainie contre
Deu et en contre raison soit dampnee issi com vos m'orrez
deviser, que totes les choses que roïne porte en sacrement
serront effacies en lui. Et por ce qu'elle a porté la corone
contre raison, por ce sera deshonorez li lius ou la corone
seoit : si aura des cheveus trenchiez a tot le quir en tel

— En vérité, si le roi condamne à mort madame, je ferai une action qu'il ne me pardonnera jamais. J'ai l'intention de fausser son jugement et de le démentir, en combattant contre lui, corps à corps, ou contre le champion qu'il lui plaira de désigner.

— Ah ! seigneur, dit Lancelot, vous ne ferez rien de tel. Monseigneur le roi ne vous le pardonnerait jamais et le dommage serait grand d'une querelle entre deux si grands princes. Nul autre que moi ne doit assumer cette bataille. Si le roi me prend en haine, cette haine n'aura pas de grandes conséquences ; et le blâme d'une telle action serait beaucoup plus grave pour vous que pour moi. Si mon amitié vous est chère, souffrez, seigneur, que nul autre que moi ne vide cette querelle. »

Galehaut y consent, « mais, dit-il à Lancelot, il faut agir avec prudence. Vous êtes de la maison du roi et compagnon de la Table Ronde. On aurait tôt fait de vous blâmer, si vous preniez parti contre le roi. Pour éviter ce blâme, voici ce que vous devez faire. Quand vous entendrez prononcer le jugement, vous me regarderez : sur un signe que je vous ferai, vous vous avancerez vers le roi et vous déclarerez que vous renoncez aux honneurs de la Table Ronde et de sa maison. Ensuite vous lui demanderez qui a fait le jugement : s'il vous dit que c'est lui, vous vous inscrirez en faux contre cet arrêt, contre lui-même, s'il veut le soutenir, et contre tout autre. »

Ils en étaient là, quand le roi sortit de la salle d'audiences avec les barons de Carmélide. Bertelai le Vieux prit la parole, sur le commandement du roi, et parla d'une voix si forte que tout le monde l'entendit :

« Écoutez, seigneurs barons de Bretagne, le jugement qui est fait avec l'assentiment de monseigneur le roi Arthur. Ledit jugement ordonne que celle qui a été la compagne du roi contre Dieu et contre la justice soit condamnée comme vous allez l'entendre. Tout ce qui a été sanctifié dans une reine par la cérémonie du sacre sera effacé d'elle. Pour avoir porté la couronne indûment, le lieu où la couronne était posée sera déshonoré ; les cheveux seront tranchés avec le

maniere qu'il parra a toz jorz mes. Et autresi aura trenchié
par defors le quir des mains por ce qu'il apartient a roine
que elle i soit illuec enointe et perdra le cuir des dous
pomiaus des faces por miauz estre coneüe. Aprés s'en istra
del pooir mon seignor sanz revenir. »

Quant ce oi mesires Gauvain et li autre baron, se n'ot en
aus que corrocier et dist chascuns qu'il ne sera ja en leu ou
ceste justice fust faite. Et dist misires Gauvains que, si li
corz le roi n'avoit fait le jugement, honi soient tuit cil qui al
faire avoient esté, et autretel dist misires Yvains. Lors se tret
avant misire Kex li seneschaus qui mult durement en parla
et dist que se li rois n'avoit fet le jugement [il se combatroit]
vers tot le meillor chevalier de ceaus qui l'avoient fet et
altretel dient maint des altres chevalier de laiens ; si en est
mult *(46v°a)* granz la noise et la parolle, mes sor toz les
autres en parolle misires Kex qui trop en est angoissous et
chauz, si que par un poi qu'il ne dit au roi tote vilenie.

Et lorz regarde Galehot son compaignon, si li fet signe et
il se lance maintenant par mi là presse, si sache horz de son
col un mantel qui estoit d'un mult riche drap d'orfrois a
penne d'ermines, si en estoient vestu entre lui et Galehot.
Quant il vint devant le roi, si fu mult grant la presse por
escoter qu'il voloit dire et fu esgardez de maintes genz por
ce qu'il estoit en cors. Lanceloz fu mult de grant bialté : si

cuir, de telle manière que la marque en soit toujours visible. Sera également tranchée la peau sur le dessus des mains, là où une reine doit recevoir l'huile sainte, et sur les pommettes des joues, pour qu'on puisse mieux la reconnaître. Cela fait, elle sera bannie à jamais de la terre de monseigneur le roi. »

Quand monseigneur Gauvain et les barons eurent entendu la lecture de l'arrêt, ils déclarèrent tous qu'ils ne resteraient pas dans une cour où l'on ferait cette sorte de justice. Monseigneur Gauvain dit que, si le roi n'était pas en cause[1], on devait noter d'infamie tous ceux qui avaient pris part à ce jugement. Monseigneur Yvain l'approuva. Alors s'avança monseigneur Keu, qui exprima son indignation et dit que, si le roi n'était pas en cause, il était prêt à combattre le meilleur des chevaliers qui avaient rendu cet arrêt. Un grand nombre des chevaliers qui étaient là en dirent autant. Grand était le tumulte et les protestations véhémentes ; mais le plus véhément de tous était monseigneur Keu, qui bouillait d'angoisse et de colère, et peu s'en fallut qu'il n'injuriât le roi.

Alors Galehaut regarde son compagnon et lui fait signe. Aussitôt Lancelot s'avance à travers la foule. Il laisse tomber de ses épaules un riche manteau d'orfroi[2] fourré d'hermine, semblable à celui que portait Galehaut. Quand il arriva devant le roi, la presse fut grande autour de lui pour écouter ce qu'il voulait dire et beaucoup de gens le regardèrent, parce qu'il était en cotte. Lancelot était d'une grande

---

1. L'interprétation de ce texte demande un certain nombre de précautions. On pourrait s'étonner de cette réserve, « si le roi n'était pas en cause », alors que les barons savent parfaitement que non seulement « il est en cause », mais qu'il est l'instigateur de ce jugement. L'explication est double. Un vassal ne peut défier son seigneur, à plus forte raison se battre contre lui, tant qu'il est tenu par l'hommage qu'il lui a fait, mais on remarquera aussi que l'auteur de cette partie du *Lancelot* porte à la majesté royale une révérence que l'on ne trouvait pas dans la première partie de l'ouvrage. Le temps n'est plus des caractères indomptables, des « cœurs sans frein », si chers au premier auteur. Le temps des diplomates, sinon des courtisans, est proche.

2. *Un riche manteau d'orfroi* : un manteau brodé avec des fils d'or et parfois d'argent (or de Phrygie).

ot la chiere clere et brune [et] debonaire, [si] n'estoit il pas
encore tro[p] barbuz ; si ot les oilz [vai]rz et li nez hauz et
la boche mult bien seanz et entroil overt et front ample et
cheveus so[r]ez et cre[s]p[és] ; si ot le col gros et bien forni
a la grandese de la teste et del corz ; si ot pis espés et lees
espaules et lonz braz a mesure garniz de char et bien forniz
d'os et de nerz ; si ot les mainz longes et plaines et fu si trés
bel tailliez de reins et des hanches et de tot le corz com l'en
porroit nul chevalier miaus deviser de son grant ; et si ne fu
il pas petit, car ce dit li contes de sa vie, qu'il fu plus haut
de monseignor Gauvain.

Quant il ot son mantel gité jus, si li avint mult [bien] ce
qu'il estoit en sa *(46v°b)* cote remes. Et vint la presse
depart[a]nt et chauz et airiez come celui qui point ne men-
broit de nulle chose forz de cele qu'il voloit enprendre, si
ateint Kex le Seneschal de l'espaule en son venir la ou il se
poroffroit de la bataille devant le roi si com vos avez oi. Et
Kex se trestorne, si tient a mult grant desdaing ce que Lancelot l'avoit boté, si [se] remest devant lui tot par afit. Et cil
le resache arriere, si li dit :

« Ne vos en poroffrez onques bataille, car vos ne la
feroiz pas ne chevaliers qui caiens soit, car bataille de si
grant chose ne vos affiert pas a enprendre eintaimes que vos
la feissiez.

– Porquoi, sire, ce dist Kex, ne la devroie je faire ne je
ne autres qui caiens soit ?

– Por ce, fait Lanceloz, que meldres de vos la fera.

– Et qui est il, fet Kex qui a mult grant despit le tient ?

– Ce verrez vos bien, fait Lanceloz, a l'ore qu'elle sera. »

beauté. Il avait le visage brun clair[1], avenant et n'avait pas encore beaucoup de barbe ; les yeux vaires, le nez droit, la bouche bien fendue, les yeux écartés comme il convient, un vaste front, les cheveux blonds et bouclés, le cou gros et bien proportionné à la grandeur de la tête et du corps, la poitrine profonde, les épaules larges, les bras longs, garnis de chair avec mesure et bien fournis d'os et de muscles, les mains longues et lisses ; les reins, les hanches et tout le reste du corps si bien faits qu'on ne saurait trouver mieux chez aucun chevalier de même taille ; et il était loin d'être petit, car l'histoire de sa vie nous rapporte qu'il était plus grand que monseigneur Gauvain[2].

Quand il eut laissé tomber son manteau, il parut encore plus beau parce qu'il était en cotte. Il fend la presse, rouge et bouillant de colère, en homme qui ne se soucie de rien d'autre que de ce qu'il veut entreprendre. Il heurte Keu le sénéchal, qui s'offrait pour faire la bataille devant le roi, comme il vient d'être dit. Keu se retourne, humilié d'être bousculé par Lancelot, et se remet devant lui par défi. Lancelot le rejette en arrière et lui dit :

« Ne vous proposez pas pour cette bataille. Ce n'est pas vous qui la ferez ni aucun chevalier qui soit ici. Elle est d'une si grande conséquence que vous ne devez pas vous en mêler et encore moins la faire.

— Et pourquoi, seigneur, ne devrais-je pas la faire, ni aucun chevalier qui soit ici ?

— Parce qu'un meilleur que vous la fera.

— Et qui ?

— Vous le verrez bien, quand elle aura lieu. »

---

1. L'auteur du premier *Lancelot* a déjà utilisé la même expression pour qualifier le teint de son héros : le clair-brunet (*Lancelot du Lac*, p. 140). La plupart des copistes ont pensé qu'il s'agissait d'épithètes différentes et ont écrit : « clair et brun ».

2. On pourra comparer ce portrait de Lancelot et celui du même héros dans le premier *Lancelot* (*Lancelot du Lac*, pp. 139-143). On y verra tout ce qui sépare une image de convention, conforme à la rhétorique de l'époque, et un personnage de chair, original et vivant, avec ses qualités et ses défauts, au physique comme au moral.

Iceste parolle fu mult atornee a mal a Lanceloz, mais il [ne l']en chaut, car il s[i] est corrociez que altretant li est se il dit folie come sen. Lorz dist Lancelot au roi :

« Sire, je vos demant et par moi et par autres proudomes qui caiens sunt, se feistes cest jugement. »

Et li rois respont que veraiement le fist il, « mes je nel fis pas, fait il, seul, einçois i avoit assiez proudomes avec moi et vez les ci. » Si les mostre.

« Sire, fet Lancelot, j'ai esté compainz de la Table Reonde une *(47a)* piece, vostre merci qui la compainie me donastes. Mes or la vos quit et ce que je ai esté de vostre meisnie, si que je ne voil riens tenir de vos des ore mes.

— Por quoi, fet li rois, belz dolz amis ?

— Sire, por ce que je ne porroie rien desrenier contre vos tant com je fuisse compainz de la Table Reonde et de vostre mesnie.

— Et que volez vos desrainier, fet li rois, qui soit encontre moi ?

— Je di que cest jugement que vos avez fet sor ma dame est malvais et desloiaus et sui prest que je le monstre contre vostre cors ou vers autrui. Et s'[il n'i a prou d'un] chevalier, je me combaterai contre dous ou contre trois. »

Quant Kex li seneschax l'entent, si ne se puet tenir qu'il ne paro[l]t et dit c'ore monte la folie et qu'assiez deust avoir Lancelot d'un chevalier et que mult a grant chose emprise quant il se hastit d'estre plus vaillanz que nus des altres.

« Ne vos chaut, fait il, sire Kex, que par la foi que je doi Galehot mon seignor qui la est qui je aim plus que toz les chevaliers del monde, quant la bataille sera, vos ne voldriez estre li quarz por tote la terre l[e] roi qui ci est. Et por tant que vos en avez parlé [sui je toz apareilliez][1] que je m'en combate a trois, ou soit a tort ou soit a droiture, car tant sai je bien de jugement que droiture n'aporte mie que uns che-

Ces paroles devaient être vivement reprochées à Lancelot, mais il s'en moquait. Quand il était dans sa grande colère, tout lui était égal, que ce fût folie ou raison. Alors Lancelot dit au roi :

« Seigneur, je vous demande, en mon nom et au nom de plusieurs prud'hommes qui sont ici, si vous êtes l'auteur de ce jugement. »

Le roi répond qu'il en est bien l'auteur, « mais je ne l'ai pas fait seul et il y avait avec moi de nombreux prud'hommes que voici », dit-il en les montrant du doigt.

« Seigneur, reprend Lancelot, j'ai longtemps été compagnon de la Table Ronde et je vous remercie de m'avoir fait membre de cette compagnie. Mais aujourd'hui je la quitte ainsi que votre maison, ne voulant rien tenir de vous désormais.

— Mais pourquoi, beau doux ami ?

— Seigneur, parce que je ne pourrais soutenir aucune cause contre vous, tant que je serais compagnon de la Table Ronde et membre de votre maison.

— Quelle cause voulez-vous soutenir contre moi ?

— Je déclare que le jugement que vous avez rendu contre madame est injuste et déloyal. Je suis prêt à en apporter la preuve par les armes contre vous-même ou contre autrui. Et si ce n'est pas assez d'un seul chevalier, je suis disposé à combattre contre deux ou contre trois. »

À ces mots, Keu le sénéchal ne peut s'empêcher de prendre la parole. Il dit que maintenant la folie dépasse les bornes. Lancelot devrait se contenter de combattre un seul chevalier ; il va trop loin quand il se vante d'avoir plus de valeur que tous les autres.

« Ce n'est pas votre affaire, seigneur Keu. Par la foi que je dois à Galehaut, mon seigneur ici présent, quand la bataille aura lieu, vous ne voudriez pas être le quatrième, pour toute la terre du roi qui règne ici. Et puisque vous avez ainsi parlé, je suis décidé à combattre contre trois chevaliers, à tort ou à raison. Je sais parfaitement que la justice n'autorise pas le combat d'un chevalier contre trois, si le

valiers se combate encontre trois, se de son gré *(47b)* nel fait
li apelierres. Et je le voil fere de mon gré, por ce que li granz
droit que ma dame a soit plus coneuz.

– Lancelot, fet li rois, il est voirs que vos estes assez
preude chevaliers et vos prouesces sont coneues en maintes
terre[s], mais vos avez trop grant chose emprise de mon
jugement fauser ; et onques mes ne trovai chevalier qui le
falsast ne que l'osast faire, et d'autre part vos vos en hastis-
siez de si folle bataille fere come de vos encontre trois
chevaliers et ce seroit trop granz meschief ; mais laissiez la
chose estier et soiés mes compainz et mes amis si com vos
soliez. »

Et il respont : « Issi n'en [sera] il mie et se n'estoit por
solement Kex le seneschalx, si voil je que la bataille soit et
li prie qu'il soit uns des trois. »

Et li rois dit que il ne lerra ja combatre en sa maison dous
chevaliers qu'il aint tant com ces deuz, por quoi il le puisse
destornier a s'onor. Mes li baron de Tamelirde ont grant
honte et grant desdaing de ce que Lanceloz a isi le jugement
fausé et que se hastist de combatre contre trois de lors
melors chevaliers ; si s'en ofrent a deffendre contre lui et
prient le roi qu'il preigne les gages d'ambedous parz. Mais
li rois bee la chose a apeisier et dist qu'il velt que ce
remaigne, « kar bien sachiez, fet il a aus, que ce est li
meldres chevaliers qui vive, ne je ne voldroie *(47v°a)* por
tote ma terre qu'il fust mort honteusement. »

Et totes voies dit Lanceloz que ja n'en sera se bataille non
et bien se poroffre de mostrer que li jugemenz est faus et
que tuit cil qui fet l'ont sont desloialz. Et li rois met mult
grant paine en lui chastier que il laist la bataille ester : mais
nus chastis n'i a mestier, que tote voies est devant lui agenoilliez qui tent son gage. Et d'altre part saillent li baron de
Tamelirde por le contredire, si en prent li rois le[s] gaages a
mult grant paine, kar mult li poise durement de Lancelot por
ce qu'il crient que li pires n'en soit suen.

Einsint ont doné lor gaages et de ca et de la, et quant vient
au dereni[e]r, si dit Galehot que n'est pas resons d'un che-

demandeur ne l'accepte de son plein gré. Et c'est de mon plein gré que je veux le faire, pour que le droit de madame soit encore mieux reconnu.

– Lancelot, dit le roi, il est vrai que vous êtes un vaillant chevalier, et vos prouesses sont connues en maintes terres. Mais vous allez trop loin de prétendre fausser un de mes jugements. Aucun chevalier n'y est jamais parvenu et n'a même essayé de le faire. D'autre part vous vous lancez dans une folle bataille d'un chevalier contre trois et une bataille dans ces conditions serait abominable. Renoncez à cette folie et redevenez mon compagnon et mon ami, comme vous l'étiez.

– Il n'en est pas question, dit Lancelot. Ne serait-ce que pour Keu le sénéchal, je veux que cette bataille ait lieu et je lui demande d'être l'un des trois. »

Le roi répond qu'il ne laissera pas se battre dans sa maison deux chevaliers qu'il aime tant, s'il peut trouver un accommodement honorable. Mais les barons de Carmélide se sentent humiliés et outragés, parce que Lancelot a faussé leur jugement et se flatte de combattre seul contre trois de leurs meilleurs chevaliers. Ils relèvent le défi de Lancelot et prient le roi d'accepter les gages de part et d'autre. Le roi désire apaiser cette querelle. Il voudrait qu'on en reste là : « Sachez, dit-il, que c'est le meilleur chevalier qui vive, et je ne voudrais pas pour toute ma terre qu'il mourût honteusement. »

Mais Lancelot déclare que cette querelle ne sera tranchée que par une bataille. Il s'offre à démontrer que le jugement est faux et que tous ceux qui l'ont fait sont déloyaux. Le roi se donne beaucoup de mal pour le persuader de renoncer à la bataille, mais en vain. Lancelot est agenouillé devant lui et tend son gage. D'autre part les barons de Carmélide s'avancent pour le démentir. Le roi reçoit les gages à contre-cœur. Il a de la peine pour Lancelot, parce qu'il craint qu'il soit vaincu.

Ils ont ainsi remis leurs gages de part et d'autre, quand Galehaut déclare qu'un combat à trois contre un n'est pas

valier contre trois ; et li rois meismes se tient a lui, kar il ne
voldroit mie que Lanceloz se combatist. Mais Bertelac li
Vialx, qui to[z] les maus savoit, saut sus et vient avant, si
dit au roi :

« Sire, li gaage sont doné en vostre mein de lui contre
trois chevalier[s] et issi com il la demanda, issi doit il avoir
la bataille ; et s'il ce ne velt faire, nos somes prest d'oïr le
jugement de vostre cort et facent encore le jugement cil qui
plus l'aiment. »

Quant Lancelot l'entent, si jure quanqu'il puet jurer que
ja ne se combatra se contre trois ne se combat, et prie
Galehot, par la grant foi qu'il li doit, qu'il li lesse fere la
bataille ; et Galehot ne l'ose contredire puisqu'il *(47v°b)* li
plet et dit au roi :

« Sire, tote voies fera la bataille Lancelot si com il l'a
emprise que il vos rendra morz ou conquis trois chevaliers
dedens le jor que la bataille sera ajornee, issi com les
costumes del roiaumes de Logres ap[orte]ront : c'est un
chevalier aprés altre. »

Et li baron de Tamelirde dient qu'issi ne feront il pas, ains
volent que li troi se conbatent a lui ensemble. Et quant
Lancelot velt saillir avant por l'otroier, et Galehot le tret
ariere et jure que james ses cors ne l'amera s'il prent la
bataille en altre maniere que il a dit.

« Lessiez m'en, fet il, parler et a ce que je dirai vos tenez.

– Sire, fait Lancelot, jamais ne m'en orez parler, mes
gardez me bien m'enor.

– Ele i sera, fait il, bien gardee. »

Lors vait avant la ou li baron de Tamelirde devisoient la
bataille et [dit qu'il l'auront ainsi com il l'a devisé], s'il
l'osent fere, « car issi com vos l'avez demandee, fait il, ne
seroit elle acostumee en la maison mon seignor le roi por
quant que chascuns de vos a, et mult avez faite [vostre honte
plus que vostre enor del] demandier, kar il ne samble pas
qu'en cest pais ait tant buens chevaliers conme l'en dit. »

justice. Le roi l'approuve, parce qu'il veut empêcher Lancelot de se battre. Mais Bertelai le Vieux, rompu à toutes les vilenies, se lève, s'avance et dit au roi :

« Seigneur, vous avez dans votre main les gages de Lancelot contre trois chevaliers. Il doit avoir la bataille comme il l'a demandée. S'il ne veut pas la faire dans ces conditions, nous nous en remettrons au jugement de votre cour et même de ceux qui sont ses meilleurs amis. »

Lancelot jure qu'il ne se battra que contre trois chevaliers et demande à Galehaut, sur la foi qu'il lui doit, de ne pas y faire obstacle. Galehaut n'ose pas s'y opposer, puisque tel est le désir de Lancelot. Il dit au roi :

« Seigneur, en tout état de cause Lancelot fera sa bataille comme il l'a engagée, à savoir qu'il vous remettra les trois chevaliers morts ou vaincus, dans la journée qui aura été fixée pour la bataille, comme le prescrivent les coutumes du royaume de Logres, c'est-à-dire un chevalier après l'autre. »

Les barons de Carmélide refusent cette proposition et veulent que les trois chevaliers combattent ensemble. Lancelot était tout prêt à y consentir quand Galehaut le ramène en arrière et fait le serment de n'être plus jamais son ami si la bataille doit avoir lieu autrement qu'il ne l'a dit.

« Laissez-moi parler, lui dit-il, et tenez-vous-en à ce que je dirai.

– Seigneur, je ne dirai plus rien ; mais veillez à ce que mon honneur soit sauf.

– Il le sera », fait Galehaut.

Il retourne auprès des barons de Carmélide qui discutaient de la bataille et leur dit : « Vous aurez la bataille aux conditions que j'ai indiquées, si vous osez la faire. Car, comme vous l'avez demandée, elle ne saurait être en usage dans la maison de monseigneur le roi, même au prix de tout ce que chacun de vous possède. En présentant cette demande, vous avez plus fait pour votre honte que pour votre honneur ; car, à vous entendre, il ne semblerait pas qu'il y ait dans ce pays autant de bons chevaliers qu'on le dit. »

Tant a parlé Galehot que la bataille est otreie d'une part
et d'autre issi com il l'avoit requise. Si l'a li rois ajornee a
lendemain des octaves de Pentecoste et mult en a prises
bones seurtez de ceus de la, car il n'osoit *(48a)* fere nuille
chose dont il quidast que Galehot se coreçast. L'endemain
de la Pentecoste fist li rois apareillier sa voie por aler en son
pais et al mardi s'en parti de la terre ; si se mist en mer entre
lui et sa compaignie et vind[r]ent au semidi a [B]e[d]igran
en Irlande.

Et li baron de Tamelirde orent quis les trois chevalier qui
combatre se devoient ; si furent mult grant et mult fort et
mult prisié en lor pais, et cil qui plus d'aage [av]oit n'avoit
mie plus de quarante anz. Au lun[di] matin furent apareilliez
es prés desoz Bedigran et furent armé a la guise de lor pais
si com il porent estre melz. Et [d']altre part se fet Lancelot
armer, si ot a lui apareillier assez de proudomes. Premere-
ment i fu Galehot et tuit [s]i baron, et de la maison monseignor Artu i fu misires Gauvain qui a ses mains li lace les
corroies et les laz et quanque mestiers i est. Ne ne soffrent
entre lui et Galehot que nus i mete la mains forz aus dous.
Et quant il est toz armez, si li çaint misires Gauvain
meismes Escalibor s'espee et li requier por l'amor de lui la
port ; et il dit que si fera il, kar il amoit mult monseignor
Gauvain. Quant il fu bien armez de chief en chief, si monte
sor un cheval mult boen qui estoit Galehot son seignor. Et
lor[s] se paine mult li rois de la bataille depecier, si il poist
estre ; mes Lancelot nel velt *(48b)* otroier por nului qui l'en
pri[e]. Et misires Gauvains dist al roi et a Gaaloz que t[o]t
seurement le leissent combatre, puis que sa volentez i est,
« car il n'a, fet il, garde, ne [nus] ne set altre[si] bien son
poer com je faz ».

Lors comande li rois que les gardes soient mises el
champ, si est Galehot une des gardes et li rois Yders li filz
Nu[t] et li rois des Frans et li rois d'Outre les Marches et li

Galehaut en a tant dit que la bataille est acceptée par les deux parties, comme il le voulait. Le roi en fixe la date au lendemain des octaves de la Pentecôte[1], et il a pris de bonnes cautions des barons de Carmélide, car il ne veut rien faire qui puisse mécontenter Galehaut. Le lendemain de la Pentecôte le roi fit préparer son voyage pour rentrer dans son pays, il partit le mardi, prit la mer avec sa suite et arriva le samedi à Bédingran en Irlande.

Les barons de Carmélide avaient fait venir les trois chevaliers qui devaient combattre. Ils étaient grands, forts, très renommés dans leur pays, et le plus âgé n'avait pas plus de quarante ans. Le lundi matin ils se présentent tout équipés dans les prés qui s'étendent au-dessous de Bédingran, armés du mieux qu'ils peuvent à la manière des gens de leur pays. De son côté Lancelot se fait armer et ne manque pas de prud'hommes qui s'offrent pour l'aider à revêtir ses armes : en premier lieu Galehaut et tous ses barons ; mais aussi, de la maison du roi Arthur, monseigneur Gauvain, qui lui laça de ses mains les courroies, les lanières et tout ce qui est nécessaire. Ni lui ni Galehaut ne souffrirent que nul autre qu'eux y mît la main. Quand il est armé, monseigneur Gauvain lui ceint lui-même Escalibor sa bonne épée. Il lui demande de la porter pour l'amour de lui et Lancelot y consent, car il aimait beaucoup monseigneur Gauvain. Une fois armé de pied en cap, il monte sur un bon cheval qui appartient à Galehaut son seigneur. Le roi tente encore d'empêcher le combat, si c'est chose possible. Mais Lancelot s'y refuse, quelque prière qu'on lui fasse. Et monseigneur Gauvain dit au roi et à Galehaut de le laisser aller au combat en toute tranquillité, « car, dit-il, il n'a rien à craindre et nul ne sait mieux que moi ce dont il est capable ».

Alors le roi ordonne que les gardes prennent place sur le champ de bataille. On désigne comme gardes du champ Galehaut, le roi Yder fils de Nut, le roi des Francs, le roi

---

1. On disait des octaves comme on dit les huit jours ; en fait, une semaine.

rois Aguisiaus et misires Gauvain et d'autres proudomes,
tant qu'il sont vint, que roi que chevalier. La bataille fu trés
desoz la maison le roi, kar li plus de ses meisonz estoient
toz jorz sor les rivieres ; si fu la novelle roine a une des
fenestres, et cele por qui Lancelot se combatoit fu montee
en la tor en haut et avec lui Kex li seneschaus cui elle estoit
livree a garder, tant que la bataille fust finee ; et avec lui fu
Saigremors li [Desreez] et Gliffez li filz Do et d'autres
chevaliers grant compaignie.

Et Galehot fet aporter un cor en la place, si le bailla a un
suen chevalier a soner quant i[l] li comandera ; puis desfent
as chevalier qui conbatre se doivent et les autres gardez
altresi, que [nus] d'aus ne se mueve devant qu'il oie le cor
soner. Quant il orent atorné li que[l]s des trois chevaliers
iroit avant, si fu Lancelot en tel maniere qu'il ot toz jorz ses
eulz vers la tor ou la roine estoit. Et Galehot se tret arriere
et vient al roi qui estoit loinz tot a cheval, si li requiert en
plorant *(48vᵒa)* qu'il li doint un don por Deu.

« Ge vos otroi quanque vos me requerrez, fait li rois, sanz
moi honir oltreement.

– Sire, fait Galehot, il est mult granz meschiez d'un chevalier contre trois, ne vos ne devriez voloir por la moitié de
vostre terre que Lancelot morist en tel maniere, kar je vos
voil bien dire qu'il vos rendi [en] un sol jor honor et terre ;
et si vos li quitiez la roine de cest jugement qui est fez, je
qui[t] que nos porchacerons bien vers lui que la bataille
remandroit.

– [Qu'en] diriez vos, fait li rois ? Ou soit m'enor ou soit
ma honte, je la quiterai. Et si m'a il fait plus de honte
c'onques mes chevaliers ne fist de mon jugement qu'il a

d'Outre-les-Marches, le roi Aguiscant, monseigneur Gauvain et d'autres prud'hommes, ce qui porte le nombre des gardes à vingt, rois ou chevaliers. La bataille a lieu juste sous l'hôtel du roi, car la plupart des demeures royales étaient situées au-dessus des rivières. La nouvelle reine était assise à l'une des fenêtres, et celle pour qui Lancelot combattait était montée en haut de la tour, escortée par Keu le sénéchal, qui en avait la garde jusqu'à la fin de la bataille, Sagremor le Démesuré, Girflet, fils de Do, et une grande suite de chevaliers.

Galehaut fait apporter un cor. Il le donne à l'un de ses chevaliers et lui recommande de ne sonner que sur son ordre. Ensuite il dit aux chevaliers qui doivent se battre, ainsi qu'aux gardes, de ne pas bouger de leur place avant d'avoir entendu sonner le cor. Les barons de Carmélide choisissent celui de leurs trois champions qui combattra le premier, et Lancelot se place de telle manière qu'il ne quitte pas des yeux la tour où se tient la reine[1]. Alors Galehaut s'éloigne et va trouver le roi, qui était à cheval, loin du champ. Il lui demande, en pleurant, de lui accorder un don, pour l'amour de Dieu.

« Je vous accorde tout ce que vous me demanderez qui ne porte pas atteinte à mon honneur, dit le roi.

— Seigneur, dit Galehaut, c'est une grande honte qu'un chevalier combatte contre trois ; et vous ne devriez pas vouloir, pour la moitié de votre terre, que Lancelot mourût de cette manière. Car j'oserai bien vous rappeler qu'il vous a rendu en un seul jour votre honneur et votre terre[2]. Que la reine soit quitte du jugement qui a été prononcé contre elle et nous obtiendrons de Lancelot qu'il renonce à la bataille.

— N'en parlez plus : la reine sera quitte, pour mon honneur ou pour ma honte. Et pourtant Lancelot m'a fait plus d'affronts que personne, lui qui n'a pas craint de fausser mon

---

1. C'est une réminiscence du *Chevalier de la Charrette*.
2. Rappel d'une scène célèbre du premier *Lancelot*, où Galehaut, alors qu'il est déjà vainqueur, va s'agenouiller devant le roi Arthur, pour tenir la promesse qu'il a faite à son « compagnon ».

faucé et de lui aatir a combatre contre moi. Mais por nuil
oltrage qu'il m'ait fait je nel porroie hair, car il a trop
deservie m'amor ; et encore ai je hui prié, la ou je vi sacrer
le corz Nostre Seignor, que Dex l'ennor de la bataille li
donast ; ne je n'aim tant chevalier qui de mon sanc ne soit
come je faz lui et je li mostrerai bien et ore et altre foiz. »

Atant s'en revenent a Lancelot la ou il estoit toz a cheval
et armés de totes armes, si li tarde mult qu'il oie le cor
soner. Et li rois li dit :

« Lanceloz, bialz dolz amis, je vos pri et Galehot qui plus
vos aime que nus hom, que vos laichiés ceste bataille, et je
ferai ja plus por vos que maintes genz ne quideroient, car je
l[a] ferai laissier a ceus que l'ont *(48v°b)* enprise contre vos
et ferai Guenevre quitier de ce dont elle a esté jugee, et tot
ce ferai je por vos se vos volez.

– Certes, sire rois, fait Lancelot, por moi n'en ferez vos
ja rien, car ja ne m'ait Dex quant la bataille sera vers moi
quitee devant que je serai mors ou cil troi la en seront
conquis ; et pleust a Deu que tex trois chevaliers a en vostre
mesons dont chascuns quide estre le meillor del monde fuissent en leu de ces qui sunt armé encontre moi, si n'en poist
pes estre faite. Si m'ait Dex, il i a tel qui jamais n'avroit
corone en teste. »

Quant li rois l'entent, si rogi tot de honte, kar bien aparçoit que il dit de lui ; si s'en tornent entre lui et Galehot
plorant, et misires Gauvains lor dit que ja de ce n'aient paor,
« que ja ne m'ahit Dex, fait il, se ja cist troi ont a lui duree

jugement et de me provoquer en bataille. Mais, quelque outrage qu'il m'ait fait, je ne pourrais jamais le haïr, il s'est acquis trop de titres à mon amitié. Aujourd'hui encore, quand j'ai vu consacrer le corps de Notre Seigneur, j'ai prié pour que Dieu lui donnât l'honneur de la bataille. Je l'aime plus que tout autre chevalier qui ne serait pas de mon sang. Je suis prêt à le lui montrer aujourd'hui et à l'avenir. »

Ils reviennent auprès de Lancelot, qui était à cheval, armé de toutes ses armes, et qui avait hâte d'entendre sonner le cor. Le roi lui dit :

« Lancelot, beau doux ami, je vous prie, ainsi que Galehaut, qui vous aime plus que personne, de renoncer à la bataille, et je ferai plus pour vous que beaucoup de gens ne pourraient le croire. J'obtiendrai de ceux qui l'ont entreprise qu'ils renoncent eux aussi à la bataille, et je tiendrai Guenièvre quitte du jugement qui a été prononcé contre elle. Tout cela, je le ferai pour vous, si vous y consentez.

— Assurément, seigneur roi, dit Lancelot, vous ne ferez plus jamais rien pour moi. Dieu me garde de renoncer à cette bataille, avant que je sois mort ou que j'aie vaincu les trois chevaliers ! Plût à Dieu que les trois chevaliers de votre maison dont chacun croit être le meilleur du monde[1], fussent à la place de ceux qui sont ici en armes contre moi et qu'aucun accommodement ne pût être trouvé. J'en connais un qui ne porterait plus jamais la couronne. »

À ces mots, le roi rougit de honte, car il a bien compris que c'est de lui qu'il s'agit. Galehaut et le roi s'éloignent en pleurant. Mais monseigneur Gauvain leur dit de ne pas avoir peur, « car je vous dis, sur mon salut, que ces trois champions ne pourront pas tenir contre Lancelot, et moi-

---

1. *Les trois chevaliers de votre maison dont chacun croit être le meilleur du monde* : cette allusion qui se veut sibylline (mais l'est si peu) s'adresse directement au roi Arthur, dont on ne cesse de nous dire qu'il est en effet « le meilleur du monde ». Elle est de plus confirmée par les deux phrases qui suivent. Il semble cependant que cette allusion ait dépassé l'entendement de la plupart des copistes, qui ont corrigé le texte d'une manière plus ou moins cohérente. Ici comme en plusieurs endroits, le manuscrit BN 752 est le plus satisfaisant.

et se je voloie por le reaume de Logres que li tiers portast
ma teste. » Lors escrie Lanceloz a monseignor Gauvain :

« Biaus sires, sonera ja mes cist cors ?

– Oïl, orendroit, fest misires Gauvains, biaus dous amis,
car je sai bien qu'il vos tarde plus por les cous ferir que por
le jor qui apetice. »

Lors commande Galehot que li corz soit son[é] et tant tot
com Lanceloz l'entent, si met lo glaive soz l'aicelle, dont la
haste fu corte et grosse et roide et li fers fu clers et trenchanz, et il fiert le cheval des esperons qui tost le porte, si
se tient joinz en l'escu et vait si tost *(49a)* qu'il bruit toz. Et
altretel fait li chevalier[s] encontre lui : si s'entrefierent es
granz aleures des chevalz si durement que les bras covient
aus cors hurter a toz les escuz qui sont chargié de grans cous
de glaives qui desus s'apoient, si pieçoie li chevaliers son
glaive et vole en piece, et Lancelot fiert lui si durement que
tot i met et cuer et force que les es del escu fendent et les
mailes del hauberc rumpent et volent en pieces. Cil fu forz
et corocicz qui bien l'enpeint, et li fers ert trenchant et aguz,
si li passe parmi le cors si que par devers l'eschine li sailli
forz et fer et fuz ; et il vuide les arçons, si chiet morz a terre
en mi le pré. Et quant les gardes voient qu'il est morz, si
font le cor soner.

Et Lancelot a sachié le glaive del corz al chevalier qui est
morz et lesse corre a un des autres, si tost come chevalx li
puet rendre ; et s'entrefierent ez escuz, haut desus les
bougles, et li chevaliers peçoie son glaive et Lancelot fiert
lui, si li perce l'escuz, mes li hauberc remit entiers et li cors
fu chargié del grant colp qu'il sostint, si li covint plaier sor
l'arçon derrière et cil l'enpeint durement qui as[sez] ot
prouesce et force, si le porte par d[es]or la crope del cheval

même je ne voudrais pas, pour tout le royaume de Logres, être le dernier des trois ». Lancelot, s'adressant à monseigneur Gauvain, s'écrie :

« Beau seigneur, ce cor sonnera-t-il jamais ?

– Oui, tout de suite, répond monseigneur Gauvain, beau doux ami, je sais que vous êtes d'autant plus impatient de vous battre que vous voyez la journée s'avancer[1]. »

Galehaut donne l'ordre de sonner le cor. Aussitôt qu'il l'entend, Lancelot met sous l'aisselle sa lance, dont le bois est court, gros et raide, le fer clair et tranchant. Il broche son cheval des éperons, se couvre de son écu, s'élance rapidement et à grand bruit. Le premier des trois chevaliers en fait autant. Leurs chevaux vont si vite que la rencontre est rude. Les bras viennent heurter les corps, et les écus fléchissent sous le poids des lances qui s'appuient sur eux. Le chevalier brise sa lance, qui vole en pièces. Lancelot le frappe avec tant d'ardeur et de violence que les planches de l'écu se fendent, les mailles du haubert se rompent et éclatent. Lancelot, plein de vigueur et de fureur, a frappé fort[2]. Le fer de sa lance est tranchant et bien aiguisé. La lance transperce le corps, et le fer et le bois ressortent par le dos. Le chevalier vide les arçons et tombe à terre au milieu du pré. Les gardes constatent qu'il est mort et font sonner le cor une seconde fois.

Lancelot, qui a retiré sa lance du corps du chevalier mort, se dirige vers le suivant aussi vite que son cheval peut le porter. Ils se frappent sur les écus, bien au-dessus des boucles[3]. Le chevalier brise sa lance et Lancelot ajuste bien son coup, perce l'écu de son adversaire, mais le haubert résiste. Sous la violence du choc, le chevalier se renverse sur l'arçon arrière. Lancelot, dont la force et la prouesse sont grandes, ne le lâche pas et le jette à terre par-dessus la

---

1. *La journée s'avancer* : les batailles s'arrêtaient à la tombée du jour.

2. *A frappé fort* : littéralement, « appuie fortement ». « Appuyer quelqu'un », c'est peser de tout son poids sur son adversaire, au moyen de sa lance.

3. *Boucle* : partie centrale du bouclier, qui forme une bosse.

a terre, si l'a mult durement bleci[é] ou chaier qu'i[l] a fet a
terre. Et Lancelot apoie le glaive qu'il tient qui estoit remés
entiers a un arbre qui ert el pré, car bien *(49b)* set qu'il li
aura mestier encore, puis s'en revient al chevalier qu'il ot
laissé gisant et cil estoit ja levez et avoit l'espee treite et
l'escu mis sor la teste. Et Lancelot tret l'espee que il avoit
ceinte et fiert le cheval des esperons, si li cort sus ; et quant
cil le voit venir si durement et a cheval, si l[e] doute mult et
saut arr[ie]re et Lancelot li dist :

« Certes, sire chevalier, por noient avez eu paor, que ja ne
me sera reprochié que je fiere chevalier a pié tant come je
soie a cheval por ce que je n'aie garde que de lui. »

Lors est descenduz Lancelot et atache son cheval a l'arbre
o li glaives ert apoiez, puis revient al chevalier l'espee en la
main, si a horz de[l] col la guige de l'escu ostee et vient
g[r]ant pas toz entesez de grant colp rendre : si li fet [a] la
boene espee voler les pieces de son escu par mi le pré. Si l'a
conree en poi de tans que li sans par plus de quatorse leus
del cors [li saut], si en est l'erbe verz ensanglantee et cil ne
pot longement soffrir les cous, si li guenchist et guerpist la
place plus et plus. Et Lancelot li paie si granz co[us] et si
sovent que li escuz ne li hauberc nel garantist que li sanz
n'en saille aprés les cous et cil ne met gueres de contenz en
lui desfendre ne ne siet mes se soffrir non. Et quant il voit
qu'il n'i porra durer et qu'a sa fin li convient venir, si a
honte de merci crier et de dire le honteus mot de [re]crean-
tise.

Li pré ou il se combatoient estoit *(49v°a)* clos d'un[e] part
d'une grant eve parfonde et d'autre part estoit aviron[é]s de
chevaliers et de serganz et d'autre pople, et par devers le
chastel duroit jusqu'a la tor ou la roine Guenevre estoit et
Kex li seneschals et altre chevalier. Quant cil qui a Lanceloz
se combatoit vit [que] de rescouse n'avoit pas, si s'adrece
vers l'eve si tost com il puet aler, come [hom] qui mult avoit

croupe de son cheval. En tombant, le chevalier se blesse grièvement. Lancelot pose contre un arbre sa lance, qui était restée intacte. Il revient auprès du chevalier, qu'il a laissé à terre et qui s'est relevé, l'épée tirée du fourreau, l'écu porté au-dessus de la tête. Lancelot tire son épée, pique des deux et s'élance contre le chevalier, qui, le voyant venir à cheval et avec tant d'impétuosité, prend peur et fait un bond en arrière. Lancelot lui dit :

« Assurément, seigneur chevalier, vous avez tort d'avoir peur. Jamais on ne me reprochera de combattre à cheval contre un adversaire qui est à pied, s'il est seul en face de moi. »

Lancelot descend. Il attache son cheval à l'arbre contre lequel il a posé sa lance. Alors il revient sus au chevalier, l'épée à la main, retirant de son cou la guiche de son bouclier. Il s'avance rapidement, impatient d'asséner de grands coups. De sa bonne épée il taille en pièces l'écu de son adversaire et en fait voler les morceaux sur le pré. En peu de temps il le met dans un état tel que le sang lui sort par plus de quatorze endroits du corps et qu'il ne peut en endurer davantage. Lancelot le frappe de coups si puissants et redoublés que ni écu ni haubert ne l'empêchent de perdre du sang à chaque fois. Il ne fait plus guère d'efforts pour se défendre et se contente de souffrir. Quand il voit qu'il ne peut plus résister et qu'il lui faut mourir, il refuse de demander grâce et de prononcer le mot honteux de récréance[1].

Le pré où le combat avait lieu était limité d'un côté par une grande rivière profonde. Ailleurs il était entouré par les chevaliers, les hommes d'armes et autres spectateurs. Du côté de la ville, il s'étendait jusqu'à la tour où la reine se tenait, avec Keu le sénéchal et un certain nombre de chevaliers. Quand l'adversaire de Lancelot vit qu'il ne lui restait aucun espoir de salut, il se dirigea vers la rivière, aussi vite qu'il pouvait le faire après avoir perdu beaucoup de

---

1. *Le mot honteux de récréance* : la récréance, le fait de s'avouer vaincu, est considérée comme un acte de lâcheté.

perdu de sanc, si baoit a saillir enz por lui neier. Et pensa
que s'il sailloit enz, il morroit trop honteusement come
fuitis et recreans. Lors s'en retorne arriere et quant il voit
venir Lancelot toz entesez de lui ferir, si a de la mort paor,
si cria merci mult durement come cil qui grant mestier [e]n
avoit :

« Ha, frans chevaliers, fet il a Lancelot, car aiez pitié de
moi, car je ne voi mie coment nus en ait pitié se vos ne
l'avez qui estes li meldrez de tos les boenz et iestes si au
desus come il piert.

– Certes, fait Lancelot, par mi la boche te covendra
conoistre que cil qui firent le jugement de ma dame sont
desloial et traitor.

– Certes, fit li chevaliers, c'est une chose del monde que
je melz quit et [il] m'est avis que lor granz pechiez m'a
honiz.

– Si m'ait Dex, fait Lancelot, il parra [ancui] mult bien
qu'il sont traitor et desloial, car il en seront oni voiant les
plus proudomes del monde et tu en morras et cil autre chevalier que je voi la. »

Lorz hauce l'espee por ferir et cil n'ose le *(49v°b)* cop
atendre, ançois s'en torne fuiant par mi le pré. Et quant il ne
puet plus corre, si retorne vers Lanceloz et crie merci mult
durement :

« Ha, malvais coarz, fait Lancelot, ne fui avant, mes atent
celle belle espee qui bien trenche, car melz te vient morir en
desfendant que dire mot qui te honesist et mialz valt morz a
sofrir que honteuse [v]ie avoir, car la morz fait oblier totes
les hontes, mais la malvaise vie les ramentoit.

– Si m'ahit Dex, fait li chevaliers, vos dites voir et je voil
la mort atendre de vostre main, car je ne porroie morir par
nul meillor de vos. »

Lorz l'atent et gete sor sa teste tant d'escu com il a, si se
defent encontre lui tant com il puet. Mais desfense n'i a
mestier, car Lancelot li fit voler les pieces de tant d'escu
com il avoit, si li trenche son ealme a si granz cous que
maintes foiz descent l'espee par desus le pot desi sor la
cervelere et li cercles est desjoinz et decoupez et li nasiaus

sang. Il voulait se jeter dans l'eau pour se noyer. Mais il fit réflexion qu'il allait mourir d'une mort honteuse, comme un fuyard et un récréant. Alors il revient sur ses pas ; et voyant Lancelot qui s'apprêtait à le frapper, il eut peur de mourir et lui demanda grâce, comme un homme qui en avait besoin :

« Ah ! gentil chevalier, ayez pitié de moi. Je ne vois pas de qui je pourrais espérer merci, sinon de vous, qui êtes le meilleur des bons et dont la victoire est si manifeste !

— En vérité, fait Lancelot, tu devras reconnaître à haute voix que ceux qui ont prononcé le jugement de ma dame sont des traîtres déloyaux.

— Certes, fait le chevalier, c'est la chose du monde dont je suis le plus sûr, et je crois que leur grand péché a causé ma perte.

— Par Dieu, fait Lancelot, la preuve sera faite aujourd'hui même que ce sont des traîtres déloyaux. Ils seront déshonorés devant les plus prud'hommes du monde ; et vous en mourrez, toi et le chevalier que je vois là. »

Alors Lancelot lève son épée et l'autre n'ose attendre le coup, mais s'enfuit à travers le pré. Quand il n'a plus la force de courir, il se retourne vers Lancelot et lui crie de nouveau merci.

« Ah ! mauvais couard, fait Lancelot, ne t'enfuis pas, mais attends cette belle épée qui tranche si bien. Il est meilleur pour toi de mourir en combattant que de prononcer le mot qui déshonore. Mieux vaut souffrir la mort que vivre une vie honteuse. La mort fait oublier toutes les hontes ; une mauvaise vie les renouvelle.

— Par Dieu, fait le chevalier, vous dites vrai et je veux attendre la mort de votre main ; car je ne pourrais la recevoir d'un meilleur chevalier. »

Alors il attend Lancelot, se couvre la tête de ce qui reste de son écu et se défend du mieux qu'il peut, mais sa défense ne lui sert à rien. Lancelot lui arrache les derniers lambeaux de son écu. Il fend son heaume de coups si puissants que l'épée descend maintes fois sur le pot jusqu'à la cervelière ; le cercle est disjoint et découpé ; le nasal, défoncé par-

toz dethrenchiez par devant si que li nes et les joes en sunt sanglentes. Si en ont tuit cil qui le voient grant pitié, mais Lanceloz ne chaut ne tant ne quant de mal qu'il li voie avoir, kar li dialz qu'il a de sa dame li fait avoir vers cestui mortel haine et ce qu'elle est as fenestres devant ses iauz li renovelle sa dolor. Lorz recorut sore au chevalier, si giete un colp. *(50a)* Bien parut que il vint de grant ire et de grant force de cuer et de corz, car il li fendi tot le hiaume et la ventaille desoz et la teste si que il fet de chascun dous pieces n'onques ne s'arestut l'espee desci en la eschine, si chiet li corz a terre. Et il sache l'espee, si la regarde et la troeve soilliee de sanc et de cervelle, si la tert mult dolcement et dit :

« Ha, espee bone et belle, mult doit avoir cuer de prou- dome qui vos porte. »

Atant la met el fuerre, si s'en vait la ou ses chevaus estoit atachiez ; si est montez isnelement et sesist le glaive qui fu prés, si s'apareille d'asaillir l'autre chevalier, mais entretant vienent al roi li baron de Tamelirde, si li dient que il se sont recordé que ceste bataille n'est mie a droit menee, kar bataille de si grant chose come de jugement fausier ne deust pas estre faite sanz serement.

« Si vos requerons, sire, font il, tant come loisirs i est, que li serement en soent pris, car nos savons de verité que nos n'avons pas outrageus jugement fet selonc les oures qui sont alees. »

Et li rois lor respont que ce ne li poise mie si li serement en son[t] fet. Et quant Galehot l'entent, si tret vers celui qui tient le cor, sel fet soner : et ce fit il por ce que encores cremoit il que la roine en eust tort del blasme qui sus li estoit misse et que le jugemenz fust droiturerz. Tant tot com

devant ; le nez et les joues ensanglantés[1]. Tous ceux qui les regardent sont émus de pitié ; mais Lancelot ne se soucie pas le moins du monde du mal qu'il fait au chevalier. Le noir chagrin qu'il a de sa dame lui inspire contre son ennemi une haine mortelle ; et la présence de la reine à sa fenêtre, sous ses yeux, lui renouvelle sa douleur. Aussi revient-il au chevalier pour lui asséner un dernier coup. On voit bien qu'une grande fureur et vigueur de cœur et de corps l'habite ; car l'épée fend en deux le heaume, la ventaille et la tête, ne s'arrêtant qu'à la colonne vertébrale, et le corps tombe à terre. Lancelot retire son épée, la regarde, la voit souillée de sang et de cervelle, l'essuie très doucement et dit :

« Ah ! épée bonne et belle, qui vous porte doit avoir un cœur de prud'homme. »

Il la remet au fourreau, remonte en selle aussitôt, reprend sa lance et se prépare à assaillir le troisième chevalier. Mais entre-temps les barons de Carmélide sont venus trouver le roi et lui disent :

« Nous avons fait réflexion que cette bataille n'est pas menée comme il est juste. Une bataille aussi importante où il s'agit de fausser un jugement, ne doit pas être faite sans serment. Et nous vous demandons, seigneur, disent-ils, pendant qu'il en est encore temps, de recevoir les serments. Nous sommes certains de n'avoir pas rendu un jugement téméraire, eu égard à la gravité des faits. »

Le roi dit qu'il ne voit aucun inconvénient à satisfaire cette requête. À ces mots, Galehaut s'approche de celui qui tient le cor et lui donne l'ordre de sonner. Il le fait, parce qu'il craint encore que la reine ne soit coupable du crime dont on l'accuse et que le jugement ne soit fondé[2]. Aussitôt

---

1. L'auteur décrit avec précision les différentes parties du heaume et de la coiffe (capuchon de mailles) qui doivent protéger la tête du chevalier. Le *pot* est le fond du heaume ; le *cercle* est la couronne qui le renforce ; le *nasal* protège le nez. Sous le heaume, la *coiffe* et la *cervelière* protègent le crâne.

2. Tous les barons de Bretagne ont pris parti pour la reine, parce qu'elle est leur dame et qu'ils l'aiment. De même et pour la même raison, les barons de Carmélide, ou du moins la plupart d'entre eux, ont pris parti pour

li cors *(50b)* fu sonet, si entrelessent corre li dui qui armé
estoient en la place et li cheval ne furent pas las, mes frais
et viste et tost alant, et la place fu granz et plaine, et li
chevalier murent de loing et s'entrevindrent de si grant
aleure come il porent trere des boenz chevax. Mais li chevaliers dotoit Lancelot de grant maniere, si se pensa qu'il
ocirroit son cheval a l'assembler, car s'il estoit a pié il en
auroit mult le meillor et si estoit mult boens chevaliers et
mult hardis, si avoit non Gladoas de Lanvaille. Ensi com il
pensa, ensi le fist, car ocist le cheval Lancelot en son venir.
Mes il ne remest pas sor le soen si com il avoit pensé, car
Lancelot le leva des arçons qui de grant vertu le feri et le
porta a terre par desus la crope del cheval. Lor saillent
ambedui sus, car le chevals Lancelot estoit chaoz a terre, si
metent ansduis les meins as espees et s'entrevenent assez
hardiement si s'entrecolpent a l'acier des espees les hialmes
et les escuz et les haubers, si se contienent ambedui mult
fierement et andous les espees sont de mult grant bonté et
cil qui les portent sont viste et legier et de grant force ; si
s'entrefierent si durement que devant aus n'a duree ne fers
ne fust, ainz les enbatent jusqu'es chars sor les braz et sor
les espaules si que li sans vermauz en vole aprés les cous et
li hauberc en sont ja si enpoirié que l'erbe vert est coverte
des mailles qui en *(50v°a)* sont volees. Mais Lancelot fiert
assez plus pesanz cous que cil ne fet, si sevent bien tuit cil
qui les voient qu'en la fin ne porroit pas celui durer a Lan-

les deux champions, qui attendaient en armes sur le pré, s'élancent l'un contre l'autre. Leurs chevaux n'étaient pas fatigués, mais frais, rapides, impétueux. Le terrain était étendu et plat. Les deux chevaliers venaient de loin, aussi vite que leurs bons chevaux pouvaient aller. Mais le chevalier redoutait beaucoup d'affronter Lancelot. L'idée lui vint de tuer le cheval de son adversaire dès la première rencontre, car il pensait que, s'il était à pied, il lui serait plus facile de l'emporter. C'était un très bon et hardi chevalier. Il s'appelait Gladoas de Lanvaille. Il fit ce qu'il voulait faire et tua le cheval de Lancelot, dès qu'il fut à sa portée. Mais il ne resta pas en selle comme il l'avait pensé. Lancelot lui fit vider les arçons et, d'un coup terrible, le jeta à terre par-dessus la croupe de son cheval. Tous deux se relèvent (le cheval de Lancelot aussi était tombé), ils mettent l'un et l'autre la main à l'épée et s'attaquent courageusement. L'acier des épées heurte les heaumes, les écus, les hauberts. Tous deux se conduisent avec vaillance. Les épées sont bien trempées ; ceux qui les portent sont rapides, agiles et de grande force. Ils frappent si rudement que ni le fer ni le bois ne résistent. Les épées s'enfoncent jusqu'à la chair, sur les bras et sur les épaules. Chaque fois le sang vermeil se répand. Déjà les hauberts sont en si mauvais point que l'herbe verte est couverte des mailles qui en sont tombées. Cependant Lancelot frappe des coups plus lourds que son adversaire et chacun comprend que celui-ci ne pourra pas tenir toujours, mais tout

---

la Fausse Guenièvre, qui est également leur dame. Galehaut lui-même, prêt à donner sa vie pour sauver la reine, n'est pourtant pas assuré de son innocence, et c'est pourquoi il veut éviter à son « compagnon » de commettre un parjure. On mesure ainsi toute l'étendue du contresens des scribes et des éditeurs qui font du roi Arthur un fantoche sinistre, bien décidé à condamner la reine, tout en la sachant innocente. Il n'en est rien. Le roi Arthur commet une faute impardonnable, « celle de tout son règne qui entachera le plus gravement sa renommée ». Mais il reste un grand roi, le meilleur des prud'hommes. Il a été trompé (on se laisse aisément tromper par ce qu'on aime), mais il n'est pas le seul. Le roi Arthur le confessera plus tard à frère Amustan : il n'a pas pris sa nouvelle femme pour entrer dans le péché, mais au contraire pour en sortir, du moins le croyait-il.

celot et neporquant forment le prisent et un et altre. Longement se conbatent en tel maniere que, si li uns est mehaniez,
li autres n'est pas bien haitiez, et li solaut estoit mult chaut,
si perdirent assiez del sanc. Mais li altres chevaliers est mult
bleciez, car li braz Lancelot estoient fort et li colp pesans, si
li grevoient mult a sostenir.

Et tant dura la meslee que ja estoit none, si a li chevaliers
tant perdu del sanc qu'il comence a lasser, si li enpire
l'alaine et la force et li braz li apesantissent et il comence a
genchir as cous que Lancelot li giete et il estoit mult legiers,
s'il ne fust bleciez si durement. Et neporquant encore met si
grant contens com il puet en lui defendre et garir, et coment
qu'il genchisse as cous, il n'a pas semblant d'ome coart ne
recreant, ançois gete granz cous de tant de force com il a,
quant il voit et point et leu. Et quant il voit son domage, il
se set bien arrierre trere.

Tant le haste Lancelot et tant le tient cort qu'il le maine
par tot le champ une hore arrierre et altre avant, et tant li est
sa force faillie qu'il est ja trois foiz chochiez a paumetons.
Et en la fin l'a tant mené qu'il sont desoz les fenestres de
(50v°b) la tor ou la roine estoit et lors fu li chevaliers si las
qu'il ne puet en avant. Et Lancelot si saut, si li esrache le
heaume hors de la teste, si le gete loinz tant com il puet plus,
et li chevaliers qui de sa teste se crient se covre de son escu
dont il li est mult petit remés.

Et lors regarde Lancelot vers les fenestres ou la roine
estoit, si regarde Kex le seneschax qui estoit apoiez dejoste
li et il li escrie :

« Sire Quex, sire Quex, ce est le tiers et encore ne cuit je
pas que vos volsissiez estre li quarz por tote la terre qui soit
a cel roi de la. » Et ce disoit il del roi Artu. « Certes, ne il ne
vos besoigneroit por tot le monde, s'il estoit as testes
couper.[1] »

Ceste parolle fu dite si haut que maint boen chevalier

le monde l'admire. Ils combattent longtemps de cette manière ; et, si l'un est grièvement blessé, l'autre n'est pas en très bon point. Le soleil était très chaud et ils perdaient beaucoup de sang. Le chevalier était très gravement atteint. Les bras de Lancelot étaient forts et ses coups si appuyés que son adversaire peinait à les soutenir.

La mêlée dure ainsi jusqu'à none. À ce moment le chevalier a perdu tant de sang qu'il commence à s'épuiser. Il perd l'haleine et la force, ses bras s'appesantissent, il essaie d'esquiver les coups que Lancelot lui porte, et son adresse était grande, si du moins ses blessures ne l'avaient affaibli. Il déploie de grands efforts pour se défendre et se protéger. Tout en esquivant les coups, il ne montre aucun semblant de couardise ou de récréance. Il frappe avec toutes les forces qui lui restent, lorsqu'il en est temps et lieu ; et, quand il est en grand danger, il sait bien faire un pas en arrière. Lancelot le presse et le tient si court qu'il le mène à travers tout le champ de bataille, tantôt en arrière, tantôt en avant. Il lui fait perdre tant de force qu'il est déjà tombé trois fois sur les mains. À la fin, Lancelot l'entraîne sous la fenêtre de la tour, où se tient la reine, et le chevalier est si las qu'il ne peut continuer le combat. Lancelot bondit, lui arrache son heaume et le jette au loin. Le chevalier cherche à protéger sa tête avec le peu d'écu qui lui reste.

Alors Lancelot lève les yeux vers la fenêtre où était la reine. Il voit Keu, qui avait pris place à ses côtés, et lui crie :

« Seigneur Keu, seigneur Keu, c'est le troisième, et je ne crois pas que vous vouliez être le quatrième, pour toute la terre du roi de ce pays (c'est en ces termes que Lancelot désignait le roi Arthur[1]). Cela ne vous servirait à rien, même au prix du monde entier, quand on en viendrait au moment de couper les têtes. »

Ces paroles étaient prononcées d'une voix assez forte

---

1. La colère de Lancelot est telle qu'il n'appelle plus le roi Arthur par son nom. Il n'est plus à ses yeux « monseigneur le roi » mais « le roi qui règne ici », expression méprisante déjà employée p. 253.

l'oirent, si s'aperçurent bien que ce estoit porce que Kex
l'avoit ramponé quant il emprist la bataille contre les trois
chevaliers. Lors assaut le chevalier Lancelot de rechief et cil
a paor de la teste que il li a desarmee, si n'ose plus les cous
atendre, si gete jus l'escu por aler a Lanceloz as braz et
Lancelot enbrace lui, si torne li uns et li autres. Mes Lancelot si estoit de greinor force que cil n'estoit et mult li
amenda sa vertu la riens que il plus amoit que si pres estoit
de lui : si plot Deu que li chevaliers chai desoz et Lancelot
li paie granz cous del poing et de s'espee par la teste si que
li sans en saut par les mailles de la ventaille.

Quant Galehot et *(51a)* li autre qui estoient garde virent
que li chevaliers ert si a meschief, si en orent mult grant
pietié, car trop vigoreusement l'avoient veu combatre ; si en
crient au roi merci que si proudome chevalier ne muere pas
en tel maniere.

« Certes, fait li rois, je voldroie avoir d[o]né une cité que
je le puisse delivrer sanz moi meffere, mes je sent Lancelot
a si correciez vers moi que ma proiere ne li fera si nuire non.

– Sire, fet Galehot, si vos le voliez salver, je vos ensei-
gneroie mult bien coment, ne ja n'i aura que solement vostre
parolle.

– E[n] non De, fait li rois, donc n'i morra il mie. Et dites
moi coment.

– Sire, fait Galehot, se vos en proiez ma dame la roine
por qui il se combat, il serra por lui delivres et sachez bien
que autres ne li puet estre garanz, ne vos ne comandariez
nulle chose a ma dame qu'elle ne feist.

– Por tant, fait li rois, n'i morra ja s'elle velt ma parolle
oir. »

Lors aquaut sa voie envers la roine. Et quant il li fu dit
que li rois venoit a lui, si descendi de la tor encontre lui
aval ; et quant il la voit, si li dit :

« Dame, vos estes tote delivree, mes li chevaliers qui a
Lancelot se combat est morz se vos n'en avez merci ; et ce

pour être entendues par maints bons chevaliers. Ils comprirent que Lancelot entendait répondre aux railleries de Keu, qui s'était moqué de lui, quand il avait voulu combattre seul contre trois chevaliers. Alors Lancelot revient vers son adversaire. Celui-ci prend peur, parce qu'il a la tête nue, et saisit Lancelot à bras-le-corps. Lancelot fait de même et ils se tiennent l'un à l'autre. Mais Lancelot était le plus fort et sa force s'accroissait encore à voir si près de lui l'être qu'il aimait le plus au monde. Dieu lui permit de faire tomber le chevalier sous lui. Alors il lui assène sur la tête tant de coups de poing et d'épée que le sang jaillit à travers les mailles de la ventaille.

Quand Galehaut et les autres gardes du champ virent le chevalier dans ce grand danger, ils eurent pitié de lui, pour l'avoir vu combattre avec tant de vigueur. Ils allèrent crier merci au roi et le prièrent de ne pas laisser mourir un chevalier aussi prud'homme.

« En vérité, dit le roi, je donnerais volontiers une de mes villes, si je pouvais le délivrer sans manquer à mes devoirs. Mais je sens Lancelot si courroucé contre moi que ma prière ne ferait que nuire à ce chevalier.

— Seigneur, dit Galehaut, si vous voulez sauver le chevalier, j'en sais le moyen et vous n'aurez qu'un mot à dire.

— Par Dieu, dit le roi, il ne mourra donc pas. Dites-moi ce que je dois faire.

— Seigneur, fait Galehaut, si vous en faites la prière à madame la reine, pour qui Lancelot se bat, le chevalier obtiendra d'elle sa délivrance. Sachez que personne d'autre ne peut le sauver. Et que madame fera tout ce que vous voudrez bien lui demander.

— Il ne mourra donc pas, si elle veut bien accueillir ma prière. »

Le roi décide de se rendre auprès de la reine. Quand elle apprend cette nouvelle, elle descend de la tour pour aller au-devant de lui ; et dès qu'il la voit, il lui dit :

« Dame, vous êtes libre. Mais le chevalier qui se bat contre Lancelot est mort, si vous n'avez pitié de lui. Ce sera trop granz domages, car il est trop proude chevaliers et je vos prieroie que vos le feissiez delivrer a Lancelot.

– Sire, fait la roine, je en ferai mon pooir puis qu'il vos plest. »

Lors s'en vient la roine a Lancelot la ou il gist encores sor le *(51b)* chevalier, si li chiet as piez de si haut come elle estoit, si li dit :

« Biaus dolz amis Lancelot, je vos cri merci por De que vos clamez quite cel chevalier, car misires li rois, soe merci, m'a delivree. »

Quant Lancelot la vit plorer et a genolz devant lui, si saut sus tot maintenant et dit :

« Ha, dame, por De merci, ne plorez plus, car j'otroi, si vos plest, qu'il m'ait vencu ; et vos estes la dame del monde que plus m'a fet grans biens, se vos ne m'aviez plus fet que tant come vos me gardastes en vostre chambre quant je fu hors del sens a la Roche al Senne la ou li rois qui ci est fu en prison. »

Lors quite le chevalier de quanqu'a lui en apartient et il fu assez qui l'en leva car il estoit bleciez mult durement, si avoit grant mestier d'aie. Et se la roine avoit assez joie, l'autre Guenièvre ot tant de duel come nulle feme peut plus avoir et li baron de Tamelirde orent assez honte car il furent de faus jugement ataint ne onques puis [ne furent apelé a jugement faire ne onques puis][1] ne soffrirent li barons de Bretaigne que nus de ceaus qui le jugement avoien[t fet] feïst en la maison le roi nulle mostrance.

serait une grande perte, car il est d'une haute valeur. Je viens vous demander sa grâce.

– Seigneur, puisque cela vous plaît, je ferai ce que je pourrai. »

La reine va trouver Lancelot, au moment où il était agenouillé sur le corps du chevalier. Elle se laisse tomber à ses pieds et lui dit :

« Beau doux ami Lancelot, pour l'amour de Dieu, je vous prie d'épargner ce chevalier ; car monseigneur le roi m'a fait la grâce de me libérer. »

Quand Lancelot voit la reine pleurer, à genoux devant lui, il se relève aussitôt et dit :

« Ah ! dame, je vous en supplie, pour l'amour de Dieu, ne pleurez plus. Si vous le voulez, je consens que ce chevalier m'ait vaincu. Vous êtes la dame du monde qui m'a fait le plus de bien, ne serait-ce que pour m'avoir gardé dans votre chambre, quand j'étais hors du sens à la Roche-aux-Saxons, où le roi que je vois ici était prisonnier[1]. »

Lancelot tint le chevalier quitte de toute obligation à son égard. On se précipite pour le relever, car il était grièvement blessé et avait grand besoin d'être aidé. Si la reine eut tout lieu de se réjouir, l'autre Guenièvre connut le chagrin le plus cuisant qu'une femme eût jamais éprouvé ; et les barons de Carmélide furent couverts de honte, car ils furent reconnus coupables de faux jugement et ne furent plus appelés à aucun jugement. Et depuis ce jour les barons de Bretagne ne permirent plus que ceux qui avaient fait ce jugement fussent admis à témoigner dans la maison du roi.

---

1. *Le roi que je vois ici* : littéralement, « le roi qui est ici ». Comme indiqué précédemment, Lancelot exprime à nouveau sa colère contre le roi Arthur. La folie et la guérison de Lancelot devant la Roche-aux-Saxons sont décrites dans *Lancelot du Lac*, II, pp. 535-551. Mais elles suivent de peu la nuit d'amour de Lancelot et de la reine, que Lancelot ne peut pas évoquer en public.

Einsint a Lancelot la roine delivree d'estre honie, si en ont grant joie tuit cil qui l'aiment. La nuit vint Galehot entre lui et Lancelot a l'ostel monseignor Gauvain, si li dit voiant monseignor Gauvain :

« Dame, vos estes de monseignor partie tant que Deu plaise que vos i soiez assemblee, et tuit si ba(*51v°a*)ron vos devroient mult amer, car mult les avez enorez et chier tenuz, et je m'en lo sor toz les altres : si vos offre, voiant monseignor Gauvain qui tant vos aime, la plus belle terre et la plus aisie qui soit el pooir mon seignor ne el mien aprés. Et se vos avez esté roine jusque ci, vostre honor ne decharra pas par sofferte de terre, car vos avrez bel reaume et riche et grant et plain de si grant force que li pooirs a ceste novele dame n'i corra mie, car je sai bien qu'ele vos porchacera toz les maus, se vos remanet en son pooir. »

De ceste chose le mercie mult la roine et misires Gauvain aprés, « més je ne prendroie pas ceste honor ne altre se par le congié mon seignor le roi n'estoit, car por ce, se il ne fet ce que je voil, si voil faire a son conseil et de ce et d'altres choses. Mes je vos en merci mult, que plus m'avez d'enor offerte que tuit li baron mon seignor, et je m'en conseillerai a lui, et misires Gauvains qui ci est sera au conseillier avec moi. » Longement parlerent ensemble entre la roine et Galehot et misire Gauvains et Lancelot qui [li quart] estoit ; si li demande la roine voiant aus coment il li estoit de ses plaies et il dit que il n'a plaie qui mal li face et elle le siet mult bien qu'il ne porroit riens soffrir por lui qui le grevast, si le mercie mult voiant aus de ce qu'il s'estoit (*51v°b*) mis en aventure d'estre honiz et mort por lui salver. Quant il ont assés parlé entr'aus quatre, si se departent et s'en vont entre Galehot et son compaignon a lor ostel.

CHAPITRE IX

La reine en Sorelois et le châtiment des coupables

Lancelot a sauvé la reine du déshonneur et tous ceux qui l'aiment s'en réjouissent. La nuit venue, Galehaut se rend avec Lancelot à l'hôtel de monseigneur Gauvain. Il dit à la reine, en présence de monseigneur Gauvain :

« Dame, vous voici séparée de monseigneur jusqu'à ce qu'il plaise à Dieu de vous réunir. Tous les barons du roi devraient vous être reconnaissants des honneurs et des bontés que vous leur avez accordés ; et je m'en loue plus que personne. C'est pourquoi je vous offre, devant monseigneur Gauvain qui vous aime tant, la plus belle terre et la plus agréable qui soit, parmi toutes les seigneuries de monseigneur le roi et les miennes. S'il est vrai que vous avez été reine jusqu'à présent, votre honneur ne souffrira pas de déchéance par manque de terre. Vous aurez un royaume beau, riche, grand et garni de tant de forces que le pouvoir de cette nouvelle dame ne s'y attaquera pas, alors qu'elle vous ferait tout le mal possible si vous demeuriez sur ses terres. »

La reine, puis monseigneur Gauvain remercient chaleureusement Galehaut, « mais, fait-elle, je ne recevrai ni cet honneur ni aucun autre sans la permission du roi mon seigneur. S'il ne fait pas ce que je veux, je veux néanmoins prendre conseil de lui, en ceci comme en toutes choses. Mais je vous suis très reconnaissante, car vous m'offrez fait plus d'honneur que tous les barons de monseigneur. Je soumettrai votre proposition à mon seigneur le roi et monseigneur Gauvain, qui est ici, sera présent à ce conseil. »

Ils parlèrent longuement ensemble. Ils étaient quatre, la reine, Galehaut, monseigneur Gauvain et Lancelot. La reine demande à Lancelot comment il se sent de ses blessures. Il répond qu'il n'a aucun mal et qu'elle sait bien que rien de ce qu'il fait pour elle ne peut être douloureux pour lui. Elle le remercie d'avoir risqué le déshonneur et la mort, pour la sauver. Après avoir beaucoup parlé tous les quatre, ils se séparent, et Galehaut et son compagnon regagnent leur logis.

Einsint trespassent cele nuit et l'endemain vait la roine al roi parler quant il issoit de sa chapelle ; si li chiet as piez voiant grant plenté de chevaliers et li dit :

« Sire, je m'en vois par vostre comandement et si ne sai encore en quel liu, mais por Deu vos pri que vos me diez vostre plaisir que vos volez que je face, et s'il vos plaist, si me metez en tel leu que je puisse m'ame salver et ou mes cors n'ait garde de ses anemis, car vos n'avriez pas honor se l'en me fesoit mal tant come je fuisse en vostre garde. Et neporquant, se je voloie terre prendre, je troveroie assez qui m'en donroit, non pas por moi mais por vostre honor ; mes je ne prendroie ne cest[i] ne altre se n'estoit par vostre congié. »

Et li rois li demande ou est celle terre et cil qui la velt doner, et Galehot salt avant qui pres estoit et dit :

« Sire, se Dex me consaut, je li donrai li plus belle terre aisee qui soit en vostre pooir et el mien, ce est li reaumes de Sorelois ; et sachiez que ce est la terre que je ai que je plus aim, si en [ferai] a ma dame [avoir] les homages ou en vostre maison ou en la terre et je vos pri et requier com mon seignor que vos le vouleiz et qu'il vos plaise et que vos li bailliez de vos gens et de vos chevaliers por lui servir et garder, *(52a)* si sera totes voies plus prisie et plus honoree de ce qu'elle avra des gens de vostre meson et si en sera plus a ese. Et se einsi ne vos plest affaire, si la metez en tel leu ou elle soit mult a aise et mult a honor et ou elle n'ait garde de mal avoir, car bien sachiez que vos en perdriez vostre honor et vostre pris se vos la metiez en leu ou mal li venist par home ne par fame qui la hee. »

Et li rois respont qu'il s'en conseillera, si appele de ses barons a une part, si i fu misires Gauvains ses niez qui le tret a conseil quant tuit li altre baron orent parlé, si li dist :

« Sire, vos savez que ma dame n'est deseritee ne chacee

Ils passent ainsi la nuit. Le lendemain la reine va trouver le roi, quand il sort de sa chapelle. Elle tombe à ses genoux, au milieu d'une foule de chevaliers, et lui dit :

« Seigneur, vous voulez que je m'éloigne et je ne sais pas encore où je dois me retirer. Je vous en prie, pour l'amour de Dieu, faites-moi connaître votre désir. S'il vous plaît, envoyez-moi dans un lieu où je puisse sauver mon âme et où je n'aie rien à craindre de mes ennemis. Car ce serait une tache sur votre honneur, si l'on me faisait honte, étant sous votre garde. Cependant, si je voulais recevoir une terre, il y a des gens qui seraient prêts à me l'offrir, par égard moins pour moi que pour vous. Mais je ne prendrais ni cette terre ni une autre sans votre permission. »

Le roi lui demande quelle est cette terre et qui la lui a offerte. Alors Galehaut, qui était près de la reine, s'avance et dit :

« Seigneur, je le promets devant Dieu : je donnerai à madame la terre la plus belle et la plus plaisante qui soit parmi toutes vos seigneuries et les miennes : c'est le royaume de Sorelois, la terre que j'aime entre toutes. Madame en recevra les hommages, soit dans votre maison, soit dans la terre. Je vous prie et vous demande, comme à mon seigneur, de permettre ce don et de le tenir pour agréable, ainsi que de donner à madame une compagnie de vos gens et de vos chevaliers pour la servir et la protéger. Sa considération et son honneur seront accrus d'avoir auprès d'elle des gens de votre maison ; et elle-même en sera plus heureuse. Si vous ne le voulez pas, envoyez-la dans un lieu où sa tranquillité et son honneur soient assurés et où elle soit à l'abri de tout mal. Sachez que vous perdriez vous-même votre honneur et votre gloire, si elle venait à subir des outrages de quiconque, homme ou femme, la poursuivrait de sa vindicte ! »

Le roi répond qu'il en prendra conseil et assemble ses barons. Quand chacun d'eux a donné son avis, monseigneur Gauvain son neveu le prend à part et lui dit :

« Seigneur, vous le savez : si madame est déshéritée et

desor vos par nulle chose dont elle soit ataint par droit fors
que par vostre volenté ; et nos sumes tuit desloial de ce que
nos l'avons soffert, mais l'en doit bien soffrir a son seignor
un grant oltrage dont l'en nel puet geter, ançois que l'en se
mefface vers lui. Por ce vos loeroie je que vos atornissiez
ma dame en tel maniere que vos i eussiez enor et elle fust
honoreement, car s'il estoit certaine chose que elle eust esté
toz jorz vostre soignant, si n'avriez vos nulle enor, se elle
estoit honie. Et se vos dotés plus autrui que vos n'amez lui,
je sai bien que vos ne la tendriez mie en vostre terre ; et se
vos volez, vos la porrez envoier en la terre Yvain mon cosyn
ou elle sera mult honoreement et mult a eise ; et se vos nel
volez faire, *(52b)* comandez li qu'elle aille en la terre mon
pere en Loenois ; et s'il ne vos plaist ne l'un ne l'autre, si
soffrez qu'elle aille en la terre que Galehot li velt doner qui
se velt desvestir d'un reaume por vostre henor et por
s'amor. »

Endementiers qu'il parolent einsint, si entra laiens uns
chevaliers qui estoit bien de la novelle roine plus que nus et
plus savoit de ses consaus. Et la ou il voit le roi, si li dist :

« Sire, je voloie a vos parler priveement. »

Et li rois guerpist monseignor Gauvain, car plus n'i osoit
demorer.

« Sire, fait li chevaliers, por Deu merci. »

Et li rois le regarde, si voit que les lermes li chaoient des
oilz tot contreval la face.

« Qu'est ce, Bertelax, que avez vos ?

— Ha, sire, fait il, je veing des chambres ou madame
s[i]et, car l'en li a dit que vos avez retenue vostre soignant
et li avez donee terre ; si sachiez bien que a l'ore que ma
dame savra qu'elle remandra ne vostre terre ne en terre que
nus de voz homes ait, vos l'ocirrés que jamais de sa boche
ne mangera. »

De ces novelles est li rois si correciez que tote en mue la
color, si en envoie Bertelac ariere.

« Dites lui que tote soit seure que ja riens n'en ferai dont
elle soit corecie. »

chassée de chez vous, ce n'est pas que la justice ait retenu
contre elle aucune faute, mais par un acte de votre seule
volonté. Et nous avons tous eu la déloyauté de le souffrir ;
mais on doit souffrir les déportements de son seigneur, si
l'on ne peut l'en détourner, plutôt que de se rebeller contre
lui. Je vous conseille donc de traiter madame de telle
manière que votre gloire et la sienne soient sauvegardées ;
car même s'il était avéré qu'elle eût été votre concubine,
son humiliation ne vous ferait pas honneur. Cependant, si
vous l'aimez moins que vous n'en craignez une autre, je sais
que vous ne la garderez pas dans votre terre. Si vous le
vouliez, vous pourriez lui donner pour retraite la terre de
mon cousin Yvain où elle sera reçue en tout honneur et tout
bien. Sinon, ordonnez qu'elle se rende dans la terre de mon
père en Léonois. Et si aucune de ces deux propositions ne
vous agrée, laissez-la partir dans la terre que Galehaut veut
lui donner, puisqu'il est prêt à se dessaisir d'un royaume,
par amitié pour elle et par égard pour vous. »

Pendant qu'ils s'entretenaient ainsi, un chevalier entre au
palais ; c'était l'ami de la nouvelle reine et le plus proche
confident de ses pensées. Quand il voit le roi, il lui dit :

« Seigneur, je voudrais vous parler en privé. »

Le roi quitte monseigneur Gauvain, n'osant pas demeurer
avec lui plus longtemps.

« Seigneur, fait le chevalier, pardonnez-moi. »

Le roi voit qu'il a le visage inondé de larmes.

« Qu'y a-t-il, Bertelai, qu'avez-vous ?

– Ah ! seigneur, je viens des appartements de madame.
Elle a entendu dire que vous vouliez retenir votre concubine
et lui faire don d'une terre. À l'heure où elle apprendra que
cette fille réside dans votre terre ou dans la terre d'un de vos
hommes, sachez que vous l'aurez tuée vous-même, car elle
se laissera mourir de faim. »

À ces mots, le roi devient blême et renvoie Bertelai.

« Allez la rassurer et dites-lui que je ne ferai rien qui
puisse lui déplaire. »

Atant s'en part Bertelac et li rois revient a monseignor Gauvain, si li dit :

« Biaus niez, il est issi que Guenievre ne puet remanoir en ma terre ne en terre que nus de mes homes ait, car je la porroie en tel leu metre que je ne la porroie *(52v°a)* garantir a mon voloir, ne je ne voldroie pas sa mort, car mult l'ai amee de grant amor. Mais je voil qu'elle s'en aille en la terre que Galehot li velt doner et je li baillerai de ma maison et chevaliers et serjanz tant come elle en voldra mener. Et si sachiez bien de voir que se je estoie sanz fame, que je l'ameroie melz a avoir que feme que el monde soit ne por altre ne la lerroie, mais tant come je aie celle qui est ma droite espose et compaigne de mon regne, ne doi je en altre part avoir, et l'en diroit plus mal que bien se je tenoie et ma feme espose et ma soignant. »

Atant se partent del conseil entre lui et Gauvain, si est venuz la ou si baron l'atendent, si lor devise sa volenté si come il l'avoit devisee a son neveu, et cil le loient plus porce que il voient que sa volentez i est que por ce que il lor plese. Lors s'en vient es loges ou Galehot estoit et la roine. Li rois le prent par la main senestre et li dit :

« Biaus dolz amis Galehot, je ai mult trové en vos et amor et compaignie et tant vos ai esprové qu'il m'est avis, al samblant que je ai veu, que vos iestes li chevaliers el monde, qui mes hom ne soit, qui plus feroit por moi a mon besoing ; et vos m'avez presenté a doner a Guenevre qui ci est terre assez riche et aeise et je sai bien autresi com vos l'osez dire, l'oserez fere, ne je ne vos requerroie pas de si *(52v°b)* grant chose. Et il est issi qu'elle ne porroit remanoir ne en mon demoine ne en mes fiez. Et vos n'iestes pas mes hom, mes mes amis et mes compainz : et je la vos bail com a mon ami, que vos la gardez autresi come vostre germaine seror et si le vo pri que vos le me creantés sor la grant amor que vos avez a moi. »

Lors la prent li rois par la main, si la li baille, et lors li

Bertelai s'en va. Le roi retourne auprès de monseigneur Gauvain et lui dit :

« Beau neveu, il est vrai que Guenièvre ne peut résider ni dans ma terre ni dans celles de mes hommes liges ; elle risquerait de se trouver dans un lieu où je ne pourrais pas assurer sa sécurité, comme je le voudrais. Or je ne veux pas sa mort, car je l'ai aimée d'un grand amour. Qu'elle aille donc dans la terre que Galehaut veut lui donner et je mettrai à son service autant de chevaliers et d'hommes d'armes de ma maison qu'elle en voudra. Sachez même que, si je ne m'étais pas marié, je la préférerais à toute femme en ce monde et ne la quitterais pour aucune autre. Mais tant que j'ai celle qui est ma légitime épouse et la compagne de mon royaume, je ne dois pas avoir d'intérêt pour une autre, et l'on dirait de moi plus de mal que de bien, si je gardais chez moi et ma femme et ma concubine. »

Sur ces mots, le roi met fin à son entretien avec monseigneur Gauvain et se rend auprès de ses barons qui l'attendaient. Il leur expose sa décision, comme il l'avait fait à son neveu, et ils l'approuvent, pour lui faire plaisir plus que par conviction. Ensuite il va dans les galeries où se tiennent Galehaut et la reine ; et il dit à Galehaut, en le prenant par la main gauche :

« Beau doux ami Galehaut, j'ai beaucoup apprécié votre amitié et votre compagnie. Je vous ai longtemps éprouvé, et d'après ce que j'ai vu, je sais que, hormis ceux qui sont mes hommes, nul autre que vous ne pourrait faire autant pour moi, s'il en était besoin. Vous m'avez offert de donner à Guenièvre que voici une terre riche et bonne, et je sais que vous le ferez comme vous l'avez dit. Je ne vous aurais jamais demandé un si grand sacrifice, mais il est vrai qu'elle ne peut demeurer ni dans mon domaine ni dans mes fiefs. Vous n'êtes pas mon homme lige, mais mon ami et mon compagnon. Je vous la confie comme à mon ami. Vous la garderez comme votre propre sœur. Je vous prie de me le promettre, sur la grande amitié que vous me portez. »

Le roi prend Guenièvre par la main, la confie à Galehaut

prent telz pitiez que les lermez l'en sunt venues as eulz. Et
Galehot la prent par le covent que li rois li a mis, que il la
garderoit come sa [seror] germaine et plus honoreement.
Iluec orent grant pitié tuit cil qui i estoient ne n'i ot gaires
chevaliers qui ne plorast, et li rois meismes devise de sa
meisnie iceaus qui ou la dame s'en iront por lui servir.

Atant s'en revet la dame a son ostel et li rois remaint et
sa baronie avec lui, et quant vient a chief de piece, si parolle
a lui misires Gauvains qui toz jorz ert de bien faire et de
bien dire entalantiz :
    « Sire, fait il, ore ne vos ennue pas ce que je vos dirai, car
il nel savra fors vos et ge ; et si sera por vostre bien, car
loiaus hom doit mostrer a son seignor le bien s'il le set et
lors, s'il nel velt fere, il s'en descharge. Bien sachiez que
vos estes mult blasmet de cest novel mariage, car l'en ne
quide pas que vos l'aiez fait por issir de pechié, mes por
(53a) entrer ; et coment que il vos aveigne ça en avant, vos
i avez asset perdu au comencier, car vos en estes atains de
desloialté voiant tot vostre pooir par un sol home. Aprés vos
en avez perdu le meillor chevalier qui onques fust en vostre
ostel, ce est Lancelot, et si est avenue a la Table [Reonde]
une honte que onques mais ne li avint, car unques mes nus
chevaliers de son gré ne guerpi la compaignie, ainçois se
tenoit a gueri qui avenir i pooit. Or l'a Lanceloz guerpie et
bien sachiez, se en lui retenir ne metés poine, grant damage
i porroit avenir, car il a tot le pooir Galehot et plus encore,
et tant a fet por vos et por les vos que vos n'i poez avoir se
ennor non en chose que vos facez por lui.

    — Biaus niez, fait li rois, je entent bien que vos m'avez
raison mostree et je feroie por lui retenir mult grant meschief, et se je ne l'amasse de grant amor, je n'eusse pas si
legierement sofferte la honte de mon jugement falser. Mes

et il est tellement ému que les larmes lui viennent aux yeux. Galehaut reçoit la reine et prononce le serment que le roi lui a demandé : il gardera Guenièvre comme sa propre sœur et avec les plus grands honneurs. Tout le monde était très ému, et il n'y avait guère de chevaliers qui ne fussent en pleurs. Ensuite le roi désigne les membres de sa maison qui partiront avec la reine pour la servir.

Guenièvre retourne à son hôtel, le roi demeure avec ses barons. Après un long moment monseigneur Gauvain, désireux comme toujours de bien faire et de bien dire, adresse la parole au roi :

« Seigneur, ne prenez pas en mauvaise part ce que je vous dirai, car personne ne le saura que vous et moi. Et ce sera pour votre bien. L'homme loyal doit montrer à son seigneur ce qui est bien, s'il le sait ; et alors si le seigneur ne veut pas suivre le bon conseil, son homme est quitte[1]. On vous blâme fort de votre nouveau mariage et l'on ne croit pas que vous l'ayez fait pour sortir du péché, mais pour y entrer. Nul ne sait ce que l'avenir vous réserve, mais d'ores et déjà vous y avez beaucoup perdu. Un seul homme vous a convaincu de déloyauté devant tous les barons de votre terre. Et vous avez aussi perdu le meilleur chevalier de votre hôtel. C'est pour la Table Ronde une honte qu'elle n'a jamais connue. Jamais encore personne n'y avait renoncé de son plein gré ; et c'était un honneur que d'y accéder. Mais Lancelot y a renoncé et si vous ne vous mettez pas en peine de le retenir, sachez qu'il pourrait en résulter de grands malheurs. Car il a derrière lui toutes les forces de Galehaut et plus encore. Il a tant fait pour vous et pour les vôtres que tout ce que vous feriez pour lui ne pourrait être qu'à votre honneur.

— Beau neveu, je vois bien que vous avez raison et je ferais de grands sacrifices pour retenir Lancelot. Sans la grande amitié que je lui porte, il ne m'eût pas été facile de supporter la honte qu'il m'a faite en faussant mon jugement.

---

1. L'auteur se souvient ici du premier *Lancelot du Lac* (p. 129), où la même idée est exprimée de la même façon, mais avec plus de vigueur encore.

parmi tot ce je li prierai de remanoir et tuit cil qui m'ame-
ront, par covent que je ferai oltreement totes les choses qu'il
me requerra, fors que ceste feme leisier, car li departirs ne
puet estre en cestui point, ainçois sofferoie je la haine de la
moitié de mes barons por la seurté que je l'en ai faite
s'altresi grant raison n'ai trovee ou laissier come je ai trovee
ou pren(53b)dre. Et je vos pri que vos meimes l'en priés o
moi et je en prierai Galehot et touz ceaus qui i ont pooir. »

Lors se lieve li rois et monte entre lui et monseignor
Gauvain et fait avec lui aler tos ses barons et vient a l'ostel
Galehot, si le treve entre lui et Lancelot conseillant en une
couche et environ aus grant compaignie de chevaliers.
Quant il voient le roi venir, si saillent sus, et il prie Lancelot
si durement come il puet que il li pardoinst son maltalant et
altresi li prie missire Gauvains et tuit li altre baron
ensemble, et li rois li dit :

« Lancelot, biaus amis, il est voirs que vos avez plus fet
por moi que nus altres chevaliers ne fist. Onques [n'eustes]
nulle riens de moi fors l'onor de chevalerie ; et vos ravez
tant fait enor a ma maison que vos estes devenuz compainz
de la Table Reonde, mais or l'avez guerpie par coruz de moi
et par haine ; et je n'avrai jamais joie, se vos vos en departez
en ceste maniere. Si vos pri que vos me pardoignez vostre
maltalant et que vos remaignez de mes compaignons si com
vos soliez estre, et de ma maisnie, et je vos partirai mon
roiaume par mi ou tel honor de terre com vos voldriez avoir,
et vos creant outreement que quant que vos me requerrez je
ferai, sanz moi honir.

Malgré tout cela, moi-même et tous ceux qui m'aiment, nous le prierons de rester avec nous ; et je lui promettrai tout ce qu'il voudra, sauf de quitter la nouvelle reine, car il ne saurait être question de me séparer d'elle en ce moment. J'affronterais plutôt la haine de la moitié de mes barons que de manquer à mes engagements, sans avoir, pour renvoyer cette femme, d'aussi bonnes raisons que celles qui m'ont été données pour la prendre. Joignez-vous à mes prières auprès de Lancelot, ainsi que Galehaut et tous ceux qui ont quelque influence sur lui ! »

Le roi se lève. Il monte à cheval avec monseigneur Gauvain et tous ses barons. Ils se rendent à l'hôtel de Galehaut. Ils trouvent Galehaut et Lancelot assis sur un lit et conversant au milieu d'un grand nombre de chevaliers. Ceux-ci se lèvent en voyant entrer le roi. Arthur prie Lancelot d'oublier son ressentiment. Monseigneur Gauvain et tous les barons joignent leurs prières aux siennes. Et le roi dit :

« Lancelot, bel ami, il est vrai que vous avez fait pour moi plus que tout autre chevalier et que vous n'avez jamais rien reçu de moi, si ce n'est l'honneur de la chevalerie[1]. Vous avez si bien illustré ma maison que vous êtes devenu compagnon de la Table Ronde. Mais vous avez renoncé à cet honneur par colère et haine contre moi. Je ne me consolerais jamais si vous partiez de cette manière. Je vous prie de me pardonner et d'oublier votre ressentiment. Soyez de mes compagnons et de ma maison, comme vous l'étiez. Je vous donnerai la moitié de mon royaume ou tout honneur de terre que vous voudriez avoir ; et je m'engage à faire tout ce qui pourra vous plaire, mon honneur étant sauf.

---

1. Arthur croit avoir fait Lancelot chevalier, mais il n'en est rien. C'est la reine seule qui l'a fait chevalier, en lui remettant son épée, comme l'explique si bien l'auteur du premier roman de *Lancelot*, dans un passage justement célèbre (*Lancelot du Lac*, pp. 457-461). Lancelot ne veut rien devoir au roi Arthur. Il quitte la cour du roi, le jour même de son adoubement, sans avoir reçu son épée, remplissant de perplexité toute l'assistance qui ne comprend pas ce brusque départ « car il n'aspire pas à être fait chevalier de la main du roi, mais d'une autre, dont il pense avoir plus d'avantage » (p. 461).

– Sire, fait Lancelot, de ce ne me priez vos ja, car je n'ai
talent ne volenté d'avoir plus grant *(53v°a)* hautesce ne onor
que je ai ore, ne envers vos n'ai je haine ne maltalant, mais
bien sachiés que je ne remandroie ore en cest point ne de
vostre maisnie ne de l'autrui, ne ja mar me proiera nus, car
il n'i a si haut hom el siecle, s'il m'en prioit, que je ne l'en
osasse bien escondire, et si le vos jur sor la messe que je ai
hui oie chanter. »

Quant li rois vit qu'il n'i metra fin, si est tant iriez que
plus ne puet et s'en part de laienz entre lui et sa compaignie,
si s'en revet a ses maisons, ne celui jor ne fu nus qui bel
semblant li veist faire. Et Galehot est remés mult liez de ce
que Lancelot a escondit le roi si bien.

Issi passe celui jor et la nuit est li rois en mult grant pensé
coment il porroit Lancelot retenir ne en quel maniere ; a ce
vint ses pensers en la fin qu'il en priera la roine (si dormi
po cele nuit tant i pensa), por ce que Lancelot avoit dit, le
jor que la bataille fu, qu'ele ne l'en savroit de rien requerre
dont il l'escondeist por le grant gré que il li savoit de ce
qu'ele l'ot gardé en sa chambre en son grant mal.

Al matin vint Galehot prendre congié, car aler s'en voloit
en son pais, et li rois monte por lui convoier et fait ses
barons altresi monter, car mult se penoit de Galehot enorer.
Quant il l'ot convoié jusque defors la vile, si apelle la roine
a conseil entre lui et *(53v°b)* monseignor Gauvain, si li dit :

« Dame, je sai bien que Lanceloz vos aime de si bone
amor que il ne vos escondiroit de nulle chose et vos savez
bien que je ai sa compainie mult amee : si vos voil prier, se
vos atendez jamais a avoir bien de moi ne enor, que vos li
priez qu'il remagne o moi ausi com il soloit estre, car je n'i
puis metre fin ne [par moi] ne par altre home qui l'en prit. »

Et la roine li respont non pas come fame esbaie mes come
sage et aparcevant, car ele crient que li rois ne se soit
aparceus des amors de lui et de Lancelot :

« Sire, fait elle, mult devroie amer Lancelot s'il faisoit

– Seigneur, dit Lancelot, vos prières sont inutiles. Je ne me sens ni le goût ni la volonté d'avoir plus d'élévation et d'honneur que je n'en ai présentement. Je n'éprouve envers vous ni haine ni colère. Mais, au point où nous en sommes, je ne veux plus être de votre maison ni d'aucune autre, et l'on aurait bien tort de me le demander. L'homme le plus puissant du monde ne saurait me faire changer d'avis, je vous le jure sur la messe que j'ai entendue ce matin. »

Le roi voit qu'il n'obtiendra rien et en ressent un grand déplaisir. Il se retire avec sa suite, rentre dans son palais ; et, pendant toute la journée, il se montre de très méchante humeur. Mais Galehaut se réjouit que Lancelot ait si bien éconduit le roi.

Ainsi passa le jour. La nuit, le roi demeura dans une grande perplexité : que faire pour retenir Lancelot et par quel moyen ? Il y pensait tant qu'il dormit fort peu cette nuit-là. À la fin l'idée lui vint de s'adresser à la reine. Car Lancelot avait dit, le jour de la bataille, que, par reconnaissance, il ne refuserait jamais rien à celle qui l'avait gardé dans sa chambre pendant sa maladie[1].

Au matin, quand Galehaut vient prendre congé, le roi monte pour le convoyer. Il ordonne à ses barons de faire de même, pour honorer Galehaut. Après l'avoir escorté jusqu'aux portes de la ville, il prend à part la reine et monseigneur Gauvain :

« Dame, je sais que Lancelot vous aime assez pour ne rien vous refuser de ce que vous lui demanderez ; et vous savez que je tiens beaucoup à l'avoir pour compagnon. Si vous attendez jamais de moi quelque bien ou quelque honneur, veuillez le prier de demeurer auprès de moi comme par le passé. Je ne peux y parvenir, ni par mes prières, ni par celles de qui que ce soit. »

La reine répond sans laisser paraître aucune émotion, en femme sage et avisée, qui craint que le roi n'ait découvert ses amours avec Lancelot :

« Seigneur, je devrais être très reconnaissante à Lancelot,

---

1. Voir ci-dessus p. 279.

por moi ce qu'il ne velt faire por nullui, kar lors porroie bien savoir qu'il m'ameroit plus que altrui ; et tant come je sai qu'il plus m'aime, tant me doi je plus gardier de lui corecier. Et sachiez que l'en doit mult amer ce dont l'en est amé, car maintes fois avient que l'en aime ce dont en est engigniez ; por ce garderai je cestui de correcier puis qu'il m'aime plus que li altre, ne je ne li pr[i]erai, car j'aurai plus sovent sa compaignie que s'il estoit de vostre mesnie et je doi melz amer la soe compagnie que la vostre, car il me rescoust par sa grant debonaireté la ou vos me volsistes destruire par vostre grant felonie : si sachiés bien que il ne vos doit de sa vie nul gré savoir ; car se je eusse certainement mort deservie, si li de*(54a)*ussiez vos ma mort quitier ainçois que vos le leississiez combatre a meschief[1] de trois chevaliers, s'il vos menbrast del jor qu'il vos rendi terre et enor ensemble et mist vostre mortel annemi desous vos piez, et del jor qu'il vos rescoust de la Roche as Sesnes ou vos estiés en la prison a vos mortelz annemis. »

Atant est finez li parlemenz, car li rois voit bien que sa parolle ne valt rien, si lait la chose atant ester. Et quant il a convoié Galehot dous liues englesches loing del chastel, si prent congié a lui et a ses barons, mais de Lancelot ne voit il mie, car il s'en vait avant tant come cheval li pooit rendre. Lors s'en retorne li rois et li barons, mes il envoie avec Galehot monseignor Gauvain son neveu qui mult l'en avoit prié por la roine convoier, kar il l'amoit mult.

Einsint s'en part li rois de Galehot dolenz et corrociez de Lanceloz qu'il ne puet retenir, et Galehot s'en vet en son pais qui la roine enmaine et errent tant par lor jornees qu'il vindrent en Sorelois. Ilueques fist Galehot avoir a la roine les homages de tote la terre ; et quant elle en fu revestue et les fealtez en furent faites, si s'en parti misires Gauvain qui mult est liez de ce que il la voit a enor et a eise. Lors parla la roine a Lancelot, mais ce fu horz le comun des genz, et avec fu Galehot en qui elle se fie mult. Elle dit a Lancelot :

s'il faisait pour moi ce qu'il ne veut faire pour personne. Ce serait la preuve qu'il m'aime plus que personne. Et plus je sais qu'il m'aime, plus je dois me garder de le mécontenter. On ne saurait trop aimer celui qui vous aime, car il arrive trop souvent qu'on aime celui qui vous trahit. Et puisque ce chevalier m'aime plus que les autres, je n'aurai garde de l'importuner par mes prières. Il sera plus souvent en ma compagnie, s'il n'appartient pas à votre maison ; et j'ai lieu de préférer sa compagnie à la vôtre, car il m'a sauvée par sa grande générosité, quand vous vouliez me perdre par votre grande cruauté. Sachez que vous n'avez aucun titre à sa reconnaissance. Quand bien même j'aurais mérité la mort, vous auriez dû me faire grâce par égard pour lui, au lieu de l'exposer à la terrible épreuve d'un combat contre trois chevaliers. Vous auriez dû vous souvenir du jour où il vous rendit à la fois votre terre et votre honneur, mettant à vos pieds votre ennemi mortel, et du jour où il vous secourut à la Roche-aux-Saxons, quand vous étiez le prisonnier d'un autre de vos ennemis mortels. »

Ici s'arrête l'entretien. Le roi comprend que ses paroles ne servent à rien et n'insiste pas. Il escorte Galehaut à deux lieues anglaises hors de la ville. Ensuite il prend congé de lui et de ses barons, mais ne voit pas Lancelot, qui avait pris les devants et s'en allait de toute la vitesse de son cheval. Le roi rentre en ville avec ses barons. Il envoie à Galehaut monseigneur Gauvain son neveu, qui s'était proposé pour accompagner la reine, car il l'aimait beaucoup.

Ainsi le roi est séparé de Galehaut. Il est triste et mécontent de n'avoir pu retenir Lancelot. De son côté Galehaut s'en va dans son pays, emmenant la reine. Ils chevauchent tant par étapes qu'ils arrivent en Sorelois. Là, par les soins de Galehaut, la reine reçoit l'hommage de tous les barons du pays. Après les investitures et les serments de fidélité, monseigneur Gauvain prend congé d'elle, satisfait de la voir honorée et heureuse. Alors (mais la plupart des gens étaient déjà partis) la reine adresse la parole à Lancelot, devant Galehaut, en qui elle a toute confiance :

« Biaulz dous *(54b)* amis, la chose est einsi avenue come
vos veés et je sui partie de mon seignor le roi par mon
mesfet, jel conois bien : ne mie porce que je ne soie sa feme
esposee et roine coronee et sacree ausi com il fu et fille sui
je al roi Leodagon de Tamelirde, mais mes pechiez m'a neu
de ce que je couchai a altre que a mon seignor que si proudome estoit. Et ne mie por ce il n'i est nule si haute dame
el siecle qui ne deust faire grant meschief por metre a eise
un altre si proude chevalier com vos estes, mais Nostre Sires
ne regarde mie a la cortoisie del monde, car c[il] qui est
buens au monde est maus a Deu. Mes desormes vos pri je
que vos me doignez un don que je vos demanderai, car je
sui ore el point ou il me covendra melz gardier que je
onques mes ne fis : si vos pri et requier, sor la grant amor
que vos me devez, que vos desoremes ne me requerez nulle
compaignie fors d'acoler et de baisier, s'il vos plaist que vos
le façois por ma proiere. Mais ceste compaignie vos tendrai
je tant come je serai en cest point totes les foiz que vos
voldrez ; et quant je verrai et leus et tans et vostre volenté i
serra, vos avrés bien le sorplus. Mes tex est ore ma volentez
qu'atant vos en covient soffrir une piece et ne dotés pas de
moi que je ne soie tot dis vostre, car vos m'avez si desservie
que se je vos voloie *(54vºa)* genchir, ne le me porroit soffrir
li cuers. Et sachiés bien que plus que je n'aie encore dit, dis
je a mon seignor le roi le jor que il nos convoia, quant il me
requist que je vos priasse que vos remansisiez de sa meisnie,
car je li dis que je amoie melz vostre compaigni[e] que la
soe.

– Dame, fait Lancelot, nulle riens ne m'est grevose qui
vos plaise, car je sui apparillié a tote vostre volenté faire, se
ce estoit altresi ma joie come mes diaus, et je soffre debonairement vostre plaisir come cil qui ne pot avoir nul bien
se par vos non. »

En tel maniere fu la roine en la terre de Sorelois ; si ot
sovent la compaignie Galehot et la son ami, et totes voies fu
avec lui la dame de Malloaut, et se ne fust la compaignie de
ces trois, elle ne puist pas durer au solaz et a la compaignie
que elle avoit eu. Einsi demora en Sorelois douz anz, et

« Beau doux ami, vous voyez ce qu'il en est. Je suis séparée de monseigneur le roi par ma faute, je le sais. Il est vrai que je suis bien sa femme, épouse et reine, couronnée et sacrée comme il l'a été lui-même, et fille du roi Léodagan de Carmélide. Mais j'expie le péché d'avoir partagé le lit d'un autre que monseigneur, qui était un si grand prud'homme. Et pourtant il n'est pas de dame en ce monde, si haute soit-elle, qui aurait hésité à commettre une grande faute, pour faire le bonheur d'un chevalier aussi vaillant que vous. Mais Notre Seigneur n'a aucun égard à la courtoisie du monde, et celui qui agit bien aux yeux du monde agit mal au regard de Dieu. Maintenant je vous prie de m'accorder la faveur que je vais vous demander. Je suis dans une situation où je dois me garder mieux que je ne l'ai jamais fait. Je vous prie, au nom du grand amour que vous me devez, de ne rien exiger de moi au-delà des baisers et des embrassements, s'il vous plaît d'accéder à ma prière. Cela je vous l'accorderai, tant que je serai dans cette situation. Ensuite, en temps et lieu, si vous en exprimez le désir, vous aurez volontiers le surplus, mais vous devez vous en abstenir quelque temps. Ne craignez pas que je cesse jamais d'être à vous. Même si je le voulais, vous avez tant fait pour moi que mon cœur ne pourrait y consentir. Sachez que j'ai dit à monseigneur ce que je ne lui avais encore jamais dit. Le jour où il nous escorta hors de la ville, comme il me priait d'intervenir pour que vous restiez à son hôtel, je lui ai répondu que j'aimais mieux votre compagnie que la sienne.

– Dame, répond Lancelot, rien de ce qui vous plaît ne saurait me déplaire. Qu'elle soit source de joie ou de douleur pour moi, votre volonté est ma règle. Je m'y conforme de bonne grâce, puisque tout mon bonheur ne peut venir que de vous. »

La reine vécut de cette manière dans la terre de Sorelois. Elle recevait souvent la visite de Galehaut et de son compagnon ; la dame de Malehaut ne la quittait pas ; et, sans l'affection de ces trois amis, elle n'eût pas supporté d'être privée des joies et de la haute société qu'elle avait connues.

d'autre part demora li rois Artus en sa terre, et se il avoit
amee devant sa premiere feme de grant amor, autretant ou
plus amoit celui qu'il avoit ores, si que li apostoles le sot qui
le sige de Rome maintenoit en cel termine, si li vint a mult
grant despit de ce que si haut home come estoit li rois de
Bretaigne avoit deguerpie sa fame sainz le seu de Sainte
Iglise, si comanda que la vengance Nostre Seignor fust
espandue *(54v°b)* en la terre ou il reprist sa premiere fame,
tant qu'il en fu departiz par Sainte Iglise. En ceste maniere
en fu la terre le roi Artu vint et un mois entredite.

En cel termine avint que li rois estoit a [Brandigan[1] a un
suen chastel], a grant compaignie de chevaliers, s'i estoit la
roine et Bertelac li Viaus qui toz estoit sires de lui et del roi.
Et elle avoit si conrroié le roi par poisons et par charrés qu'il
n'osoit riens contredire qui li pleust, si avoit tant fet que ja
la haoient tuit si baron. Ce fu, ce dit li contes, a l'ent[r]ee de
l'avent [aprés une feste de Touz Sainz][2] que li rois avoit sa
cort tenue a Carlion, si s'en est venuz par Dinasdaron ou il
avoit sejorné quinzaine entiere. La setisme nuit que il vint a
Brandigan, si avint chose qu'il jut entre ses chevaliers si
come il fasoit soventes fois, car li rois Artus avoit en costume que sa feme chevalcheit avec lui toz jorz et par sa terre
et en ost et en chevalchees et as tornoiemens que l'en cla-
moit assemblees al jor de lores, mais il ne gisoit pas chascune nuit avec sa fame, se lors non quant il estoit privie-
ment. Cele [nuit] que je vos ai dite, jut li rois entre ses
barons et sa feme jut en ses chambres ; si avint cele nuit une
grant mervelle, que elle perdi la force de toz ses menbres
des li pié jusqu'à la cervel de la teste que de nuil ne se puet
aidier *(55a)* fors des iaus et de la boche et des oreilles ; si la
prist une maladie si diverse qu'elle comença a porrir as piez
aval et ala einsi porissant en contremont jusqu'a la fin ; mais
longement dura en la maladie et puiot si durement quant elle
comença a porir as piez que riens ne la pooit soffrir qui pres

La reine passa deux années en Sorelois. De son côté le roi
Arthur demeura dans sa terre. Il aimait sa seconde femme
autant et même davantage qu'il avait aimé la première. Le
pape, qui gouvernait le saint Siège de Rome, en fut informé.
Il s'indigna qu'un aussi grand prince eût répudié sa femme,
sans le consentement de la sainte Église. Il ordonna que la
vengeance de Notre Seigneur fût répandue sur la terre, si le
roi ne reprenait pas sa première femme, jusqu'à ce que la
nullité du mariage eût été prononcée par la sainte Église.
Ainsi le royaume du roi Arthur fut mis en interdit pendant
vingt et un mois.

À cette époque le roi séjournait dans son château de
Bédingran, avec un grand nombre de chevaliers, la nouvelle
reine et Bertelai le Vieux qui avait la faveur de la reine et
du roi. Cette Guenièvre avait mis le roi dans un tel état, par
des breuvages et des incantations, qu'il n'osait plus la
contredire en rien ; et elle était détestée par tous les barons.
C'était, dit le conte, à l'entrée de l'Avent. Le roi avait tenu
sa cour de la Toussaint à Carlion, puis était passé par Dinasdaron où il avait séjourné toute la quinzaine. Le septième
jour qu'il fut à Bédingran, il arriva qu'il passa la nuit au
milieu de ses chevaliers comme il faisait souvent. Le roi
avait coutume d'emmener toujours sa femme avec lui, que
ce fût dans sa terre, en guerre, dans les chevauchées ou dans
les tournois, qu'on appelait alors « assemblées ». Mais il ne
passait pas toutes les nuits avec elle, sinon quand il était en
petite compagnie. Ce jour-là, le roi était couché au milieu
de ses barons[1] et la reine dans sa chambre, quand survint un
événement extraordinaire. La reine perdit l'usage de tout
son corps, des pieds jusqu'à la tête. Elle ne conserva que
l'usage des yeux, de la langue et des oreilles. Ensuite elle
fut frappée d'une maladie étrange : elle se mit à pourrir par
les pieds et la pourriture remontait peu à peu tout le long du
corps, jusqu'à ce que mort s'ensuivît. Mais cette maladie
progressait très lentement. De plus, en pourrissant par les

---

1. Les rois étaient rarement seuls. Mais c'était un grand honneur que le
roi faisait à ses barons, de partager sa chambre avec eux.

en fust. Celle nuit meismes qu'ele prist ceste enfermeté fu
altresi conrez Bertelac li Valz. De ceste chose ot li rois
Artus mult grant dolor, si demora a Brandigan mult grant
piece puis que ce fu avenu, mes en la fin l'enmena misires
Gauvains sejorner a Chaamelot, car il ne voloit mie que il
fust blasmés de ses barons et dit que sovent orroient
novelles de la roine s'il estoient la. Mult fu li rois grevos a
conforter del mal sa feme, mais la honte del blasme qu'il
cremoit li fasoit fere plus bel semblant. Un jor le prist
misires Gauvain a conseil, si le comença a chastier, si li dit :

« Sire, l'en vos atorne a mult mal ce que vos mostrés si
malvais semblant et faites si poi de joie a voz barons, qui
avés esté li plus envoisiez rois qui onques fust et li plus
larges : si vos convendroit demener plus liement et de
riviere et de bois et aler entre les genz, car nus ne poet la
compaignie des genz ongier qui n'oblit grant partie de ses
ennuiz et se vostres poeples vos veoit *(55b)* demener altresi
com vos soliez il en diroient les bones parolles et lesseroient
les malvaises.

– Biaus niez, fait li rois, ge entent bien que vos me
consilliez a foi et je ferai grant partie de vostre conseil. Or
en irons le matin en bois, car je n'oi pieça granment de
deduit a quoi je me deportasse, et aprés demain irrons
riveer, car des riveres avons nos assez bones et aeissiez, si
avons de chiens et de oisiaus a grant plenté. Einsi nos
deduirons toz ces avenz, car nos irons un jor en la forest et
altre en la riviere tant que je savrai de la roine a quoi elle
torra, ou a mort ou a garison. »

Celle nuit fist li rois plus bele chiere qu'il ne seut faire
puis que sa feme fu acouchie et dit a ses chevaliers que tuit
s'aparillassent por aler al matin en bois et dit qu'il velt
hanter le bois et les riveres altresi longement come il les
avoit lessiez. Lendemain leva li rois matin et oi le messe el

pieds, son corps dégageait une odeur si nauséabonde qu'aucun de ceux qui l'approchaient ne pouvait la supporter. La même nuit Bertelai le Vieux fut atteint du même mal. La douleur du roi était extrême. Pendant longtemps il voulut rester à Bédingran, mais à la fin monseigneur Gauvain l'emmena séjourner à Camaalot, pour lui éviter les reproches de ses barons. Il lui dit qu'il pourrait recevoir dans cette ville des nouvelles de la reine, aussi souvent qu'il le faudrait. Il fut très difficile de consoler le roi de la maladie de sa femme, mais la peur d'être blâmé par ses hommes l'obligeait à dissimuler son chagrin. Un jour monseigneur Gauvain le prit à part et lui fit des remontrances :

« Seigneur, on vous blâme fort de montrer une aussi triste mine et de ne plus donner de fêtes à vos barons, vous qui étiez le roi le plus enjoué et le plus généreux du monde. Vous devez montrer plus de joie, aller à la chasse en bois et en rivière, et vivre au milieu de vos gens. Celui qui recherche la compagnie des gens oublie une grande partie de ses propres chagrins. Si votre peuple vous voyait vous conduire comme vous en aviez l'habitude, il le prendrait en bonne part et ne dirait plus du mal de vous.

— Beau neveu, fait le roi, j'ai bien conscience que vous me donnez un conseil loyal, et je le suivrai en grande partie. Nous irons demain chasser en bois, car il y a bien longtemps que je n'ai donné le moindre divertissement ; et après-demain, nous irons en rivière. Nous ne manquons pas de rivières bonnes et plantureuses, et nous avons assez de chiens et d'oiseaux. Nous nous divertirons ainsi pendant toute la durée de l'Avent, un jour en bois, l'autre en rivière, jusqu'à ce que nous sachions comment évoluera la maladie de la reine, vers la mort ou la guérison. »

Cette nuit-là le roi montra un meilleur visage qu'il ne l'avait fait depuis que la reine était tombée malade. Puis il demande à tous de se préparer à partir en forêt dès le matin. Il déclare qu'il veut désormais s'adonner à la chasse en bois et en rivière, pendant aussi longtemps qu'il s'en était abstenu. Le lendemain le roi se lève de bonne heure, entend la

point del jor, s'en vet en la forest qui mult estoit longe et
lee. La forest estoit prés de Camelot a une liue, si avoit non
Landebele, si estoit mult plentivose de bestes ; et quant il
furent dedenz, et il orent alé le lonc de dous archies ou de
trois, si acoillirent un sengler grant et parcreu et le chacerent
tant que ja estoit haute ore, si estoit plus de tierce et mains
que midi. Lors vint li pors enmi un grant val au monter d'un
(55v°a) halt tertre, si estoit plains d'espesces broces et de
grant roches, si fu las des granz cours que il avoit fait,
illueques torna li senglers et dona e[stal] as chienz. Et lors
descendi li rois meismes, si l'ocist d'un espie qu'il tenoit.
La ou depeçoient le porc, si oi li rois un co[c] chanter sor
destre et ne sembloit guerres estre loing. Li rois ot talant de
mangier, si resaut en son cheval et s'en vait cele part ou il
oi le coc chanter, et aprés vint misires Gauvains et une
partie de sa genz. Et quant il ont un poi alé, si ont trové un
grant porpris clos a la reonde de paliz haut et gros et par
desus bien espinez. Li rois toz premiers vient a la porte et
comence a huchier et apele si halt que par tot le porpris fu
oïz et ne demora gaires que uns hom a une robe blanche vint
a la porte, si l'a overte. Et quant li rois le voit en tel habit,
si pense bien que laiens a hermitage. Lors entre enz et
demande a celui qui la porte a overte s'il a laiens tant de
maison ou entre lui et si compaignon puissent mangier.

« Oïl, sire, fait il, grant maison et bele qui fu faite por
herbergier les chevaliers erranz et les autres genz qui par ci
passent. »

Lors va ovrir une grant meison de fust et il fu assez qui
le feu fist dom il avoient grant mestier. Aprés ont mises les
tables, si manja li rois ce que il fist aporter. *(55v°b)* La ou il
seoit al mangier et il ot le tierz morsel dedenz sa boche, si
li avint qu'une si grant dolor le prist que il li fu avis que li
cuers li dut partir dedenz le ventre et giete un cri. Lors [le]
covient estendre por la dolor et li oil li tornerent en la teste,
si li palist li viaire, si se pasme. Li chevaliers guerpissent le
mangier et saillent sus et misires Gauvains le sesit entre ses
braz, si a trop grant paor qu'il ne soit mors, car ne muet ne

messe au point du jour, et s'en va dans la forêt, qui était longue et large. Cette forêt était à une lieue de Camaalot, et elle était appelée la Belle-Lande. Elle était très riche en gibier. Les compagnons du roi y entrent, et, après s'être avancés de deux ou trois portées d'arc, ils rencontrent un sanglier grand et fort. Ils le poursuivent si longtemps que le jour est déjà très haut. Il était plus de tierce et moins de midi. Le sanglier arrive dans un vallon au pied d'un haut tertre, plein de broussailles touffues et de grosses pierres. Fatigué de la longue course qu'il avait faite, il y monte et fait face aux chiens. Le roi descend de cheval et le tue avec une courte lance. Tandis qu'on dépeçait le sanglier, le roi entend chanter un coq sur sa droite, et le son ne lui paraît pas venir de loin. Le roi, qui avait faim, remonte à cheval et se dirige du côté où il a entendu le coq chanter. Monseigneur Gauvain et plusieurs des compagnons de la chasse le suivent. En s'avançant, ils trouvent un grand jardin clos à la ronde de palis hauts et gros, et surmontés d'une haie d'épines. Le roi arrive le premier à la porte. Il crie et appelle si fort qu'on l'entend dans tout l'enclos. Peu de temps après, un homme en robe blanche vient leur ouvrir. En le voyant ainsi vêtu, le roi pense qu'il se trouve dans un ermitage. Il entre et demande au frère s'il dispose d'assez de place pour que ses compagnons et lui-même puissent s'y restaurer.

« Oui, seigneur, dit le frère, nous avons une grande et belle maison, qui fut faite pour héberger les chevaliers errants et tous ceux qui passent par ici. »

Alors il les introduit dans une grande maison de bois, et des valets s'affairent pour leur allumer un feu, dont ils avaient grand besoin. Les tables sont dressées. On y sert les provisions que le roi a fait apporter. Tandis que le roi est à table, au troisième plat, il ressent une violente douleur, comme si son cœur allait se briser dans sa poitrine. La douleur le force à s'allonger, ses yeux tournent, son visage pâlit, et il se pâme. Les chevaliers interrompent leur repas, se lèvent et monseigneur Gauvain le prend entre ses bras. Il a grand-peur qu'il ne soit mort, car il ne remue ni pied ni

pié ne main, ne de lui n'ist [funs][1] ne alaine. A chief de
piece, revint li rois de pamisons, si s'em plaint mult durement et dit : « Ha, Dex, confessio[n], car or est mestiers ! »
ne il ne conoit monseignor Gauvains ne nul des altre, tant
durement li a la grant dolor les iauz troblez.

Lorz saillent li chevaliers et corent par laienz por querre
l'ermite, si trovent l'ome qui la porte avoit overte, si li
demandent s'il est prestres et qu'il veigne confesser le roi
Artu qui se muert.

« Ha, [seigneur], fait il, je ne sui mie prestres, mais je vos
irai querre un saint hermite qi est en cest mostier. »

Lorz cort avant et cil le sivent que mult se hastent, si
trovent en la chapelle l'ermite qui mult estoit de grant aage ;
et si tost com il oi les novelles, si s'en ist forz de la chapelle
si garniz com il afiert a provoire qui vet malades visiter et
dit oiant toz les chevaliers que Dex soit aorez de cest
malage et que ore sait il bien que Dex a sa *(56a)* priere oïe.
Atant est venuz devant li roi, et li chevalier, qui ont la parole
oïe, se merveillent qu'il puet estre et quident qu'il ait vers
lui mortel haine. Quant li rois voit le provoire venir, si se
leve en seant si com il puet et li proudom li de[man]de qui
il est.

« Ha, sire, fait il, un chetis, uns maleros. Artus ai non, si
ai esté une piece rois de Bretagne, ce doit moi peser, car je
mu[i]r en si malvais point come [c]il qui assez mal fait a la
terre et pis a m'ame.

— Et por quoi m'as tu envoié querre, fait li hermites ?

— Sire, fait li rois, por ce que je soie a vos confés et que
je reçoive de voz mains mon Salveor.

— De ce sui je, fait l'ermites, toz consilliez, car je orrai
volentiers la confession, mais de mes mains ne reçovras tu
pas le Salveor, ançois te defent que tu n'en reçoives ne de
moi ne d'autrui ; et se tu le recevoies, ce ne seroit pas a ton
salvement mais al damage et al dampnemant de t'ame.

— Ha, sire, fait li rois en plorant, por quoi me defendez
vos que je ne reçoive mon Salveor ? Ja ne puis je estre sals
se par lui non.

main et n'a plus ni souffle ni haleine. Enfin le roi revient à lui, gémit profondément et dit : « Ah ! Dieu, confession, j'en ai grand besoin. » Mais il ne reconnaît ni monseigneur Gauvain ni personne, tant la douleur lui a troublé la vue.

Les chevaliers se précipitent, et courent en tous sens pour chercher l'ermite. Ils trouvent le frère portier, lui demandent s'il est prêtre et s'il peut venir confesser le roi Arthur qui se meurt.

« Ah ! seigneur, je ne suis pas prêtre, mais j'irai vous chercher un saint ermite qui vit dans ce monastère. »

Le frère portier court devant et les autres le suivent en pressant le pas. Ils trouvent dans la chapelle un très vieil ermite et l'instruisent de ce qu'on attend de lui. Aussitôt l'ermite sort de la chapelle, dans la tenue d'un prêtre qui va visiter les malades, et s'écrie devant tous les chevaliers : « Que Dieu soit loué de cette maladie ! Je sais maintenant qu'il a entendu mes prières. » Il arrive devant le roi. Les chevaliers, qui ont entendu ses paroles, se demandent qui est cet ermite, et ils croient qu'il voue une haine mortelle au roi Arthur. Le roi voit venir le prêtre. Il se redresse comme il peut, et le prud'homme lui demande qui il est :

« Ah ! seigneur, je suis un misérable, un malheureux. J'ai nom Arthur. J'ai été un temps roi de Bretagne et j'ai lieu de m'en affliger, car je meurs en bien mauvais point, chargé des grands maux que j'ai faits à ma terre et plus encore à mon âme.

— Pourquoi m'as-tu fait venir ? dit l'ermite.

— Seigneur, pour me confesser à vous et recevoir de vos mains mon Sauveur.

— Ma décision est irrévocable : j'entendrai volontiers ta confession, mais n'espère pas recevoir ton Sauveur de mes mains. Je t'interdis de le recevoir ni de moi ni d'autrui. Si tu le recevais, ce ne serait pas pour ton salut, mais pour la perte et la damnation de ton âme.

— Ah ! seigneur, dit le roi en pleurant, pourquoi me défendez-vous de recevoir mon Sauveur ? Comment puis-je faire mon salut, sinon par lui ?

– Por ce, fait li hermites, que tu ies foimentie et desloiaus
et escuminiez et traïtres et homicides : la fus tu desloiaus ou
tu guerpis ta fame esposee por une altre que tu tiens contre
Deu et contre raison, et de ce fus tu feimentie que tu li
fausas la foi que tu li avoies craantee a Sainte Iglise quant
tu la feis *(56b)* jugier a destruire desloiaument ; et por ce
que tu t'en partis sanz le comandement de Sainte Iglise ies
tu escomuniez, ne biens ne te porroit pas venir tant come tu
seras en cest point, car puis ne puet pas li hom en grant pris
monter qui vait contre Deu a son pooir et cil vai[t] bien
contre Deu qui maintient totes les ovres qui sont contraires
a son comandement. »

Lors comence li rois mult durement a sospirer et dit si
com il puet parler :

« Biaus sire, vos iestes el leu Nostre Seignor, puisque vos
iestes prestres, et je vos pri que vos me consilliez por Deu,
car je en ai si grant mestier que onques n'ot nus hom greignor ; et je otroi mult bien que je fui de ma fame desevret a
tort et que je teing cestui contre Deu, car onques puis que je
la pris bien ne m'avint et elle meismes est chaoite en tel
malage dont je ne quit pas que elle se puisse garir : et si ne
la pris je pas por ce que je quidasse faire pechié, car tuit li
baron del païs tesmoignerent que elle estoit ma leal espose
et que je tenoie l'autre a tort. Mais je croi bien que ce m'a
neu que la lessai sanz le comandement de Sainte [I]glise, car
il est droiz que ce que Sainte Iglise met ensamble ne soit pas
sanz Sainte Iglise departi. Et se je eusse sagement ovré, il
n'i eust que amander, [c]e sai je bien, mais por ce que je l'ai
fait malvaisement *(56v°a)* ai je mestier de consail et je vos
pri que vos me consilliez por Deu al profit de m'ame et a
l'onor de mon cors, et je ferai quanque vos me lorrez ou je
verai mon salvement.

– Je ne te donrai, fait li hermites, nul consail fors que de
repairier a Sainte Iglise et si Sainte [I]glise aporte que tu
soies departiz si com tu ies, lors ne sera pas li pechiez
tuens ; et s'ele te comande que tu te tienges a la premiere
feme, tu t'i tendras.

– Sire, fait li rois, vos me consilliez a salver, je l'entent

– Je te le défends, dit l'ermite, parce que tu es parjure, déloyal, excommunié, traître et homicide. Tu es déloyal, parce que tu as quitté ton épouse pour une autre, que tu gardes contre Dieu et contre raison. Tu es parjure, parce que tu as trahi la foi que tu avais jurée devant la sainte Église, en faisant condamner ta femme à mort déloyalement. Pour l'avoir abandonnée sans l'aveu de la sainte Église, tu es excommunié. Nul bien ne te peut venir, tant que tu seras dans cet état. On ne peut s'élever à de grands honneurs, quand on se bat contre Dieu de toutes ses forces ; et c'est se battre contre Dieu que d'accomplir toutes les œuvres qui sont contraires à ses commandements. »

Le roi laisse échapper un profond soupir ; et dès qu'il peut parler :

« Beau seigneur, dit-il, vous tenez la place de Dieu, puisque vous êtes prêtre ; et je vous prie de me conseiller au nom de Dieu, car j'en ai besoin, plus que tout autre homme en ce monde. Je reconnais que je me suis séparé de ma femme à tort et que je vis avec une autre contre le commandement de Dieu. Depuis que je l'ai prise, rien de bon ne m'est arrivé, et elle-même est entrée dans une maladie dont je ne crois pas qu'elle puisse guérir. Cependant je ne l'ai pas prise en pensant commettre un péché. Tous les hommes de sa terre témoignaient qu'elle était ma légitime épouse et que j'avais pris l'autre à tort. Ma faute a été d'abandonner ma femme sans le commandement de la sainte Église, car ce que la sainte Église a noué ne doit pas être dénoué sans elle. Si j'avais agi sagement, je n'aurais mérité aucun reproche, je le sais bien. Mais puisque j'ai mal agi, conseillez-moi, au nom de Dieu, pour le profit de mon âme et l'honneur de mon corps. Et tout ce que vous me demanderez je le ferai pour mon salut.

– Je ne te donnerai d'autre conseil que de faire réparation à la sainte Église. Si elle approuve ce que tu as fait, tu n'auras commis aucun péché ; si elle t'ordonne de revenir à ta première femme, tu la reprendras.

– Seigneur, dit le roi, votre conseil est salutaire, je le vois

bien, et je le ferai issi come vos dites, mes or vos pri je et
requier, por Deu, que vos oez ma confession de mes altres
pechiez, car je sui en tel aventure come cil qui melz quide
morir que vivre. »

Lors se traent ariere li chevalier tuit, si remainent sol
entre lui et l'ermite, si se fet confes a lui al melz qu'il puet
et quant il a dit toz ses pechiez dont il se siet recorder, si
rapelle li bons hom les chevaliers et dit au roi voiant eus
touz :

« Artus, je te conois mult miaus que tu ne fas moi et
neporquant tu me conoistras bien quant je t'aurai dit que je
sui. J'ai non frere Armutans, si fu ja tes chapellains set anz
et demi, et ving del regne de Tamalirde avec la roine Guenevre, la fille al roi Leodagan, et je quid estre li hom al
monde li quex en conostra la verité la quele des Guenevres
fu t'esposee, kar je *(56v°b)* la conois et sai de ses priviez
consaulz plus que nus, dés qu'elle sot primez entendre
jusqu'al jor que je laissa[i] le siecle et entrai en relegion. Et
je meismes, si vialx come je sui, traveillerai tant mon cors
por loial droiture, que je irai a l'une et a l'autre, et puis que
je arai parlé a elles dous, je ne puis estre deceus que je ne
sache laquele sera loiaux et laquelle fausse. Et voiz ci ton
Salveor en present par qui tu doiz croire que tu vendras a
salvement ; mais sor le peril de t'ame soit que tu ne le
reçoives devant que tu n'aies renoié ci devant celui des dous
fames que Sainte Eglise te deffendra, et que tu prendras
celui que l'en te comandera a prendre. »

Quant li rois entent le proudome qui a lui s'est nomez, si
le conoit bien et tent ses mains vers Nostre Seignor et dit :

« Ha, biaus dolz meistres, aorez soit Diex et merciez, car
mult m'a grant honor mostré quant je si prés et a tel besoing
vos ai trové, et je vos creant, sor le Salveor que je croi que
vos tenez, que je le ferai einsi com vos l'avez devisé, si Dex
me done espacie de vie et que je puisse de ceste maladie
respasser. »

Lors reçoit li rois son Salveor et ne demora guerres aprés

bien, et je m'y tiendrai. Mais je vous prie et requiers, pour Dieu, d'entendre ma confession de mes autres péchés, car je suis dans un état où j'ai plus d'apparence de mourir que de vivre. »

Alors les chevaliers s'écartent. Le roi, resté seul avec l'ermite, se confesse à lui du mieux qu'il peut et avoue tous les péchés dont il peut se souvenir. Ensuite l'homme de bien fait revenir les chevaliers et dit au roi devant tous :

« Arthur, tu ne me connais pas aussi bien que je te connais. Mais tu pourras me reconnaître quand je t'aurai dit qui je suis. Je suis le frère Amustan, autrefois ton chapelain pendant sept années et demie. Je vins du royaume de Carmélide avec la reine Guenièvre, la fille du roi Léodagan. Je crois être l'homme du monde qui peut le mieux savoir quelle est ta véritable épouse ; car je la connais et j'ai partagé ses pensées les plus intimes depuis sa plus tendre enfance jusqu'au jour où je quittai le siècle pour entrer en religion. Malgré mon grand âge, et pour faire triompher la justice, je n'hésiterai pas à payer de ma personne. J'irai voir l'une et l'autre de ces deux femmes, et quand je leur aurai parlé, je ne laisserai pas de connaître celle qui est sincère et celle qui ne l'est pas. Et voici ton Sauveur que je te présente et par lui tu dois croire que tu feras ton salut. Mais que ce soit sur le péril de ton âme, si tu le reçois, avant d'avoir décidé d'abord de renier celle de ces deux femmes que la sainte Église t'interdira de prendre et que tu prendras celle qui te sera désignée. »

Quand le roi entend le nom du prud'homme, il le reconnaît, lève ses mains vers Notre Seigneur et dit :

« Ah ! beau doux maître, que Dieu soit adoré et remercié ! C'est un grand honneur qu'il m'a fait, quand il m'a permis de vous trouver si près de moi dans un tel besoin. Je vous le promets, sur le Sauveur que vous tenez entre vos mains, aussi véritablement que je crois en lui : je ferai ce que vous m'avez conseillé, si Dieu me laisse un temps de vie et si je peux guérir de cette maladie. »

Le roi reçoit son Sauveur ; sa douleur se calme aussitôt.

que sa dolor haleja tant que Deu plot qu'il s'endormi ; si en
furent ses genz mult liez quant il le virent reposer. Trois
jorns demora li rois laienz et *(57a)* lorz fu si alegiez qu'il
menja volentiers et vient al saint hermite, si li dit :

« Maistres, je sui auques respassiez, Deu merci, de mon
malage, si m'en iroie volentierz desi a Camelot qui est prés
de ci et vos vendrés avec moi, si en serai mult plus seurs et
plus a eise. »

Et li hermites li respont que il ira mult volentiers.

Al matin mut li rois entre lui et sa compaignie, si alerent
totes voies parlant entre lui et l'ermites tant qu'il vindrent a
Chamelot, si firent ses gens mult grant joie de lui, que il
avoient oi dire qu'il moroit. Lendemain vint al roi uns
messages de par sa feme qui a Baradigan gisoit malade, si
li manda qu'il venit a lui isnelement, car elle ne le quidoit
jamais voier, et vient al ermite, si li dit :

« Belx maistre, issi m'a mandé ma feme et que m'en loez
vos a faire ? »

Et il li respont :

« Je vos lo que vos i aloiz, mais sans moi n'errez vos pas,
car je voil voiant vos a li parler et si vos dirai que vos ferés :
faites semondre toz vos barons et evesques et arcevesques
ou que il soient que il veignent a vos a Baradigan por ce
qu'il en sachent la verité ; si feroiz enor a Sainte Iglise de ce
dom vos l'avez despite. »

Einsint le fait li rois com li hermites li ensaigne et mande
par tote sa terre a ses barons que, tant com il verront son
message, veignent sanz nulle essoine a Baradigan. Al matin
(57b) mut li rois et il et sa compaignie, si ala l'ermites avec
lui qui le conseille a son pooir, si li dit buenes paroles assez
qui mult li plaisent, car encore se doloit il mult del mal que
il avoit eu.

Quant il vint a Baradigan, si ne descendi pas en la maison
ou sa feme estoit malade, mes en la ville en autres mesons
dom assez i avoit de beles, car issi li avoit comandé li
hermites, ne onques en cele nuit a sa feme ne parla ne ne la
vit. L'endemain se leva de haute eure et oi messe del Saint

Par la volonté de Dieu il s'endort ; et ses gens se réjouissent
de le voir se reposer. Le roi resta dans l'ermitage pendant
trois jours. Alors il se sentit mieux, mangea de bon appétit
et dit au saint ermite :

« Maître, je me sens en meilleure santé, Dieu merci.
J'aimerais aller à Camaalot, qui est près d'ici. Vous vien-
drez avec moi, cela me rassurera et me donnera du courage. »

Et l'ermite lui répond qu'il ira bien volontiers.

Le lendemain matin le roi et sa suite se mirent en route.
Pendant tout le voyage le roi s'entretint avec l'ermite et ils
arrivèrent ainsi à Camaalot. Ses gens furent très heureux de
le revoir, parce qu'ils avaient entendu dire qu'il était à la
mort. Le lendemain arrive à la cour un messager de la part
de la reine, qui était malade à Bédingran : elle demandait au
roi de venir au plus vite, car elle avait peur de ne jamais le
revoir. Le roi alla chez l'ermite et lui dit :

« Beau maître, voilà ce que me mande ma femme.
Dites-moi ce que je dois faire.

– Je vous conseille d'aller la voir, mais avec moi. Je
veux lui parler en votre présence, et voici ce que vous ferez.
Convoquez tous vos barons, vos évêques et vos arche-
vêques, où qu'ils soient. Dites-leur de venir à Bédingran
pour y apprendre la vérité. C'est ainsi que vous ferez
amende à l'Église de la faute dont vous l'avez outragée. »

Le roi suit le conseil de l'ermite. Il fait convoquer ses
barons dans tout le royaume et leur ordonne, dès qu'ils
auront reçu son message, de venir sans faute à Bédingran.
Le lendemain matin il part avec sa suite. L'ermite l'accompagne, le réconforte autant qu'il peut et lui dit de bonnes
paroles qui lui plaisent, car il souffrait encore beaucoup du
mal qui l'avait frappé.

En arrivant à Bédingran, le roi ne descendit pas dans la
maison où reposait sa femme malade, mais dans une autre
des nombreuses et belles demeures dont il disposait.
L'ermite le lui avait demandé ; et cette nuit-là, il évita de
parler à la reine et même d'aller la voir. Le lendemain, il se

Esprit que li hermites li chanta et quant il furent venu forz
de la chapelle, si alerent voir Guenievre qui malade [e]stoit;
mais la puor de sa maladie estoit si granz que nus ne la pooit
soffrir, se ne fus[t] li encens qui ardoit en plusors leus et
altres bones especies qui i estoient. Li rois vint devant la
malade et li hermites avec lui et il li demande comment il li
est; et elle avoit mult bone parole, si li respont mult malvaisement li estoit : «car je ne faz, sire, s'enpirer non, ne li
fisicien ne me sevent de ma maladie conseillier; si vos
vodroie prier come mon seignor que vos me facés remaner
en mon pais, kar l'en me fet entendant que je i porroie si
legierement aler que, se je me fesoie ci metre en eve, il ne
m'en covendroit ja issir devant que je i fusse.

– Dame, fait il, ce n'est pas chose que vos poissiez faire
legierement, car se vos soffrisiez a *(57v°a)* estre menee par
eve dolce, ne porriez vos pas la mer soffrir. Mais esgardez
encore une piece a quoi Dex vos voldra mener ou a mort ou
a garison. Si gardés que vos soiés mult bien confesse, car
nus ne puet estre seurs de soi : et de ce vos est il mult bien
avenu, car je vos ai ci amené un proudome qui est de mult
bone vie, si parlez a lui a conseil et il vos savra melz
conseillier que nus. »

Atant fine li rois sa parolle, et li hermites se trait devant
la dame por sa confession oir. Et lors vient laienz uns chevaliers qui a la roine estoit, si dit al roi :

«Sire, Bertelac li Viauz qui la [a]val se muert, vos
demande que vos veignez, por Deu, a lui parler une foiz
ainz qu'il soit morz. »

Et li rois i vait. Et quant il vient par devant lui, si li dit
Bertelac :

«Sire, je vos ai envoié querre al greignor besoign que je
aie jamais de vos, mais je voldroie que tuit vostre chevalier
venissent ci por oir ce que je vos voil dire, car c'est une des
granz merveilles qui onques fust de boche dite ne de coer
porpensee, et je vos pri por Deu et por vostre grant onor que
vos les i facez toz venir. »

leva de bonne heure, entendit la messe du Saint Esprit, que l'ermite lui chanta, et alla voir la malade. Elle exhalait une puanteur telle que personne n'aurait pu la supporter, sans les aromates et l'encens qui brûlaient en plusieurs lieux. Le roi arrive devant elle, accompagné par l'ermite, et lui demande comment elle va. Elle pouvait parler distinctement et lui répond qu'elle va de plus en plus mal. « Mon état ne cesse de s'aggraver, seigneur, et les médecins n'y entendent rien. Je veux vous demander, à vous qui êtes mon seigneur, de me faire ramener dans mon pays. On me dit que je pourrais y aller assez facilement et que, une fois mise dans un bateau, je n'aurais pas besoin d'en sortir avant d'arriver chez moi.

— Dame, dit le roi, ce ne serait pas si facile. Vous pourriez supporter le transport en eau douce, mais il n'en serait pas de même en mer. Mieux vaut attendre encore un moment et savoir à quoi Dieu vous destine, à la mort ou à la guérison. Il importe que vous soyez bien confessée ; car on ne peut jamais être sûr de soi. Vous avez de la chance ; car je vous ai amené ici un prud'homme qui est de très bonne vie. Parlez-lui seule à seul. Il vous conseillera mieux que personne. »

Le roi n'en dit pas davantage et l'ermite prend place devant la dame pour entendre sa confession. Alors arrive un chevalier de la reine, qui dit au roi :

« Seigneur, Bertelai le Vieux, qui se meurt en bas de la ville, vous demande pour l'amour de Dieu de venir lui parler une dernière fois, avant qu'il soit mort. »

Le roi se rend auprès de lui. Quand il est devant lui, Bertelai lui dit :

« Seigneur, je vous ai fait venir pour le plus grand besoin que je puisse avoir jamais de vous. Mais je souhaiterais que tous vos chevaliers soient présents pour entendre ce que je veux vous dire. C'est une des plus étonnantes merveilles que la bouche puisse dire et le cœur penser. C'est pourquoi je vous prie, pour Dieu et pour votre grand honneur, de les rassembler tous ici. »

Li rois fait toz ses chevaliers mandier et endementiers parolle li hermites a Guienevre, si li dist :

« Dame, vos iestes en grant aventure de mort et ne mie en aventure, car nus hom mortex ne vos en porroit garison doner. Et qui pert le cors et *(57v°b)* l'ame aprés, il pert trop, et vos avés le cors perdu, si pensez de l'ame garir et gardez que vos ne celez nule chose que puisse nuire a l'ame de vos, car nus ne puet estre voir confés s'il ne regeist totes les choses dont il se sent entechiez, ne nus ne puet estre sauz sanz veraie confession.

— Sire, fait la dame, vos me consilliez m'ame a salver s'il pooit estre, mais je ne voi mie coment elle puisse estre salvee, car je sui la plus desloial pecheresse de totes les altres, car je ai deceu et trai le plus proudome del monde, [ce est le roi Artu que je fis guerpir sa loial espouse, qui est la flor de totes les dames del monde][1] ; et Dex en prent si grant venjance come il piert, car je ne me puis aidier de nus des menbres, ne encore ne prent il pas si grant venjance com il devroit. »

Lors li conte de chief en chief si come elle a faite la traison, si ne çoille nule rien qu'ele ne li die la verité et de ce et d'autres pechiez dont elle se puisse remantevoir, puis li dit :

« Sire, por Deu, consilliez moi, car je en ai trop grant mestier et misires li rois me dist que vos me conseilleriez melz que nus.

— Dame, fait [il], de ce ne [vos] savroie je pas conseillier legierement, car par aventure ne vos en tendriez pas a mon conseil. »

Et elle creante que si fera.

« Or vos lo je donc, fait il, que altresi com vos avez pechié vers le roi et vers tot son poeple, que vos conoissiez al roi vostre pechié voiant le pople : si en se*(58a)*ra vostre ame plus alegie et par ce porrez plus legierement venir a salvement. Et se vos issi nel faites, vos avez perdu et cors et ame. »

Et la dame li creante que elle issi le fera.

Le roi fait mander tous ses chevaliers. Pendant ce temps l'ermite s'entretenait avec Guenièvre et lui disait :

« Dame, vous êtes en danger de mort, et pas seulement en danger ; car aucun homme mortel ne pourrait vous guérir. Celui qui perd le corps, et l'âme ensuite, il perd trop. Vous avez perdu le corps, pensez à sauver l'âme. Veillez à ne rien dissimuler qui puisse nuire à votre âme. Nul ne peut être vraiment confessé, s'il ne révèle pas tout ce dont il se sent coupable ; et nul ne peut être sauvé sans une vraie confession.

– Seigneur, dit la dame, vous me conseillez pour sauver mon âme, si c'était possible, mais je ne vois pas comment je le pourrais. Je suis la plus déloyale de toutes les femmes pécheresses. J'ai trompé et trahi le meilleur prince du monde, le roi Arthur ; et je lui ai fait quitter sa légitime épouse, qui est la fleur de toutes les dames du monde. Dieu en prend une terrible vengeance, comme vous le voyez, car je n'ai plus l'usage d'aucun de mes membres. Et encore ne me punit-il pas autant qu'il le devrait. »

Elle conte alors toutes les circonstances de la trahison sans rien dissimuler de son crime ni des autres péchés dont elle peut se souvenir. Elle dit ensuite :

« Seigneur, pour Dieu, conseillez-moi. Le besoin en est extrême et monseigneur le roi m'a dit que vous pouviez le faire mieux que personne.

– Dame, il ne serait pas facile de vous conseiller ; car peut-être ne voudrez-vous pas suivre mon conseil.

– Je vous promets de le suivre.

– Alors le voici : de même que vous avez péché envers le roi et envers tout son peuple, vous devez avouer votre péché au roi, devant le peuple. Votre âme en sera soulagée et il vous sera plus facile d'obtenir votre salut. Si vous ne le faites pas, vous avez perdu le corps et l'âme. »

La dame promet de faire cet aveu public.

Atant son[t] venu li chevalier que li rois avoit envoié por oir la parolle Bertelac. Et quant il furent tuit venu, si reconut oiant toz coment il avoit faite la traison et come il avoit fait prendre le roi et totes les altres choses si come li contes les a devisees. Puis a dit al roi :

« Sire, je sui si desloiaus et si trait[r]es come vos oiez, si sachiez bien que la chaitive que la sus se muert n'en fist onques rien se par moi non. Por ce vos requier, por Deu, que vos de cest cheitif de cors qui tant est traitres et desloiaus prengiez venjance tele que jamés nus n'en oie parler [qui] ost si grant traison enprendre a faire. Et si en sera, si come je croi, m'ame alegie, car de tant come li cors sofferra en cest siecle greignor torment, de tant avra l'ame en l'autre siecle mains de mal. »

Li rois se seigne mult durement de la merv[e]ille que il ot, si i a laienz assez chevaliers qui liez en sont. Mais misire Gauvains en a joie sor toz les autres et dit al roi :

« Sire, je vos disoie bien, ne il ne remist pas en vos que ma dame ne fust destruite, mais en Deu avant et en Lancelot aprés. Voirement ne puet traison longement *(58b)* durer qu'ele ne soit descoverte. »

La ou li rois escotoit les merveilles de Bertelac et les parolles mon seignor Gauvain, atant es vos que l'en le vient querre por aler parler a l'ermite qui devant la roine estoit, et il i va et tuit si chevalier aprés. Et quant elle le vit venir, si plore mult durement et [li crie] por Deu merci.

« Sire, fait elle, je vos cri merci come la plus pecheresse riens qui vive. »

Lors li conte de chief en chief la traison si come elle l'avoit faite, et par le consail de Bertelac. Lorz ont greignor joie li chevalier qu'il n'avoient devant eue, car or sievent il bien que ce est voirs. Mais li rois est esbaiz sor toz homes, quar il ne quidoit mie que nus cuerz de feme osast tel traison

Pendant ce temps les chevaliers que le roi avait fait venir pour entendre la confession de Bertelai étaient arrivés. Quand ils furent tous réunis, Bertelai exposa, devant tout le monde, comment il avait conçu la trahison et s'était rendu maître du roi, sans rien omettre de tout ce qu'il avait fait et que le conte a déjà rapporté. Puis il dit au roi :

« Seigneur, c'est moi qui suis l'auteur de la déloyauté et de la trahison que vous venez d'apprendre. Sachez que la malheureuse, qui se meurt là-haut, n'a rien fait que suivre mes conseils. Je vous en prie pour l'amour de Dieu : prenez de mon misérable corps, si déloyal et si perfide, une vengeance si grande que nul n'en entende parler sans être frappé de terreur à la seule idée de commettre un tel crime. Mon âme, je le crois, en sera allégée d'autant, car tous les châtiments que mon corps souffrira en ce monde, lui seront épargnés dans l'autre. »

Le roi se signe en entendant des aveux aussi extraordinaires. Mais beaucoup de chevaliers se réjouissent, et plus que tout autre monseigneur Gauvain, qui dit au roi :

« Seigneur, je vous le disais bien. Ce n'est pas à vous que madame doit d'avoir échappé au supplice. Elle le doit à Dieu d'abord, à Lancelot ensuite. On voit par là que la trahison ne laisse jamais d'être découverte. »

Pendant que le roi écoutait l'extraordinaire confession de Bertelai et les paroles de monseigneur Gauvain, voici qu'on vient le chercher de la part de l'ermite, qui se trouvait au chevet de la reine[1]. Il s'y rend, entouré de tous ses chevaliers. Quand elle le voit, la reine fond en larmes et lui demande pardon :

« Seigneur, fait-elle, je vous demande pardon, parce que je suis la plus grande pécheresse qui vive. »

Et elle expose, sans en rien omettre, toute la trahison, qu'elle a fomentée sur le conseil de Bertelai. Les chevaliers se réjouissent que la vérité soit désormais connue. Mais le roi est au comble de la stupéfaction. Il n'imaginait pas qu'un cœur de femme pût commettre une aussi noire tra-

---

1. *La reine* : la fausse reine, la vraie ayant été déchue.

enprendre, si s'en conseille al hermite et a ses barons qu'il
l'en est affaire.

« Sire, fait li hermites, vos atendrés vos barons que vos
avez semons en ceste ville et lors si esploiterez par lor
conseil ; et si sera melz quant il orront la verité de ceste
chose par ces dous meimes qui coneue la vos ont. »

A cest conseil se tient li rois, si atent issi ses barons. Et
misires Gauvains prent un message et e[n]voie a la roine por
lui la chose noncier si come elle est avenue, « et soit aseur,
car onques ne fu a si grant enor a nuil jor come elle sera par
tans ». Et elle [e]n a si grant joie comme elle doit.

Quant li baron le roi furent venu a Baradigan et il oirent
la parolle par la boche Guenevre et par la boche Bertelac
que en*(58v°a)*core vivoient, si n'i ot si sage que tot ne se
merveillast, car onques mais tel merveille ne fu oie, et distrent al roi que ore seroit il honiz s'il n'en prenoit tel venjance que par totes terres en fust parlé. Et juge li uns qu'il
soient trainé, li altre qu'il soient ars, mais a ce ne s'acorde
pas frere Amintaus, ainz conseille le roi qu'il n'en prenge la
venjance fors cele que Dex en prent, et dit qu'il ne porroient
pas greignor angoisse soffrir. Par son conseil les fist li rois
porter deforz Baradigan en un viauz hospital.

Et entretant furent mandé li baron de Tamelirde por oir la
verité de celui que il tenoient por lor droituriere dame ; si
vindrent tot atans, ançois que li dui furent mort, car il lan-
guirent mult longement. Et quant il oirent la verité de Bertelac et de Guenevre, si orent trop grant paor de la roine
qu'ele nes feist toz destruire : si s'acorderent tuit a ce que il
iroient lui crier merci en Sorelois car il pensoient bien
qu'ele seroit dame del roi Artu autant ou plus qu'elle
n'avoit esté ; et jamés fust elle sa feme, si sevent il bien
qu'elle ne puet perdre sa terre puis qu'elle li est coneue.

hison. Il demande à l'ermite et à ses barons ce qu'il doit faire.

« Seigneur, dit l'ermite, vous attendrez les barons que vous avez convoqués dans cette ville; et vous déciderez selon leur jugement. Ce sera mieux qu'ils apprennent la vérité par ceux-là mêmes qui vous l'ont révélée. »

Le roi trouva que cet avis était bon et il attendit ses barons. Monseigneur Gauvain envoya un message à la reine[1], pour l'informer de ce qui s'était passé : elle pouvait être assurée qu'elle serait bientôt traitée avec plus d'honneur qu'elle ne le fut jamais. La reine reçut ce message avec joie, comme il se devait.

Quand les barons du roi furent arrivés à Bédingran et qu'ils eurent entendu les confessions de la fausse Guenièvre et de Bertelai, qui vivaient encore, les plus sages furent saisis d'horreur devant ces merveilles inouïes. Ils dirent au roi qu'il serait déshonoré s'il n'en prenait une vengeance telle qu'on en parlerait dans toutes les terres. Les uns jugeaient qu'il fallait les écarteler, les autres les conduire au bûcher, mais frère Amustan ne fut pas de cet avis. Il conseilla au roi de ne leur faire subir d'autre châtiment que celui que Dieu leur infligeait, car ils ne sauraient avoir de plus grande douleur. Le roi suivit ce conseil et les fit porter hors de la ville, dans un vieil hôpital.

Cependant on avait convoqué les barons de Carmélide pour leur apprendre la vérité sur celle qu'ils considéraient encore comme leur dame légitime. Ils arrivèrent à temps; les coupables n'étaient pas encore morts et leur maladie dura longtemps. Quand ils apprirent ce qu'il en était de Bertelai et de Guenièvre, les barons de Carmélide furent remplis d'effroi; et, craignant que la vraie reine ne les fît mettre à mort, ils décidèrent d'aller lui crier merci en Sorelois. Ils pensaient bien qu'elle allait retrouver tout son crédit (ou davantage encore) auprès du roi Arthur; et de toute manière, même si elle ne redevenait pas la femme du roi, elle ne pouvait plus perdre sa terre de Carmélide,

---

1. *La reine* : il s'agit ici de la vraie reine.

Eissi s'en alerent a Sorelois et quant il vindrent prés de
Sorham ou la roine sejornoit en cel termine, si descendirent
tuit de lor chevax et coperent de lor chauces les avenpiez,
les manches si que as cod*(58v°b)*es, et reoignerent lor treces
que li plusior avoient mult beles. Si alerent crier merci a la
roine come a lor dame et il prient por Deu qu'elle preist
d'aus tel justise come elle vodroit et lor pardonast son maltalant ou elle les chassast de sa terre a tos jors més :

   « Car nos savons bien, dame, font il, que nos avons
deservi plus mal que vos ne nos ferés, come [c]il qui [vos]
avons deseritee qui iestes nostre dame lige, et vos meismes
en aventure d'estre honie, et si quidames fere droit kar tot
ce feismes par le consail de Bertelac le traitor qui ores en
muert de la plus vil mort dont onques nus hom morut. »

   Einsint crient merci a la roine si baron, si sont a genouz
devant lui en mi la place et elle en a mult grant pitié, car
trop estoit dolce et debonaire, si encomence a plorer et les
en cort tot lever un par un et un et lor pardone son maltalant.

Quant vint li Noel, si tint li rois sa cort a Cardueil et i
furent semons tuit si baron de loing et de prés, si se pena
mult li rois d'aus conjoir et henorer plus qu'il n'avoit fait
més grant piece avoit, por eschiver le blasme de la roine
qu'il avoit a tel tort lessie, come toz li siecles savoit ore. Et
encore vivoit l'autre et dura en sa grant dolor desi en trois
semaines aprés Noel, et ce fu li greindres diaux que li rois

puisque son droit avait été reconnu. Ils se rendent en Sorelois et arrivent près de Soreham, où la reine résidait. Ils descendent de cheval, coupent les avant-pieds de leurs chausses, leurs manches jusqu'aux coudes, et rognent les belles tresses de leurs cheveux, que beaucoup d'entre eux portaient très longs. Ils vont crier merci à la reine et la reconnaissent comme leur dame. Ils la prient, pour Dieu, de prendre d'eux telle justice qui lui plaira, soit qu'elle leur pardonne, soit qu'elle les chasse à tout jamais de sa terre.

« Nous savons bien, dame, font-ils, que nous avons mérité plus de mal que vous ne nous en ferez. Nous vous avons déshéritée, vous qui étiez notre dame légitime, et nous vous avons mise en grand danger de subir une mort infâme. Mais nous pensions agir avec justice ; et nous avons fait tout cela sur les conseils de Bertelai le traître, qui meurt aujourd'hui de la mort la plus vile dont un homme puisse mourir. »

Ainsi les barons de Carmélide crient merci à la reine, agenouillés devant elle au milieu de la place. Elle a une grande pitié d'eux, tant elle est douce et bonne. Elle pleure, court les relever l'un après l'autre et leur pardonne.

CHAPITRE X

Le retour de la reine et le triomphe de Lancelot

À Noël, le roi tint sa cour à Carduel. Il avait convoqué tous ses barons, les plus éloignés aussi bien que les plus proches. Il prit grand soin de les accueillir et de les honorer plus qu'il n'avait fait depuis longtemps. Il pensait ainsi effacer le blâme d'avoir répudié la reine injustement, comme on le savait désormais dans le monde entier. L'autre Guenièvre vivait encore. Elle languit dans la douleur, trois semaines durant, après la Noël. Sa mort plongea le roi dans

eust onques que de sa mort, car il n'avoit onques nuille feme
altretant amee. Més *(59a)* il se penoit de lui conforter al plus
qu'il pooit et de faire bel semblant devant le pople et ja
estoit sa terre assousse, qui avoit esté entredite.

   Et lorz fu envoïé querre la roine en Sorelois ou ele estoit,
si i ala frere Armitaus et l'arcevesque de Cantorbire et li
evesques de Vuincestre et cil de Logres et altres evesques
jusqu'a cinc, et si i ot dis avec aus que rois que dux. Si les
reçut la roine a mult grant joie, mais desor toz les autres fist
joie [de] frere Armitaus son meistre si tot come ele le
conut ; si plora assez et de joie et de petié et il li conta la
grant miracle que Dex en avoit fait et del malage que li rois
eust en son hermitage et de la mort a la fause roine. Et ele
en tent ses mains envers le ciel, si en mercie Nostre Seignor.
Et quant ele entent que li rois l'envoie querre come sa
feme, si ne fist mie semblant que ele en fust lié et si en fu
ele mult heitie, car ele avoit droit. Lors envoia semondre
toz sez homes par Sorelois et si envoia Galehot querre et
Lancelot son compaignon qui mult fu liez de la novele
quant il la soust, non pas por soi, mais por l'onor de la roine.

   [Quant il furent venu, si parla la roine][1] a eus dous a
conseil, si lor demande qu'ele en fera, « car li rois m'a
mandé par ses barons que je veigne a lui et veés les la », si
lor mostre, « car il siet ore bien de voir qu'il n'ot onques
nulle feme esposee se moi non et vos avez oï bi*(59b)*en dire
coment cele est morte que il a tenue. Mais je vos aim tant et
crieng entre vos dous que je ne feroie ceste chose ne altre
sanz voz consauz : si me dites que vos volez que je en face
et jel ferai coment qu'il soit ou ma honte ou ma enor.

   – Dame, fait Lancelot, quant l'en vos avroit tote jor
conseillie, si en feriez vos vostre volenté, ne ci ne covient il
mie grant conseil, et cil ne vos ameroit pas qui tel enor vos

le plus violent chagrin, car il l'aimait plus qu'il n'avait jamais aimé aucune femme. Cependant il s'efforçait de se réconforter autant qu'il le pouvait et de faire bonne contenance devant le peuple. La terre était maintenant délivrée de l'interdit qui la frappait.

Le roi envoya une ambassade auprès de la reine, qui était toujours en Sorelois. En firent partie frère Amustan, l'archevêque de Canterbury, l'évêque de Winchester, l'évêque de Logres et cinq autres évêques, ainsi que dix rois et ducs. La reine leur fit le meilleur accueil, surtout à frère Amustan, son maître, dès qu'elle l'eut reconnu. Elle pleura beaucoup, de joie et de pitié. Le frère lui conta le grand miracle que Dieu avait accompli, la maladie qui avait frappé le roi dans l'ermitage et la mort de la fausse reine. La reine leva les mains vers le ciel et rendit grâces à Notre Seigneur. En apprenant que le roi la rappelait comme sa femme, elle ne laissa rien voir de la joie qu'elle éprouvait à bon droit. Elle convoqua ses hommes par tout le Sorelois et fit venir Galehaut, avec son compagnon Lancelot. Celui-ci reçut la nouvelle avec plaisir, non pour lui-même, mais pour l'honneur de la reine.

Quand ils furent arrivés, la reine les prit à part et leur demanda ce qu'elle devait faire.

« Le roi m'a mandé par ses barons de venir le rejoindre, et vous les voyez ici, dit-elle en les leur montrant. Il sait maintenant qu'il n'a jamais eu d'autre femme légitime que moi, et vous avez appris comment est morte celle qu'il gardait auprès de lui. Mais je vous aime tous deux et vous révère tant que je ne ferai rien, sur ce sujet ni sur un autre, sans votre accord. Dites-moi ce que vous voulez que je fasse et je le ferai, que ce soit à ma honte ou à mon honneur.

– Dame, fait Lancelot, quand bien même on discuterait toute la journée, vous déciderez à votre gré[1]. Mais il n'est pas besoin d'un long débat. Il ne vous aimerait pas, celui qui

---

1. Il ne faut pas comprendre que la reine n'en fera qu'à sa tête, ce serait un contresens, mais que c'est à elle seule qu'il appartient de décider. On ne s'étonnera pas de voir Lancelot et la reine faire assaut de générosité.

loeroit a refusier come la seignorie de Bretaigne et le roi
Artu qui est vostre sires esposez et li plus proudome del
monde, et vos en seriez trop blasmee et trestot cil qui l'en
quideroit qui fussent de vostre conseil, et si vos amissons
nos mielz en ceste terre entre moi et mon seignor qui ci est,
mais nos en volons m[i]aus soffrir poines et mesaises, que
ausi bien conois je son coer come le mien, ne l'en ne doit
pas a ce que l'en aime loer ce que a honte puisse torner, anz
le voil je que vos le facés.

— Et vos, sire, fait elle a Galehot, qui tant m'avés honoree
que onques nus tant ne m'enora, que me loez vos que je en
face ?

— Dame, fait il, il vos a loié ce que tos li siecles vos en
loeroit et je me tieng a cest conseil ; et se vos nos avez amez
jusque ci, or ne nos obliez mie, car vos n'enterrez jamais en
terre ou vos soiez tant honoree ne de coer servie com vos
avez esté en cestui. Et sachez bien de voir je ne *(59v°a)*
celerai rien : se aventure aportast que vos n'en ississiez, moi
n'en pesast mie, mes au parestroit ne doit l'en mie son ami
forsconseillier. »

Quant la dame entent que li dui home del monde en qui
elle plus se fie li loent ce qu'ele velt, si en est mult plus a
aise et mult li prent grant pietié de ce que il ont priee qu'ele
nes oblit mie ; si les acole et bese l'un aprés l'autre, si en
plorent de pitié tot troi et la dame de Maloant la quarte.
Longement ont parlé ensamble, puis revenent en la sale ou
li baron le roi estoient, et Galehot fait mult grant joie d'aus
et lor demande del roi noveles, et il li content les aventures
si come elle sont alees, car il ne quidoient pas qu'il en seust
tant com il en savoit. Einsi ont passé celui jor et
l'e[n]demain vindrent li baron de Sorelois que la roine avoit
envoié querre, si prist a aus congié et les mercia des grans
enors qu'il li avoient faites. Et lors s'en part la roine, si fu
mult granz li diaus que cil del pais en fasoient et les dames
et les damoiselles.

vous conseillerait de refuser l'honneur de la seigneurie de Bretagne et le roi Arthur, qui est votre époux et le meilleur prince du monde. On vous blâmerait trop, vous et tous ceux qui vous auraient donné ce conseil. Nous aurions préféré que vous restiez dans cette terre, mon seigneur ici présent et moi-même. Mais, quels que soient nos peines et nos chagrins, nous devrons les souffrir. Je connais le cœur de mon compagnon comme le mien, et l'on ne doit pas conseiller à l'être aimé ce qui pourrait lui porter tort. Tel est le conseil que je vous donne.

— Et vous, seigneur, dit-elle en s'adressant à Galehaut, vous qui m'avez fait plus d'honneur que personne, que me conseillez-vous ?

— Dame, fait Galehaut, tout le monde vous donnerait le même conseil et c'est aussi celui que je vous donne. Si vous nous avez aimés jusqu'à ce jour, ne nous oubliez pas maintenant. Vous n'irez jamais dans une terre où vous soyez honorée et servie d'aussi bon cœur que vous l'avez été dans celle-ci. Je ne veux rien dissimuler ; si d'aventure vous ne partiez pas, je n'en serais pas mécontent. Mais, avant toute chose, on ne doit pas mal conseiller ceux qu'on aime. »

Quand la reine voit que les deux hommes qui lui sont le plus fidèles, lui conseillent ce qu'elle-même désire, elle est soulagée. Mais elle est profondément émue qu'ils lui aient demandé de ne pas les oublier. Elle les prend dans ses bras et leur donne à chacun un baiser. Ils pleurent tendrement tous les trois, et la dame de Malehaut se joint à eux. Ils parlent longuement ensemble, puis reviennent dans la salle où se trouvaient les barons du roi. Galehaut leur fait le meilleur accueil et leur demande des nouvelles du roi Arthur. Ils lui rapportent ce qui s'est passé, ne pensant pas qu'il en fût déjà informé. Ainsi passa le jour. Le lendemain arrivèrent les barons de Sorelois, que la reine avait convoqués. Elle prit congé d'eux et les remercia des grands honneurs qu'ils lui avaient rendus. Puis la reine s'en alla. Grand fut le deuil de son départ parmi les gens du pays, les dames et les demoiselles.

Einsi demora la roine en Sorelois dous anz entiers et tant com il a dés la Pentecoste desi a la deraine semaine de fevrer. Et quant elle s'en parti, si l'en convoia Galehot et si compaignon et grant compaignie de sa gent, si troverent le roi Artu a dous jornees de Cardoil, qui ancontre lui ve*(59v°b)*noit ; et Galehot avoit prié la roine qu'ele deffendist Lancelot que en nulle maniere ne remansist de la maisnie le roi Artu [et elle li deffent qu'il ne remaigne por priere de li][1] ne por proiere d'altre s'ele ne li chiet as piez. «Et sachiez bien que je ne vos en proierai tant come je le porrai muer a m'enor», et ce disoit elle por metre Galehot a ese.

Quant li rois les encontra, si fu grant la joie que il fist de Galehot et de la roine meesme, et neporquant si n'avoit il pas oblié le doel de l'autre, mais il s'efforça de bel semblant faire por ses genz. Et la roine s'umilie molt vers lui, si l'en aiment melz tuit cil qui la voient et plus la prisent. Mais sor totes les joies que li rois Artus fist ne tuit li altre passa la goie que messire Gauvains fist, car il corut a la roine et a Galehot [et a Lancelot][2] de si loinz com il les pooit veoir, les braz tenduz, et est si liez par semblant com nus coer d'ome puet plus estre et les bese toz troiz l'un aprés l'autre. Celle nuit jurent en la terre le roi de Garlanc et quant il furent descendu, si mena Galehot la roine a l'ostel le roi si com il avoit en costume que entre lui et sa feme gisoient sovent en un ostel, et Galehot dist al roi :

«Sire, veés ci ma dame que vos me baillastes et je la vos rent. Et sachiez bien que je la quit avoir gardee einsi com je le vos creantai, car si m'ait Dex et li saint de cele iglise

Elle avait séjourné en Sorelois deux années entières et une grande partie de la troisième, de la Pentecôte à la fin de février. Quand elle partit, elle fut escortée par Galehaut, son compagnon et une suite nombreuse de ses gens. Ils trouvèrent le roi Arthur à deux journées de Carduel, qui venait au-devant de la reine. Galehaut avait insisté auprès d'elle pour qu'elle défendît à Lancelot de reprendre sa place dans la maison du roi, et c'est ce qu'elle fit. Lancelot ne devrait céder ni à ses prières ni à celles d'autrui, tant qu'il ne la verrait pas tomber elle-même à genoux. « Et sachez, Lancelot, que je n'en viendrai à cette extrémité que si je ne peux faire autrement sans porter atteinte à mon honneur. » Elle disait cela pour rassurer Galehaut.

Le roi fit le meilleur accueil à Galehaut et aussi à la reine. Il était encore très malheureux du deuil de l'autre Guenièvre, mais il s'efforçait de n'en laisser rien paraître devant ses gens. La reine s'incline très humblement devant le roi. Tous ceux qui la voient lui en savent gré et ne l'en estiment que davantage. Mais, plus que le roi Arthur et tous les autres chevaliers, monseigneur Gauvain laisse éclater sa joie. Du plus loin qu'il aperçoit la reine, Galehaut et son compagnon, il court vers eux les bras ouverts, fait paraître les plus joyeux transports qui puissent émouvoir le cœur d'un homme et les embrasse tous les trois l'un après l'autre. Ils passent la nuit dans la terre du roi de Galone ; et quand ils sont descendus de cheval, Galehaut conduit la reine à l'hôtel du roi. On sait que le roi Arthur avait coutume de passer souvent la nuit avec sa femme dans l'hôtel où il se trouvait[1]. Alors Galehaut dit au roi :

« Seigneur, voici madame que vous m'avez confiée. Je vous la rends. Sachez que je me flatte de l'avoir gardée comme je vous l'avais promis. Car – je l'affirme devant Dieu et les saintes reliques de cette église –, dit-il en tendant

---

1. Nous avons déjà vu que le roi Arthur emmenait sa femme dans ses déplacements, n'hésitant pas à passer la nuit avec elle plutôt qu'avec ses chevaliers, comme le voulait alors l'usage et la politesse des rois (voir p. 299).

(60a) – si tent ses mains vers la chapelle –, elle ne fust ja si
gardee a vostre enor s'ele fust ma suer germaine. »

De ce le mercie mult li rois, si li dist en riant :

« Biaus dolz amis, tant avés fait por moi que nel deser-
virai ja, si en avroie je la volenté, mais li pooirs ne sera mie.
Mais encore vos covendra a faire plus une chose qui mult
petit costera et a moi sera mult grant, mais vos ne savrés ore
mie que ce sera. »

Ce disoit de Lancelot dont il le voloit prier, car il n'estoit
mie a cele assamblee del roi et de la roine, ançois estoit a
l'ostel, enserrez en une chambre maz et pensis, si ne voit
riens qui le puist confort[er], car il li est avis qu'il a sa dame
perdue, et neporquant il s'est mult bien celez vers Galehot
meesmes. Cele nuit fu rasamblee la roine al roi par ses
evesques, si en fu la joie mult grant qui en fu faite.

Aprés ce demora Galeoz en lor compaignie, mais Lancelot s'en ala par son congié et par le congié de la roine en
Sorelois ariere, que onques li rois n'en sot mot, car Galehot
savoit bien que li rois le prieroit de remanoir et se cremoit
de la roine qu'ele ne l'en priast. Aprés Lancelot demora
Galehot trois jorz avec le roi et lors vint a lui por congié
prendre.

Li rois traist en une part lui et la roine, si lor dist sor la
foi et sor l'amor que il ont a lui, qu'il facent tant que Lancelot li pardoinst son maltalant et qu'il *(60b)* ait, autresi com
il seut, s'amor et sa compaignie.

Et Galehot li respont qu'il l'en priera mult volentiers,
« car jel verrai, fait il, par tans, mais ma dame nel verra en
piece mais, car il s'en est alez, tierz jor est passé, en mon
pais ».

Quant li rois l'entent, si en est mult coreciez et dit que
laidement a esté deceus, car il en quidoit prier Galehot au
partir, « et ce estoit, fait il, li dons que je vos demandai
quant vos me rendistes la roine.

– Sire, fait la roine, il ne samble mie que il feist tant por

les mains vers la chapelle, elle n'aurait pas été mieux gardée, pour votre honneur, si elle avait été ma propre sœur. »

Le roi le remercie et lui dit en riant :

« Beau doux ami, je vous ai tant d'obligation que je ne pourrai jamais vous rendre ce que je vous dois. Je le voudrais, mais je n'en aurais pas le pouvoir. Il me faudra encore vous demander un service qui ne vous coûtera guère et sera pour moi d'un grand prix[1]. Mais je ne vous en parlerai pas aujourd'hui. »

Il disait cela en pensant à Lancelot, qui n'assistait pas aux retrouvailles du roi et de la reine. Il était resté à son hôtel, enfermé dans une chambre, en proie à ses tristes pensées, et ne voyait aucune consolation à son malheur, croyant avoir perdu sa dame et cachant son chagrin à Galehaut lui-même. Ce soir-là, le roi et la reine furent réunis par les évêques, et de grandes fêtes célébrèrent l'événement.

Ensuite Galehaut demeura en leur compagnie, mais Lancelot revint en Sorelois, avec le congé de Galehaut et de la reine, sans que le roi en fût informé. Galehaut savait que le roi aurait prié Lancelot de rester auprès de lui, et il craignait que la reine ne fît de même. Après le départ de Lancelot, Galehaut resta encore trois jours auprès du roi ; puis il vint le trouver pour prendre congé.

Alors le roi le prit à part, ainsi que la reine, et il leur dit : « Sur la foi et l'affection que vous avez pour moi, je vous prie de vous entremettre pour que Lancelot me pardonne et me rende, comme par le passé, son amitié et sa compagnie.

— Je le ferai très volontiers, répond Galehaut, car je le verrai bientôt ; mais madame ne le verra pas d'ici longtemps. Il est dans mon pays depuis trois jours.

— J'en suis fâché, dit le roi. On m'a vilainement trompé. Je comptais m'en ouvrir à vous, au moment de votre départ ; et c'est le service dont je vous avais parlé, quand vous m'avez rendu la reine.

— Seigneur, dit la reine, je ne vois pas que Lancelot ait

---

1. Ce service, ce sera de réconcilier le roi avec Lancelot.

moi com vos deistes quant je m'en alai a Sorelois, car il s'en
est partiz de caienz que onques a moi ne prist congié et
encore aim je miaus qu'il s'en soit partiz sanz congié qu'il
m'eust escondite de ma requeste.

– Ha, dame, fait Galehot, si proudom com il est fait mult
a soffrir de plusors choses, ne hom qui est iriez n'est pas
trés bien en sa baillie et il a un coer qui riens n'oblie, ne
servise que l'en li face ne mesfait. Et je l'en ai maintes foiz
blasmé et voiant vos et sol a sol, mais il tient a si grant
despit ce que misires li rois ne vos quita tot maintenant qu'il
en parla, que il ne porroit atorner son coer en lui amer et me
disoit sovent : "Sire, coment le porroie je servir jamais,
quant il m'a mostré qu'il ne me prise nient trestoz les
servises que je onques [li fis] ; encore l'en ai fait de si grant
que jamais ne recovreroie a si grant fai(60v°a)re. Et sachiez
qu'il ne vos resamble pas, qui en un jor chanjastes honor por
honte." Ice me disoit sovent Lancelot quant je l'en chas-
tioie. »

Et quant li rois ot qu'il est si a certes correciez, si l'en
vienent les lermes as eulz de l'angoisse qu'il en a, si en est
troblez en son corage, car il amoit toz jorz Lancelot de
greignor amor que nus chevaliers ne fist, fors Galehot. Et il
le mostra puis bien par mainte fois la ou li losengier de la
maison li disoient malvaises paroles et il disoit que por
noient se peneroit nus de lui corecier a Lancelot : « Car il
n'est, fait il, nus forfait en cest siecle, se il le me fasoit, por
quoi je le haisse mie. De sa vilenie me porroit il bien
peser. »

Molt est li rois dolans de la haine de Lancelot, si en crie
merci a Galehot que, si come il a chiere s'amor, i mete si
grant paine come il porra metre greignor.

« Et vos, dame, en pri je sor tote la foi que vos me devés

tant fait pour moi que vous le dites, depuis que je suis allée en Sorelois. Il vient de partir d'ici, sans même prendre congé de moi ; et j'aime encore mieux qu'il soit parti sans mon congé que s'il avait refusé ma requête.

– Ah ! dame, fait Galehaut, on doit beaucoup pardonner à un tel prud'homme ! Un homme qui est en colère n'est plus tout à fait maître de soi. Lancelot a un cœur qui n'oublie rien, ni le bien qu'on lui fait ni le mal. Je l'en ai souvent blâmé, devant vous et seul à seul. Ce lui fut un très sensible outrage que monseigneur le roi ne vous ait pas pardonné, dès qu'il lui en a fait la requête ; et depuis lors il n'a pu forcer son cœur à l'aimer. Il me disait souvent : "Comment pourrais-je jamais le servir ? Il m'a montré qu'il comptait pour rien tous les services que je lui ai rendus. Ils étaient pourtant plus considérables que ceux que je pourrais lui rendre encore. Sachez qu'il ne vous ressemble pas, Galehaut, vous qui en un seul jour avez changé pour moi votre honneur en honte." C'est ce que Lancelot me répondait, quand je lui faisais des reproches[1]. »

Quand le roi mesure tout le ressentiment que Lancelot lui porte, les larmes lui viennent aux yeux de la douleur qu'il éprouve et il est profondément troublé. Il aimait Lancelot et avait pour lui tant d'admiration qu'aucun chevalier n'en eut jamais davantage, si ce n'est Galehaut. On le vit en maintes occasions. Quand les perfides courtisans de sa maison lui disaient de mauvaises paroles, il répondait qu'on s'efforcerait en vain de le brouiller avec Lancelot. « La plus grande injure du monde, s'il me la faisait, ne m'amènerait pas à le haïr. J'aurais seulement de la peine de son infamie. »

Le roi est très malheureux de la haine que Lancelot lui porte. Que Galehaut fasse tout ce qui lui sera possible, s'il tient à garder l'amitié du roi !

« Et vous aussi, dame, je vous le demande sur la foi que

---

1. Comment faire sentir au roi Arthur, qui ne cesse jamais d'être un grand roi, admiré malgré ses turpitudes, l'indécence de sa conduite ? Mettre dans la bouche d'un autre ce qu'on n'ose dire soi-même est un des procédés classiques de la comédie. Molière l'a souvent utilisé avec bonheur.

et sor la riens en cest monde que vostre cuer aime plus, se
vos volez que jamais soie a aise ; et ançois li jurrez vos sor
sainz entre vos et Galehot que vos ferez amdui sa volenté et
de moi et de quanqu'il devisera. »

Et quant il lor a ce dit, si s'en lait chaoir a lor piez et se
poroffre de lor volenté faire ausi durement come se il le
deussent illuec orendroit respiter de mort. Tant les a proiez
que mult l'ont asseuré et que Galehot li craanta que il seront
andui a lui a la Pasque, s'il n'avoient essoine *(60v°b)* de lor
cors. Einsi s'en part Galehot del roi et de la roine par lor
congié et la roine li prie, si chiere come il a s'amor, qu'il
amaint a la Pasque Lancelot avec lui.

« Et n'en dotez mie, fait elle, biaus dolz amis, coment que
il soit ou del remanoir al roi ou del laissier, que je vos jur
par la grant foi que j'a[i] a lui, que vos ne perdrés ja sa
compaignie por chose qui aveigne, ançois le ferai estre avec
vos altresi sovent come il a esté jusque ci. »

Atant s'en vet Galehot en son païs [si conte] a son
compaignon ce que la roine li mandoit et demorerent
entr'aus dous en Sorelois jusque en la semaine en mi
karesme. Si s'en vindrent a petites jornees tant qu'il troverent le roi Artu a la Pasque florie a Damasdaron, car il avoit
en costume que il ne chevalchoit en nul jor de la semaine
penose et ausi s'en gardoient maintes gens en celui tans.

Quant li rois sot que Lancelot estoit venuz, si en ot grant
joie et la roine altresi en fut mult lee, que por la soie joie
que por la le roi qui tant l'avoit desirré et trop l'en avoit
priee par maintes fois en toz les poins ou il quidoit melz

vous me devez et sur ce qui vous est le plus cher en ce
monde[1], si vous voulez que mon cœur soit à l'aise. Vous lui
jurerez d'abord, sur les saints Évangiles, vous et Galehaut,
que vous lui accorderez ce qu'il voudra de moi et tout ce
qu'il pourra souhaiter. »

Après ces paroles, le roi se laisse tomber aux pieds de
Galehaut et de la reine et se met à leur discrétion, comme
s'il s'agissait pour lui d'une question de vie ou de mort.
Alors ils cèdent à ses prières et le rassurent. Galehaut
promet de revenir à Pâques avec son compagnon, s'ils n'en
sont physiquement empêchés. Ensuite il s'en va, après avoir
pris congé du roi et de la reine. De son côté la reine le prie,
au nom de l'amitié qui les unit, de ramener à Pâques Lancelot.

« N'en doutez pas, dit-elle, beau doux ami. Je vous
promets, sur la foi que je lui ai jurée, que vous ne perdrez
jamais sa compagnie, quoi qu'il advienne. Je saurai bien
vous la conserver et il ne laissera pas d'être avec vous aussi
souvent qu'il l'a été jusqu'ici. »

Galehaut s'en retourne dans son pays. Il rapporte à son
compagnon les paroles de la reine ; et ils demeurent tous
deux en Sorelois jusqu'à la semaine de la mi-carême.
Ensuite ils partent pour la cour à petites étapes et trouvent
le roi Arthur à Dinasdaron le jour des Pâques fleuries[2].
L'usage du roi Arthur était de ne pas monter à cheval durant
la semaine sainte et beaucoup de gens faisaient de même en
ce temps-là[3].

Le roi fut très heureux de la venue de Lancelot. La reine
le fut aussi, autant pour sa propre joie que pour celle du roi,
qui avait tant désiré ce retour et ne cessait de lui en parler,
chaque fois qu'il pensait être rentré en faveur auprès d'elle.

---

1. *Ce qui vous est le plus cher en ce monde* : il s'agit naturellement de
Lancelot, mais le roi Arthur ne s'en doute pas ; ce n'est pour lui qu'une
formule habituelle de serment.

2. *Le jour des Pâques fleuries* : le dimanche des Rameaux.

3. Il vaut mieux aussi ne pas chevaucher « le samedi après none ». Pour
avoir méconnu cet usage, Lancelot est gravement blessé (*Lancelot du Lac*,
p. 602).

estre de lui. Tote cele semaine furent en oresons et en
prieres si com il estoit raisons et quant vint le jor de Pasques
devant la messe, si ramentut li rois et a la roine et a Galehot
ce dom il les avoit priez, si les requiert que il metent si grant
poine qu'il le voie.

« Et ne laissiez mie, fait il *(61a)* a li et a Galehot, por
chose que je puisse faire ne avoir, mais tot seurement li
craantez a doner quanqu'il demandera et de mon pooir et
del vostre. »

Atant envoient entre la roine et Galehot querre Lancelot
et ce fu es chambres la roine. Et quant il fu venuz, si le prent
la roine entre ses braz voiant toz ceaus et totes celes qui
laienz sont : si i fu la dame de Maloant qui al consail fu
apelee. Lors s'en vont tuit quatre asoier en une couche et la
roine dit a Lancelot :

« Biauz dolz amis, la chose est ainsi venue que il covient
qu'entre vos et misires li rois soiez acordé ensamble, car je
le voil issi et Galehot meismes qui tant vos a amé come vos
savez. Et vos devés le roi mult buen gré savoir de ce qu'il
desirre vostre compaignie, car il m'a comandé que je vos
craant a doner quanque vos en voldrés prendre et del suen
et del mien, et je sai bien que vos en amez melz ce que vos
en avez que vos ne faites le remanent. Et neporquant je ne
vos comant mie que vos facés sa volenté si tost com vos en
serez proiez, car vos en avrez la preere de moi et de Galehot
et de toz les barons le rois aprés, et je voil que vos vos en
deffendoiz al premier mult durement. Et soffrez bien tant
que je et Galehot vos en soions chaioit as piez et tuit li baron
et li chevalier aprés et dames et damoiselles : et lorz alez
devant mon seignor et vos agenoilliez devant lui et *(61b)*
vos otroiez a faire del tot sa volenté.

– Ha, dame, fait Lancelot, je ne soffreroie en nuille
maniere que vos fussiez devant moi a genoillons.

– Si ferez, fait elle, car issi me plaist et jel voil et si vos
conjur que vos le facés par la grant amor que vos avez a
moi. »

Einsi l'otroie Lancelot mult angoissiés, car il ne l'ose
contredire puis que sa dame le velt ; si s'en torne la roine

La semaine passa en oraisons et en prières, comme il convenait. Le jour de Pâques, le roi revient à la charge auprès de la reine et de Galehaut. Il leur demande de faire les plus grands efforts pour lui permettre de voir Lancelot.

« Ne reculez devant rien, leur dit-il, quel que soit le service ou le don qu'il attende de moi. Promettez-lui sans hésiter tout ce qu'il vous demandera, si cela dépend de moi et de vous. »

La reine et Galehaut firent appeler Lancelot. C'était dans les appartements de la reine. Quand il fut arrivé, la reine Guenièvre prit Lancelot dans ses bras, sous les yeux de tous ceux et de toutes celles qui étaient là. La dame de Malehaut était également présente à cet entretien. Ils allèrent s'asseoir tous les quatre sur un lit. Et la reine dit à Lancelot :

« Beau doux ami Lancelot, le moment est venu où vous devez vous réconcilier avec monseigneur le roi. Je le veux, et Galehaut aussi, qui vous a tant aimé, comme vous le savez. Vous devez savoir bon gré au roi de son désir d'être votre ami. Il m'a recommandé de vous offrir tout ce que vous voudrez prendre de ses biens et des miens, mais je sais que vous préférez ce que vous en avez à tout le reste. Toutefois je ne veux pas que vous vous rendiez, dès que vous en serez prié ; car vous en serez prié par moi, par Galehaut et par tous les barons du roi. Je veux que vous vous défendiez d'abord avec vigueur. Attendez que moi-même et Galehaut soyons tombés à vos pieds, bientôt suivis par tous les barons, les dames et les demoiselles. Alors avancez-vous vers monseigneur, agenouillez-vous devant lui et acceptez de vous soumettre entièrement à sa volonté.

– Ah ! dame, fait Lancelot, je ne pourrai jamais souffrir de vous voir à genoux devant moi.

– Il le faut pourtant, fait-elle, puisque c'est moi qui le veux et qui vous en conjure, par le grand amour que vous avez pour moi. »

Lancelot y consent à grand-peine, mais il n'ose refuser, puisque telle est la volonté de sa dame. La reine et Galehaut

entre lui et Galehot en la sale ou li rois est et si baron, et
avec Lancelot remaint la dame de Maloaut. Entre la roine et
Galehot parolent as barons devant le roi et dient que nuille
pés ne poent trover vers Lancelot. «Mais nos l'envoierons
querre, fait Galehot, et se nos n'en poon[s] fin metre, si
faites faire a vos barons autretel come nos ferons.»

Atant envoient querre Lancelot et totes les dames et les
damoiseles qui es chambres sont, et quant il sont tuit et
totes venu, si prient entre la roine et Galehot Lancelot de ce
dont il l'avoient premierement prié; et il se deffent mult
durement et dit que il n'a talant en cest point de remanoir
d'altre meisnee ne d'altre compaignie que de cele dom il
estoit. Et la roine li craante a doner quanqu'il devisera, si
com li rois li avoit dit, et il dit totes voies que il n'en fera
noient et li dit :

«Dame, por Deu, ne m'en priez plus, car ce seroit contre
mon coer; et ne quidez vos pas, ne vos ne altres, que je aie
vers mon seignor le roi nuille hayne, *(61vºa)* car il n'est
nulle si longtaine terre, por ce que je [i] fuisse, que je n'en
venisse por son grant besoing, por ce que je le seusse.»

Einsi se deffent Lancelot de la proiere, et lors se laiche
[la] roine chaioir et Galehot et tuit li altre aprés et baron et
chevalier et dames et damoiseles altresi. Et quant Lancelot
les voit, si fait semblant d'estre correciez mult durement,
lors salt avant, si en leve la roine et Galehot et puis vient
devant le roi, si s'agenoille et crie merci mult simplement,
si s'umilie et s'abandone a quanqu'il vodra faire. Et li rois
l'en lieve par la main, qui mult en est liez, si le baise en la
boche de joie et dit :

«Granz mercis, biauls dolz amis, et une chose vos promet
je voianz toz vos amis et les miens, que par la haute feste
qui est hui, je ne vos corecerai jamais de chose dom j'en aie
le pooir d'amender.»

Einsi en fu faite l'acordance del roi Artu et de Lancelot,
si remaint des compaignons de la Table Reonde et de la
meisnie le roi ausi com il avoit devant esté; et lorz fu mult
granz la joie par la maison le roi et por la joie que li rois en

retournent dans la salle, où le roi tient conseil avec ses barons, cependant que Lancelot reste avec la dame de Malehaut. Devant les barons réunis en présence du roi, ils disent qu'ils n'ont pu trouver aucun accord avec Lancelot. « Mais nous allons l'envoyer chercher, dit Galehaut ; et si nous n'arrivons à rien, ordonnez à vos barons de faire ce que nous ferons. »

On fait venir Lancelot et toutes les dames et les demoiselles qui sont dans les chambres. Quand tous et toutes sont réunis, la reine et Galehaut renouvellent leurs prières ; et Lancelot les rejette fermement. Il dit qu'il ne souhaite pas d'autre société ni d'autre compagnie que celles qu'il a en ce moment. La reine promet de lui donner tout ce qu'il voudra, comme le roi s'y est engagé ; mais il dit qu'il n'en fera rien et ajoute :

« Dame, n'insistez pas : ce serait contre mon cœur. Mais n'allez pas croire, ni vous ni personne, que j'ai de la haine pour monseigneur le roi. Je viendrais du bout du monde pour le secourir, s'il était en grande difficulté et si je le savais. »

Tandis que Lancelot repousse en ces termes les prières qui lui sont faites, la reine se laisse tomber à ses pieds, puis Galehaut, puis tous les autres, barons et chevaliers, dames et demoiselles. Lancelot affiche alors une grande colère. Il s'élance, relève la reine et Galehaut, vient devant le roi et s'agenouille. Il lui demande très humblement pardon et, dépouillant tout orgueil, s'abandonne à son bon plaisir. Le roi, heureux de ce dénouement, le relève de sa main, le baise sur la bouche et lui dit :

« Grand merci, beau doux ami. Devant tous vos amis et les miens, je jure, par la haute fête que nous célébrons aujourd'hui, de ne plus vous donner le moindre sujet de courroux, tant que j'aurai le pouvoir d'y mettre ordre. »

Ainsi fut faite la réconciliation du roi Arthur et de Lancelot, qui redevint compagnon de la Table Ronde et membre de la maison du roi, comme il l'était naguère. Toute la maison du roi se félicitait et du bonheur du roi et du retour

avoit et por la remanance de si proudome. Atant alerent oir
la messe qu'il avoient longement delaie por ceste affaire.
Celui jor fu granz la joie en la cort le roi Artu et sejorna li
rois a Dinasdaron tote la semaine entiere et devise qu'il
tendra cort a la Pentecoste la plus riche qu'il onques
e(61v°b)ust tenue. Et al departir de la cort, quant tuit li baron
s'en alerent, si comanda a toz, si com il avoient chiere
s'amor, qu'il fussent a la Pentecoste a Londres a lui et
vienent au plus honoreement que il porront et plus qu'il
onques mais ne furent. Atant est la corz departie, si s'en
vont tuit li baron fors Galehot que sejorna jusqu'a la Pentecoste sanz movoir. Et lors vindrent li baron le roi a Londres
si com il avoit dit a aus et si enforceement com il lor avoit
comandé ; et si i refurent tuit li baron Galehot.

d'un tel prud'homme. On alla entendre la messe, qui en cette occurrence avait été longuement différée ; et ce jour-là, il y eut de grandes réjouissances à la cour du roi Arthur. Le roi resta à Dinasdaron toute la semaine et décida qu'il tiendrait à la Pentecôte la cour la plus magnifique qu'il eût jamais tenue. Quand la cour prit fin et que les barons s'en allèrent, il leur recommanda, s'ils tenaient à son amitié, de venir le retrouver à Londres pour la Pentecôte, en grand équipage et plus nombreux que jamais. La cour se sépare et tous les barons s'en vont, sauf Galehaut qui reste avec le roi jusqu'à la Pentecôte. Alors les barons du roi arrivent à Londres sur l'ordre de leur seigneur et en aussi grand appareil qu'il le leur a demandé. Et tous les barons de Galehaut y viennent aussi.

NOTES ET VARIANTES

La seule méthode convenable pour une édition critique du *Lancelot* est de collationner et de comparer les variantes de tous les manuscrits qui ont été retenus. C'est ce que Mlle Kennedy a fait avec un plein succès. Il en est résulté un volume entier de notes et variantes, de dimensions comparables à celui du texte même. Le format d'une édition de poche ne permettant pas de procéder ainsi, nous avons dû nous limiter aux indications qui nous ont paru nécessaires. Les corrections ou ajouts apportés à notre texte sont signalés par des crochets ; les fautes d'inattention courantes et dont la correction est aisée (omission ou répétition d'un mot, d'une syllabe ou d'une lettre) ne donnent pas lieu à une note. Si la faute est plus importante et de nature à fausser le sens du texte, nous indiquons le manuscrit que nous avons suivi, de préférence le plus proche de notre manuscrit de base, pour réduire au minimum l'importance de la correction. Nous n'avons pas considéré comme des fautes certaines habitudes morphologiques et graphiques de notre copiste.

Les manuscrits que nous avons consultés le plus souvent sont au nombre de neuf (sans compter l'édition imprimée de 1488) et nous leur avons donné les sigles suivants :

A Paris, BNF fr. 752 (XIIIᵉ siècle)

B Paris, BNF fr. 344 (un des plus anciens, peut-être milieu du XIIIᵉ siècle)

C Paris, BNF fr. 341 (XIVᵉ siècle)

D Paris, BNF fr. 96 (XVᵉ siècle, copie très fidèle d'un bon manuscrit du XIIIᵉ siècle)

E Cambridge C.C.C. Library 45 (XIIIᵉ siècle)

F Paris, BNF fr. 1430 (XIIIᵉ siècle), proche de Cambridge

G Paris, BNF fr. 1466 (XIIIᵉ siècle)

H Londres, Br. Mus. Harley 4419 (XIVᵉ siècle)

I Paris, Arsenal 3481 (XIVᵉ siècle)

60.1 – XV ans *B*, XXV ans *A*

64.1 – *B, bourdon sur* si durement *A*

68.1 – conoistre l'un advisier de l'autre *A. Les autres manuscrits ont soit* conoistre *soit* advisier. *A a omis d'exponctuer l'un de deux verbes*

72.1 – *E*, entendre *A*

92.1 – *Plusieurs manuscrits n'ont pas compris* m'acointe, *écrit* ma cointe *ou l'ont remplacé par un synonyme*

92.2 – *E, bourdon sur* loialté *et* desleialté *A*

94.1 – *C*, come elle devoit de voir *A*, con ele doit *E*

96.1 – *BCDE*, le jor que cent et cinquante chevalier isseoit *A*

100.1 – *BCD* tote levee, *A* Bertelac

104.1 – *B, bourdon sur* Bertelac *A*

104.2 – *Canuz de Gier est identifié dans plusieurs manuscrits avec Canuz de Kaerc ou Kanet de Caerc, mentionné dans le premier* Lancelot *comme un vieux chevalier déjà renommé au temps du roi Uter, père du roi Arthur* (Lancelot du lac, *p. 179*)

106.1 – *B, illisible A*

106.2 – *B, illisible A*

108.1 – *B, illisible A*

110.1 – *B, bourdon sur* conforte et confortera *A*

112.1 – *D. A et B ont recopié machinalement le même modèle, d'où* et vos *avait déjà disparu, en sorte que* apres la seue *n'a plus de sens. E a recopié également un manuscrit fautif, mais plus intelligent, il a supprimé* apres la seue.

112.2 – *C*, aessir *A*, aaiser *B*

114.1 – *B*, perré *A*

114.2 – *B, mq. A*

118.1 – *B, mq. A*

118.2 – *C*, honte *A*

118.3 – *CDI, mq. ABE*

118.4 – *CDI, bourdon sur* cor et cuer *ABE*

120.1 – *A est le seul à donner sans faute la définition de la troisième maladie de l'âme, la maladie d'amour. Tous les autres sont affligés de bourdons ou de contresens divers, par lesquels ils s'efforcent de corriger un modèle déjà corrompu ou mal compris. L'idée principale était pourtant simple : on ne peut guérir le mal d'amour parce que le malade préfère son mal à la santé.*

122.1 – *B*, car je ne vos oiet *A*

124.1 – *B*, juirrez *A*

126.1 – *A est ici encore le seul manuscrit à nous donner sans faute un texte clair et cohérent de ce symbolisme animalier.*

« *L'autre dragon* » (le dragon sans couronne) *s'inclinait et celui qui portait la couronne* (le roi Arthur) *s'élevait au-dessus de lui et ses bêtes* (les chevaliers du roi Arthur) *au-dessus des autres bêtes. À noter que le dragon sans couronne, Galehaut, est pour la première fois désigné comme* « un prince venu des îles d'Occident ». *Dans le premier* Lancelot *il était* « le fils de la Belle Géante », *le* « seigneur des îles étrangères » *ou le* «seigneur des îles lointaines ».

128.1 – *C, mq. ABE*

128.2 – *Le texte de A est celui de l'ensemble des manuscrits, à l'exception de E. L'allusion à Galaad est une addition personnelle du copiste de Cambridge. Elle ne se retrouve même pas dans F, pourtant très proche de E pour toute cette partie de* Lancelot.

130.1 – *B*

132.1 – *C*

134.1 – *B, fors je avant A.* « *Dieu avant* » *est conforme au style habituel de l'auteur.*

136.1 – *Tous manuscrits, sauf A qui ajoute* qu'il sera un meldres chevalier que lui qui est li maudres chevalier qui vive. *Cette répétition est inutile.*

138.1 – troveüre *CD*, aventure *A*

140.1 – Bretaigne *C*, montaigne *A*

142.1 – *B, mq A*

148.1 – *B, bourdon sur* par ce *A*

148.2 – *D, si je* pooie eschiver par la poor de ces quatres que passer me covendra *A*

152.1 – *D,* roche *A*

152.2 – *D,* dotance *A*

154.1 – apartienent *D*, apertement *A*

154.2 – folement *D*, sagement *A*

160.1 – quarante et une *CDI*, quatre *A. Voir Introduction, p. 48*

164.1 – totes les choses *ED*, totes iceles choses *B*, totes les foles choses *A*

166.1 – hautesse *CD*, les altres *AB*

168.1 – pendra escu a col ne a moi ne a *CG*, prendrai je escu ne *A*

168.2 – je bee *CEG*, la bien *A*

170.1 – la reine cest afaire *BCE, mq A*

174.1 – contrepeser *C*, aprisier *B*, comparer *D*, et a cointe prisier *A*

176.1 – *C, bourdon sur* baillie de ma terre *AB*

182.1 – enfances *C*, senefiances *A*

198.1 – *B, bourdon sur* demoiselle *A*

202.1 – *B, bourdon sur* desloialté *A*

204.1 – *B, bourdon sur* liez *A*

206.1 – *B, bourdon sur* chevaliers *A*

220.1 – nulle foit (foiz) *A. Le* t *pour le* z *est, non une faute, mais l'une des particularités graphiques de notre manuscrit*

220.2 – *B, bourdon sur* li rois *A. Le roi des Francs et le roi des Marches sont mentionnés dans la plupart des manuscrits*

222.1 – *A ; après* Lors esgardent entr'aus *B, E (et l'édition de Micha) ont une addition où Lancelot se voit refuser la couronne de Logres au motif qu'il « ne la rendrait jamais ni pour homme ni pour femme », ce qui est en contradiction avec le désintéressement qui caractérise le personnage et toute la conduite de Lancelot*

226.1 – *après* pas poi qu'il n'esrage, *nouvelle interpolation propre à BE. Lancelot propose à la reine de partir à la recherche du roi et celle-ci s'y oppose, car, dit-elle à Lancelot, « vous me feriez mourir, vous qui êtes mon réconfort ».*

228.1 – n'osent *B,* lessent *A,* n'osoit *E*

246.1 – *B, mq A*

252.1 – sui je toz apareilliez *CD, mq A,* m'encombatrai *BE*

274.1 – s'il estoit a testes couper *A,* et s'il fust a testes tranchier, chacuns de vos n'i voudrait estre por la terre Galehaut (*Lancelot du Lac, II, p. 386*).

278.1 – *HCD, bourdon sur* onques puis *A*

294.1 – a meschief de trois chevaliers *A,* el meschief *H,* au danger de trois chevaliers *D*

298.1 – *Les manuscrits se partagent entre* Bedingran (Brandigan) *et* Bretagne. Bedingran *CDH, ainsi que BNF, fr 110 et Br Mus. add. 10296,* Bretagne *ABE*

298.2 – apres une feste de Toz Sainz *C,* que li rois a la Toz Seinz avoit tenue sa cort a Carlion *H, mq. A*

304.1 – Funs ne alaine *C,* feu *A*

314.1 – *B, bourdon sur* del monde *A*

326.1 – *B, mq. A*

326.2 – *CDH, mq. A*

INDEX DES NOMS PROPRES

CARLION : une des résidences habituelles d'Arthur, 299.

CARMELIDE : terre du roi Léodagan, père des deux Guenièvre. Les seigneurs de la terre, abusés par Bertelai, ont reconnu pour leur dame la Fausse Guenièvre, *passim*.

CÉLICE : messagère et cousine germaine de la Fausse Guenièvre, 93.

CHESSELINE : château de Galebant sur la route du Sorelois, 79.

CLAUDAS DE LA DÉSERTE : roi légitime du Berry, appelé la Terre Déserte, et usurpateur des royaumes de Gaunes et de Bénoïc (voir le début de *Lancelot du Lac*), 169.

COLOGNE : ville dont maître Acance, un des sages clercs, est originaire, 131.

CRENCE : torrent qui coule au pied de l'Orgueilleuse Garde et se jette dans le fleuve Assurne, 71.

DEMOISELLE DE CARMÉLIDE : la Fausse Guenièvre, 197, 211.

DINASDARON : château d'Arthur, 299, 333, 339.

DO : père de Girflet, chevalier d'Arthur, 261.

DODINEL LE SAUVAGE : chevalier d'Arthur, 105.

ELINAS (maître) : un des sages clercs, originaire de Radole en Hongrie, 127.

ERVEL (duché d') : on y entre par le Pont Iroix, qui est à la frontière de deux royaumes et d'un duché, 71.

ESCALIBOR : épée de Gauvain, que celui-ci ceint lui-même à Lancelot, 259.

EUGÈNE (le bon évêque) : évêque qui a célébré le mariage du roi Arthur et de la reine Guenièvre à Saint-Étienne le Martyr dans la cité de Londres, 93.

FRANCS (terre, roi, royaume des) : terre limitrophe du royaume des marches de Galone et du Sorelois, 63, 71, 221, 259.

GALEHAUDIN : neveu et héritier de Galehaut, 179.

GALEHAUT : fils de la Belle Géante, seigneur des Lointaines Îles, du Sorelois et d'autres terres, *passim*.

GALLES (royaume de) : limitrophe de la terre de Gorre, 179.

GALONE : voir Roi de Galone.

GARDE DU ROI : château appartenant au roi des Francs, 63.

GAUVAIN (monseigneur) : fils du roi Lot, neveu du roi Arthur et haut dignitaire de la cour du roi, *passim*.

GIRFLET : fils de Do, chevalier d'Arthur, 261.

GLADOAS DE LANVAILLE : chevalier de Carmélide, 273.

GLINDE : forêt qui s'étend entre la terre des Francs et celle du roi des Marches, 63.

GLOVES (duc de) : vénérable chevalier, respecté et écouté dans les conseils de Galehaut, 175, 177.

Table

LA FAUSSE GUENIÈVRE

Le Livre de Poche s'engage pour
l'environnement en réduisant
l'empreinte carbone de ses livres.
Celle de cet exemplaire est de :
600 g éq. CO₂
Rendez-vous sur
www.livredepoche-durable.fr

PAPIER À BASE DE
FIBRES CERTIFIÉES

Achevé d'imprimer en France par
CPI BUSSIÈRE (18200 Saint-Amand-Montrond)
en octobre 2020
N° d'impression : 2052802
Dépôt légal 1ʳᵉ publication : septembre 1998
Édition 03 - octobre 2020
LIBRAIRIE GÉNÉRALE FRANÇAISE
21, rue du Montparnasse – 75298 Paris Cedex 06

30/4553/1